AU NOM DE LA REINE

Du même auteur

La Montansier, une femme d'affaires, Perrin, 1993.
Les Plaisirs de Versailles, Fayard, 1996 (en collaboration avec Philippe Beaussant).

PATRICIA BOUCHENOT-DÉCHIN

AU NOM DE LA REINE

Roman

PLON

ISBN : 2-259-18120-1

A Vincent,
sans qui je n'aurais pu l'écrire ;

A Constance, Fabiola, Eléonore et Augustin,
qui l'ont si patiemment attendu.

« Scribitur ad narrandum, non ad probandum. »

QUINTILIEN, *Instit. orat., X, 1, 31.*

« Les gens les plus raisonnables ont, à leur insu et malgré eux, un coin de roman dans leur vie. »

LE PRINCE DE LIGNE.

« L'image de la Reine me suit et me suivra sans cesse et partout. Je n'aime qu'à en parler, à me rappeler les beaux moments de ma vie. »

AXEL DE FERSEN à sa sœur Sophie,
le 17 novembre 1793.

Blasielholmes, ce 20 juin 1810.

Ma chère Sophie,

Au bas du grand degré[1], vous m'avez souri et je ne vous ai rien dit.

Le souper[2] que vous avez donné ce soir fut de ceux que le cœur et l'âme ne voudront oublier. Vous m'avez surpris, ma sœur bien-aimée, en enchantant une nouvelle fois le vieux palais de notre enfance que j'ai appris à aimer avec les années. Je devine trop ce qui se dit à l'heure où je vous écris. Parmi les quelque deux cents convives que vous avez si magnifiquement traités, combien nous sont acquis ? Une trentaine ? Qu'importe leur nombre ! Seule compte leur fidélité.

Vous conviendrez que le moment eût été mal choisi pour vous remettre cette longue lettre que je vous destine depuis de nombreux mois.

L'aube se lève enfin sur le lac[3] et mes craintes s'apaisent à la pensée de savoir ces lignes bientôt entre vos

1. Escalier.
2. Dîner.
3. Blasielholmes, le palais Fersen, donne sur le lac Mälar et sur le Palais royal de Stockholm.

mains. A qui d'autre que vous, ma seule et unique amie, pouvais-je confier les souvenirs qui me rongent ?

Tant qu'Elle vivait, l'espoir, le désir et le besoin de vengeance soutenaient ma santé affaiblie par tout ce que j'avais éprouvé depuis le début des événements funestes qui brisèrent un à un tous nos vœux. Tel n'est plus le cas. Je vous fais grâce du détail des maux qui m'ont repris, signes visibles du dégoût qui plus profondément me vide chaque fois que je pense à cette cellule de la Conciergerie où Elle vécut, seule, abandonnée de tous, les dernières heures de son long martyre.

Vous tenterez, dans votre bienveillance, de me raisonner, de m'assurer qu'il ne sert à rien de revenir sur le passé quand on a fait tout ce que l'on croyait devoir faire. Faire ce que je croyais devoir faire... Longtemps, je me suis persuadé l'avoir accompli, rejetant de ma mémoire les remords justifiés qui pouvaient l'envahir. En vain.

La profondeur de l'affection qui nous unit, ma chère sœur, m'a invité de nombreuses fois à m'adresser à vous. Quelle patience n'avez-vous pas déployée ! Confidente, messagère, exécutrice... Avec quelle générosité et quelle discrétion n'avez-vous pas accueilli tour à tour mes joies, mes espoirs et depuis quelque temps mes déceptions et mes regrets. Le malheur a scellé nos liens et je ne sais ce que je serais aujourd'hui sans votre douce présence.

J'ai perdu le seul être au monde qui m'aimait et que j'ai si mal aimé. C'était il y a seize ans et je n'ose toujours pas prononcer son nom. Ma douleur, loin de se tarir, s'est nourrie des vérités que je me suis cachées et qu'il me faut accepter.

Il m'a fallu commencer par le début, même pour vous, ma chère Sophie, qui croyez si bien me connaître. En lisant ce qui est devenu malgré moi un gros ouvrage, peut-être vous impatienterez-vous ? Vous trouverez le ton mauvais, la marche pesante, les réflexions stériles, passez-en les trois quarts et ce qui restera sera bien assez long pour vous dire combien je souffre, j'aime et n'attends plus rien.

Axel de Fersen.

1.

Ma vraie vie a commencé à l'occasion de mon premier séjour à Paris, j'avais à peine dix-huit ans.

Accompagné de mon précepteur Bolemani et d'un valet de chambre, je parcourais l'Europe depuis quatre années quand j'arrivai en France, pénétré des espérances portées par les miens et imbu des succès remportés lors de mes précédentes étapes.

La nature m'ayant doté d'un physique que les femmes s'accordaient à trouver avantageux, je traînais partout, ma longue silhouette couronnée d'un port de tête très droit. Des traits réguliers, des yeux d'un noir intense et des sourcils marqués donnaient à mon visage un mélange de force et de tendresse qui plaisait et intriguait. On me disait élégant et discret, on me savait déjà un grand usage de la société et des cours, on appréciait ma manière noble et agréable de m'exprimer.

Pour être entièrement honnête, j'étais partagé entre le souci de parfaire mon éducation et le goût de me distraire, mais ce dernier l'emportait bien souvent, autant par penchant que par intérêt. Et s'il était un lieu où l'on pouvait cultiver sa carrière et ses espérances sous les apparences du divertissement, c'était bien Paris et la Cour de France.

15 novembre 1773. Je n'ai pas grand mérite à me souvenir de cette date qui ne dit plus rien à personne. Ce

jour de mon arrivée à Paris fut aussi et surtout la veille d'un des derniers mariages de la monarchie française : celui de Mgr le comte d'Artois [1], plus jeune petit-fils de Louis XV, avec la princesse Marie-Thérèse de Savoie.

Les barrières de la ville n'étaient pas atteintes que déjà une multitude de berlines, de carrosses, de carabas et de fourgons rivalisaient d'adresse et le plus souvent d'injures pour se frayer un chemin. Tout n'était que cris. C'étaient ceux des cochers poussant leurs chevaux au mépris des inconscients qui s'obstinaient à marcher ; c'étaient ceux d'un dogue aboyant devant le carrosse de son maître pour avertir de son passage ; c'étaient ceux des passants furieux d'être renversés, sans oublier ceux des petits métiers qui donnaient de la voix pour racoler le client.

Depuis que nous avions quitté Turin, il n'avait cessé de pleuvoir et c'est à la nuit tombante, entre deux averses, que je découvris Paris.

Notre cocher hésita, se trompa et nous mîmes un temps infini à traverser un entrelacs de rues boueuses, souvent sombres et pour la plupart encombrées. Mais plus nous approchions du cœur de la ville, plus les rues s'élargissaient pour se transformer en larges avenues bordées d'immeubles certes élevés et serrés, mais à la mine plus engageante. De la splendeur des architectures parisiennes dont on m'avait tant parlé, j'aperçus peu de chose ce soir-là : quelques porches annonciateurs d'hôtels particuliers du meilleur goût, mais ce qui me frappa, c'était des tas de gravats à n'en plus finir, témoins des travaux qui un peu partout étaient en cours. Paris respirait la vitalité d'un grand corps qui s'épanouit, étirant ses membres au-delà d'un habit devenu trop court. Ce soir-là, je m'endormis la tête emplie de ces premières images que mon imagination s'appliquait à prolonger en rêve.

Le lendemain, à la première heure, je quittais mon

1. Il régnera en France sous le nom de Charles X de 1824 à 1830.

maître et l'hôtel de Turenne où nous étions descendus pour partir à la recherche d'un café. Je m'étais persuadé qu'une tasse de chocolat bue dans un de ces endroits qui font la réputation de Paris serait la plus honnête façon de découvrir ce pays : attablé dans un lieu public, observant le va-et-vient des passants et écoutant cette langue dont on m'avait vanté la douceur.

Quel ne fut pas mon étonnement à la vue de rues presque désertes ! Huit heures sonnaient pourtant à un carillon voisin et le jour, à défaut du soleil, n'allait pas tarder à poindre ; plus j'avançais, plus il me fallait me rendre à l'évidence, toutes les boutiques étaient fermées et nous étions mardi. Ne m'expliquant pas cette bizarrerie, je renonçai aux promesses de mon chocolat et décidai de rentrer.

Mais par un de ces hasards que l'on dit heureux, je m'égarai et découvris sans l'avoir vraiment voulu des lieux qui allaient me devenir familiers au point de croire les avoir toujours connus. Je ne sais comment je parvins à me dégager des innombrables petites rues qui jalonnent le quartier où nous avions élu domicile. Je me trouvai soudain sur une large artère bordée de murs et de porches du meilleur goût, laissant paraître par leurs battants ouverts la splendeur d'hôtels élevés avec le plus extrême raffinement. Malgré les premières gouttes qui commençaient à tomber, je poursuivis mon chemin découvrant les Tuileries et surtout la place Louis XV[1]. La statue du Roi en son centre et le Palais Bourbon de l'autre côté du fleuve complétaient ce tableau unique au monde.

Mais le poids de mon habit gorgé d'eau, l'humidité qui traversait ma chemise et mes souliers alourdis par la boue eurent vite raison de mon esprit aventureux. Je retournai sur mes pas, demandant mon chemin aux rares passants que je croisai. L'hôtel de Turenne devait être connu et je le regagnai enfin.

1. Actuelle place de la Concorde.

Bolemani avait déjeuné[1] et affichait une mine de chanoine repu ; occupé à défaire ses malles, il triait ses ouvrages avec une ardeur que je ne lui avais pas vue depuis plusieurs semaines. La perspective d'un séjour prolongé dans cette ville où il m'assurait avoir tant à faire, portait notre homme à un degré d'enthousiasme peu descriptible. L'Académie, la Sorbonne, les ateliers du Louvre, la nouvelle halle au blé... Par où allait-il commencer ? Lui, d'ordinaire si précis dans tout ce qu'il entreprenait, rangeait en me parlant, m'écoutait à peine et, ne prêtant guère plus d'attention à sa besogne, refaisait ce qu'il avait fait, sans y prendre garde.

Epuisé par ma course, je le laissai à ses rangements pour commander un dîner. Il était plus de midi et j'étais affamé. L'appartement que nous avions loué était meublé dans le goût du jour ou du moins tel que je me l'imaginais être : boiseries, glaces et tentures se fondaient dans des harmonies de jaunes, de roses et de bleus soulignées par des arabesques, des volutes et des coquilles donnant à l'ensemble un parfum d'alcôve que je n'étais pas sûr de priser.

Je me mis au plus vite à la rédaction de quelques billets pour les personnes auxquelles j'étais recommandé et décidai de donner ma première visite à l'ambassadeur de Suède. Son Excellence le comte de Creutz, ancien ministre et écrivain à ses heures, était en France un homme recherché pour la société qu'il savait assembler. Depuis de longues années, il échangeait avec notre père une correspondance régulière. Il l'avait assuré se réjouir à l'idée de produire à la Cour et dans son salon le fils d'un des principaux dignitaires de Suède[2].

En arrivant rue de Grenelle où il demeurait, je trouvai porte close. Seul son secrétaire le baron Ramel put me recevoir. Il avait déjà à cette époque cette figure que

1. Pris son petit déjeuner.

2. Fersen par modestie n'écrit pas : « *le fils du principal dignitaire de Suède* » ce qui était pourtant le cas.

vous deviez lui connaître des années plus tard, celle de ces jeunes gens qui ayant poussé trop vite n'ont pas eu le temps d'épaissir et ne prendront pas davantage celui de vieillir. Ajoutez à cela une finesse extrême, des traits ciselés avec une régularité qui les aurait rendus fades si un nez définitivement aquilin ne les avait en quelque sorte estampillés. Mais ce qui me frappa d'emblée, ce fut son regard d'un bleu semblable à celui des faïences de Delft et dont il s'appliquait à cacher la vivacité moqueuse sous un jeu de paupières savamment étudié.

Dès le premier instant, nous nous plûmes. Il m'accueillit le mieux du monde et m'expliqua que le comte de Creutz ne recevait jamais le mardi, jour des ambassadeurs où, comme tous ses semblables, il quittait Paris pour aller faire sa cour à Versailles. Mais ce mardi différait des autres car le mariage du comte d'Artois et de la princesse de Savoie avait été célébré le matin même en la chapelle du château. Pendant que nous parlions, ministres et ambassadeurs étaient présentés à la nouvelle comtesse d'Artois en son appartement.

Le calme étrange de ce matin s'expliquait soudain. Les boutiques avaient été fermées en l'honneur de ces réjouissances. Déçu d'avoir manqué Son Excellence, j'obtins de son secrétaire la promesse de la rencontrer dès le lendemain.

2.

— Mon cher Axel, c'est véritablement une joie pour moi de vous accueillir dans cette maison. Considérez-vous comme chez vous. Avez-vous fait bonne route ? Etes-vous correctement installé ?

Et joignant le geste à la parole, le comte de Creutz, qui venait de faire irruption dans l'antichambre où je me tenais, prit mes mains qu'il serra longuement.

— Votre père n'est pas le seul à vous avoir chaudement recommandé. On dit également grand bien de vous à Brunswick et à Naples. Mais laissez-moi vous regarder et donnez-moi des nouvelles de votre famille.

Sans me laisser répondre, il poursuivit :

— Je conserve un souvenir ému de ma dernière soirée passée chez vos parents dans votre propriété de Blasielholmes. Votre mère avait su assembler des musiciens de grand talent auxquels vos sœurs s'étaient jointes. Ils interprétaient Scarlatti. J'ai toujours eu un faible pour ce compositeur. Ses sonates respirent le doux parfum des citronniers, la gaieté des femmes du Sud... Domenico Scarlatti avait empli cette nuit étoilée de ses notes chaudes et claires qui s'envolaient, égrenant leur joie dans Stockholm endormie. Seules les lumières du Palais Royal de l'autre côté de la berge répondaient aux vôtres, la ville semblait n'être éclairée que par vos deux palais... C'est une grande chance pour la Suède de compter parmi ses membres un homme comme votre père, serviteur vigilant des intérêts de son pays avant d'être courtisan.

Invité à m'asseoir à ses côtés dans un ravissant salon, je devinai les raisons du succès du petit hôtel de la rue de Grenelle. L'élégance de son intérieur, le raffinement de ses hôtes, l'extrême gentillesse de la comtesse de Creutz, la grande culture du maître de maison, sans parler de la diversité des esprits qui pouvaient s'y croiser, faisaient comparer cette demeure à celle d'un prince. Dès ma première visite, il me sembla avoir toujours connu ces lambris ornés de bustes et de tableaux des plus fameux artistes de Paris.

Le comte de Creutz prit le temps de m'initier aux subtilités de notre diplomatie et de me brosser un tableau de l'état de la France. J'appris à regret qu'il était peu utile de passer sa vie à la Cour. Le Roi partageait son temps entre la chasse et ses Petits Appartements. Se faire voir n'était plus une obligation aussi essentielle qu'au temps de Louis XIV. Les faveurs ne passaient plus seulement par l'œil du monarque, mais par la cour faite à ceux qui avaient sa confiance : quelques ministres et une favorite chez qui tout se faisait et se défaisait. Il fut néanmoins décidé que dès le lendemain nous souperions [1] chez le duc d'Aiguillon et ferions en sorte que je sois présenté à la famille royale.

Avant de nous séparer, le comte de Creutz m'avertit :

— Regardez, écoutez, retenez. Mais là, plus que partout ailleurs, défiez-vous des confidences et des liens trop aisés.

Je sus m'en souvenir.

1. Dînerions.

3.

D'Aiguillon était un personnage de premier ordre à la Cour. Cousin du maréchal de Richelieu et neveu par alliance du comte de Saint-Florentin, devenu duc de la Vrillière, il avait été en bons termes avec Mme de Pompadour et bénéficiait désormais de l'appui de Mme du Barry. Fidèle serviteur de l'autorité royale en Bretagne, le duc d'Aiguillon avait été ouvertement soutenu par Louis XV quand il était devenu la cible de calomnies dans sa province.

Sans avoir l'étoffe d'un homme d'Etat, il parvenait à occuper le devant de la scène politique avec M. de Maupeou et l'abbé Terray, contrôleur général des Finances. Soutenu par la favorite, il avait fini par être nommé secrétaire d'Etat aux Affaires étrangères, puis ministre d'Etat.

Nous étions déjà arrivés à Versailles et le voyage, qui à cette heure-là de la journée prenait une bonne heure, avait passé si vite que je n'avais pas pris la peine de mettre le nez dehors. Aussi, je ne découvris ce château, modèle de tous les souverains, que lorsque la voiture s'immobilisa dans l'avant-cour des Ministres. La nuit était tombée et sa silhouette surgissait de la pénombre, embrasée par d'innombrables lustres et girandoles qui éclairaient les fenêtres de l'intérieur.

Saisissant son chapeau, le comte de Creutz descendit

le premier et me montrant l'ensemble, s'exclama à mon adresse :

« Ce n'est pas un palais, c'est une ville entière
Superbe en sa grandeur, superbe en sa matière... »

Marquant un temps d'arrêt, il poursuivit joyeusement :

« Non, c'est plutôt un monde, où du grand univers
Se trouvent rassemblés les miracles divers ! »

— C'est joli, ne trouvez-vous pas ? Vous pouvez en convenir sans me flatter car ces vers ne sont pas de moi mais de Charles Perrault, pour vous servir !

Et fort content de son effet, il m'entraîna à sa suite.

L'agitation qui régnait était indescriptible. Les voitures ne cessaient d'entrer et de sortir dans le vacarme des essieux et des roues qui s'entrechoquaient sur les pavés. Les gardes de la Porte en justaucorps bleu rayé de larges galons d'or et d'argent, à revers de velours rouge, mousqueton à l'épaule, contrôlaient carrosses et chaises à porteurs. Un peu plus loin, deux gardes de la Prévôté reconnaissables à leur hocqueton à bouillons d'orfèvrerie incarnat, blanc et bleu, couvert de broderies, interpellaient un garçon suspect. De tous côtés, c'était un va-et-vient de gardes-françaises et de gardes-suisses tandis que valets et laquais couraient en tout sens, tenaient les portières, dépliaient les marchepieds. Il y avait ceux qui, encombrés de chaises à porteurs, s'appliquaient à déposer leurs précieuses charges aux pieds des appartements royaux tandis que d'autres, armés de flambeaux, guidaient les courtisans dans le dédale des cours et des couloirs.

Ministres et ambassadeurs rivalisaient d'adresse pour ne pas être bousculés et couverts de taches par quelque échanson, panetier, rôtisseur ou autre membre de la Bouche chargé d'approvisionner une des nombreuses tables de la Cour. Un vieux marquis, aussi poudré que ridé, perché sur des talons exagérés, n'usait que la pointe de ses souliers à sauter légèrement d'un pavé à l'autre.

Il ne lâchait pas le bras d'une superbe créature qui pouvait être sa fille, à moins qu'elle ne fût quelque actrice pour qui il aurait des bontés pour un soir. Non loin de nous, une lingère coiffée d'un joli petit bonnet tenait sur sa hanche une panière. Un page taquin la poursuivait manquant lui en faire verser le contenu. Tous les deux disparurent sous un porche, laissant derrière eux l'éclat d'un rire joyeux.

Ce qu'on m'avait décrit comme le château de Versailles était bien à lui seul une cité où les mondes les plus différents, sans risque de jurer entre eux, se côtoyaient quotidiennement.

Le duc d'Aiguillon logeait au premier étage de l'aile des Ministres et disposait d'un appartement de fonction dont la beauté dépassait tout ce que l'imagination peut rêver. Il en avait hérité après la disgrâce de Choiseul et, pour notre bonheur, n'avait pour ainsi dire rien changé au meuble qui le composait. Soieries de Lyon, savonneries et Gobelins couvraient murs et parquets de leurs teintes chaudes, distillant les bleus, les roses et les ors dans une hierarchie subtile. Ailleurs, les boiseries, telles des écrins, faisaient ressortir le galbe des commodes, la finesse des encoignures, la richesse des glaces, le velouté des portraits.

— Voici donc notre jeune Suédois dont vous nous avez tant parlé ! Mes félicitations, mon cher Creutz, vous savez toujours les choisir ! Je suis certain que ce jeune homme se fera apprécier.

Mais déjà le ministre écoutait quelque gentilhomme, me dispensant de répondre à son aimable platitude. Nous étions une quarantaine d'étrangers et de courtisans admis chez lui, et deux tables parées de nappes blanches damassées avaient été dressées. Un valet de chambre comptait les entrants et ajoutait des couverts. La vaisselle nombreuse était magnifique. Surtouts et aiguières en argent soulignaient la délicatesse des lignes des pots à oille, des terrines ou des jattes tandis qu'une quantité invraisemblable de plats, seaux et corbeilles étalaient la profusion des mets offerts aux convives.

L'humeur de tous semblait excellente. L'ambassadeur de Venise entretenait familièrement le ministre des Deux-Ponts, tandis que le résident de Dantzig, un verre à la main, observait le chargé d'affaires des Ligues Grises flattant l'ambassadeur de Constantinople.

Les festivités de la veille s'étaient prolongées jusqu'au matin par des réceptions particulières. Le duc d'Aiguillon, qui comme à l'ordinaire tint table ouverte, ne s'était couché que quelques heures le matin. Cachant ses traits défaits sous un masque de poudre qui ne trompait que lui, il promenait son air satisfait entre les groupes.

Ce jour-là, les commentaires allaient bon train, des plus élogieux aux plus réalistes. Louis XV, une nouvelle fois, avait fait du mariage d'un de ses petits-fils le prétexte à une cérémonie splendide. Aucune dépense n'avait été épargnée, fût-elle impossible à payer.

— Le festin fut d'une beauté absolue ! me souffla une voisine, comme s'il se fût agi d'un secret d'Etat. C'était miraculeux !

L'émotion du souvenir lui fit prendre ma main pour ne plus la lâcher. Cette façon familière me gêna mais mon embarras fut de courte durée. Tandis qu'elle pressait mes doigts comme pour donner la mesure à son récit, je remarquai sa main bien vieille, couverte de bagues, mais dont les ongles si joliment dessinés m'attendrirent sur le soin que cette coquette accordait à ses restes de beauté.

Elle me rapporta par le menu comment la salle de spectacle du château avait été recouverte d'un parquet pour lui donner la forme d'un ovale parfait. L'ingéniosité et le raffinement de la mécanique inventée pour le surtout de table la rendait intarissable. Elle m'assurait que son milieu se composait d'une rivière de diamants, dont le cours, orné de bateaux, avait coulé pendant tout le repas, tandis que le surintendant de la Musique du

Roi dirigeait les cent quatre-vingts musiciens placés en face de Sa Majesté.

Conformément à l'étiquette, seule la famille royale et les princes du sang avaient soupé avec le Roi. Les spectateurs qui emplissaient les tribunes n'avaient pas manqué d'observer Louis XV dévorant des yeux Mme du Barry pendant tout le festin. Eblouissante des cinq millions de pierreries qu'elle portait sur elle, la favorite placée, parmi les spectateurs, dans une loge en face du Roi avait été radieuse comme un soleil.

Chez le duc d'Aiguillon ce soir-là, des confidences assassines s'échangeaient pour le plus grand bonheur des convives. La laideur de la comtesse d'Artois en faisait les frais et déjà se propageaient les révélations de son époux qui, triomphant, s'était vanté de... « l'avoir honorée vingt fois » ! Tous s'accordaient pour comparer les princesses de la maison de Savoie à deux horribles guenons. On plaignait leurs maris de les avoir pour épouses. On enviait le Dauphin d'avoir été si heureusement loti. Trois années après son mariage, personne n'était toutefois certain qu'il eût seulement levé le nez de sur ses souliers pour admirer la ravissante Marie-Antoinette d'Autriche qui lui avait été destinée.

Une croquante figurée[1] représentant les diverses parties de l'Europe et du globe venait d'être présentée au duc d'Aiguillon ; son apparition mit un terme aux spéculations d'alcôve. Se tournant vers la vicomtesse de Fleury, sa voisine, le ministre lui demanda quelle partie il lui plairait d'avoir.

— Eh bien ! Monsieur le duc, donnez-moi la France, je la croquerai aussi bien qu'une autre.

Mon regard croisa deux yeux rieurs qui se détournèrent trop hâtivement à mon gré. Je vis s'éloigner une silhouette parée d'une traîne de brocart rose et or ; un bras adorable ramassa un pan de sa robe drapée en petits plis autour d'une taille qui me parut divine.

1. Pâtisserie.

Ce souper était pour moi l'objet d'un étonnement que je me gardais d'afficher. Mes précédents séjours dans des cours étrangères m'avaient habitué à bien des variétés d'esprit, mais rien ne me semblait approcher de ce que j'entendais. Ici j'étais frappé par la liberté de ton de chacun, par le goût général pour la saillie, par l'espièglerie de mes voisines qu'aucun propos ne semblait effaroucher. Quoique déroutant pour un étranger, cet esprit léger qui semblait ne rien prendre vraiment au sérieux exerçait l'effet d'un puissant stimulant, chassant l'ennui qu'engendre fréquemment ce genre d'assemblée pour ne laisser place qu'à la gaieté.

En regagnant sa voiture, le comte de Creutz m'annonça que je serais présenté le lendemain matin à la famille royale. Le duc d'Aiguillon lui avait par ailleurs promis de m'obtenir un billet pour le bal paré du soir.

4.

La Cour est la chose du monde la plus belle au lever du Roi.

Bien qu'arrivés de bonne heure, c'est à peine si nous pouvions nous mouvoir dans le salon de l'Œil-de-Bœuf déjà empli de monde. Le soleil transparent du matin caressait les étoffes chatoyantes, mordorait les têtes poudrées et se jouait des habits constellés de pierreries. Le comte de Creutz se glissait dans le flot grouillant des courtisans avec l'assurance tranquille de l'habitué.

— Monseigneur, permettez-moi de vous présenter le comte de Fersen ! disait-il à l'un ; puis, se tournant vers moi, il ajoutait plus bas :

— Mon jeune ami, je ne vous présente pas au ministre d'Angleterre, vous vous êtes vus hier. En revanche, vous ne connaissez pas l'ambassadeur d'Autriche, suivez-moi, je l'ai aperçu.

Sorte de héron au long bec emmanché d'un long cou, le comte de Mercy-Argenteau me dévisagea de toute sa hauteur, répondant à mon inclination par un élan mécanique qui cassa son habit en deux. Ses yeux gris acier me saisirent par leur absence d'expression, ils avaient la froideur polie du métal. Un sentiment de malaise que je ne pouvais m'expliquer me saisit ; ce n'est que longtemps après que je devais comprendre ce qui en lui me déplaisait.

Je suivis ainsi le comte de Creutz pendant toute l'heure qui précéda ma présentation au Roi. Certains se souvenaient de mon père et eurent la bonté de me le dire ; la plupart me prêtaient une attention distraite. L'annonce du lever du Roi dispersa la foule vers la galerie[1].

— La Garde-Robe, Messieurs ! proclama soudain un garçon de la Chambre.

Après avoir gratté à la porte de la chambre du Roi, il laissa pénétrer le Premier gentilhomme de la Chambre et le Grand-maître de la Garde-Robe suivis d'une dizaine d'officiers de leurs services. Un long quart d'heure s'écoula avant que la porte ne s'ouvrît à nouveau pour laisser passer :

— La Première Entrée !

Il me fallut encore patienter et attendre que le cérémonial du « petit lever » fût achevé.

— La Chambre !

La porte s'ouvrit une troisième fois pour laisser passer un à un cardinaux, archevêques, évêques, ambassadeurs, ducs et pairs, maréchaux de France, gouverneurs de province ainsi que tous les courtisans admis aux honneurs de la Chambre, et se referma encore.

Enfin, les deux battants furent ouverts quelques minutes plus tard et tous ceux qui comme moi avaient été admis à pénétrer dans le sanctuaire en franchirent le seuil. Je me découvris et je le vis. On le disait le plus bel homme de son siècle et je le vérifiai. Malgré l'âge, Louis XV n'avait rien perdu de la beauté élégante que lui prêtaient ses portraits. Il s'entretenait avec un de ses familiers et achevait sa toilette, prenant le chapeau que lui tendait le maréchal-duc de Richelieu, Premier gentilhomme de quartier.

On me nomma :

— Sire, le comte de Fersen !

Je m'inclinai et m'entendis dire :

---

1. Actuelle Galerie des Glaces.

— Vous ne pouviez mieux choisir votre moment pour nous visiter. J'espère que vous goûterez les fêtes données pour le mariage de Monseigneur le comte d'Artois et que nous aurons l'occasion de vous y voir souvent.

Sur ces mots, le Roi nous quitta pour se rendre comme chaque matin à la messe. Nous nous glissâmes entre les courtisans pour rejoindre la chapelle et prendre place dans une travée.

L'entrée du Roi au son du tambour battu par les Cent-Suisses fut magnifique. Les gardes du corps prirent place dans la tribune tandis que le maître de Chapelle tendait l'eau bénite à Sa Majesté et s'installait à ses côtés, imité par la famille royale assemblée. La tribune, couverte d'une grande charpente dorée qui en faisait un beau salon, était véritablement immense et bordée sur le devant d'une balustrade en marbre sur laquelle était jeté un grand tapis de velours cramoisi à franges d'or.

Ce n'est qu'une fois installé, ou plutôt pressé, que j'aperçus véritablement la favorite. Les langues pouvaient siffler, les vieilles duchesses s'étouffer, la famille royale s'offusquer, Mme du Barry était bel et bien la plus ravissante créature de la Cour, éclipsant de loin toute autre beauté. Sa vue m'offrit une distraction de choix pendant tout le temps que dura l'office. Le cadre était, il est vrai, plus propice à la contemplation qu'à la méditation.

Au sortir de la messe, le comte de Creutz m'entraîna à sa suite pour me présenter aux différents membres de la famille royale. Chacun ayant regagné son appartement, ma présentation revêtit des allures de tourbillon à travers un dédale d'antichambres, de salons et d'escaliers où il fallut se jouer de la marée humaine qui rendait certains endroits impraticables. La Dauphine occupait l'appartement de la défunte reine ; c'est là que je la vis pour la première fois entourée de sa société.

— Ceux qui sont mécontents de la Cour en général placent toutes leurs espérances sur Madame la

Dauphine, me glissa le comte de Creutz avant que nous ne paraissions devant elle. Il est vrai que cette princesse a infiniment d'agréments et de grâce. Elle est vive, impétueuse, avec pourtant de la raison et de l'empire sur elle-même. On assure qu'elle a sur son mari un pouvoir absolu.

Malgré la foule, la beauté altière de la Dauphine m'apparut à la faveur d'un soleil radieux qui, se jouant des lourdes tentures, inondait les grandes baies de la chambre et révélait les visages dans une clarté cruelle pour ceux qui n'étaient pas parfaits. Mais cette princesse n'avait rien à redouter des indiscrétions de la nature, car son teint aussi transparent que velouté était d'une pureté éblouissante. Pour avoir rencontré ses sœurs à maintes reprises, je jugeai d'emblée sa grâce incomparable. Elle avait le don de regarder toute l'assemblée en donnant à chacun l'impression de ne regarder que lui.

Une jeune personne de son entourage lui adressa quelques mots auxquels Elle[1] répondit par un léger battement de paupières sans que fût pour autant interrompue la longue chaîne d'hommages qui lui étaient rendus. Je n'eus que le temps d'apercevoir avec quelle élégance Elle s'adressait à chacun. Entraîné et poussé par le flot des courtisans qui nous précédait et nous suivait, je n'eus guère le loisir de contempler plus longtemps cette princesse rayonnante qui allait occuper — comment aurais-je seulement pu l'imaginer ? — une si grande place dans ma vie.

Nous étions attendus chez le duc d'Aiguillon, et le dîner fut à la hauteur du souper de la veille. Je me retrouvai entre deux amusantes coquettes auxquelles les coiffures garnies de plumes et de perles donnaient des airs de jeunes chouettes. Leurs agaceries auxquelles je m'appliquais à répondre avec naturel me consolèrent de l'absence de la délicieuse silhouette aperçue la veille. Les

---

1. Fersen écrivait toujours le pronom avec une majuscule quand il désignait Marie-Antoinette.

mets passaient et repassaient en une symphonie des plus délicates : marinade de perdreaux, filets de faisans sautés aux truffes, cailles en compote, ailerons de poulardes à la Villeroy, tendrons de veau à la Sainte-Menehould en aspic, filets de mouton glacés aux abricots, canetons de Rouen au consommé, poulets à la Reine aux pavies, cervelles de veau en matelote... La table du ministre était décidément à la hauteur de la fortune de son portefeuille.

Mes voisines entreprirent de « m'initier sur tout », ce que j'acceptai volontiers. Leurs moues coquines semblaient promettre beaucoup et intrigué, j'acceptai leur bras pour me laisser guider dans le dédale des bosquets du parc. L'éclairage de cette fin d'après-dînée[1] d'automne était magnifique. La statuaire lavée par la pluie était d'une blancheur rare et les bronzes mouillés semblaient couverts d'un vernis que les pâles rayons de ce soleil de novembre caressaient doucement. Une armée d'artificiers travaillait pour les derniers préparatifs du feu qui serait tiré après le bal paré. A tout moment, mes initiatrices, saisissant le prétexte d'une flaque à éviter, en profitaient pour me serrer de près. Je trouvais cette promenade délicieuse et me laissais séduire par la beauté des jardins et le charme des allées qui s'échappaient.

Rien n'a pu égaler à ce jour la splendeur du bal paré donné le soir même dans la grande salle de spectacle du château qui affichait insolemment son décor raffiné et une acoustique inimitable. Les principaux éléments du théâtre[2] aménagé en salon se rapprochaient d'une croisée que Palladio lui-même aurait pu dessiner. Selon le plan ou le motif sur lequel l'œil se posait, le spectateur se croyait tour à tour à la villa Adriana, dans le chœur de l'église du Saint-Rédempteur de Venise, ou encore dans la basilique de Vicence. Plusieurs milliers de bou-

1. Après-midi.
2. La scène.

gies éclairaient un décor d'une opulence et d'une somptuosité inouïes accrues par les innombrables glaces.

La Cour brillante et nombreuse se pressait dans les loges et les baignoires qui étalaient leurs courbes élégantes. Les tons d'émeraude et de vert campan pour les marbres, de bleu et d'argent pour les tissus, le tout rehaussé d'or et d'argent, contribuaient à révéler le chatoiement des étoffes et la diversité des pierreries arborées pour la circonstance.

Le Dauphin et la comtesse de Provence ouvrirent le bal. Lui, pourtant de belle taille, ne fit hélas ! aucun effort pour montrer quelque grâce en dansant ; elle, malgré son grand habit somptueux, était toujours aussi vilaine. Je préférais tourner mes regards vers des visages plus aimables. La Dauphine assistait à ce divertissement d'une loge qu'Elle partageait avec Madame Elisabeth, sa belle-sœur. Certains la disaient indisposée depuis deux jours et pourtant Elle paraissait rayonnante et souriante avec cette légère hauteur qui devait si souvent lui être reprochée, mais qui, ce soir-là, lui donnait l'avantage d'une beauté élégante, rendant celle de Mme du Barry un peu fade.

Entouré par une délégation de Suédois, le comte de Creutz, tout à son affaire, régnait sur ses troupes. Ramel nous rejoignit accompagné de sa femme qui me présenta le comte de Stedingk, capitaine au Royal-Suédois. Je retrouvai deux de mes compatriotes, de Geer et Plomenfeldt, que j'avais vus pour la dernière fois à Stockholm plusieurs années auparavant. Nous avions changé et n'étions plus les adolescents d'alors. Nous fîmes pourtant mine de ne nous rendre compte de rien et chacun de nous s'appliqua à afficher l'air grave de l'adulte qui en sait déjà beaucoup. Le bal paré était véritablement digne d'éloges. Mais son intérêt s'accrut à mes yeux quand, admirant les galeries, je reconnus soudain la jeune femme rapidement aperçue la veille chez le duc d'Aiguillon. A sa vue, je sentis mon cœur se figer.

Craignant qu'elle ne disparût, je n'osais respirer et ne la quittais des yeux.

Ses cheveux d'un blond à peine poudré étaient relevés avec grâce en un subtil édifice. Tout ornés de rubans et de pierres, ils dégageaient une nuque adorable que je revoyais avec émotion. Je contemplais des traits bien aimables. Un petit nez piqué dans un ovale arrondi ajoutait à la vivacité de ses yeux, si grands qu'ils semblaient manger tout le visage. Ses mains minuscules, dessinées à ravir, jouaient avec son éventail, l'étalant, l'agitant, le repliant pour l'ouvrir à nouveau et cacher un col à croquer et une gorge blanche et pleine qui me laissaient rêveur.

Elle ne m'avait pas vu, et détaillait les loges qui lui faisaient face, répondant par un sourire ou un léger signe de la main à ceux qui lui étaient adressés. Il est clair que je n'allais pas tarder à être découvert quand le comte de Creutz m'appela. Je dus me retourner :

— Vous ne connaissez pas Grétry et vous avez tort. Je vous présente le plus grand compositeur de notre temps !

Il me fallut quelques secondes pour trouver en français les mots qu'il semblait attendre de moi pour son protégé. N'ayant rien perdu de ma distraction, il s'assit à mes côtés et fit à mon intention le détail des personnes qui nous faisaient face. Pour mon malheur, à moins que cela ne fût pour mettre ma patience à l'épreuve, il ne m'épargna aucun nom... Aussi, je me décidai à l'interroger sur celui de ma belle inconnue.

Le comte de Creutz goûtait fort le piquant de la scène. Tout en ne perdant rien de la beauté du bal paré, je ne cessais d'observer la marquise de Brancas puisque tel était son nom. A sa façon de ne plus quitter le théâtre[1] des yeux, je compris que mon manège avait été repéré. Loin de s'en effrayer, elle semblait s'offrir à mes regards, ne craignant pas de m'en voir abuser. Son assurance dis-

1. La scène.

tante m'indiquait la femme habituée aux hommages et la difficulté pour s'en faire une conquête.

Mais le Roi se leva, donnant le signal du départ pour la galerie où nous étions conviés à assister, avec la famille royale, au grand feu d'artifice que le temps semblait devoir autoriser. Je me gardai de me précipiter vers les sorties toutes encombrées de robes à larges paniers qui peinaient à se frayer un chemin entre leurs rivales et nos épées. Ma patience dura tout le temps où je pus contempler ma belle marquise ; celle-ci ayant disparu à son tour, je n'eus de cesse que de la rejoindre mais ne savais encore comment la retrouver et me faire connaître d'elle.

Les vastes couloirs et les grands escaliers que nous empruntions pour quitter la salle ne pouvaient contenir une assemblée si nombreuse. Nous espérions tous l'arrivée dans le Grand Appartement pour reprendre notre souffle mais notre attente fut déçue. C'était pire encore. Tous ceux qui n'avaient pu obtenir de billet pour le bal s'étaient entassés dans les salons, comptant sur la vue du cortège que nous formions pour se dédommager du spectacle dont ils avaient été privés. Nous qui espérions une collation pour nous rafraîchir, nous dûmes nous contenter de la vue de buffets certes superbement garnis, mais dont l'éloignement nous assurait que nous ne les atteindrions pas.

Je sentais la mauvaise humeur et la fatigue me gagner. Debout depuis six heures du matin, mes jambes s'alourdissaient des lieues parcourues depuis ma présentation, et je ne pouvais m'empêcher d'admirer le comte de Creutz qui inlassablement avançait, souriait, saluait, présentait. Et moi, je rêvais de l'orange givrée dont j'apercevais la promesse inaccessible et faisais pour ce soir le deuil de ma marquise, elle aussi perdue.

Ce n'est qu'après quelque dix-huit heures debout que je pus m'effondrer dans le carrosse de notre cher ambassadeur. Et lui, infatigable, se faisait une joie de commenter sa journée. La route de Versailles à Paris, malgré l'heure avancée de la nuit, ne formait qu'un immense ruban de voitures dont les flambeaux éclairaient le parcours comme en plein jour. Dans un ultime effort, je m'appliquais à écouter mon hôte et repoussais la tentation de retrouver, en rêve pour l'instant, la marquise de Brancas.

5.

Dans les semaines qui suivirent, mes journées prirent un cours semblable à celui qui avait rythmé mes précédentes étapes. Les matinées consacrées à l'étude se partageaient entre des leçons de danse et de musique et des cours d'histoire et de physique. Pour ces derniers, je m'inscrivis à la Sorbonne où je ne tardai pas à avoir une condisciple peu commune puisqu'il s'agissait d'Angélique Diderot, dont le père, illustre jusque chez nous, s'était décidé à un séjour auprès de sa bienfaitrice Catherine II, impératrice de toutes les Russies.

Angélique devait avoir deux ans de plus que moi et venait d'épouser Nicolas Carayan de Vandeuil. Elle n'en poursuivait pas moins ses études et était la seule femme à assister à notre cours de physique. Contrairement aux usages communément admis, c'est elle qui, m'ayant remarqué, vint se présenter à moi. Elle n'était pas bien jolie mais était fort gaie et avait de l'esprit.

Comme je passais chez elle le plus souvent après ma leçon de danse, elle ne manquait jamais une occasion de m'en taquiner, au point qu'un jour je ne pus m'empêcher de la vouloir piquer à mon tour :

— Ne me dites pas qu'une jeune femme comme vous n'entend pas la danse ! lui lançai-je faussement étonné.

La danse appartenant aux arts que toute jeune fille bien née se devait de cultiver, ma remarque laissait entendre une éducation négligée. Loin de se troubler, elle acheva de nouer une mousseline sur ses épaules et répondit avec une assurance tranquille qui me surprit plus que je n'osai me l'avouer :

— Pas plus qu'il n'en faut pour faire une révérence, avoir un maintien décent, se bien présenter et savoir marcher.

— Alors un peu de chant ? risquai-je.

— Pas plus qu'il n'en faut pour bien prononcer.

— Point de musique ?

— Une à deux heures par jour, mais je vous assure seulement pendant quelques années, me dit-elle tout aussi librement.

Le désir de la provoquer avait cédé le pas à une curiosité réelle tant cette jeune personne me paraissait étonnante. J'insistai :

— Mais qu'avez-vous donc appris ?

Achevant d'assembler des feuilles éparses et l'encrier de poche qu'elle utilisait pour ses cours, elle m'avoua sans le moindre embarras une chose qui, prononcée par une autre bouche que la sienne, eût paru bien présomptueuse :

— Mon père se vante de m'avoir appris à raisonner juste, chose qu'il estime si peu commune parmi les hommes et plus rare encore parmi les femmes !

J'eusse gagné à me taire car elle rit de mon trouble :

— N'ayez crainte, mon cher Axel, j'ai aussi et comme vous appris de la grammaire, de la fable[1], de l'histoire, de la géographie, un peu de dessin...

Triomphante et malicieuse, elle ajouta :

— Et... beaucoup de morale ! Mais ne soyez pas fâché et n'allons pas nous mettre en retard.

Sa compagnie donnait beaucoup d'agrément à mes cours et ajoutait mille détails curieux à ma culture.

Entre-temps, les cartes que j'avais déposées lors de mon arrivée commençaient à porter leurs fruits. J'étais

1. Récits mythologiques.

convié et ne cessais de rendre des visites. Mes relations augmentaient et mon temps se passait d'une manière fort douce. Le duc de Deux-Ponts que j'avais rencontré lors de mon passage à Brunswick m'accueillit en son hôtel de la rue Neuve-Saint-Augustin. Invité à sa table quand je le souhaitais, je m'exécutais de bonne grâce, heureux de rencontrer chez lui le Tout-Paris diplomatique et artistique. Mlle Gamaches, ravissante danseuse qu'il avait fait la folie d'enlever à l'Opéra pour la nommer comtesse de Forbach, lui offrait une seconde jeunesse et régnait en souveraine sur son intérieur.

Je cultivais la société des Leijel, riche famille suédoise qui avait la manie des voyages. Leur charmante et unique fille Catherine avait pour commencer dans la vie, en plus de sa fortune, un regard d'un gris très doux qui la rendait des plus intéressantes. Je l'accompagnais ainsi que ses parents au Français, aux Italiens et soupais fort régulièrement chez eux.

Le comte de Creutz m'avait réellement pris en amitié et je le lui rendais bien. Chaque jour, j'apprenais à mieux connaître un homme dont l'humanisme faisait mon admiration. Parce qu'il fallait le faire et sur ses conseils, je me pliais à l'usage des visites chez Mmes Geoffrin et du Deffand, vieilles savantes à ne pas manquer. Chacune rivalisait d'imagination pour réunir dans son salon tout ceux que l'on disait hommes distingués du temps. Flatté d'être accueilli malgré mon jeune âge dans des assemblées aussi courues, j'effectuais cependant mes visites sans entrain car, pour être honnête, le genre le plus assommant y sévissait. Enfin, il fallait en être pour pouvoir s'entendre dire : « Il a sûrement beaucoup d'esprit, je ne le connais pas, mais il va chez Mme Geoffrin. »

Je préférais de beaucoup accompagner le comte de Creutz chez ses amis, surtout s'il s'agissait de la belle comtesse de Brionne, dont l'amitié était d'autant plus précieuse à notre souverain Gustave III qu'elle lui garantissait l'appui de Choiseul s'il revenait aux affaires. Je n'oublierai jamais ma première visite chez elle. Nous sortions d'un dîner chez l'ambassadeur d'Espagne et disposions encore d'une bonne heure avant le spectacle. Le comte de Creutz, ayant appris que sa chère amie, selon son expression, se mourait d'envie de me voir, me proposa de lui faire une visite.

Elle était à sa toilette et recevait en son cabinet, échangeant mille propos agréables avec ses visiteurs tout en achevant de se préparer. Bien qu'elle eût atteint un âge certain, je dois avouer que je la trouvais très bien. Grande, faite à ravir, un visage assez joli, voilà l'essentiel des traits qui m'enchantèrent à leur vue. Ajoutez un air aimable et un naturel fort gai et vous comprendrez sans peine mon ravissement en cet instant.

Il y avait encore les heures que nous dérobions au temps pour nous rendre chez Grétry. L'un abandonnait ses obligations diplomatiques, l'autre ses études pour rejoindre l'antre du compositeur. C'était merveille de voir comment, selon les jours et l'humeur de ce dernier, le comte de Creutz parvenait à obtenir que le génie de son protégé accouchât de quelques belles pages de musique.

Parfois, il lui suffisait de donner des ordres et de l'argent aux domestiques pour chasser les intrus de l'antichambre et mettre Grétry à l'ouvrage. Creutz, qui raffolait de le voir composer, pouvait s'asseoir à ses côtés pendant cinq ou six heures et celles-ci s'écoulaient en un instant, pour eux comme pour moi.

Les jours où Grétry était peu disposé au travail, notre protecteur usait de mille petites ruses pour l'y engager. Tantôt il piquait son amour-propre, en disant que le morceau qui l'occupait était d'une difficulté horrible à mettre en musique ; tantôt il supposait qu'il n'avait pas pris garde à une réminiscence qu'il aurait laissé échapper la veille. Alors Grétry courait à son piano pour s'en assurer et, dès que Creutz l'y tenait, c'était pour longtemps et il lui fallait travailler.

Le comte de Creutz assistait à toutes ses répétitions, aplanissait les difficultés matérielles qui pouvaient surgir, prenait un intérêt tel à sa musique qu'il m'arriva d'assister à une représentation à la fin de laquelle on complimenta non l'auteur mais... son mentor ! Il est vrai que Grétry lui était bien redevable car c'est mon cher ambassadeur qui, quelques années auparavant, avait persuadé Marmontel de céder à Grétry le livret du *Huron*. Le succès de cet opéra fut immédiat et marqua le début d'une collaboration féconde entre l'écrivain et le compositeur. Aussi, combien de fois ai-je retrouvé Marmontel et Grétry travaillant ou devisant dans le salon de ce dernier ! Le parquet était couvert de piles d'ouvrages et de partitions entre lesquelles je posais le pied avec des précautions infinies.

A la même époque, je fus présenté à Mgr le duc d'Orléans et à son fils M. le duc de Chartres[1]. La délicieuse duchesse de Chartres assise à ses côtés, une tasse de chocolat dans une main, jouait de l'autre avec un minuscule chien qui lui mordillait les doigts. Quant au duc de Chartres, comment ne pas être attiré par le charme d'un prince à la taille élégante qui dansait et chassait avec une grâce infinie, goûtait les sciences et les langues et plaisait à tous ? Son caractère n'annonçait en ce temps-là encore rien de saillant, si ce n'est une sorte de faiblesse qui le faisait s'enflammer pour tout ce qui était nouveau. Désabusé, versatile et égoïste, tels étaient les traits qui frappaient ceux qui s'appliquaient à l'observer parmi ses plaisirs.

Ramel, de Geer et Plomentfeldt étaient devenus mes compagnons quotidiens. Il ne se passait pas une journée sans que je visse l'un d'eux ou les trois ensemble pour dîner, souper ou aller au spectacle. Pour les rencontrer plus à loisir, je m'étais rapproché d'eux et j'avais quitté au milieu du mois de décembre l'hôtel de Turenne pour loger à celui d'York ; nous passions ensemble chaque

1. Futur Philippe Égalité.

semaine de grandes journées à Versailles. Un réel plaisir s'ajoutait à l'intérêt et à la curiosité qui m'avaient entraîné dans les premiers temps : je prenais mes habitudes.

Pour atténuer les fatigues de la route et me permettre de me changer plus confortablement, j'établis mes quartiers à l'hôtel des Ambassadeurs. Situé rue de la Chancellerie, dans une des contre-allées qui longent la place d'Armes, il me suffisait de la traverser pour gagner le château.

A cette époque, j'allais à Versailles avec le vif désir de revoir la marquise de Brancas que je croisais parfois mais trop peu à mon goût. Sa silhouette hantait mon esprit, son sourire illuminait chacun de mes instants, enfin l'espoir de la voir donnait à mon séjour un piquant dont je conserve encore malgré les années un souvenir amusé.

Les fêtes pour le mariage du comte d'Artois s'étaient poursuivies jusqu'au mois de décembre avec leur cortège de réjouissances et d'opéras. Je ne manquai ni le *Bellérophon* de Lully ni le *Sabinus* de Gossec ; ces soirées dans la grande salle de spectacle du Château me fournissaient autant d'occasions de revoir des visages aimables qui me reconnaissaient. La comtesse de Noailles m'invita dans sa loge, me convia aux soirées qu'elle donnait pour la Dauphine et et ne tarda pas à me prier aux bals de celle-ci. J'avais tout le loisir d'observer les gentilshommes faire leur cour à la Dauphine ; Elle dansait de façon si gracieuse que les courtisans les plus difficiles reconnaissaient qu'Elle ne pouvait faire un faux pas. Seule la mesure avait tort !

Suspendus pendant les festivités du mariage du comte d'Artois, les bals reprirent tous les lundis sitôt celles-ci achevées. Je me forçais à m'y rendre, manquais rarement le mardi, jour des ambassadeurs, et retournais souvent le samedi à la Cour. Ces voyages à Versailles suivaient invariablement le même cours : visites, dîner, promenade ou jeu — le comte de Creutz était acharné de parties d'ombre que nous disputions avec le comte d'Adhémar et l'ambassadeur de Sardaigne —, bal, souper... Puis je regagnais Paris pour poursuivre ma nuit au bal de l'Opéra qui s'achevait avec le jour.

Happé dans un tourbillon de fêtes, de distractions et de mondanités, je goûtais chacune d'elles avec précipitation, plus enivré par leur rythme que par leur essence, car la marquise de Brancas était de tous ces moments. Sa position à la Cour — elle était dame d'atour de la précédente Dauphine — et notre différence d'âge — bien que ne le paraissant pas, elle avait vécu deux fois plus que moi — contenaient nos rencontres dans une certaine réserve. Je ne cessais d'admirer sa beauté conquérante qui me troublait, il arrivait que son regard s'arrêtât sur moi : mes transports se nourrissaient de mes rêves.

6.

L'année avait fort mal commencé. Il faisait un froid horrible et j'avais commandé ma voiture pour huit heures. Je devais me rendre à Versailles et faire ma cour au Roi à l'occasion de la cérémonie du jour de l'an et de l'ordre du Saint-Esprit. Le vent d'Est entrait chez moi par les fenêtres mal jointes et la moindre porte entrouverte transformait mon appartement en glacière. Mon valet faisait les frais de ma mauvaise humeur car mon tailleur n'était toujours pas là. En prévision de la route, je l'avais fait avertir la veille afin qu'il m'apportât enfin l'habit de fourrure que j'attendais depuis des semaines. Il me fallut encore patienter trois quarts d'heure avant de le voir paraître, se confondant en excuses qui achevèrent de m'exaspérer. Je tenais enfin mon habit et pouvais partir. A dix heures, j'étais à Versailles, curieux d'assister à la célébration. Quelle ne fut pas ma déception ! Le Roi et les chevaliers suivirent la messe en habit de cérémonie et ce fut tout. Aussi, après avoir dîné, j'allai avec le comte de Creutz chez Mme du Barry qui me parla pour la première fois. Au sortir de là, nous revînmes à Paris et je rentrai me coucher chez moi fatigué et déçu de ma journée.

Celles qui suivirent furent consacrées aux visites de nouvel an. Je n'oubliai aucun ambassadeur, aucun ministre, aucun attaché d'ambassade, aucune princesse, aucune comtesse, aucun abbé dont j'avais pu faire la connaissance. Les cours des hôtels particuliers ne désemplissaient pas : il me fallait patienter parfois une heure avant de pouvoir pénétrer dans certaines demeures en vue. Mais quelle satisfaction une fois ma visite achevée ! C'était une course à celui qui en ferait le plus et Plomentfeld battait tous les records. Sa grande pratique des maisons parisiennes lui accordait, il est vrai, l'avantage de prendre des raccourcis seuls connus des amants, ce dont il se targuait sans faire de mystères.

La comtesse d'Arville, qui m'avait si aimablement prié de la venir voir, me reçut avec une joie que je ne m'expliquai que le lendemain. Quand j'y retournai sur son invitation, il y avait grande assemblée. C'était un jeu d'enfer : des tables de biribi et de pharaon avaient été dressées jusque dans les antichambres. L'ambassadrice du Portugal, une Française de vingt ans, m'accueillit avec transport et m'introduisit, tel un trophée, dans le salon de son amie. Je répondis du mieux que je le pus aux sourires complices qui m'étaient adressés.

— Comte, vous êtes un amour d'être parmi nous !

Et se levant pour aller à ma rencontre, la comtesse d'Arville m'enleva à l'ambassadrice pour me glisser :

— J'ai une amie très chère qui brûle de vous rencontrer.

Et d'ajouter plus bas :

— Je crois que vous la faites attendre depuis de nombreuses semaines. Je ne vous savais guère si peu galant...

Elle n'avait pas achevé sa phrase que la marquise de Brancas, sans quitter son fauteuil, me tendit une main adorable que je baisai avec plus de ferveur que l'usage ne le commandait. Elle me l'abandonna de bonne grâce, mais juste ce qu'il fallait pour me signifier son consentement. Puis l'ayant retirée, elle m'indiqua une chaise à ses côtés et poursuivit sa partie. La maîtresse de maison nous ayant quittés pour accueillir de nouveaux venus, je me trouvais dans cette situation intéressante où, ne connaissant personne à ma table et guère mieux la sublime marquise, je sentais que cette félicité soudaine allait m'ôter tous mes moyens. C'était faire peu de cas de l'habileté de celle-ci qui, passant la main, me souffla :

— Vous êtes la coqueluche de ces dames qui ne parlent que de vous ! Cher comte, que leur avez-vous donc fait ? Regardez sur notre gauche : Bonne de Neuville vous dévore des yeux, c'est indécent à son âge...

Il faisait très chaud dans le salon où nous étions, mes oreilles bourdonnaient, je n'entendais plus rien, je sentais le moment où bêtement j'allais me trouver mal. Mon adorable voisine le devinant me tendit aussitôt sa tasse de chocolat :

— Buvez ou vous nous allez quitter !

Et elle ajouta ce que je fus seul à entendre :

— J'en serais fâchée, je vous trouve à croquer...

Augurant bien de cette douce remarque, je bus quelques gorgées qui suffirent à me remettre. Je dévorai une pâtisserie que l'on me tendait et réalisai que, depuis le matin où j'étais sorti après une nuit trop courte, je n'avais rien pris.

— Vous avez dans votre jeu des atouts que je n'ai pas et qu'il n'appartient qu'à vous de me faire partager, lui murmurai-je tandis qu'un de ses partenaires se levait à la vue d'un nouveau convive qu'il reconnaissait.

La marquise esquissa un sourire caressant et piquant dont elle savait bien le pouvoir.

— Demandez et vous serez exaucé ! me souffla-t-elle.

— Vous savez beaucoup sur moi et j'ignore tout de vous... lui confiai-je, mais ce qui de ma part était une invite fut pris tout autrement :

— Vous me désolez, je vous aurais cru plus curieux, me lâcha-t-elle d'un air qui se voulait fâché.

Les préjugés des femmes vertueuses sont plus faciles à vaincre que les réticences des coquettes rompues aux triomphes. Je tentai de m'en sortir :

— Mettez, Madame, mon ignorance sur le compte de

mon arrivée récente dans votre pays et d'une langue qui ne m'est guère familière. Mais, si vous acceptiez de me servir de guide, alors peut-être... auriez-vous... moins de motifs pour vous plaindre de moi, lui glissai-je.

Prétexte ou coïncidence, Bonne de Neuville s'était approchée et nous interrompit :

— Marie-Anne, ma chérie, nous retrouvons-nous tout à l'heure pour le souper que donne le Bailli en l'honneur de l'abbé Barthélemy ? Vous savez qu'il nous arrive à l'instant de Chanteloup avec les nouvelles les plus récentes de nos si chers Choiseul. Je...

Mais Marie-Anne, qui décidément portait le plus doux des prénoms, ne la laissa pas poursuivre :

— Ma pauvre Bonne ! Avez-vous perdu la tête ? Moi, chez le Bailli ! On s'y ennuie à périr, je vous l'abandonne volontiers. Et se tournant vers moi :

— D'autant que le comte de Fersen s'avoue... très ignorant des usages de ce pays et me prie de l'initier. Vous savez mon goût pour les bienfaits, je ne résiste jamais à la tentation de rendre un service surtout quand il est dans mes moyens de le faire...

Bonne de Neuville était de ces femmes pour qui le Bien et ses œuvres comblaient une existence par ailleurs fort terne. Mariée très jeune à un époux qu'elle ne voyait jamais, elle s'étourdissait de services rendus, moins par charité que par désœuvrement. De complexion fragile, elle consacrait une grande part de ses journées à soigner des petits maux souvent imaginaires, en attendant d'en faire des récits propres à décourager l'auditoire le mieux disposé.

— Fersen ! N'êtes-vous pas parent du comte de Fersen qui séjourna à Paris, il y a quelques années ? me demanda-t-elle enchantée.

Je m'étais levé pour la saluer :

— Je suis, Madame, son fils pour vous servir, lui répondis-je.

Je m'inclinai respectueusement, riant en mon for intérieur de ce que pensait ma délicieuse marquise sur son amie.

Décidément, ma soirée s'annonçait le mieux du monde. Bonne de Neuville nous infligea quelques banalités, qu'elle savait réciter fort joliment, ce qui les faisait passer plus rapidement, et prit enfin congé. Elle n'était pas la seule. Un mouvement se dessinait dans le salon où nous étions, la plupart des convives faisant demander leur voiture. Notre hôtesse ne nous avait pas oubliés et, nous voyant debout, crut à notre départ.

— Vous ne me quittez pas, j'espère ! s'exclama-t-elle, puis, s'approchant de nous, elle ajouta plus bas :

— Je compte sur vous pour protéger ma vertu des assauts du comte de Lauraguais. Il me réclame depuis des mois une soirée avec lui ! J'avoue avoir épuisé tous les prétextes. Je ne peux plus me dérober, j'ai cédé : je lui ai promis la Comédie-Italienne. Nous prendrons ma voiture : soyez bons, glissez-vous y ! Il ne me pourra rien dire quand il vous trouvera. Je l'aurai prévenu : vous m'aurez mandé de vous y mener, ma chère Marie-Anne, car vous-même avez prêté la vôtre... A tout de suite ! nous souffla-t-elle avant d'échanger quelques propos courtois avec des étrangers de passage.

Le prétendant s'exécuta de mauvaise grâce et ne fut guère bavard ; la comtesse d'Arville, ravie de son petit tour, parlait pour dix. Et moi, en attendant d'applaudir *La Bonne Fille* de M. Goldoni pour la troisième fois depuis mon arrivée à Paris, je savourais l'instant présent. Nous n'avions pu nous placer à l'avance dans le carrosse comme nous en étions convenus. Arrivés en même temps que la comtesse et son chevalier, je m'étais assis aux côtés de ce dernier et ne perdais rien d'un regard bleu profond qui soutenait l'ardeur du mien.

A la sortie du spectacle, je me fis déposer chez moi et me changeai pour les rejoindre chez Mme d'Arville, qui eut encore la force de nous recevoir tous avec Plomentfeld que nous avions rencontré. Nous nous retrouvâmes à cinq pour un souper très gai qui s'acheva fort tard : premier d'une longue série où nous ne fûmes cependant pas toujours aussi nombreux.

7.

Aux bals de l'Opéra, princes du sang et gentilshommes bien nés, fortunes établies ou autres à relever, intrigants de bas étage et aventuriers notoires se disputaient le bras de cavalières mystérieuses rivalisant d'éclat et dont les origines se confondaient derrière les masques choisis pour un soir. Les chrysalides de nos nuits n'étaient que plumes et taffetas, diamants — vrais et faux —, soies brochées, nœuds, galanteries et fantaisies offertes au plaisir de nos yeux grisés de s'y perdre en attendant mieux. Et le mieux tardait rarement à être proposé, surtout quand nous arrivions seuls.

Ainsi, un soir, un masque fort joli et très aimable me dit tout bas :

— Je suis fâchée que vous ne soyez pas mon mari...

Devant mon étonnement non feint, elle ajouta malicieusement :

— Pour pouvoir coucher avec vous !

Je pris un ton désinvolte pour l'assurer que cela n'empêchait pas, mais à ma surprise, elle s'échappa. Tandis que j'essayais de la rattraper, je tombai sur Plomentfeld qui poursuivait de son côté une inconnue pour savoir qui elle était. Plus rapide ou mieux placé, je l'attrapai, elle fut moins difficile. Elle s'assit dans le corridor où nous eûmes avec elle une longue conversation : elle n'avait qu'un voile sur le visage et se laissait embrasser.

A la facilité joyeuse qu'elle mettait à se donner, nous crûmes que c'était une chanteuse de la Comédie-Italienne, elle nous assura que non. Elle était fort jolie et quand nous quittâmes le bal ce soir-là, Plomentfeld qui s'était engagé ailleurs semblait réellement désolé de nous abandonner. Mais je lui pardonnai ce départ de bonne grâce et ne regrettai pas les heures qui suivirent. Je n'ai jamais su qui elle était mais peu importait ; tel était le ton au bal de l'Opéra : mélange subtil d'élégance et de séduction, de raffinement et d'espièglerie, parfum inoubliable d'un monde évanoui.

Cependant, une nuit de janvier 1774, il me souvient être arrivé fort tard, vers une heure du matin. J'étais allé d'abord à Versailles au bal de la Dauphine, et avais dû me rendre chez le duc d'Aiguillon pour un souper qui m'avait paru interminable. Enfin délivré des obligations de la Cour, je m'étais précipité dans ma voiture pour retrouver nos amis suédois et finir avec eux la nuit à l'Opéra.

C'était une soirée en apparence semblable aux autres. La marquise de Brancas m'avait promis d'en être mais je ne l'avais pas encore retrouvée, pas plus que la comtesse d'Arville, son inséparable amie. J'avais été accueilli par un masque fort en train qui m'avait fait mille agaceries plaisantes mais, apercevant le comte de Creutz, j'avais abandonné pour le retrouver ce qui ne pouvait être qu'une fortune trop facile quand un autre masque retint mon attention.

Son éventail avait glissé à mes pieds, elle le cherchait des yeux et, devinant son mouvement, je m'étais baissé pour le lui ramasser. En le lui remettant, je remarquai ses doigts que je soupçonnai très beaux sous l'infinie douceur des gants qui les enserraient. Et trouvant son port des plus gracieux, je lui proposai ma main qu'elle accepta pour quelques pas de menuet.

Combien de pas ai-je dansé pendant ce premier séjour à Paris ? Il n'est pas un soir hormis pendant le Carême où je n'aie couru à un bal si ce n'est à plusieurs. Le souvenir de mes cavalières s'est enfui aussi vite que l'instant partagé. Presque quarante ans plus tard, il ne subsiste d'elles que le parfum poudré et un peu écœurant de toutes leurs toilettes rivalisant d'éclat pour être remarquées. Quelques rares visages ont survécu à ce ballet d'intrigues et de séduction et parmi ceux-ci, il en est un qui, avec les années, a envahi ma mémoire.

Sur le moment, il me sembla que je tenais au bout de mon bras une elfe. Faisant fi de la lourde robe de brocard blanc toute rebrodée d'argent et de pierreries qui l'enserrait, la mienne semblait s'échapper avec une grâce que soulignait un sourire doux et mutin. Le masque qu'elle portait était dans les mêmes tons que sa robe et lui accordait un mystère que pour rien au monde, je n'aurais voulu percer.

La presse était si intense qu'il n'y avait pas moyen de se mouvoir. La musique couvrait les voix et il me fallait me pencher pour tenter d'entendre les mots inspirés par la gaieté du lieu qu'elle me soufflait malicieusement. Je croyais en deviner la teneur au ton piquant qui m'invitait à rire. Tout se passa très rapidement : le temps de me laisser séduire par la grâce infinie d'une jeune femme très entourée. Je n'avais pas pris garde au cercle qui, autour de nous, se resserrait quand je crus entendre d'insistants murmures.

Deux superbes créatures entourèrent ma cavalière qui, à ma surprise, m'abandonna aussitôt pour se perdre dans la foule. Je restai là étourdi mais n'eus pas le temps de m'interroger sur la raison de cette disparition soudaine. Deux hommes leur emboîtèrent le pas. Au rire sonore du premier, je blémis ; la démarche du second confirma ma stupeur. Il s'agissait bel et bien du Dauphin accompagné de Monsieur[1] ; un essaim de courtisans bourdonnait dans leur sillage.

Le baron de Ramel, que je n'avais pas encore aperçu,

1. Son frère, le comte de Provence.

me tira de ma perplexité en m'adressant sur un ton qui se voulait neutre ses félicitations pour le succès que je venais d'obtenir... auprès de la Dauphine ! Sa remarque, signe que ma faveur avait été observée par tous, me tira tout à fait de ce rêve. Pour tout avouer, elle m'enchanta peut-être autant que la rencontre m'avait troublé. Ce sentiment d'unisson né de la magie du lieu était un songe sans espoir. Choisissant d'en prendre mon parti, je me convainquis qu'après avoir été reçu par ses sœurs à Parme et à Naples, il était heureux d'avoir été remarqué par la Dauphine, appelée à devenir un jour reine de France. Je décidai sagement de qualifier ce succès de mondain et de le porter au crédit d'une soirée qui se poursuivit non moins gaiement jusqu'à une heure fort avancée.

La belle Marie-Anne de Brancas me retrouva la première, ce qui n'était pas bien difficile, mon loup laissant deviner mes traits mieux que son masque. Couvert de plumes grises rebrodées de perles, il se fondait dans sa chevelure poudrée semblable au ramage d'un oiseau superbe. Je la sentais d'humeur à me tourmenter et ne me trompais guère. Ce jour-là, je la laissai poursuivre ses agaceries jusqu'à six heures du matin puis, pour l'en punir, je la raccompagnai jusqu'à sa voiture et allai de mon côté chez l'ambassadeur de Malte où je restai jusqu'à dix heures.

8.

Ma liaison avec la marquise de Brancas s'installa dans l'hiver. Un jour, contemplant les eaux gelées d'un bassin, je ne pus m'empêcher de me demander lequel de nous deux briserait le premier le calme apparent du cours qu'elle avait pris. Comme je ramassais un caillou pour le lancer sur la glace, une idée me vint : les ricochets seraient autant de semaines que nous nous accorderions. Mais, dans un sifflement net, la pierre fendit la surface qui ne devait pas être bien épaisse en cette fin du mois de mars. Je souris, ce fut décidé. Après avoir été l'objet de ses plaisirs, quel délice ce serait d'être son vainqueur !

Il ne m'avait pas fallu très longtemps pour comprendre ce qui poussait la marquise de Brancas à s'intéresser à moi. La trop belle Marie-Anne s'ennuyait et même ne faisait que cela. Elle le faisait du reste fort bien, avec application, traînant ses langueurs, comme elle les appelait, chez elle, à la Cour, chez ses amis, à la promenade, dans les salons, à l'Opéra, à la comédie... Sortant son ennui comme une mascotte dont on ne se sépare guère, elle le couvrait d'un grand train, d'une beauté élégante et d'une ironie qui pouvait être très drôle quand on n'en faisait pas les frais.

Le marquis de Brancas, qu'elle connaissait moins que ses gens, avait des goûts trop différents des siens pour qu'elle s'intéressât à lui ; de son côté, tout occupé par sa carrière et quelques intrigues, il n'avait jamais fait plus d'efforts qu'il n'était nécessaire pour vivre en bonne intelligence avec elle. La configuration de leur hôtel ne laissait aucun doute sur l'indépendance des époux et la relative sérénité des amours clandestines qu'ils pouvaient cultiver. Marie-Anne se donnait des airs de Ninon, accordant à l'amant du moment une heure, quelques jours, voire quelques semaines de passion comme une faveur rare.

Cependant, dès notre première nuit, elle sembla m'offrir un crédit illimité qui, nous le savions l'un et l'autre, s'achèverait au plus tard avec mon départ pour l'Angleterre où je devais encore me rendre avant de rentrer en Suède. Flatté d'être distingué et amoureux de l'idée que je me faisais de ma liaison avec une femme dont les apparences offraient les prémices les plus avantageux, je ne me fis pas prier pour succomber à des charmes si volontiers offerts. D'autant que Marie-Anne affichait parfois des pudeurs charmantes que je mettais, à nos débuts et à tort, sur le compte d'une coquetterie conservée ou mieux d'un remords naissant.

Mais la marquise de Brancas n'était pas femme à se laisser guider par des états d'âme de nature morale ou sentimentale. Son alcôve se révéla rapidement comme un champ d'expériences étonnantes que la volupté des formes ne parvenait pas seule à expliquer. Un flacon qui traînait sur sa table de toilette me fit hélas et trop rapidement saisir le secret de ses ardeurs. La découverte de l'élixir qu'elle prenait pour s'échauffer, comme me le révéla élégamment sa femme de chambre, agit sur moi de façon inverse aux effets attendus. La seule idée des ingrédients qu'il contenait et qu'elle avait dû absorber, la bave de crapaud et la semence de souris n'étant pas les moins ragoûtants, m'ôta ce jour-là tout désir d'honorer la bacchante qui m'attendait. Allongée dans sa polonaise, à peine vêtue d'un drapé de mousseline, elle devait être tout à fait charmante mais, saisissant le premier prétexte, je m'enfuis comme un sauvage. Curieusement, loin d'en concevoir de l'humeur, elle trouva mon départ piquant ; il rompait la monotonie vers laquelle nous glissions. De fait, cet épisode de nos amours ralluma ses ardeurs et les miennes avec.

Nous en étions là quand, à l'occasion d'une de mes promenades d'études, un bassin gelé et les jeux qu'il m'inspira me tirèrent de ma torpeur sentimentale. Il y avait déjà trois mois que j'étais à Paris et je ne connaissais encore rien des choses remarquables qu'on y voit. Le carnaval avait achevé de me distraire, je me couchais rarement avant dix heures du matin et prenais des habitudes parisiennes. Comme mes compagnons, je ne me levais que vers cinq heures de relevée[1] pour aller au spectacle et entamer une folle nuit partagée entre un souper à accepter, une amante à retrouver, un bal particulier à quitter pour finir à celui de l'Opéra. Il était grand temps de rattraper le temps perdu ! Aussi, je décidai de ne rien ignorer de Paris et de ses environs et priai le comte de Creutz et Bolemani de vouloir bien être mes initiateurs. Tous deux acceptèrent de bonne grâce.

Mon précepteur, qui ne m'avait guère vu depuis Noël, se réjouit de mes nouvelles dispositions, même s'il regrettait un peu le temps libre que je lui avais laissé et qu'il avait mis à profit plus sérieusement que son disciple. Quant au comte de Creutz, il ne me fit aucune remarque sur mes succès qu'il savait. Il est vrai que ceux-ci n'entamaient en rien la régularité de nos rencontres auxquelles j'attachais un prix infini. Qui aurait pu résister à l'enthousiasme contagieux de cet homme que j'aimais déjà comme un père ? Sa culture sans borne et sa gentillesse mêlée de discrétion donnaient à nos promenades le plus grand agrément. Je vis grâce à lui tout ce qu'il fallait voir à Paris en ce temps-là : les Invalides, le nouveau portail de Sainte-Geneviève, l'Ecole militaire... Nous marchions à travers la ville parfois pendant

1. De l'après-midi.

des heures sans nous arrêter et c'est à peine si nous voyions le temps passer.

J'ai souvenir d'un matin où après un déjeuner chez Grétry, nous allâmes admirer le pont de Neuilly qui venait d'être achevé. Après avoir gagné les Tuileries et traversé la place Louis XV, nous avions emprunté les Champs-Elysées qui formaient une promenade immense, tout en allées, interrompue seulement par de grands emplacements destinés l'été à différents jeux quand ils ne servaient pas à l'exercice des troupes. Les travaux que l'on y faisait étaient incroyables. La perspective esquissée promettait d'être grandiose et il est vrai que cet ouvrage jeté par-dessus la Seine était réellement une merveille. Sa simplicité et son élégance me fascinèrent à un point tel que je passai un long moment à en relever les caractéristiques. Nous avions mis deux heures et demie pour nous y rendre à pied, il nous fallut un peu plus de temps pour en revenir et, après avoir manqué être écrasés par une voiture qui nous jeta contre un mur, nous rentrâmes à l'ambassade heureux, mais affamés et épuisés par notre course.

Les résolutions que j'avais prises rendirent à mes journées un cours plus régulier. Mes promenades de grand matin m'obligeaient à des nuits plus sages, en un mot à moins de folies. La belle Marie-Anne, qui les premiers jours prêta une oreille amusée aux récits passionnés de mes découvertes architecturales, ne l'entendit bientôt plus de cette oreille. Aux soupirs d'ennui suivirent des bouderies attendrissantes. Quand vinrent les reproches, je résolus de fuir ou plutôt de ne pas donner signe de vie.

Mon antichambre devint alors le siège des laquais de la marquise qui m'envoyait billet sur billet ; partout où j'allais, on demandait de ses nouvelles. Je préférais encore reprendre mes visites, mais pour l'instant, je me reposais sur mon prochain départ et méditais une fin acceptable à notre histoire.

Les semaines s'écoulèrent comme un seul jour et je m'éveillai un matin étonné d'apercevoir à ma fenêtre les premiers bourgeons. Les lettres de notre père me parlaient de retour mais j'en repoussais à chaque fois l'idée, me plongeant à nouveau dans un tourbillon de divertissements.

9.

— Axel, venez avec nous ! Vous verrez, c'est l'endroit le plus charmant que nous connaissions... Et puis, si vous ne venez pas, nous ne partirons pas et vous serez la cause de notre infortune !

La comtesse d'Arville s'exprimait comme elle agissait : le superlatif de ses tournures s'accordait à l'extravagance de ses idées. Avec elle, on était au ciel ou en enfer, et le purgatoire était une voie si terne qu'elle l'avait tout simplement banni de son esprit. Bonne de Neuville avait suggéré de sa voix douce que l'on pourrait profiter des beaux jours pour s'échapper à la campagne. Françoise d'Arville s'en était mêlée ; pour elle, Crosne, terre des Brancas, était l'endroit rêvé car à quelques lieues de Paris. Marie-Anne fut décrétée indispensable, ce qui m'associait forcément à la partie.

Comme j'hésitais à distraire quelques journées sur le peu de temps qui me restait à passer à Paris, toutes trois profitèrent d'une après-dînée particulièrement gaie pour m'assaillir de leurs charmes et me faire céder.

— Vous n'aurez rien vu de notre pays si vous n'avez pas connu sa campagne ! soutenait l'une tandis que sa voisine poursuivait :

— Vous allez déjà manquer les voyages de la Cour et c'est un tort ! Axel, Paris n'est pas la France : il faut savoir en sortir !

Prononcées par la marquise de Brancas, ces dernières paroles m'amusèrent beaucoup. Cette chère Marie-Anne n'en était pas à une contradiction près pour avoir raison. Elle qui défaillait à la vue de la plus petite araignée, qui toussait et pleurait au premier pollen et fuyait les rayons du soleil qui gâtaient son teint... Ces parties de campagne devaient recéler des douceurs certaines pour que même elle s'en fît l'avocat : il est vrai que plaider était à la mode.

Cependant pour rien au monde je n'aurais manqué la première d'*Iphigénie*, opéra du chevalier Gluck pour lequel Versailles et le Tout-Paris se querellaient. Malgré tout le bruit qu'avaient suscité les mémoires de M. de Beaumarchais contre M. Goëzman, ils étaient déjà oubliés tandis que son *Barbier de Séville* restait interdit. On ne parlait que de récitatifs, d'ouvertures, de basse fondamentale, de tierce majeure et mineure, de dissonances et d'harmonie au point que tel qui en dissertait avec le plus de chaleur ne savait même pas ce que c'est qu'un accord.

La musique était à Paris au début du mois d'avril le sujet de toutes les disputes, de toutes les conversations, l'âme de tous les soupers et il paraissait même ridicule de pouvoir s'intéresser à autre chose. Trois clans partageaient la même fureur : celui de l'opéra français qui avait juré de ne connaître d'autres dieux que Lully et Rameau ; celui de la musique purement italienne qui ne voulait croire qu'au chant des Jomelli, des Piccinni, des Sacchini ; enfin, celui du chevalier Gluck qui assurait avoir trouvé la musique la plus propre à l'action théâtrale, une musique dont les principes ne sont puisés que dans les sources éternelles de l'harmonie et dans le rapport intime de nos sentiments et de nos sensations : une musique qui n'appartient à aucun pays... Je me gardais bien d'avoir une opinion sur la musique de M. Gluck, la musique italienne ou la musique française. J'étais trop jeune pour raisonner mes jouissances et, malgré mon goût pour le clavecin et la flûte, le prétexte de mon ignorance me préserva ; je n'eus sur cette grande affaire de querelle avec personne.

Notre cher Grétry, lui, était dans tous ses états. Chaque jour, le comte de Creutz ou moi-même passions chez lui, l'encourager et l'assurer que la faveur du chevalier auprès du public durerait ce qu'elle dure habituellement, le temps qu'on lui trouve un autre objet d'engouement. Gluck bénéficiait certes de la protection éclatante de la Dauphine chez qui il avait ses entrées quand il le voulait. Mais quel autre parti eût-elle pu adopter à l'égard de son ancien maître de musique ? C'est du moins ce dont nous tentions de persuader notre ami.

La première avait été fixée au 12 avril mais, fait paraît-il unique à l'Opéra, elle fut repoussée, sur ordre de la Dauphine, au 19 en raison de l'extinction de voix du chanteur Larrivée que le chevalier Gluck s'était refusé à remplacer. Connaissant mon amitié pour Grétry, vous devinez de quel parti j'étais et avec combien de préjugés je m'y rendais ce jour-là. Le comte de Creutz s'était occupé de tout et ses laquais avaient dès le matin fait le siège de l'Opéra pour obtenir des billets. C'était une vraie folie, des agioteurs avaient acheté la plupart des places et les revendaient trois fois leur prix ; le prévôt des marchands avait dû demander la garde pour maintenir l'ordre.

Nous étions arrivés quelques minutes avant la famille royale. Le Dauphin et la Dauphine étaient accompagnés de leurs beaux-frères et belles-sœurs, des duchesses de Chartres et de Bourbon et de la princesse de Lamballe. Seuls le Roi et Mme du Barry manquaient. A l'attitude de la Dauphine, il parut aussitôt qu'elle menait la cabale et dès le lever du rideau, chacun de ses applaudissements trouva écho auprès de la Cour soucieuse de lui plaire. Mais nous n'étions pas à Versailles ce jour-là et les quelque trois mille spectateurs qui se pressaient entre le parterre et les étages entendaient se déterminer librement. Que d'étonnements, combien de commentaires n'entendit-on pas pendant les premiers instants !

Mais, avant même la fin du premier acte, la Dauphine n'eut plus besoin d'applaudir. Un vrai silence laissa passer la grâce. On avait cessé de regarder son voisin pour épier ses réactions. Les acteurs emportés par le génie du musicien jouaient au-delà de tout ce qu'on peut imaginer. Ce fut un moment magique. Nous nous retirâmes, nous pourtant si prévenus, comme si nous sortions d'une église. Nous croisions le chef de la Musique du prince de Conti, le jeune Gossec, qui ne pouvait retenir ses larmes. Déjà circulait un billet de Jean-Jacques Rousseau, pourtant grand ami de Grétry, qui se disait enchanté. « Vous avez réalisé ce que j'ai cru impossible jusqu'à ce jour, avouait-il. *Iphigénie* renverse toutes mes idées. Elle prouve que la langue française est aussi susceptible qu'une autre d'une musique forte, touchante et sensible. » Nous vivions, nous en étions persuadés, une véritable révolution. Quelles têtes folles n'étions-nous pas ?

La folie était à ce siècle comme une seconde nature, je le découvrais en France chaque jour davantage et notre escapade à la campagne acheva de m'en persuader. Plusieurs fois repoussé, notre petit voyage prit cependant une tournure définitive dans les premiers jours du mois de mai quand des événements imprévus en changèrent la nature. Le caprice fit place à la nécessité quand il fallut fuir la Cour isolée par la soudaine maladie du Roi et accueillir des membres que nous n'avions pas prévus : le marquis de Brancas était de ceux-là...

10.

Marie-Anne était bien obligée de convenir que jamais en vingt-cinq années d'hymen elle n'avait guetté l'arrivée de son époux avec une telle impatience. Le carrosse du marquis ne s'était pas immobilisé dans la cour que déjà, n'y tenant plus, elle nous abandonnait dans le vestibule pour voler à sa rencontre :

— Dans quel état l'avez-vous trouvé ? lui lança-t-elle à peine la portière fut-elle ouverte.

Louis-Paul de Brancas, Grand d'Espagne et lieutenant des Armées du Roi, était un des hommes les plus élégants de la vieille Cour. Sa parfaite maîtrise de lui-même et des événements lui avait valu quelques mois auparavant d'être délégué en Savoie pour demander la main de la future comtesse d'Artois à son père et l'accompagner jusqu'à Versailles. L'empressement inhabituel de sa femme ne lui échappa pas :

— Aujourd'hui, l'état du Roi est stationnaire, mais certains médecins s'aventurent à le juger satisfaisant : nous avons donc toutes les raisons d'être inquiets. Et vous, ma chère amie, avez-vous fait bonne route ? J'espère que mon arrivée ne perturbera en rien votre séjour.

Les derniers mots glissés avec une courtoisie exquise me confirmèrent qu'il n'était dupe de rien ; à l'accueil fort aimable qu'il me réserva, je sus que tout cela l'amusait beaucoup. Ce séjour que je n'avais pu refuser semblait prendre un cours inattendu.

— Il faut être lucide, poursuivait-il quelques instants plus tard tout en se servant de café dans le salon où nous l'entourions, la petite vérole, à soixante-quatre ans, sur un corps aussi affaibli que celui de Sa Majesté, est une terrible maladie.

— Mais comment tout cela se peut-il ? se lamentait Bonne de Neuville. Tout le monde assure que Sa Majesté l'a déjà contractée dans sa jeunesse. Les médecins se trompent peut-être ? Vous savez comme ils sont. Je suis effrayée de penser qu'ils sont capables en quelques jours de transporter dans l'autre monde un malade qui sans eux aurait toutes les chances de s'en sortir.

— Il est vain de se perdre en conjectures car nous ne saurons rien avant le neuvième jour de la maladie, ce qui nous reporte à dimanche. Ce jour-là, elle décroîtra ou s'aggravera et nous serons fixés. Quoi qu'il arrive, je vous quitterai pour être à Versailles.

Nous étions mercredi, j'en déduisis que nous passerions la plus grande part de notre séjour ensemble. Marie-Anne dut tirer les mêmes conclusions des propos de son époux car je sentis son regard se poser sur moi, et je me gardai de le croiser. L'idée d'avoir ma belle marquise dans un contexte aussi délicat n'était pas pour me déplaire. Mais quelqu'un avait relancé le sujet, poussant le marquis à faire par le détail le récit des derniers événements.

— La mécanique de la Cour tourne au ralenti mais tourne toujours. Tout le monde se gêne, se contraint et personne ne parle. Hier, nous étions tous auprès du Roi : les Croÿ, Tourdonnet, La Salle, d'Ecquevilly, Marsan, Soubise, Ligne, Brissac, Broglie... Nous retrouver entre nous nous consolait des spéculations sordides qui occupaient tous les esprits.

Marquant un temps d'arrêt que chacun respecta, le marquis de Brancas reprit plus vivement :

— Pour ne rien vous cacher, on court à la mort du

Roi comme à la mort du cerf. Le spectacle des antichambres est à pleurer, tant il se passe de choses ridicules, touchantes ou horribles. Vous ne sauriez croire les cabales et les intrigues indécentes qui enflent à faire horreur. Les partisans du comte de Choiseul et du duc d'Aiguillon, plus que jamais dressés les uns contre les autres, épient toute manifestation de la maladie comme une source d'espérance ou d'inquiétude, tandis que l'Eucharistie erre dans les corridors et que la voiture de Mme du Barry se tient prête à partir...

Nous serions restés des heures en cette après-dînée de mai à l'écouter, à commenter, à spéculer, si notre hôtesse ne nous avait pas fait remarquer la beauté du ciel pour nous inviter à une promenade dans les jardins ; ceux-ci méritaient il est vrai qu'on y prêtât attention. La rivière d'Yerres enserrait le parc dans ses bras et en faisait comme une île. Régularisée en canaux formant aux extrémités des demi-lunes, elle venait nourrir les fossés du château dans lesquels elle tombait par petites nappes.

Les jardins à la française, baptisés « Jardin de Flore », étaient ajustés dans le goût le plus charmant. Une prodigieuse variété de fleurs y étalaient leurs couleurs vives et parfumaient l'air de leurs senteurs précoces. Un amphithéâtre de gazon relevait la perspective, soutenu par un portique de treillage décoré de vases. En son centre, une figure de pierre sculptée par Falconet représentait la Mélancolie. Un peu plus loin, cinq baies aux clés de voûte ornées de fleurs et de fruits conduisaient à la serre qu'embaumait la fragrance des orangers.

Les larges allées, rythmées par de nombreuses pièces d'eau, menaient nos pas vers la salle de spectacle, vers la glacière, ou vers un charmant pavillon dont je conserve un souvenir tout particulier. L'on y dîna et soupa au milieu de corbeilles de fleurs rares et de cages remplies d'oiseaux. Les vins délicats mêlés au charme des mots enchantaient l'esprit et troublaient les corps ; les regards se faisaient plus tendres et le désir plus intense...

Mais les soirées à Crosne n'auraient pu s'achever sur un fin souper ou une aimable comédie représentée sur son ravissant petit théâtre : le marquis de Brancas était un joueur trop passionné pour nous abandonner à des douceurs qu'il ne pouvait partager pour l'heure. Mon goût pour les cartes étant connu, je n'avais aucun motif pour me désister et, faut-il l'avouer, mes nuits en ce séjour ne furent guère semblables à celles que je m'étais représentées. Coincé entre mon marquis infatigable et des voisins assidus à notre table, je devais immanquablement consacrer une partie de celles-ci à jouer en leur compagnie jusqu'à des heures avancées !

Notre hôte mettait un tel acharnement à les poursuivre que je le soupçonnai d'y ajouter quelque malice à me retenir. En un temps où les hommes n'étaient occupés qu'à augmenter la liste de leurs maîtresses et les femmes à s'enlever leurs amants avec publicité, ce n'était pas la passion, encore moins l'estime qui faisait les inclinations. Avoir pour les hommes, enlever pour les femmes étaient les vrais motifs qui faisaient attaquer et se rendre. J'avais la marquise, cela se savait, cela avait fini par me suffire. Mais à trop contrarier nos habitudes, le marquis attisait les désirs. Le jeudi et le vendredi, les promenades en calèche dans la forêt de Sénart tinrent du supplice. Le soir du vendredi, Marie-Anne me souffla que son époux s'absenterait toute la journée du lendemain. Il était temps.

Mais les quelques heures de liberté passées ensemble me coûtèrent cher. Mon marquis, qui n'était pourtant point homme à avoir épousé sa femme pour l'aimer, avait décidé de nous tourmenter. Ma bonne volonté à le laisser gagner pour en finir plus vite fut mise à l'épreuve. Je voyais les chandelles se consumer. Mais Brancas, pour une fois où il avait le dessus sur moi, comptait bien en tirer tous les bénéfices. Plus l'heure avançait, plus sa passion augmentait. Il ne cessait d'appeler son valet :

— Eh bien ! Dumont, ne reste pas là comme un inutile ! Des chandelles !

Et Dumont, tel un automate, les yeux ensommeillés, en apportait de nouvelles. Il nous fallut ainsi poursuivre jusqu'à quatre heures du matin. Enfin, notre partie s'acheva et mon service avec. Mon hôte était ravi, mes pertes étaient royales et lui s'était refait de celles que je lui avais fait subir les nuits précédentes. Nous nous saluâmes avec toutes les apparences de la courtoisie et nous donnâmes rendez-vous pour la nuit suivante. Je me gardai de laisser paraître ma mauvaise humeur.

Quand je le quittai, le jour semblait vouloir poindre. Je n'avais pas sommeil et décidai de faire quelques pas dans le parc. L'air était si doux que je ne voyais pas le temps passer et je poussai jusqu'à la forêt pour rentrer par le village. De loin j'aperçus un carrosse qui s'éloignait ; à la livrée de ses gens, je reconnus celui du marquis. Sa vue acheva de me dérider et je rentrai à grands pas.

Au prix de mille précautions, je traversai les appartements du marquis pour gagner ceux de ma chère Marie-Anne. Je tournai la poignée et pénétrai dans le sanctuaire. Les lourds rideaux de damas brochés laissaient filtrer un rai de lumière, je devinai ma belle Marie-Anne sous ses draps et le plus doucement du monde me glissai à ses côtés. Quelle ne fut pas ma stupeur de découvrir à sa place un traversin ! Je bondis et tirai les tentures ; le petit jour confirma mon infortune.

Vous imaginez dans quel état de confusion je fis le chemin en sens inverse pour regagner l'aile où je logeais. Là, il me fallut encore croiser mon valet fort gai, ce qui acheva de m'exaspérer. Mon déjeuner était servi dans mon cabinet et je m'y enfermai maudissant les Grands d'Espagne, les femmes et la campagne. Je tentai de passer ma colère sur les bûches dans la cheminée, et j'agaçai la flamme à coups de tisonnier quand il me sembla entendre un bruit léger. Je levai le nez et, n'apercevant rien d'anormal dans la glace, me tournai tout à fait à la vue du couvert dressé avec un soin particulier. Des fleurs fraîches séparaient les tasses et couraient entre la chocolatière, le sucrier et la corbeille de fruits. Je ne rêvais pas, la table était bel et bien dressée pour deux.

— Axel, cela fait deux heures que vous me faites attendre ! Je ne vous savais pas tant de goût pour courir ainsi la campagne...

Jamais déjeuner ne nous parut aussi mérité ! Nous passâmes toute la journée au lit et le soir, quand il me fallut rejoindre le marquis, je jouai avec la meilleure volonté jusqu'à deux heures du matin.

Notre hôte nous quitta, comme il l'avait annoncé, le dimanche après le dîner. Notre séjour tirait à sa fin et des bruits couraient selon lesquels la santé de Sa Majesté donnait des signes d'espérance. Après une après-dînée fort gaie où ces dames se piquèrent de nous distraire en se déguisant et en chantant pour nous des couplets que j'accompagnais tant bien que mal sur un clavecin discord, nous quittâmes Crosne à notre tour dans la soirée pour gagner Paris dans la nuit.

Le lendemain, je soupai chez Mme Geoffrin où je découvris l'état réel du Roi : il n'y avait plus d'espoir. J'appris sa mort chez le comte de Creutz le mardi 10 mai 1774, il était trois heures. Toutes les églises de France sonnèrent le glas, le deuil habituel en ces circonstances fut déclaré, mais après plus de soixante années de règne, il se trouva bien peu de monde pour pleurer le défunt souverain. Quelques nostalgiques s'affligèrent de la fin d'une époque, la plupart s'interrogeaient sur l'avenir du pays et se réjouissaient de la jeunesse et de la beauté du couple royal. Le Roi et la Reine n'avaient pas vingt ans, tous les espoirs étaient permis.

J'achevai les préparatifs de mon départ et mes visites d'adieu. Le comte de Creutz, à qui je devais le succès de ce séjour, eut pour moi des mots qu'il me semblait fort peu mériter :

— De tous les Suédois qui ont été ici de mon temps, vous êtes celui qui a été le plus accueilli dans le grand monde. Vous avez été extrêmement bien traité de la famille royale. Il n'est pas possible d'avoir une conduite plus sage et plus décente que celle que vous avez tenue.

Ma confusion fut à son comble quand il acheva :

— Avec la plus belle figure et de l'esprit, vous ne pouviez manquer de réussir dans la société ; aussi l'avez-vous fait complètement. Je suis certain que Sa Majesté Gustave III sera contente de vous et que vous serez digne de ses bontés.

Mes adieux à ma bonne amie furent aussi touchants que gais. Emue, elle versa quelques larmes qui rendirent ses yeux très beaux. Je me dépêchai de la consoler de mon mieux, l'assurant que je l'oublierais bien vite et qu'elle en ferait autant. Elle se fâcha un peu, juste pour la forme, mais ses adieux me rassurèrent tout à fait : elle avait perdu le goût de s'ennuyer, je serais bien vite remplacé.

C'est ainsi que le 12 mai 1774, je quittai Paris après avoir pris congé de mes amis.

11.

Le ciel fendu d'épaisses traînées blanches s'alourdissait des promesses de l'orage ; le vent s'était levé et le roulis accusait fortement les mouvements de notre bateau. Mon impatience était extrême car cela faisait presque quatre années que je n'avais pas remis le pied sur le sol français. Ce que j'avais pu voir pendant ce même temps m'avait convaincu qu'il n'y avait au monde de pays plus aimable que la France, qu'il n'y avait d'autre endroit où je voulusse vivre. Encore avait-il fallu convaincre nos parents après avoir contrarié leurs projets !

Mais le grain redouté, après nous avoir nargués, s'éloigna pour éclater un peu plus loin. Le calcaire des falaises s'illumina quelques secondes en une blancheur dorée que révéla un ciel couleur d'encre, avant de disparaître dans un halo de pluie confondant l'horizon en une masse uniformément opaque. Je frissonnai sous ma redingote, heureux de ce signe du ciel qui m'indiquait assurément que plus rien ne m'arrêterait désormais sur la voie que je m'étais fixée. Les nuages qui avaient assombri le cours des derniers mois appartenaient eux aussi au passé et les côtes françaises se profilaient clairement devant mes yeux.

Quelques jours avant d'embarquer, j'avais reçu la lettre tant attendue de notre père m'autorisant à me rendre à Paris et à y rester jusqu'à être placé comme aide de camp volontaire dans l'armée prussienne.

Il me fallut à peine dix jours pour atteindre Paris, et sans hésiter, je retrouvai la rue du Colombier et l'hôtel d'York qui n'avait guère changé. Les propriétaires semblèrent heureux de me revoir. L'appartement de mon précédent séjour était déjà loué et j'en acceptai un autre, côté jardin, beaucoup plus calme, ombragé par un grand tilleul dont j'espérais quelque fraîcheur en cette fin d'août 1778.

A peine arrivé, j'abandonnai Joseph[1], rayonnant de nous voir si bien logés, mes malles et mon chien, pour courir à l'hôtel de Luynes situé dans la même rue. Là, je retrouvai le baron et la baronne Ramel qui par chance n'étaient pas sortis. Ils avaient reçu mon courrier de Londres et m'attendaient. J'étais heureux de revoir ces visages amis qui me rappelaient tant de gais souvenirs. La tristesse des Anglais, leur cuisine infâme, leur manque d'entrain, mes déboires sentimentaux, la colère de notre père, tout cela appartenait au passé ; je ne voulais que jouir des promesses de nos retrouvailles.

— Cher Axel, quelle joie de vous revoir après...

La baronne sembla hésiter :

— ... presque quatre années ! Si vous saviez combien de cœurs éplorés vous avez laissés ! Je ne vous savais pas si cruel...

J'avais conservé un souvenir un peu fade des yeux vert céladon de la baronne Ramel ; en les revoyant, ils me parurent d'une douceur que j'enviai à mon ami.

— Je suis bien aise de vous savoir de nouveau parmi nous. Quand je songe aux mois que vous avez perdus à Londres alors qu'il se passait tant de choses ici, poursuivit-elle.

Ramel, impatienté par le bavardage de sa femme, me prit par le bras et pendant qu'elle donnait les ordres pour ajouter un couvert, il m'entraîna dans le salon. Je

1. Son valet de chambre.

le remerciai d'emblée d'avoir préparé mon arrivée et ne lui cachai pas que j'allais avoir besoin de lui et de nos amis suédois à Paris.

— Il n'est un secret pour personne que mon père souhaitait vivement me voir épouser Mlle Leijel. Vous vous souvenez sans doute d'elle ; ses parents séjournèrent à Paris à la même époque que moi.

— Je me souviens que vous pratiquiez leur société avec une certaine assiduité...

— Et mon père s'en réjouissait car bien que la famille fût récente, il souhaitait cette alliance qui, par la fortune qu'elle promettait, sans augmenter la sienne qui est considérable, l'aurait délivré définitivement de tout souci de la voir diminuer par mon entretien.

— Eh bien, qu'en est-il ?

— Je l'ai revue à Dresde mais il me faut avouer que deux séjours à Londres et une correspondance soutenue pendant tout le temps qui sépara notre première rencontre de mon dernier séjour en Angleterre ne m'ont pas permis de l'emporter.

— Rien n'est jamais définitif.

— Je voudrais le croire car j'aurais aimé plaire à mon père. Mais il faut reconnaître que son choix s'est porté sur le plus riche mais le plus sec sarment d'outre-Manche ! Sans l'aimer, j'ai eu assez d'audace pendant trois mois pour lui faire accroire ma flamme. Elle refuse de quitter ses parents. Qu'y puis-je ?

Ramel éclata de rire :

— Il n'y a rien de plus gai que ce que nous apprenons ! A vous lire, le monde s'était effondré. Je suis heureux de voir qu'il n'en est rien. Vous devriez aller faire votre cour à Mme du Deffand. Elle sera bien aise de vous revoir et vous consolera définitivement des Anglais, et *a fortiori* des Anglaises qui ne valent guère mieux. Savez-vous ce qu'elle en dit ? Elle assure que les Anglais sont en général comme la belle-mère de Mme d'Amblimont : ils ne jettent pas les gigots par les fenêtres mais ils perdent tous leurs biens au jeu et se détournent de quelques lieues pour éviter de payer cinq sols. Quant aux femmes...

Par un léger toussotement, la baronne Ramel nous prévint de son retour. Elle regardait son époux, souriant par avance des perfidies qu'il allait distiller :

— On dit qu'elles ne sont pas comme les Françaises qui se donnent avec grâce et sans remords, et pour qui un amant est ordinairement à peine un événement dans leur vie. Toutes les Anglaises confient qu'ayant le choix de leurs maris, il leur est d'autant moins permis de ne pas les aimer, et le crime de les tromper ne leur est jamais pardonné. L'amour étant pour elles la plus grande affaire de leur vie, voilà comment elle est pour nous la plus ennuyeuse, soupira-t-il.

— Rassurez-vous, je pleure moins la perte de Mlle Leijel et de sa fortune que les effets de cette nouvelle sur mon père. Sa déception est réelle et je crains qu'elle ne le porte à me supprimer les subsides qu'il m'accorde si je ne trouve rapidement un emploi. Pire encore, qu'il ne m'oblige à retourner en Suède, ce que je ne veux à aucun prix pour le moment !

Devant son étonnement, je ne cachai donc rien de mon long séjour dans notre pays, de ma cour auprès de notre souverain Gustave III qui m'avait traité le mieux du monde.

Mais mon séjour en France était de tous mes voyages celui qui m'avait le plus frappé. L'amitié du comte de Creutz n'y était pas étrangère et grâce à lui, des perspectives bien plus favorables me dissuadaient de m'engager dans une voie où j'aurais péri d'ennui. Je rêvais de mettre mon ardeur au service d'une grande cause, une cause noble. J'ignorais encore laquelle, mais j'avais décidé que mon avenir ne pouvait passer que par la France. Je songeais bien à l'ambassade de Suède où j'aurais aimer jouer un rôle, mais il était prématuré d'y penser sans avoir d'abord fait connaître mes mérites. La carrière des armes m'attirait également et les récents événements qui avaient bouleversé la scène européenne m'avaient fourni l'occasion de proposer mes services à Frédéric II de Prusse pour défendre la Bavière contre l'agression de l'Autriche. J'étais également séduit à l'idée d'obtenir une place pour me battre en Amérique contre les Anglais. Décidément, on en revenait toujours à eux !

Entre-temps, nous étions passés à table. J'étais heureux de retrouver le raffinement culinaire français et j'y puisais pour un soir une consolation à mes inquiétudes sur l'avenir. Tout me paraissait exquis dans ce service de porcelaine blanc et bleu au barbeau.

Nous passâmes en revue nos amies qui aimaient tant nous accueillir. Mme du Deffand, quoique se plaignant d'être bien vieille, n'avait rien perdu de son esprit et sa maison désemplissait d'autant moins que Mme Geoffrin s'était éteinte l'année précédente. Mme de Boufflers et Mme de La Marck, sans oublier la belle comtesse de Brionne par qui toutes les petites nouvelles de France parvenaient aussi discrètement que régulièrement à notre souverain, se soutenaient malgré leur âge et déployaient un talent égal pour nous recevoir. Ma charmante marquise de Brancas n'était, paraît-il, plus aussi belle que je l'avais connue. Je dus en convenir quelques jours plus tard en la revoyant, mais je lui trouvai quelques restes qui la rendaient bien attachante. Elle n'avait pas failli à sa promesse et ne s'ennuyait plus ; je n'avais pas été totalement remplacé, son hôtel était devenu l'asile des Suédois de passage à Paris.

Après quatre années, j'étais heureux d'évoquer ces visages familiers dans le cadre soigné de cet intérieur qui respirait la sérénité et formait un îlot hors du temps dans une ville qui n'était pas réputée pour sa sagesse. Il est vrai que le service de mon ami auprès de notre cher ambassadeur toujours en poste, loin d'être une sujétion, s'apparentait à une collaboration respectueuse et féconde pour le plus grand bonheur des deux.

— Mon cher Axel, s'exclama Ramel, ne vous méprenez pas ! Mon humeur et ma santé ne reflètent en rien l'état de nos affaires.

Les ombres politiques ne manquaient certes pas au tableau. Je tombais en pleine affaire de Bavière qui, en touchant directement les intérêts de l'Autriche, affectait la Reine plus vivement que certains ne l'auraient voulu. La France s'était enfin engagée officiellement aux côtés des insurgents contre les Anglais. Aussi était-il grand temps de veiller à ce que les équilibres européens et *a fortiori* les intérêts suédois ne souffrissent point de ce choix.

Quant au Roi, bien des rumeurs circulaient sur son apathie, ses indécisions et son manque d'assurance qui semblaient ne pas être sans incidences sur la conduite de son gouvernement. On prêtait grand crédit à la Reine que l'on savait par ailleurs très entourée par le comte de Mercy-Argenteau, toujours ambassadeur d'Autriche en France, et par l'abbé de Vermond, son lecteur choisi par l'impératrice Marie-Thérèse. Comme, par ailleurs, rien n'était vraiment clair dans le jeu des alliances européennes, la mission de notre cher comte de Creutz n'en était que plus délicate.

J'attribuais les propos sévères de mon ami à un naturel volontiers inquiet. Tant de bien se disait de M. Necker à la tête de la France qu'il me tardait de rencontrer un homme dont toute l'Europe vantait le génie. Ramel était plus mesuré ; sans douter des talents du financier genevois, il se méfiait d'un esprit qui lui semblait plus soucieux de l'opinion publique que de l'intérêt de l'Etat. Mais la France méritait-elle autre chose ? Après avoir soutenu Turgot aux Finances et Saint-Germain à la Guerre dans des circonstances difficiles, Louis XVI s'était séparé coup sur coup des deux seuls ministres à avoir entamé de profondes réformes. Très vite, la morosité avait succédé à la joie de l'avènement du jeune souverain. Les ministres éclairés évincés, restaient les partisans de l'immobilisme.

Mon cher Ramel était pessimiste. Il voyait mal quel rôle la Suède allait pouvoir jouer dans un tel contexte. J'avoue qu'à cette époque, je songeais moins à mon pays qu'à mon propre avenir.

12.

Quand le lendemain Joseph vint me porter mon déjeuner, il me sembla m'être à peine couché. J'étais rentré au point du jour et tout ce que les Ramel m'avaient conté sur Paris, sur la vie à la Cour, sur nos amis m'avait mis dans un tel état d'impatience qu'en arrivant chez moi, je résolus de ne pas dormir pour ne rien perdre de la matinée qui s'annonçait. Je ne m'étais pas défait et m'étais contenté de m'allonger encore botté sur mon lit. Les mains jointes sous la nuque, je jetais mes projets du côté de mes goûts et songeais à la fortune qu'il m'allait falloir trouver. Mais plus fatigué que je ne le croyais, mes méditations furent promptement confiées à la sérénité d'un profond sommeil.

Mon valet, qui savait comme personne traverser un cabinet sans être remarqué, ouvrit presque sans ménagement les volets intérieurs, puis les fenêtres, pour faire entrer le soleil et déjà la chaleur. Il avait la mine des jours de reproche quand, oubliant mon âge, il grommelait comme si j'étais encore l'enfant qu'il avait vu naître. Je l'entendais tapoter les coussins, arranger mon plateau, en un mot s'agiter tant et tant qu'il me fallut ouvrir un œil :

— Eh bien, Joseph, que se passe-t-il de si urgent pour te mettre dans un tel état ? N'es-tu pas heureux de nous voir si bien installés ? Toi qui as tant ronchonné dans ton « cabouin » londonien...

— M. le Comte, trois heures ont sonné définitivement et le carrosse de Son Excellence le comte de Creutz vous attend en bas avec une invitation pour le dîner. Je crains qu'il ne soit grand temps de nous y rendre si nous voulons y être avant le souper.

Au nom de mon cher ami, mon bienfaiteur, l'homme que j'aimais le plus au monde, je ne relevai pas l'humour mâtiné d'insolence des derniers mots. Je bondis, me défis, me laissai refaire, confiant à Joseph le soin de me raser et de me poudrer. Quelques instants plus tard, je me dressais devant lui, fier de ma mise. C'est alors que j'aperçus combien Joseph avait lui aussi soigné la sienne. Dans un éclat de rire, je dévalai l'escalier et l'invitai à me suivre.

Je retrouvai mon cher Creutz à peine changé. Les douceurs de la vie parisienne avaient contribué à arrondir des traits déjà fort amènes, accentuant sa bonhomie mais ne diminuant en rien l'intensité d'un regard terriblement malicieux. Je ne connaissais que lui pour mettre tant de chaleur dans un sourire ou dans des bras ouverts pour vous accueillir alors que son pas, imperturbablement majestueux, conservait la même allure tranquille et infiniment élégante. En le revoyant, je me sentis si ému que je ne pus articuler la moindre parole et me contentai de recevoir son accolade, incapable de faire autre chose que de lui sourire. Qu'aurais-je pu lui dire qui n'eût été ridicule ?

Dans le salon, je retrouvais avec une joie partagée Curt von Stedingk qui n'avait rien perdu de sa prestance. A la vue de Marmontel, je me félicitai de mon arrivée tardive car cet ami des salons qui se voulait philosophe venait d'achever la lecture d'une de ses tragédies propres à faire périr d'ennui l'auditoire le mieux disposé.

Bien que nous ne fussions que peu nombreux pour le dîner, un orchestre jouait déjà pour nous.

— Que voulez-vous Axel, sembla s'excuser le comte de Creutz, je ne peux plus m'en passer ! Avant, ces messieurs ne venaient que le soir mais je reçois de plus en plus, autant que ce soit gaiement. Ils ne me quittent plus et se relaient pour me permettre d'entendre mes compositeurs favoris et leurs derniers morceaux. Et puis, la musique nous éloigne des intrigues, élève l'âme et nous en avons tous bien besoin ! acheva-t-il joyeusement.

Stedingk, qui avait une dizaine d'années de plus que moi, avait été entre-temps nommé lieutenant-colonel au Royal-Suédois, un des régiments étrangers les plus prestigieux au service de la France ; il brûlait de s'engager aux côtés des insurgents. Aussi notre conversation ne tarda-t-elle pas à rouler sur les derniers combats qui avaient opposé les flottes française et anglaise.

Le fait que *La Belle Poule* eût été attaquée sans déclaration de guerre et non loin des côtes françaises avait indigné la France entière et déterminé le Roi à sortir de la modération qui avait jusque-là dirigé toutes ses démarches, et à répondre à la force par la force. Entre-temps, plusieurs vaisseaux avaient été capturés par les Anglais. Le combat d'Ouessant, pris d'abord et selon le rapport du duc de Chartres [1] pour une victoire incontestable, s'était soldé en fait par un coup pour rien en raison de la maladresse du cousin du Roi qui avait, ni plus ni moins, laissé échapper l'ennemi. Enfin, la guerre contre l'Angleterre avait bel et bien commencé et à l'évoquer, nous brûlions d'en être.

Le comte de Creutz était ravi de notre enthousiasme, mais ne nous cacha pas les difficultés qui allaient se présenter pour ceux qui voulaient partir. Car il ne suffisait pas de vouloir se battre, encore fallait-il être à même de le faire dans des conditions dignes de notre rang. Enfin, il nous promit d'en parler au comte de Vergennes à qui il me présenterait dès le lendemain. Car en cet été 1778, et contrairement aux usages, la Cour était encore à Versailles en raison de la grossesse de la Reine. Mais notre

1. Deviendra duc d'Orléans à la mort de son père, connu sous le nom de Philippe Egalité.

conversation fut interrompue par l'arrivée d'un convive impromptu, et le comte de Creutz, qui ne détestait rien tant que la monotonie, se réjouit de cet imprévu.

M. Grimm fut annoncé et je tressaillis d'impatience à l'idée de rencontrer enfin l'auteur fameux de la *Correspondance littéraire, philosophique et critique* dont on s'arrachait les pages dans toute l'Europe. Les mauvaises langues sussuraient que le malheureux baron se ridiculisait sous un nom bouffon[1] pour vouloir être sans cesse dans le salon quand l'opinion le rejetait dans l'antichambre. Il n'en demeurait pas moins le correspondant fidèle de toutes les têtes couronnées de l'Europe qui se disputaient de le lire.

Quand notre homme pénétra dans le salon, les musiciens entamaient le concerto d'un jeune talent qui par trois fois s'était rendu à Paris pour jouer devant les plus grands. En entendant des accords de lui bien connus, M. Grimm trahit un mouvement de surprise. Le comte de Creutz, qui l'avait pris sous son bras pour le conduire vers nous et nous présenter, lui glissa :

— N'est-ce pas vous-même qui affirmiez que les vrais prodiges sont assez rares pour les signaler lorsqu'on a l'occasion d'en voir un ? Vous assuriez que c'était peu pour le jeune Mozart d'exécuter avec la plus grande précision les morceaux les plus difficiles.

— C'est vrai, consentit Grimm de bonne grâce, et ce qui était incroyable, c'était de voir cet enfant jouer de tête pendant une heure de suite et s'abandonner à l'inspiration de son génie.

Il avait prononcé ces derniers mots avec admiration comme si la scène s'était déroulée quelques heures auparavant. Son regard s'assombrit cependant d'un coup :

— Je ne retire rien à ce que j'ai pu dire il y a maintenant quinze ans. Mais justement, Mozart avait sept ans et on lui pardonnait tout. A l'occasion de son retour à

1. Jugé ainsi à l'époque.

Paris en mai 1766, je lui ai renouvelé mon appui avec le plus grand bonheur. Il a enchanté le prince de Conti et *Le Thé à l'anglaise*, cette si jolie toile que vous connaissez, a immortalisé son passage dans le salon du Temple. Mais aujourd'hui, la spontanéité du compositeur qui charmait dans sa jeunesse indispose.

Le comte de Creutz hocha la tête et dut en convenir :

— Il est vrai que sa suffisance et sa familiarité lui ont fermé en quelques jours plus de portes que son génie ne lui en avait ouvertes à l'occasion de ses deux précédents séjours.

— A vingt-deux ans, les travers qui amusaient jadis sont autant d'obstacles à son établissement, poursuivait Grimm, implacable. Le jeune Mozart a beau jeu de vilipender Paris. Qu'a-t-il fait pour nous charmer ? Je n'ai pas caché à son père, à qui j'ai écrit il y a quelques jours, combien j'ai trouvé son fils trop candide, peu actif, trop facile à rouler, et surtout, trop peu occupé des moyens qui peuvent conduire à la fortune. Je ne vous apprendrai rien en vous rappelant qu'ici, pour percer, il faut être retors, entreprenant, audacieux...

— Talentueux ? hasarda Stedingk.

Le baron de Grimm le dévisagea comme s'il découvrait sa présence, se servit de café qu'il prenait sans sucre et lui jeta très calmement :

— Je lui voudrais, pour sa fortune, la moitié moins de talent et deux fois plus d'entregent !

Un silence suivit ses propos. Le comte de Creutz ne put s'empêcher d'ajouter :

— Surtout quand les préventions viennent de haut...

Les traits du baron demeurèrent impassibles ; il prit le temps de poser sa tasse, avant de demander :

— Que voulez-vous dire ?

— Nous sommes entre nous ; ce n'est un secret pour personne que de rappeler les réticences de notre ami Mercy-Argenteau à recevoir Mozart.

Notre hôte s'éloigna un instant et fit mine de détailler un biscuit de Sèvres avant de poursuivre :

— Souvenez-vous, il y a quelques années, l'impératrice Marie-Thérèse avait déjà fait défense à son fils l'archiduc Ferdinand de prendre le jeune Mozart pour un emploi stable à Milan.

Puis se retournant et regardant le baron de Grimm de façon si directe que ce dernier ne pouvait se dérober sans avouer, il ajouta :

— Selon le secrétaire de mon homologue, Son Altesse Impériale lui aurait même écrit qu'Elle ne croyait pas qu'il eût besoin d'un compositeur ou de gens inutiles ! Je ne serais guère étonné que la Reine n'ait pas reçu même défense de la part de sa mère...

— Son Excellence n'est pas sans ignorer qu'il lui a été proposé la charge d'organiste de la Chapelle royale.

— Etait-ce un poste de nature à retenir en France un talent comme Mozart ?

Cinq heures sonnèrent et rappelèrent au baron soulagé qu'il était attendu. Il n'eut pas à répondre et nous quitta brusquement.

Cette conversation avait fort animé le comte de Creutz.

— Que pensez-vous de tout ceci ? lança-t-il à M. de Périgord[1], espérant son appui. L'abbé, ne laissant passer semblable occasion d'être agréable à celui qui le recevait, susurra d'une voix flûtée :

— La musique n'étant qu'un langage qui exprime d'une manière idéale les sensations et même les sentiments que nous éprouvons, il me semble que chaque nation doit avoir un genre de musique qui lui est propre et qu'elle est appelée par ses organes à préférer à toute autre.

Comment plaire davantage ? Mon cher Creutz aimait à recevoir indifféremment Grétry, Gluck ou Piccinni, appréciant chez chacun ce qui le distinguait des deux autres. La peinture s'accommodait bien de plusieurs teintes, il ne voyait pas pourquoi la musique n'autorise-

1. Connu plus tard sous le nom de Talleyrand.

rait pas plusieurs tons. Chez lui, gluckistes et piccinnistes étaient priés de laisser leurs rivalités dans l'antichambre, et dans le secret de son cœur, il se demandait s'il n'aurait pas mieux fait d'insister pour imposer le jeune Mozart. Mais il est vrai que dans un salon, le compositeur était impossible... hormis à son clavier.

A courir une dot en Angleterre, j'avais manqué Mozart ; Voltaire s'était éteint à Paris trois mois plus tôt. Décidément, je me trouvais bien ridicule. Mon dépit amusa mes amis qui, pour me consoler, me proposèrent une promenade dans les jardins du Palais-Royal.

C'était véritablement un délice que de flâner sous les frondaisons des arbres centenaires, au milieu d'une foule bigarrée où les princesses les plus élégantes se mêlaient aux femmes les plus ordinaires. Au détour d'une allée, Stedingk me montra le banc où Diderot avait ses habitudes et où l'on pouvait à certaines heures le rencontrer et passer un moment avec lui. Il me donnait des nouvelles de sa fille quand nous rencontrâmes la comtesse de Fitz-James, future princesse de Chimay, à qui il me présenta. Dame d'honneur et amie de la Reine, elle passait pour une femme d'une vertu et d'une douceur reconnues dont le Roi faisait le plus grand cas.

Cette rencontre me ravit car mes amis m'avaient prévenu : tout était changé à la Cour, on n'y allait plus. Seul un cercle privilégié d'amis avait accès à la famille royale ; si l'on n'en était pas, rien ne servait de se présenter. Stedingk me confia que nombreux étaient les gentilshommes qui renonçaient désormais à la lourde dépense d'un séjour à Versailles où l'on jouait un jeu affreux et où le luxe montait toujours. Pour sa part, il ne se plaignait pas car les étrangers étaient fort bien traités. Seule la vieille Cour semblait faire les frais de l'ostracisme de la Reine.

13.

— Ah ! C'est une ancienne connaissance !

A ces mots, je m'inclinai avec respect devant celle qui m'offrait le bonheur d'être reconnu. J'ose à peine confier au papier l'impression profonde que fit sur moi la reine de France quand je la revis dans la galerie précédée de ses pages tout de rouge vêtus et galonnés d'or. Sa lourde robe de soie brochée toute rebrodée de pierreries, que laissait paraître un manteau de Cour dans les mêmes tons, ne dissimulait en rien les espérances qu'Elle portait. Elle accentuait la grâce de son maintien, l'éclat de son teint et la majesté de son port. Dans aucune autre Cour d'Europe, je ne vis et n'ai vu depuis ce jour princesse alliant semblable simplicité à une telle dignité.

Je reconnais qu'il est aussi aisé trente années plus tard de se remémorer des souvenirs bien doux qu'il est dangereux de les vouloir faire partager. Nombreux sont ceux qui ont vécu à la Cour de France en ce temps-là et se sont risqués à magnifier cette figure que le drame a auréolé de prestige. C'est oublier avec quelle impertinence et quelle sévérité, pendant des années, ces mêmes personnes, et parfois parmi les plus proches du trône, critiquèrent et condamnèrent la Reine et, avec peu de mémoire de ce qu'ils avaient soutenu, la parèrent par la suite de toutes les vertus.

Je ne suis certes pas le mieux placé pour prétendre

à l'impartialité sur un sujet qui m'est aussi cher, mais contrairement à bon nombre de mes contemporains, je n'ai ni à me donner bonne conscience, ni à dresser mon panégyrique ; les pages passées vous ont convaincue qu'il n'y avait guère matière à le faire. Reste, ma chère Sophie, qu'au soir d'une vie, il est des fables que l'on ne conte plus, encore moins à ceux que l'on respecte sincèrement. Au risque de vous choquer, je suis décidé à ne vous rien cacher de ce que j'ai vécu pendant les vingt années les plus importantes de ma vie.

C'était un matin, jour des ambassadeurs, la Reine avait rejoint le Roi au sortir de ses appartements pour se rendre comme chaque jour à la messe. Si le reste de la famille royale ne me dit pas un mot, je recueillis les paroles de la Reine avec reconnaissance. Il me souvient les avoir consignées le soir même en mon carnet, les avoir rapportées le lendemain à notre père, en avoir fait mention peu de temps après à notre souverain, vous les avoir narrées bien des années plus tard... Ah certes, je n'étais pas ingrat ! J'étais flatté et appréciais cette faveur à sa juste valeur ; j'étais aussi soulagé car j'espérais que semblable distinction attirerait la clémence de notre père et m'autoriserait à nourrir des espérances françaises.

Le reste de ma journée ne différa pas sensiblement de celles passées à la Cour quatre années plus tôt. Ou plutôt si, en apparence, rien ne semblait avoir changé, en fait plus rien n'était tout à fait semblable. Je m'étais retrouvé le matin dans une galerie que je croyais connaître et il m'avait fallu admettre qu'elle ne ressemblait guère à celle dont j'avais gardé le souvenir. La foule, dont l'importance m'avait si vivement frappé, avait disparu. Il y avait certes encore un peu de monde mais rien qui ressemblât à la vertigineuse cohue qui nous voyait repartir ayant tout supporté sans avoir rien vu, mais avec la fierté d'en avoir été.

Ce matin-là, point de presse, à peine ce qu'il fallait d'acteurs pour jouer sur cette scène grandiose. Pour la première fois, il me fut donné d'apercevoir des détails insolites qui participaient pourtant, à leur façon, au faste de ces lieux. Tout ce qui était à hauteur d'homme m'apparut dans sa richesse, dans son raffinement jusque dans la patine du meuble [1] et des boiseries écaillées pour certaines, usées pour d'autres par le passage des courtisans. Eux aussi avaient changé. Plus jeunes, ils parlaient bien haut, ce que, à quelques pas de nous, le maréchal-duc de Richelieu, antique momie fardée et musquée mais non dépourvue d'esprit, résuma au maréchal de Maurepas, comme lui survivant du siècle de Louis XIV, avec cette voix inimitable que je crois entendre encore :

— Ma foué, comme vous, j'ai vu trois règnes ! Sous le premier, il fallait nous taire ; sous le second parler tout bas ; mais aujourd'hui on parle tout haut !

De fait, que n'entendait-on pas ! L'éblouissante princesse que j'avais aperçue n'était pas épargnée par le caquet de la Cour. Même à Stockholm, le Roi et ses proches n'étaient pas sans savoir que la reine de France allait sans cesse à Paris, à l'Opéra, à la comédie, faisait des dettes, sollicitait des procès, s'affublait de plumes et de pompons, et se moquait de tout. Ici, des noms étaient même avancés pour attribuer l'enfant qu'Elle portait à un père autre que Louis XVI. Ceux de son propre beau-frère le comte d'Artois et du duc de Coigny revenaient sans cesse. Mais ce qui m'étonnait surtout, c'était que le Roi laissât dire.

Comme à l'occasion de mon précédent séjour en France, nous nous rendîmes chez le ministre des Affaires étrangères pour y dîner. Vergennes avait remplacé d'Aiguillon et m'accueillit en habitué de la maison. Ambassadeur en Suède quelques années plus tôt, il avait été rappelé en France où l'attendait son portefeuille à la mort de Louis XV tandis que moi-même, je quittais Paris pour achever mon grand tour d'Europe. Nous

1. Mobilier.

nous étions donc manqués en Suède, mais la maison de nos parents n'avait pas de secrets pour lui.

Nombreuses étaient les figures du corps diplomatique à s'être renouvelées. Il me semblait ne connaître plus personne.

— Mon cher Axel, ne prenez pas cet air affligé ! On ne se baigne jamais deux fois dans le même fleuve, me glissa le comte de Creutz.

J'apercevais le comte de Mercy-Argenteau, brillant toujours aussi peu par son esprit, traînant son air d'ennui et sa mine confite d'intrigues ; je me gardai de sa société. En revanche, je fis la connaissance du comte de Dorset, ambassadeur d'Angleterre, dont l'élégance, l'affabilité et l'intelligence des propos offraient un contraste saisissant avec l'idée que je conservais de ses compatriotes. En un mot, je le trouvai très français et nous nous plûmes aussitôt.

Mais Versailles avait changé ; je le découvris quelques heures plus tard quand, le dîner achevé, nous décidâmes à quelques-uns de parcourir le parc. Sa vue me bouleversa. J'avais gardé le souvenir d'allées encadrées d'arbres cintrés en de lourdes voûtes centenaires sous lesquelles il arrivait, parfois, de rencontrer l'âme d'un grand Roi nous invitant à visiter les jardins qu'il avait fait dessiner. Eh bien, rien ! Rien ! Il n'y avait plus rien.

Ou plutôt, je voyais des parterres à l'infini, du moins ce qu'il en restait, des vasques et des statues qui paraissaient trop blanches dans la lumière vive de l'été, trop grandes, comme hérissées lourdement quand plus aucun tronc n'était là pour les nicher dans le secret de ses ombrages. Il y avait surtout et partout des géants abattus, des souches à n'en plus finir, et parfois quelques rescapés, qui n'en paraissaient que plus pitoyables.

Pour le témoin étranger que j'étais, le regret devant semblable désolation l'emporta ce jour-là sur toute autre considération raisonnable quant à l'intérêt de la replantation du parc de Louis XIV, ordonnée par son descendant. Heureusement, alors que nous nous apprêtions à regagner Paris, une anecdote survenue dans l'avant-cour du château chassa de mon esprit toute mélancolie.

Il n'y a rien de plus divertissant que d'observer une femme descendre de sa voiture. C'était encore plus vrai en ce temps-là. Chacune avait une manière inimitable d'apparaître, prenant appui sur le bras tendu de son laquais. Il y avait celles qui tendaient la pointe d'un soulier à croquer, le posaient délicatement sur le marchepied et laissaient à la grâce le temps de s'épanouir. Celles-ci ne décevaient jamais, c'étaient les plus délicieuses. Elles savaient comme personne nous faire attendre, consacrant de longues minutes à ajuster un pli de leur jupe, avant de s'en saisir et de se glisser, avec la légèreté d'un papillon, par la portière pourtant souvent trop étroite pour la largeur du panier. Qu'importait ce détail qui avec elles n'y paraissait pas ! Notre curiosité était récompensée car, quel que fût leur âge, c'étaient bien les plus charmantes.

Mais pour quelques apparitions divines, combien de déceptions ! Il y avait celles dont l'énergie fusait avec la netteté de l'appui qu'elles donnaient à leur talon sur la marche. La voiture sursautait sur ses ressorts pourtant habitués à toutes les secousses, ce qui venait augmenter la vitesse avec laquelle l'auguste maîtresse, souvent douairière, s'extirpait, s'ajustait et prenait sa course d'un pas marqué. Il y avait les petits pieds rondelets qui mettaient un temps infini avant de se décider à sortir, annonçant une silhouette tout aussi enrobée qui déploierait des effets touchants pour ne pas sembler peiner à un tel exercice. Quant aux longs souliers, trop fins annonciateurs du corps maigre qui allait suivre, ils étaient les moins divertissants : ils ne se posaient pas, ils picoraient sèchement les marches laissant tout juste au spectateur le temps d'apercevoir la silhouette qu'ils soutenaient. Mais c'était peut-être mieux ainsi.

Ce soir-là, nous regagnions la voiture du comte de

Creutz et je faisais part de mes réflexions, ô combien légères je vous l'accorde ! à mes compagnons de route, quand l'arrivée d'un carrosse garé à quelques pas du nôtre vint renverser mes théories. Contrairement à toutes mes observations, ce n'est pas un soulier que nous vîmes surgir mais, après bien des secondes de patience et à notre plus grande surprise, ce furent des piques, des étoffes, mais oui, c'est bien de cela dont il s'agissait — non vraiment c'était par trop extravagant ! —, de minuscules voiles prirent la brise, se gonflèrent délicatement, enfin une frégate parut dans son ensemble, gréée sur le sommet d'une tête qui n'en semblait que plus petite. C'était et ce ne pouvait être que *La Belle Poule* ! Décidément les Françaises étaient bien les têtes les plus folles et les plus charmantes de cette terre.

Un petit soulier de soie bois-de-rose surmonté d'une boucle de verre coloré annonça une élégante robe de cour en taffetas du même ton que bordaient des guirlandes de fleurs d'une extrême finesse sur un fond ivoire ; les engageantes blondes s'accordaient à l'éventail de taffetas brodé de paillettes et formaient un ensemble d'un goût exquis. Vous en souvient-il ? Je le trouvai si réussi que je vous en fis parvenir un semblable qui fit grand bruit à la Cour de Suède quand vous le portâtes pour la première fois.

— Mme de Polignac, me souffla le comte de Creutz. La comtesse Jules pour les intimes. Certains la disent irrésistible. Ne trouvez-vous pas ?

— Je ne sais si elle l'est mais elle ne néglige aucun détail pour être remarquée et semble fort bien y réussir, répondis-je prudemment.

— Vous avez tout compris, mon jeune ami, et bientôt je n'aurai plus rien à vous apprendre sur cette Cour. Regardez ce visage et ne l'oubliez pas. Le jeune Roi n'a pas de maîtresse à qui il faut porter ses hommages mais la Reine a des amies dont il faut être agréé. Votre fortune dépendra en partie du talent que vous déploierez à plaire à Mme de Polignac. La Reine lui témoigne beaucoup de bienveillance et l'on murmure qu'Elle ne lui refuse rien. Une jolie figure, l'air doux et naturel augmentent journellement sa faveur. Places, décorations, faveurs, bientôt tout passera par elle. A vous de savoir jouer ! me lâcha-t-il dans un demi-sourire.

Comment soupçonner en ce visage lumineux les maux qui, par sa faute, par lui allaient s'abattre sur la France !

14.

La querelle des Anglais avec leurs colonies s'était répandue partout dans la société et le départ de quelques-uns, parmi lesquels M. de La Fayette, n'avait fait qu'échauffer les esprits. On dissertait à n'en plus finir sur le moment le plus propice pour attaquer. Les partisans de M. de Maurepas et de M. Necker freinaient, arguant des finances de l'Etat, de la supériorité de la flotte anglaise, et puis tout dépendait de l'Espagne qui ne s'était pas encore prononcée. Le parti de M. de Vergennes au contraire poussait, encouragé par les philosophes qui avaient pris, à les entendre, cette question dans toutes ses profondeurs, mettant dans la balance les droits des peuples et ceux des souverains, soutenus par les vieux militaires qui y voyaient une guerre et par les plus jeunes quelque chose de nouveau.

J'étais de ces derniers, rêvais d'en être mais n'osais l'espérer. Comme nombre d'entre nous, je brûlais de combattre mais rien ne semblait se décider. Mes offres de service auprès du roi de Prusse restaient sans réponse et la plus grande confusion régnait dans l'établissement des éventuels départs pour l'Amérique. Il y avait bien quelques rassemblements pour des exercices d'entraînement sur les côtes normandes. Aussi, à peine une semaine après mon arrivée et pour rompre l'attente, je proposai à Stedingk d'aller en Normandie visiter l'armée du maréchal de Broglie.

Son quartier général était établi à Vaussieux dans la demeure fort belle d'un particulier. Dès notre arrivée, je lui présentai les lettres qu'il lut aussitôt. Ce n'est qu'une fois leur lecture achevée qu'il prit le temps de me regarder. Ses yeux laissèrent filtrer une expression de contentement qui ne m'échappa pas et me confirma que je ne déplaisais point. Je ne me trompais pas, il m'adressa maints éloges sur notre père, me rappelant que mon nom était très connu en France.

Il nous combla de politesses et de marques d'amitié qui se renouvelèrent pendant les quinze jours que nous passâmes dans son armée, poussant la bonté jusqu'à nous prêter ses chevaux et à nous garder auprès de lui quand il renvoyait tous les autres officiers.

Sa compagnie, tout en étant très agréable, était cependant, il faut l'avouer, plus militaire que mondaine. Il ne se lassait pas de raconter ses victoires par le menu et de justifier ses défaites tout aussi longuement. Il n'était jamais fatigué, ses conversations étaient fort instructives et amusantes car il avait une excellente mémoire et racontait fort bien. Mais à l'écouter, je comprenais mieux l'opinion de la Cour s'accordant pour le juger meilleur général que courtisan, plus à sa place dans un camp que dans un salon.

Les troupes étaient excellentes, la discipline admirable et je ne me lassais pas de les observer. Stedingk et moi ne voyions pas les journées passer. Le camp s'achevait et à la fin du mois de septembre, nous étions de nouveau à Versailles. Notre expédition normande, outre l'intérêt militaire qu'elle avait présenté, fournit peu de temps après notre retour le prétexte à une faveur inattendue.

La Reine, qui entretenait les meilleures relations avec notre souverain, s'intéressait, dans sa bonté, à tout ce qui se rapportait à notre pays. Ayant entendu parler par Mme de Boufflers de la récente modification de nos uniformes et de l'élégance du mien, Sa Majesté manifesta le désir de nous voir en tenue. Comme, à cette époque, le port de l'uniforme à la Cour n'était autorisé que le jour où l'on prenait congé pour rejoindre son régiment, il fut convenu que nous nous présenterions dans ses Petits Appartements. Mes sentiments sur le ridicule de notre tenue n'ayant pas varié, je ne fus qu'à demi heureux d'une faveur dont je craignais plus d'inconvénients que d'avantages. C'était oublier que ce cher Stedingk, habitué des lieux, avait ses entrées chez la Reine. Tout ne pouvait que se passer très simplement.

Comment oublier cette entrevue ? A cette occasion, je quittai pour la première fois le Grand Appartement, abandonnant les courtisans dans l'antichambre du Grand Couvert avec son plafond à larges compartiments, ses dorures, ses murs lambrissés de marbre et couverts de tapisseries. Après avoir traversé de minuscules antichambres, nous fûmes reçus dans un cabinet intérieur qui n'avait de grand que le nom mais que j'eus la chance de voir encore tel que la feue reine Marie Leszczynska l'avait arrangé. Son décor exotique était mis en valeur par un plafond cintré en calotte et de riches moulures, peintes en coloris au naturel. La peinture était une manière de treillage en perspective orné de différentes fleurs et de feuillages mêlés d'oiseaux. Mais ce qui me frappa avant tout, ce fut l'extraordinaire profusion de bouquets de fleurs fraîches qui inondaient consoles et commodes. En pénétrant dans ces pièces qui paraissaient d'autant plus exiguës et basses que nos yeux quittaient le bel appartement de la Reine, nos regards étaient happés par ces brassées de fraîcheur qui éclairaient les lieux par ailleurs fort sombres.

La Reine, assise sans aucune forme de cérémonie parmi ses dames du palais, accueillit Stedingk comme un parent et me reçut avec chaleur.

— Je n'ai pas eu le bonheur de connaître Monsieur votre père dont on dit encore tant de bien, mais je suis heureuse de voir que son fils semble porter à notre pays le même intérêt bienveillant. Approchez, je vous prie, et donnez-moi des nouvelles de mon cousin. On dit que le théâtre est sa passion, poursuivit-Elle, et l'on rapporte même que la muse taquinerait sa plume, ajouta-t-Elle en souriant.

— Madame, le Roi aime à écrire et se plait à faire ressurgir les grandes figures de notre histoire en de gigantesques compositions théâtrales que...

J'allais dire sa folie mais m'en abstins.

— ... que lui seul sait reconstituer comme par magie.

Je me gardai de raconter qu'il fallait à tous les courtisans se livrer pendant des heures à des batailles que Gustave III reconstituait à l'infini. Moi-même, plus d'une fois, je crus périr étouffé à parader en plein été affublé d'une antique armure, sous un soleil qui, même par nos climats, n'en était pas moins cruel. Je taisais également la lassitude d'une Cour mécontente. Je préférai conter la splendeur des décors reconstitués, la magie des théâtres de Drottningholm ou de Gripsholm dont les machineries permettaient tous les effets qu'un auteur pouvait rêver. L'évocation des demeures de son cousin du Nord retint plus particulièrement son attention.

— La Cour de France a pour fâcheuse habitude de ne se déplacer que pour signer des traités, et encore. Comme j'aimerais connaître Stockholm, Pétersbourg, Florence... confia-t-Elle.

Puis éclatant de rire, Elle ajouta avec une moue résignée et un peu enfantine :

— La route qui me conduisit de Vienne à Versailles à l'occasion de mon mariage aura sans doute été mon dernier voyage. Heureusement, on me rend visite et puis il y a Fontainebleau, Choisy, Marly...

Un homme d'une cinquantaine d'années, que je reconnus pour être le baron de Besenval[1], protesta du dévouement de sa personne et de ses amis en des termes qui me semblèrent trop forts pour être sincères. Et cha-

1. Se prononçait *Bessval*...

cun y alla de son petit couplet sur un ton qui me parut très libre.

Mme de Polignac était là, mise plus simplement que le jour où je l'avais aperçue au sortir de son carrosse ; cette simplicité lui seyait et mettait en avant de grands yeux sombres, un teint pâle encadré de beaux cheveux bruns, une bouche charmante ornée de petites dents très blanches et bien rangées. Comment ne pas lui reconnaître une grâce piquante ? Elle n'était pas parmi celles dont la conversation était des plus déliées, mais tout en sa personne semblait suspendu à un regard de la Reine, ce qui revenait fréquemment. Un sourire complice presque moqueur les unissait par moments, et j'étais heureux de n'en point faire les frais.

La princesse de Lamballe, que l'on murmurait moins en faveur, se souvenait de mon passage au Palais-Royal à l'occasion de mon précédent séjour et parut touchée de m'entendre lui rapporter des détails d'une conversation que nous avions eue quatre années auparavant. N'étant point coquette, elle accueillit la fidélité de ma mémoire avec gentillesse, sans y prêter de malice, et nous échangeâmes nos impressions sur une pièce que nous avions applaudie quelques jours auparavant.

La Reine ne fit aucune remarque sur mon habit, mais à la façon dont il fut détaillé, je saisis qu'il ne déplaisait pas. Jusqu'à ce jour, je n'allais que fort irrégulièrement faire ma Cour à Versailles. Mais quelques mots de la Reine au comte de Creutz lui avaient fait sentir qu'Elle agréerait de m'y voir davantage. Quand il lui fut respectueusement répondu que je m'étais rendu à son jeu un dimanche et qu'il n'avait pas eu lieu, Elle me fit une espèce d'excuse et m'invita à me tenir à sa table quand Elle rentrerait de son séjour à Marly.

15.

En mon absence, Stedingk avait fait de nombreux progrès auprès de nos protectrices sans me supplanter pour autant dans leurs cœurs. Il avait su à merveille les cultiver toutes, leur contant fidèlement les événements de notre pays, les actes de notre souverain, les menus faits de sa Cour sans omettre les nouvelles des Suédois qui comme Plomentfeld, de Geer ou moi-même avaient regagné leur pays. Et elles s'étaient laissé faire, charmées par l'élégance naturelle de cet homme raffiné qui plaisait autant par la qualité de ses reparties qu'il reposait l'esprit par sa gentillesse. Je retrouvais mes amies avec une joie non feinte car, de tous les agréments de Paris, leur compagnie n'était pas le moindre.

C'est ainsi que peu de temps après mon arrivée, j'avais revu Marie-Anne de Brancas. Appréhendant nos retrouvailles, je fus soulagé qu'elles eussent lieu dans un large cercle. Comme elle était changée ! Il est vrai que, tributaire des caprices de la mode, elle prenait le risque, en s'y soumettant, de voir accuser les signes impertinents du temps sur une beauté qui, comme l'été, avait passé. Je me sentais misérable cependant du peu de nouvelles que je lui avais fait parvenir et songeais avec remords aux trop nombreuses missives demeurées sans réponse de ma part. Mais mon amante d'hier avait l'âme trop élevée pour s'arrêter à cela ou plutôt, si je l'avais déçue ou, pire encore, fait souffrir, elle n'en laissa rien paraître. Elle m'accueillit avec naturel, me demandant des nouvelles des miens, et me laissa entre les mains d'une de ses parentes comme si nous nous étions vus la veille, comme si aucun lien autre que celui de l'amitié ne nous eût jamais unis. Celle-ci s'installa ainsi entre nous sans que nous y eussions songé. Notre différence d'âge loin de nous éloigner nous rapprocha définitivement.

Après les tourments de la passion, notre liaison connut les douceurs d'une affection, oserai-je dire, filiale. Elle s'intéressa à moi comme une mère : je n'étais plus Axel mais son petit Axel, ce qui vu ma taille ne manquait pas de piquant ; elle n'était plus Marie-Anne mais ma chère marquise, et raffolait de m'entendre l'appeler ainsi, assurée de me voir plus sage que je ne le fus jadis. Elle devint surtout une merveilleuse ambassadrice. Bénéficiant d'un crédit illimité auprès des meilleures maisons de France, elle m'entraîna dans son sillage aux côtés de la comtesse de La Marck, la comtesse de Boufflers, la duchesse de Lauzun, la comtesse de Fitz-James et sa belle-sœur, la duchesse de Fitz-James, escortées de l'infatigable et irremplaçable Stedingk. Les dîners, les promenades, les spectacles et les soupers remplirent à nouveau et pour quelques mois la meilleure partie de mon existence.

Mon passage chez la Reine en uniforme suédois, bien qu'cffectué dans la plus grande discrétion, avait fait le tour de Versailles. Pendant quelques semaines, on ne parla que de cela ou plus exactement de l'intérêt que la Reine m'avait porté ; je m'étonnais de ces bruits n'estimant pas avoir bénéficié d'une attention supérieure à ce qu'elle aurait dû être. La Cour me paraissait bien bavarde et à en juger par les rumeurs soulevées par notre visite, je déduisais qu'il fallait faire peu de cas des autres bruits qui circulaient et achevais de me défier du jugement du public sur nos actions particulières.

Les chaleurs de l'été avaient donné à la médisance,

toujours prête à s'alimenter, matière à picorer, à disséquer, à macérer. La Reine, contrainte de séjourner à Versailles en raison de son état, avait décidé de profiter des soirées plus fraîches pour se promener dans les jardins après le souper. Ayant donné le ton par le port de robes en mousseline blanche, simples et amples, Elle avait été imitée par toutes ses dames dont on apercevait les gracieuses silhouettes au détour d'une allée. Car après s'être limitées à des promenades ou des concerts sur les terrasses du château, les escapades s'étendirent aux jardins et il ne fut pas rare de croiser la Reine entourée de ses amis, assise sur un banc ou longeant un bassin.

Que n'entendit-on pas ! Certains, pour s'être trouvés non loin de Sa Majesté, soutinrent avoir été abordés par Elle. Déjà des libelles[1] couraient sous le manteau, répandant les termes les plus outrageants sur sa personne. Mais la Reine riait et laissait dire quand Elle n'en faisait pas Elle-même la lecture. Il fallait toute l'audace et la faveur du prince de Ligne pour rire avec Elle et oser lui dire devant tous :

— Avouez qu'il y en a tant que l'on ne peut être que convaincu que Votre Majesté est de moitié pour les profits !

Cependant, ses proches, bientôt confondus par tant de malveillance, résolurent de faire bloc et de ne la point quitter ; tous ceux qui étaient écœurés par tant d'infamies s'unirent pour former une barrière et, du moins le croyaient-ils, l'isoler des rumeurs. On ne comptait plus les chevaliers servants qui avaient fait serment de protéger leur Reine. Il y avait la garde rapprochée, au nombre de quatre, prêts à tout. Le propre beau-frère de la Reine, le comte d'Artois, le plus exubérant, le duc de Coigny, le plus élégant, le duc de Guines, le moins discret et le baron de Besenval, le moins jeune, assuraient une présence constante à ses côtés en ce début d'automne, tan-

1. Petit écrit, ici à caractère diffamatoire.

dis que la faveur du comte d'Esterhazy ou celle du prince de Ligne augmentait journellement. Même le Roi faisait preuve à son égard d'attentions nouvelles.

Ce n'était un mystère pour personne que les souverains partageaient peu de goûts en commun. Chacun savait l'aversion du Roi pour le jeu, la danse et tout ce qui s'apparente aux plaisirs d'une Cour. Dès son avènement, il avait remis à la Reine, qui allait y exceller, le soin de tous les arrangements qu'elle jugerait à propos de prendre pour rendre la Cour agréable et brillante. C'est ainsi qu'entre autres mesures, Elle avait décidé qu'il y aurait trois spectacles par semaine, deux comédies françaises et une comédie italienne et quand cela ne suffirait, il serait improvisé de nouveaux spectacles ou de nouveaux bals.

Et puis, il y avait le jeu dont Elle raffolait, et bien que Louis XVI n'éprouvât aucun goût pour les cartes, pour lui plaire, il s'assit un soir à Choisy à sa table, et l'on assure qu'il ne fut pas le moins acharné des joueurs. Il perdit cependant tant et tant qu'il s'en dégoûta définitivement, ce qui ne l'empêcha pas d'encourager sa femme et de payer ses dettes. De fait, on jouait un jeu affreux. En courtisan, j'y assistais avec assiduité ; en homme averti, je me gardais d'y participer. L'assistance autour de la table de la Reine était un spectacle à lui seul. Les joueurs n'avaient plus de courtisans que le nom ; oubliant le rang de leur auguste maîtresse, ils n'avaient d'yeux que pour la partie, laissaient échapper des expressions qui ne leur faisaient guère honneur, et vidaient leur bourse sur la carte qui, ils en étaient sûrs, les referait des pertes de la veille. La tension et la fatigue disputaient à la passion la première place sur les visages, et plus l'heure avançait dans la nuit, moins on était assuré de pouvoir s'aller coucher. Que de fois le jour se leva, la partie de pharaon non encore achevée, pour la plus grande satisfaction des banquiers admis à titre d'exception à la Cour tandis que des fortunes partaient défaites pour ne plus reparaître.

Le ton libre qui régnait dans l'entourage de la Reine avait aussi gagné celui du Roi. En dépit d'apparences plus austères, Sa Majesté ne manquait jamais une occasion de faire un bon mot pour peu qu'Elle fût entre familiers. Le prince de Ligne, qui emportait tant de succès dans la société de la Reine, avait gagné l'esprit du Roi. Celui-ci lui avait même accordé une faveur extraordinaire, refusée pourtant au prince héréditaire de Brunswick et à tous les nobles étrangers en service, celle de le suivre dans tous ses déplacements. Aussi le voyait-on, quand il n'était pas en voyage, tantôt portant l'uniforme du pavillon de chasse de Choisy, faveur réservée à de rares intimes, tantôt le manteau bleu de l'équipage de chasse royal. Mais le prince de Ligne avait surtout le don de passer pour l'homme le plus joyeux de ce siècle. J'en fus témoin un soir alors que nous nous trouvions dans la salle de comédie du vestibule de la cour des Princes.

Car c'est là que se tenaient ordinairement les représentations. La grande salle de spectacle dont je gardais un souvenir ébloui lors de mon précédent séjour était en fait réservée à des événements exceptionnels. Seul un mariage royal ou la venue d'un prince étranger que la Reine voulait particulièrement honorer justifiait son utilisation. Comment en aurait-il pu être autrement quand on songe qu'il ne fallait pas moins de trois mille bougies par représentation pour permettre la seule magie des décors qui étalaient leur raffinement en une infinité de plans ? Aussi, depuis le mariage du comte d'Artois, elle n'avait servi qu'aux fêtes données en l'honneur du mariage de Madame Clotilde puis un peu plus tard à la représentation d'un opéra de Rameau pour la venue de Joseph II.

Ce fut pour moi un véritable sujet d'étonnement que de découvrir dans quel cadre la Cour de France s'entassait pour assister à la comédie. En attendant la construction d'une Salle des Machines digne des spectacles qu'il voulait offrir à sa Cour, Louis XIV avait ordonné lors de son installation à Versailles qu'une petite salle fût montée provisionnellement. Mais le provisoire avait duré et presque cent ans plus tard, c'était toujours là que quelque trois cents courtisans se pressaient trois fois par semaine.

Incrustée entre deux rangées d'arcades qui séparaient la cour des Princes des jardins, cette salle rectangulaire était de proportions ridicules. Bien que plusieurs fois remaniée pour essayer de remédier à son manque de confort, ses dimensions étaient restées inchangées et ne dépassaient guère les neuf toises de long sur quatre de large[1]. A part le raffinement des décorations, du reste malmenées par le frottement obligé des spectateurs, il fallait véritablement être fou de comédie ou grand courtisan pour accepter de s'enfermer pendant plusieurs heures dans un lieu aussi exigu.

Ce soir-là, les Comédiens Italiens étaient venus interpréter un opéra demandé par la Reine. A l'heure dite, les courtisans avaient envahi les gradins tandis qu'avec quelques privilégiés nous avions gagné la loge royale. L'orchestre se mettait en place, bassons et cors étaient déjà là et c'était à qui accordait sa flûte, vérifiait son violon, ajustait sa partition quand, à nos pieds, nous reconnûmes le prince de Ligne qui, au lieu de nous rejoindre, fendit la foule pour gagner un siège pliant à côté de l'orchestre. A l'étonnement succéda l'amusement. Le Roi l'envoie chercher et lui, radieux, de traverser la salle en sens inverse pour paraître devant Sa Majesté et s'incliner respectueusement pour demander :

— Ne m'ôtez, Sire, la seule place que je puisse et veuille avoir à la Cour !

Et c'est ainsi que Charles-Joseph de Ligne, prince du Saint Empire romain germanique, Grand d'Espagne par son ancêtre, qui fut vice-roi de Sardaigne, choisit de

1. Fersen la réduit légèrement, elle faisait presque 18,5 mètres sur 8,5 mètres mais l'on imagine encore mal aujourd'hui comment trois cents courtisans ont pu y tenir.

s'asseoir simplement au parterre alors que dans ses rangs, tant de familles moins illustres intriguaient pour avoir l'honneur de se hisser au balcon. Comment ne pas soupçonner quelque malice de sa part ? Le prince de Ligne était pourtant de ces hommes réellement au-dessus des conventions et pour lui, c'était être bien petit que d'attacher tant d'importance aux apparences. Ce trait était sans doute celui qui le rapprochait le plus de la Reine et c'est ainsi que, plus d'une fois, on vit l'Autriche, par l'intermédiaire de deux de ses représentants, donner négligemment des leçons de simplicité à une Cour à l'étiquette souvent désuète.

Les semaines s'écoulaient dans l'attente de l'heureuse délivrance de Sa Majesté. La Cour reprenait vie et s'enflait des curieux impatients d'assister à l'antique spectacle d'une naissance royale. J'avoue que c'était pour moi une coutume bien singulière que celle qui, en France, condamnait les reines à accoucher en public, non pas au milieu d'un cercle choisi, mais bien parmi le peuple fait juge pour un jour de la légitimité de l'enfant né.

La Cour avait repris ses airs d'antan. On se bousculait de nouveau dans les salons où partout il y avait de la musique, des tables de jeux et des comédies. La Reine, malgré son état, passait de groupe en groupe, entourée de ses favorites. A sa seule démarche, la comtesse Jules laissait paraître qu'elle prenait le pas dans le cœur de Sa Majesté sur la princesse de Lamballe, peinée moins de la faveur de sa rivale que de la négligence de la Reine à son égard. Mais elle n'était pas femme à se plaindre et seuls ses intimes pouvaient remarquer un teint plus pâle, un regard plus triste, un sourire plus lent à naître sur des lèvres pourtant bien gracieuses.

Oserai-je dire que ma faveur augmentait journellement ? Ce n'étaient que des riens, mais nombre de courtisans se seraient battus pour les obtenir : un regard, une parole qui se renouvelaient. Conscient qu'en la matière, rien n'était moins assuré que la durée, je me gardais de m'étourdir. Admis désormais dans le cercle restreint de la Reine, j'assistais à tout mais évitais de me mêler aux luttes de coteries qui chaque jour m'apparaissaient plus clairement. Mon naturel réservé tranchait avec la politesse aisée d'un Coigny, la galanterie d'un Vaudreuil, la gaieté d'un Lauzun ou la verve d'un Besenval, mais aux mots que la Reine m'adressait parfois, je concluais que mon air ne devait point déplaire.

Le Roi, qui grossissait à vue d'œil au point que l'on assurait que les médecins lui faisaient boire des eaux de Vichy pour arrêter, s'il était possible, un embonpoint excessif et dangereux, accompagnait la Reine et faisait même certains jours à sa Cour l'honneur de la cultiver au point de la vouloir mêlée à une surprise qu'il destinait à la Reine. Décembre était arrivé sans que l'enfant espéré fût né ; pour rompre l'attente, le Roi ordonna un grand bal masqué. En vingt-quatre heures de temps et dans le plus grand secret, à l'aide du magasin des Menus Plaisirs chargé des détails de son organisation, le Grand Appartement fut décoré, et toute la Cour fut déguisée et masquée.

Le jour-même, la Reine avait été particulièrement occupée dès son lever par des audiences qui l'entraînèrent jusqu'à la messe. Sa modiste avait passé de longs moments en son cabinet à lui présenter des échantillons des nouveautés qu'elle préparait pour ses relevailles. A cette heure encore, tout semblait à son ordinaire et rien ne laissait présager la réception qui occupait pourtant tous les esprits. A son retour de la Chapelle, les dames d'honneur et d'atour de Sa Majesté l'accompagnèrent en son appartement où toutes sortes de distractions avaient été prévues pour l'occuper jusqu'au soir. Moi-même, j'avais été prié de faire ma cour cette après-dînée-là avec une particulière assiduité pour inciter la Reine à rester chez elle.

Pendant ce temps, le Roi, de retour de la chasse, après avoir salué la Reine, avait lui-même veillé aux préparatifs et à ce que rien ne manquât. Harcelé par le Premier gentilhomme de la Chambre dont il dépendait, Papillon de la Ferté pressait les machinistes, poussait les peintres, inquiet de l'avancement des décors éphémères qu'il s'ingéniait à faire surgir pour un soir au milieu des curieux qui jetaient un œil.

Les tribunes des musiciens, montées en quelques heures dans le salon de la Guerre, accueillaient déjà violons et hautbois. Apercevant le surintendant de la Musique, agitant sa baguette à la tête de sa bande, le Roi vint lui adresser quelques mots qui le confondirent de fierté. Son teint rosit d'un coup, on le vit ajuster sa perruque et admonester les bavards. Plus loin, les buffets dressés un peu partout dans le Grand Appartement étaient pris d'assaut par les garçons de la Bouche chargés de leur approvisionnement tandis que quelques pages turbulents rivalisaient d'adresse pour chaparder sur des tables à peine garnies. Au milieu de cette effervescence, les officiers de la Fruiterie[1] distribuaient les ordres et consacraient leurs soins attentifs aux innombrables girandoles et candélabres dont ils faisaient renouveler une à une les milliers de bougies pour donner à cette fête l'éclat féerique que l'on en attendait.

Quand le soir fut venu et que la Reine parut pour le bal que devait donner en son honneur la comtesse de Polignac, du moins le croyait-Elle, la surprise fut totale. Quel ne fut pas son étonnement à l'ouverture des portes de son salon des Jeux en découvrant la galerie comble de masques, de plumes, de soies et de rubans ! Le Roi, dans son habit ordinaire, se détacha d'un groupe pour aller à sa rencontre et la conduire à leurs places. Deux fauteuils avaient été disposés le dos tourné à la fenêtre du milieu pour Leurs Majestés. Le contentement de son tour[2] donnait à la démarche du Roi une légèreté inhabituelle ; l'air de la Reine lui confirmait qu'il avait réussi

1. Service chargé de l'approvisionnement en bougies.
2. Du tour qu'il avait joué.

à plaire à la plus difficile des princesses, habituée à tous les hommages.

Monsieur fit la révérence au Roi, puis à Madame avec qui il ouvrit le bal et dansa le premier menuet. Gardant chapeau bas jusqu'à ce qu'il fût arrivé devant Leurs Majestés, il dansa devant Elles, recula et ne leur tourna le dos qu'au second tour comme cela était l'usage alors. L'état de la Reine ne lui permettait pas de danser mais chacun pouvait lire sur ses traits fatigués l'expression certaine d'une joie profonde. Monsieur, ayant demandé l'ordre du Roi, pria la comtesse d'Artois, qui à son tour invita le comte d'Artois. Il n'échappa à personne que la Reine regarda à plusieurs reprises son auguste époux avec reconnaissance et tendresse.

L'enlèvement des masques fut le moment le plus piquant de tous. L'imagination et la folie s'étaient liées pour transformer les têtes de la Cour de façon parfois inattendue. M. de Maurepas en Cupidon et Mme de Maurepas en Vénus ne craignaient pas le ridicule vu leur âge avancé et l'état matrimonial de leur relation dont on disait que, malgré de tendres sentiments, elle n'était toujours pas consommée. M. de Sartines en Neptune, un trident à la main, et M. de Vergennes avec un globe sur la tête, une carte de l'Amérique sur la poitrine et une de l'Angleterre sur le dos, affichaient sans vergogne leurs charges ministérielles tandis que le maréchal de Richelieu, Céphale d'un soir, menait à son bras la vieille maréchale de Mirepoix déguisée en Huronne. Ce couple, comptant presque deux siècles d'histoire à eux deux, ne dansa pas moins, à l'étonnement de tous, avec autant de grâce et de légèreté que des enfants de vingt ans.

Le prince de Soubise en marabout chinois, le maréchal de Biron en druide et le maréchal de Brissac en derviche ne passèrent pas inaperçus, tandis que le comte de Cossé en vizir, le duc de Lauzun en sultan et le duc de Coigny en Hercule arrivaient ensemble, affichant l'air conquérant de ceux qui savaient par avance leur succès assuré. Stedingk et moi nous étions crus originaux en revêtant le simple habit du pèlerin, mais nous fûmes imités et nous retrouvâmes dans l'assistance un confrère, le duc de Fronsac, fils du maréchal-duc de Richelieu, qui décida de faire route avec nous.

Chacun s'était efforcé de rendre cette soirée aussi brillante qu'amusante : le duc d'Aumont était en Suisse, d'autres dames et seigneurs formaient des quadrilles curieusement composés de rabbins, de soldats, de hussards, de matelots, de chasseurs, de coureurs. Quant aux pages, ils étaient déguisés en jockeys pour plaire à la Reine qui aimait tant les courses. Nous dansâmes jusqu'à une heure sonnante, heure à laquelle le Roi donna le signal de la retraite et conduisit la Reine dans sa chambre à coucher tandis que nous étions régalés de chocolat chaud et de glaces.

De tout cela, je n'étais encore que le spectateur attentif et comblé, semblable à ces jeunes gens avides d'une parole royale, soucieux de plaire en affectant d'être au-dessus d'un jugement auquel nous tenions par-dessus tout. Il était de bon ton de se plaindre d'aller à la Cour, mais que ne faisait-on pas pour en être ! Conscient que mon élévation n'était pas étrangère au souvenir que notre père avait laissé de ses séjours en France, je réglais ma conduite de façon à pouvoir un jour ne devoir ce bonheur qu'à moi-même. Ce temps-là n'était plus loin et divers indices me le laissaient soupçonner.

16.

La Reine accoucha d'une fille dans la nuit du 18 au 19 décembre. Je n'étais pas à Versailles ce soir-là et n'en appris la nouvelle que le lendemain. Je sus ainsi que la naissance, loin de s'être bien passée, avait pendant quelques heures mis en péril les jours de la mère qui, très affaiblie, vécut la fin de l'année 1778 dans un isolement relatif. L'enfant prénommée Marie-Thérèse-Charlotte reçut le nom de Petite Madame [1] pour la distinguer de Madame, belle-sœur du Roi, qu'on ne voulut froisser en lui retirant son titre.

La Reine ayant souhaité pour sa fille une éducation plus simple que celle habituellement donnée aux princesses françaises, l'étiquette fut allégée, ce qui dispensa entre autres les ambassadeurs d'aller saluer l'enfant. Je ne retournai donc à Versailles qu'un mois plus tard quand Sa Majesté accepta de recevoir la Cour pour ses relevailles en son appartement. Celui-ci, malgré sa taille, était beaucoup trop exigu pour accueillir tous les dignitaires qui s'étaient précipités autant pour présenter leurs devoirs que par curiosité.

Aussi, avant de pouvoir seulement mettre le pied dans la salle des Gardes puis dans l'antichambre du Grand-Couvert, il fallut patienter des heures entières dans la

1. Appelée plus tard Madame Royale.

cour glaciale où, bien qu'emmitouflés dans nos chaises à porteurs, nous ne parvenions à nous réchauffer. Le moment où il fallut se résigner à quitter nos chaises pour geler au bas du degré de la Reine avait été atroce tant l'air était vif. Mais très vite nous fûmes engloutis par les courtisans dont la presse, en nous réchauffant, préludait à l'épreuve qui nous attendait en haut des marches.

Le palier, envahi par toutes sortes de méchantes boutiques dans un décor de marbres polychromes et de peintures imitant des loggias avec des personnages, distillait au compte-goutte ceux qui avaient survécu dans l'appartement de la Reine, lui aussi empli d'une foule compacte. Toutes les fenêtres étant calfeutrées pour éviter les courants d'air, il régnait une chaleur écœurante, mélange malheureux des parfums des courtisans, de l'odeur âcre de la poudre des perruques et de la fumée des feux qui égayaient les cheminées.

Les femmes se réfugiaient derrière leur éventail qu'elles maniaient frénétiquement pour en tirer un peu d'air moins lourd, et se refusaient à admettre qu'à s'agiter ainsi elles ne faisaient qu'incommoder leurs voisins en déplaçant des nuées de poussière tandis que nous étions condamnés à attendre la fin du supplice, prévue à l'autre bout de l'appartement, dans le salon des Jeux où recevait la Reine. De longs quarts d'heures s'écoulèrent sans que nous pussions seulement bouger d'un pouce. Nous ne savions ce qui se passait devant nous et ne pouvions retourner sur nos pas ; quand enfin un mouvement semblait se dessiner, seules les silhouettes les plus fines pouvaient espérer se glisser entre les robes à paniers.

Le spectacle n'en était pas moins somptueux. Les têtes de ces dames, toutes ornées de coiffures de plus de trois pieds de haut, plus extravagantes les unes que les autres, formaient une flotte rivalisant d'éclat avec celle de la marine française et, comme elle, brillait par son indiscipline. Les poupes s'agitaient en désordre au risque de se heurter, les grands mâts s'inclinaient dangereusement et ce fut miracle si aucune voile ne se déchira. L'ensemble formait un décor des plus pittoresques alliant somptuosité et légèreté tandis que les étoffes des robes ne laissaient aucun doute sur les fortunes englouties pour leur confection.

L'arrivée dans la chambre de la Reine parut être une délivrance. La presse, aussi intense que dans les salons qui précédaient, ne pouvait occuper qu'une moitié de la pièce ; l'autre, délimitée par la balustrade qui longeait le lit royal, était interdite d'accès. Nous reprîmes notre souffle mais ce n'est qu'en fin d'après-dînée, après plusieurs heures d'attente, que nous pûmes enfin pénétrer dans le salon où la Reine recevait. Il me sembla, comme à tous, que notre patience n'avait pas été vaine.

Là, allongée sur une chaise longue près de la porte, la Reine recevait chacun avec une grâce qui lui faisait oublier sa fatigue et ses peines. Quoiqu'un peu pâle, Elle avait ce teint éblouissant qui la faisait reconnaître entre mille. Elle tendait sa main un peu ronde avec un charme infini.

Quand mon tour vint enfin, j'étais déjà comblé car depuis de longues minutes j'avais été remarqué. Ma silhouette plus élancée que la moyenne dominait la foule mais ne justifiait pas à elle seule semblable distinction. A plusieurs reprises, la Reine posa ses yeux sur moi et je vis dans son regard que ma présence lui agréait. Afin de prolonger cet instant, je laissai insensiblement des courtisans pressés me devancer, et quand il me fut donné d'être enfin devant Elle, je regrettai déjà que tout cela appartînt au passé. Loin de se contenter d'un sourire à mon égard, portant ma joie à son comble, Elle me glissa :

— Revenez demain, vous nous avez manqué.

Tandis que je m'inclinais et m'apprêtais à quitter le salon en emportant ses paroles comme des reliques, pressé de quitter Versailles afin de me les répéter, me persuader de leur réalité, je croisai le regard du duc de Coigny qui ne me laissa aucun doute sur les sentiments d'inimitié qu'il me portait.

Le comte de Creutz qui m'accompagnait et n'était dupe de rien accepta les paroles de la Reine comme si elles lui étaient également adressées. Cela me contraria et me soulagea à la fois car, avec la présence d'esprit si aisée pour ceux qui ne sont pas concernés, il sut prononcer les mots que l'émotion m'empêchait de trouver :

— La santé de Sa Majesté nous a causé de vives inquiétudes. Nous nous réjouissons de la voir si bien rétablie et serons heureux de déposer plus longuement à ses pieds des compliments qui tiennent au cœur de tous ses sujets.

Mais le songe s'évanouit à peine avions-nous quitté le salon des Jeux. Les courtisans libérés de leurs obligations se défaisaient de leur courtoisie comme d'un vêtement trop serré. La médisance retrouvait son cours, et c'était à qui décocherait la flèche la mieux acérée. Les femmes, qui quelques instants auparavant affichaient l'air satisfait de courtisanes repues, affectaient des moues dédaigneuses et distillaient leurs perfidies.

— C'est à peine si l'on nous a regardées. Quand on songe à ce que cette impertinente de vingt ans nous a fait attendre avant de daigner nous jeter un regard !

— Et quel regard, tout à fait sa mère, la morgue autrichienne pour nous donner une leçon ! ajoutait une autre qui selon toute vraisemblance n'avait jamais franchi les limites du royaume et oubliait que pour être Autrichienne par sa mère, la Reine était Lorraine par son père. Et puis, reprochait-on au Roi de n'être Français que par son père ? Sa mère Marie-Josephe de Saxe n'était-elle pas la fille d'Auguste le Fort, roi de Pologne, électeur de Saxe et de Marie-Josephe d'Autriche ? Même son père le Dauphin, fils de Louis XV, avait pour mère Marie Leszczynska, fille unique de Stanislas Leszczynski, ancien roi de Pologne. Mais une troisième renchérissait déjà :

— Vous ne trouvez pas qu'elle a beaucoup perdu ? Elle dont on a tant vanté la beauté, c'est affolant ce qu'elle est changée ! Quand on songe que ce n'est que son premier enfant...

— Une fille de surcroît, c'est bien désolant.

Celle-là n'ajouta pas : « Une fille dont rien ne nous assure que le père... » mais le pensa si fort que tout le monde comprit quand elle poursuivit :

— D'Artois et Coigny affichaient tous les deux des airs bien triomphants. Il faudrait qu'ils s'accordent, leur contentement de concert est parfaitement ridicule...

Sous le damas, le brocard, la soie et le taffetas, je découvrais la Cour abjecte, malsaine, nauséabonde. Ces calomnies colportées par des bouches pourtant si joliment dessinées n'étaient pas l'apanage de la Cour de France, mais alors que celle-ci était pour nous tous étrangers le modèle du raffinement et du bon goût, quelle déception de voir qu'elle ne leur cédait en rien. J'avoue avoir regagné Paris ce soir-là avec si peu d'entrain que je déclinai une invitation chez le comte de Creutz et préférai rester seul.

17.

Mon séjour en France devenait chaque jour plus agréable. J'avais changé d'hôtel pour m'installer dans celui des Ramel qui étaient pour moi une seconde famille, mais le temps que je leur consacrais s'amenuisait avec les semaines. Mon succès à la Cour commençant à se répandre, je faisais à tout moment de nouvelles connaissances et les cultivais toutes. Je dépensais presque sans compter une fortune qui n'était pas encore mienne. Je dis presque car le contrôle rigoureux des comptes auquel m'astreignait notre père contenait ma prodigalité dans des proportions raisonnables. Enfin, il n'était pas une maison qui ne me reçût et plus particulièrement dans l'entourage de la Reine.

Ce que j'avais pris pour de l'hostilité de la part du duc de Coigny fut en fait un mélange plus subtil d'arrogance naturelle et de méfiance légitime chez un homme qui veillait à ne pas se voir ravir la primeur dans le cœur de la Reine. Quand il lui fut clairement apparu que mes visites à la Cour étaient autant dictées par le souci de ma carrière que par le goût de trouver une société agréable, son accueil se fit plus naturel. Il est vrai que, sans le vouloir, j'avais trouvé deux alliés inattendus dans le comte de Vaudreuil et le baron de Besenval.

Le premier, Grand Fauconnier du Roi, à propos duquel la princesse de Hénin n'hésitait pas à dire qu'il n'y avait que deux hommes qui sachent parler aux femmes, Lekain sur le théâtre et M. de Vaudreuil à la ville, collectionnait les tableaux de maîtres et les conquêtes féminines, parmi lesquelles la comtesse de Polignac n'était pas la moindre. D'une courtoisie exquise quand il ne s'emportait pas, son intelligence ouverte et sa conversation enjouée plaisaient autant à la Cour, et plus particulièrement dans l'entourage du comte d'Artois dont il fut l'un des amis les plus fidèles, qu'à Paris où il savait assembler en son hôtel une société d'hommes de lettres de grand intérêt.

Quant au baron de Besenval, grand-croix du Saint-Esprit[1] et lieutenant-colonel dans le régiment des Gardes-Suisses, avec une belle taille, une figure agréable, cinquante ans révolus et des cheveux blanchis, il se faisait fort d'obtenir la confiance des femmes en leur parlant de ses montagnes suisses avec enthousiasme. Mais je trouvais ses manières trop libres et sa galanterie de mauvais ton ; même entre hommes, sa conversation me paraissait plus cynique que piquante et sa gaieté plus railleuse qu'enjouée. Pour notre malheur, le sort voulut que cet homme, qui n'était grand que par la taille, avait si peu de constance dans ses jugements que pour peu qu'on l'eût contrarié, sa haine vous était pour toujours acquise, le rendant capable de brûler un jour ce qu'il avait adoré la veille. A l'époque, personne ne pouvait soupçonner que bien des années après le drame que nous allions vivre, ses rancœurs le pousseraient à se répandre dans des confessions aussi étonnantes qu'outrageantes.

L'un et l'autre me firent le meilleur accueil et je n'allais pas tarder à en découvrir le motif. Dans un cercle où la chasse aux places était la fin de tous les soins prodigués à la Reine, un étranger qui pour toute ambition voulait se battre contre les insurgents n'était pas une

1. Ordre de chevalerie fondé par Henri III qui devint le premier ordre de la monarchie, bientôt copié partout.

menace pour leurs appétits. C'était un caprice qu'ils pouvaient tolérer, voire même encourager. Aux invitations de Sa Majesté succédèrent les leurs, ce qui me permit de voir autant qu'il était possible la jeune Reine dans tout l'éclat de sa beauté retrouvée.

Dans les premiers jours de janvier, un petit théâtre démontable fut installé dans son appartement pour que de son lit, ou de son feu, Sa Majesté pût voir la comédie sans se déplacer. Nous nous y rendions presque toutes les après-dînées assurés d'y voir une excellente pièce desservie[1] par les Comédiens-Français ou Italiens. Invariablement lui succédait un souper chez Mme de Lamballe ou chez de Mme de Polignac. Le service était simple et autorisait une conversation sans contrainte à laquelle le Roi se mêlait avec beaucoup de gaieté. Lui qui n'avait jamais voyagé prenait le plus grand intérêt à nous entretenir de nos séjours dans les différentes principautés ou grandes villes d'Europe. Il me parlait fréquemment de notre souverain Gustave III, m'interrogeant inlassablement sur la façon dont son coup d'Etat avait été ressenti par la noblesse suédoise, s'inquiétant des menaces qui pesaient sur notre pays.

Mais nos propos s'éternisaient trop au goût de certains, non pas jaloux d'une faveur royale qui leur était indifférente mais impatients de quitter la table pour poursuivre leur soirée dans quelques bals ou courses[2] à Paris. Louis XVI, goûtant peu leurs plaisirs, prolongeait le sien en nous entretenant, tandis qu'il fallait toute la diplomatie et la séduction de la Reine pour faire comprendre à son royal époux qu'Elle aussi souhaitait partir. Et lui, imperturbable, de regretter que sa fonction ne lui laissât pas plus de temps pour les loisirs et de s'excuser de nous abandonner.

Pendant que la Reine repassait par ses appartements pour prendre un domino et un masque, nous nous dis-

1. Dont on fait le service.
2. Excursions.

persions par deux ou trois pour ne pas éveiller l'attention de ceux qui n'étaient pas conviés à notre suite. Le but de nos escapades bien inoffensives, du moins nous le croyions, était invariablement un bal privé ou celui de l'Opéra. En cette période de carnaval, il n'y avait pas de maison qui ne voulût avoir le sien et tous rivalisaient de luxe, de splendeur et de gaieté. Le talent des architectes les plus réputés était mis à contribution pour transformer ici un jardin en un pavillon à la française, là des salons en jardins italiens. Sous l'anonymat de son masque, la Reine nous accompagnait partout au risque d'être courtisée comme une simple particulière. Sa fermeté et sa douceur savaient fort bien s'accommoder des indélicats d'autant plus rares que, contrairement à moi quelques années plus tôt, chacun la reconnaissait très vite à sa seule démarche et à ses compagnons de soirée, décrétés gardes du corps, eux aussi aisément identifiables. Et sa présence sue de tous faisait la gloire des maîtres de maison et l'envie de ceux qui n'en avaient pas le privilège.

De toutes nos escapades, il en est une qui fit beaucoup de bruit. Il est vrai que la Reine, qui estimait n'avoir rien à cacher, n'hésita pas à raconter Elle-même l'aventure ; mais loin de mettre les auditeurs de son côté, Elle ne fit par ses récits qu'accroître le nombre de ses ennemis qui chaque jour enflait un peu plus.

Un soir, il fut décidé qu'au lieu de nous rendre directement au bal de l'Opéra, nous ferions tous halte chez le duc de Coigny qui nous promettait une surprise. Connaissant les rumeurs qui liaient trop son nom à celui du duc, la Reine pour ne pas attirer l'attention eut l'idée de se faire déposer chez Mme de Polignac[1] afin d'y laisser sa voiture, en prendre une plus simple et nous rejoindre accompagnée seulement d'une de ses dames du palais.

---

1. Qui louait un hôtel, rue des Bons-Enfants (actuelle rue du Peintre-Lebrun) à Versailles.

A son arrivée, la Reine fut éblouie comme chacun d'entre nous par la féerie impromptue qui l'accueillit. Le duc, qui aimait à traiter en grand, avait fait illuminer sa folie pour le petit groupe que nous formions comme si nous étions toute une société. Un souper nous attendait dans la salle à manger ovale dont les boiseries venaient d'être refaites dans le goût du jour, tandis qu'une troupe de comédiens avait été conviée pour exécuter parodies et proverbes.

Nous étions à peine installés, le service n'avait pas encore commencé, quand soudain les quatre portes à double battants qui avaient été refermées après notre passage s'ouvrirent à nouveau pour laisser place à une armée de minuscules singes tous vêtus de la livrée de la Reine : chacun portait avec précaution un somptueux plat d'huîtres. Leur apparition puis leurs facéties nous firent rire au point que c'est tout juste si nous pûmes toucher aux plats qui pourtant, superbement chargés, ne cessaient de repasser. Je ne sus où Coigny avait pu dénicher son personnel d'un soir car la suite des événements ne nous donna pas le loisir de nous en enquérir.

Vers les deux heures du matin, la Reine, qui ne détestait rien tant que rester de longues heures en un même endroit, manifesta le désir de faire un tour à l'Opéra avant de rentrer à Versailles. Nous étions trop égayés par les moments que nous venions de partager pour seulement imaginer ce qui allait arriver. Et nous tous de la suivre, chacun reprenant sa voiture, la duchesse de Luynes, une de ses dames du Palais, et moi montant sur son invitation dans celle de Sa Majesté.

Cette faveur n'était pas nouvelle car cela faisait déjà plusieurs soirs que la Reine n'hésitait pas à se montrer à mon bras ou à m'inviter à m'asseoir à ses côtés dans sa loge, à la vue de tous, pour bavarder pendant de longs moments. Elle avait le don rare de faire croire à ceux qu'Elle agréait qu'ils étaient de vieilles connaissances, faisant ainsi naître les conversations les plus naturelles.

J'avais rencontré à plusieurs reprises divers membres de sa famille qu'Elle n'avait pas vus depuis son mariage ; aussi nous arrivait-il souvent d'en parler, voire même d'en plaisanter car il était difficile de ne pas céder au penchant naturel de cette princesse pour l'espièglerie. Mais nous n'étions pas en route depuis une demi-heure que soudain dans un craquement d'essieu notre voiture versa, nous emportant dans sa chute.

Je tombai sur le côté recevant la duchesse de Luynes qui entraîna la Reine avec elle. Les étoffes amortirent nos chutes mais pas le désordre de nos mises ou l'incongruité de nos postures. Non sans mal, je parvins à aider Sa Majesté et sa dame du Palais à se redresser tandis que le cocher, lui aussi indemne, ouvrait la porte pour nous aider à nous extraire. Sur le moment, loin de nous abattre, l'incident provoqua chez nous une gaieté qui balaya s'il en avait été besoin toute gêne qu'aurait pu causer cette situation embarrassante.

L'essieu était bel et bien cassé et il ne nous restait qu'à attendre une voiture de notre suite qui ne tarderait pas. Mais les minutes passaient sans que le moindre carrosse ne parût, pas même la plus légère voiture qui eût pu nous aider. Malgré ses efforts, le cocher ne pouvait réparer la nôtre irrémédiablement couchée sur le côté. Il nous fallait nous rendre à l'évidence : nous étions à pied, en toilette de bal, à plusieurs lieues de Paris.

Le froid vif nous interdisait de rester longtemps à attendre ; nous prîmes le parti de marcher jusqu'au prochain village, priant le ciel qu'il ne fût pas trop éloigné. Nos yeux s'habituant à l'obscurité, nous ne tardâmes pas à distinguer sur la route qui nous avait paru déserte les silhouettes lointaines et diffuses de quelques maisons. Nous marchions d'un pas qui se voulait aussi vif que nos souliers inadaptés pour l'exercice nous le permettaient. Donnant le bras à mes deux compagnes d'infortune, nous suivions notre valet de pied qui éclairait faiblement le chemin qui nous restait à parcourir. Les branches tordues des arbres dénudés dansaient au rythme de la lanterne que le pauvre homme s'évertuait à tenir bien élevée au bout de son bras pour accroître la lueur qui s'en échappait. Le frôlement impromptu de ce qui devait être des chauves-souris nous faisait tressaillir et nous serrer un peu plus. Nous n'avions plus le cœur à rire et guettions le hameau dont nous avions deviné la présence dans la pénombre. Les manteaux de brocard et de soie de ces dames étaient lourds sans être chauds, j'offris le mien qu'elles furent heureuses de partager après quelques protestations.

Enfin une première maison bien sombre se dressa à quelques pas de nous ; notre homme courut éveiller ses habitants tandis que je me permettais de suggérer à la Reine et à la duchesse de Luynes de prendre la précaution de remettre leurs masques. Invités à entrer, nous pûmes nous asseoir devant l'âtre dont les braises encore rouges permirent de rallumer un feu. C'était la demeure d'un marchand d'étoffe et de sa femme qui eurent la délicatesse de nous offrir un bouillon sans nous poser de questions, et surtout de nous indiquer une maison de louage où notre cocher put trouver un fiacre.

Vous imaginez à quelle heure et dans quel état nous arrivâmes à l'Opéra où nous étions attendus. De l'aventure heureusement achevée, il ne restait que nos souliers couverts de boue tandis que le bas des robes ne valait guère mieux. On se pressait autour de nous, tous voulaient entendre de la bouche de la Reine, que chacun avait reconnue, le récit de cette soirée extravagante qu'Elle narrait avec tant d'esprit. Elle tut ma présence dans sa voiture et comme je m'étais attardé sur les marches de l'Opéra pour laisser Sa Majesté et sa dame du Palais arriver seules, personne n'associa nos deux noms ce soir-là.

Mais le duc de Coigny avait été moins discret. Le lendemain plus personne n'ignorait que c'était en sortant de chez lui que l'aventure était arrivée. Le surlendemain, tout Paris ne bruissait que de l'affaire du fiacre au point que même à moi, elle me fut contée. On disait que tout était mystère dans cette aventure ; que la Reine avait donné rendez-vous dans une maison particulière à un seigneur honoré de ses bontés ; on nommait hautement le duc de Coigny. De ce jour, il lui fut prêté bien des amants, mais comment aurait-il pu en être autrement ?

18.

L'escapade eut pour moi des conséquences elles aussi bien réelles. Ma galanterie ne fut guère récompensée, et à m'être découvert par cette nuit de février, j'acquis une fièvre que je ne voulus immédiatement soigner, et qui très vite enfla. En quelques jours, elle me coucha tandis qu'une toux violente déchirait ma poitrine.

Joseph voulut seul me prodiguer ses soins. Mais les sirops d'érable et de miel qu'il m'administra ne furent pas plus efficaces que les cataplasmes enduits de moutarde qu'il s'acharna à renouveler trop souvent à mon gré. Bientôt, je ne sentis même plus les brûlures qu'ils provoquaient sur ma peau. Mon valet eut si peur pour moi qu'il n'osa me quitter pour quérir du secours. Très vite, mon absence étonna et Ramel répandit l'alarme. Le médecin du comte de Creutz fut dépêché et ne manqua pas de faire la seule chose qui pouvait m'affaiblir davantage : me saigner.

Pendant cinq nuits et cinq jours, je sentis défaillir ma force et mes esprits. Ma raison s'égarait. Je flottais sur des champs de neige puis marchais, marchais je ne sais où. Mon pied butait mais je ne tombais, et poursuivais ; il me fallait marcher, marcher, marcher et à nouveau je trébuchais et à nouveau je me redressais. Quand enfin on me dit sauvé, ma faiblesse était extrême. Je me levais peu et m'épuisais aussitôt, voulais me recoucher et me désespérais d'un état qui m'interdisait tout mouvement.

Le caquet de la Cour me parvenait par mon cher Creutz dont la fidélité me touchait d'autant plus que mes compagnons de soirée s'étaient égaillés dans la nature. L'entourage de la Reine voulut bien, au début, se distraire de ses plaisirs pour s'enquérir du cours de ma maladie, mais celle-ci s'éternisant, je fus vite oublié. Pendant ma convalescence, seule la princesse de Lamballe dépêcha fidèlement un laquais pour avoir de mes nouvelles et m'assurer de son amitié. Ses marques d'estime me touchèrent, mais ne surent me consoler de l'infidélité du plus grand nombre. Faut-il l'avouer ? Dès que mon état s'améliora, je dus convenir que j'étais piqué du peu d'intérêt que l'on me portait. J'eusse aimé voir mon antichambre grouillante de coureurs, j'eusse aimé distinguer parmi eux la livrée de la Reine. Mais de tout cela, il n'y eut rien que quelques très aimables visites, et ma convalescence ressembla à l'éternité.

Quand dans le courant du mois de mars je pus enfin sortir, j'étais bien décidé à employer plus utilement mon temps qu'à de vains plaisirs. Mes espérances militaires ne présentaient encore aucune perspective d'issue concrète. Mes offres au roi de Prusse avaient été refusées et je ne le regrettais pas. L'affaire de Bavière s'était enlisée et la paix allait être signée[1]. Restait la guerre contre les Anglais et j'étais résolu à faire ce qu'il fallait pour être de la première armée qui serait composée.

Mais en ce début d'année 1779, rien n'était décidé au sein du gouvernement français, toujours partagé entre Maurepas qui craignait les effets d'une guerre et Vergennes qui désirait battre les Anglais. On avait envoyé une expédition contre leurs établissements le long des côtes d'Afrique ; Lauzun et Vaudreuil, après le bal offert à la Reine avant ses couches, avaient quitté la Cour pour prendre le Sénégal. Une nouvelle escadre commandée par l'amiral de Grasse avait été envoyée aux Antilles rejoindre celle de l'amiral d'Estaing, mais l'on

1. A Teschen le 13 mai suivant.

apprenait au même moment que ce dernier venait de perdre l'île de Sainte-Lucie et s'était retiré à la Martinique. Enfin un jeune officier français était arrivé d'Amérique et avait été fort bien accueilli à la Cour et à Paris ; l'on ne parlait que de lui et j'en avais les oreilles rebattues.

Ce jeune Gilbert de La Fayette qui parlait des affaires américaines comme de son propre ouvrage me déplaisait avant même de l'avoir rencontré. Il me faut reconnaître que ses succès ne laissaient pas de me donner de l'humeur. Le Roi l'avait reçu avec bienveillance, la Reine lui avait fait obtenir une promotion de maître de camp et la permission d'acheter au marquis de Créqui le régiment des Dragons du Roi. Personne n'ignorait que les ministres le consultaient, que les femmes l'embrassaient et qu'au spectacle, la foule l'applaudissait. Enfin, je maudissais ma faiblesse et mon manque d'audace.

Puisque dans ce pays, les faveurs ne s'obtiennent qu'à force de souterrains, je confiai au comte de Creutz le soin de convaincre M. de Vergennes. Quelle ne fut pas ma surprise quand, à ma demande, je m'entendis répondre :

— Mon cher Axel, souffrez que mon amitié vous confie des choses que vous voudrez bien conserver pour vous seul. Vous connaissez mon attachement pour vous, je vous aiderai. Mais sachez que quiconque désire réellement un bienfait doit se mettre en état de l'acquérir. Quel que soit mon crédit, personne mieux que vous-même ne saura plaider la cause qui vous est chère. Trop de signes m'indiquent que la Reine vous apprécie et ceci concourt à plaire à notre souverain Gustave III. Aussi je vous saurai gré de continuer à être comme vous avez été jusqu'à présent, non pas seulement dans votre intérêt, mais aussi dans celui de notre pays.

Il me fit un détail circonstancié de l'intérieur de la Cour de France et du crédit que la Reine y acquérait de jour en jour au point de balancer en bien des choses celui des ministres, et cela sur tous les points qui leur sont essentiels, distributions de grâces, argent, etc., excepté cependant ce qui regarde la maison d'Autriche. Le Roi, prévenu par M. de Maurepas de la partialité qu'Elle devait avoir naturellement sur ce sujet, lui témoignait toujours son mécontentement dès qu'Elle lui en parlait.

— Ce crédit de la Reine, qui après la mort de M. de Maurepas ne trouvera plus d'obstacle, rend la personne de cette princesse d'autant plus intéressante, pour tous ceux qui ont ou qui auront des grands intérêts à défendre avec la France, qu'Elle allie par un assemblage assez particulier, toute la frivolité de son sexe avec un esprit de suite et une constance dans ses desseins et dans son amitié qui la rendront aussi utile pour ses amis que dangereuse pour ses ennemis, ou ceux contre qui Elle peut prendre de la froideur ou du dégoût. Ses dispositions pour la Suède et pour notre Roi en particulier semblent être des meilleures si l'on en juge par la manière dont Elle traite les Suédois en général, si distinguée qu'elle a même blessé les Autrichiens qui prétendaient devoir s'attendre à des distinctions plus particulières de la sœur et de la fille de leurs souverains. Je compte sur vous pour soutenir cette prédilection pour la personne de notre Roi et pour notre Nation.

Mon intérêt et celui de mon pays se firent juges de mon orgueil et le forcèrent à plier ; je reparus à la Cour où bien des rumeurs circulaient. A les écouter, on y perdait la tête ; à les ignorer, on passait pour un sot. Je décidai d'entendre et d'agir à mon idée, d'autant que l'on répandait que dans la crise de Bavière, le Roi avait encore suivi les vues de la Reine. Plus que jamais je me devais de m'attacher à ses pas.

En apparence, rien n'avait changé dans son entourage. Les escapades nocturnes à Paris avaient perdu de leur attrait et l'on ne jurait plus que par la nouvelle salle de comédie de la ville, ravissante il est vrai. Et puis, il y avait les chasses dans les environs de Versailles ou dans le bois de Boulogne. Mais soudain tout prit un autre cours, on annonça que la Reine avait la rougeole.

Bien que la maladie fût sans gravité réelle, elle n'en fut pas moins pénible et douloureuse pour Sa Majesté qui l'avait contractée de façon particulièrement forte. Sa chère amie Mme de Polignac était dans le même état chez elle à Paris et l'on disait que la Reine regrettait beaucoup son absence. Moi-même ne l'ayant pas eue, je me gardais de la contagion et ne revins à Versailles faire ma cour au Roi que lorsque la Reine fut allée s'établir à Trianon pour sa convalescence. Cependant, ce qui aurait dû n'être qu'une simple maladie prit rapidement le chemin d'une affaire d'Etat.

Mais peut-être me faut-il revenir en arrière et aborder un point qui, tout en m'étant pénible à conter, n'en est pas moins essentiel à la compréhension des événements qui suivirent. Comme je vous l'ai mandé, les bruits les plus constants couraient sur l'étrange situation matrimoniale du Roi et de la Reine. A les croire, une indisposition physique avait longtemps empêché le Roi de rendre à sa femme les honneurs qui lui étaient dûs et il avait fallu la visite de son beau-frère Joseph II pour le convaincre, au bout de sept années d'une union non consommée, de subir l'intervention qui lui permettrait de remédier à son infirmité. Le Roi se fit opérer avec succès, put remplir ses devoirs d'époux et bientôt il fut annoncé à la Cour que la Reine portait des espérances. La naissance de Madame Royale que l'on appelait à cette époque Petite Madame ne mit cependant pas un terme aux rumeurs les plus contradictoires qui circulaient.

Parce que la Reine était simple et gaie, on la disait légère et cette frivolité apparente offrait prise à la calomnie, jetant le doute sur la légitimité de l'enfant né tandis que le peu d'assiduité du Roi envers son épouse n'était pas propre à lever toute ambiguïté. Le Roi prenait rarement le chemin de l'appartement de la Reine, mais n'en prenait pas d'autre pour autant ; l'on prêtait à la Reine des amants tandis que le Roi n'avait pas de maîtresse. Les candidatures ne manquaient pourtant pas car de tout temps, en toute Cour, la charge de ministre des Plaisirs du Roi est une place convoitée autant par l'heureuse élue que par le parti qui la soutient et espère bien en tirer les bénéfices. Mais le Roi persévérait à n'avoir pas plus de maîtresse que de favori et à afficher dans ses distractions une sagesse mal accordée aux intrigues d'un palais qui avait conservé ses habitudes du règne précédent. La Cour, sans doute lassée d'épier en vain son souverain, réservait l'exclusivité de ses attentions aux faits et gestes d'une Reine qui donnait toutes les apparences de les provoquer à plaisir. Sa maladie, révélatrice des intrigues du moment, laissa entrevoir un aspect nouveau.

Le Roi, qui n'avait pas eu la rougeole et était retenu par les affaires du royaume, ne fut pas du voyage à Trianon. Nul n'y aurait entendu malice si un étrange silence ne s'était établi entre la retraite de la Reine et Versailles. Le Roi, d'ordinaire prévenant, ne dépêchait pas la moindre marque de sympathie à la Reine tandis que celle-ci n'envoyait pas davantage de ses nouvelles. Le château de Trianon comptant peu de logements, toute sa maison [1] avait été installée tant bien que mal à Trianon sous Bois pour lui tenir compagnie.

Enfermée seule dans le petit château avec Madame Elisabeth, sa belle-sœur qui, bien que très différente d'elle, ne lui portait pas moins une affection profonde, la Reine recevait quelques visites. Madame et le comte d'Artois étaient les plus fidèles tandis que les amis de longue date s'étaient déclarés gardes-malade. Le duc de Coigny, le baron de Besenval, le duc de Guines et le comte d'Esterhazy ne quittaient guère leur souveraine

1. C'est-à-dire la surintendante, la dame d'honneur, la dame d'atour, les dames du palais et toutes les charges au service de la Reine.

et n'y voyaient rien de blâmable. La feue reine Marie Leszczynska, que l'on ne pouvait accuser de légèreté, n'avait-elle pas eu à son chevet des courtisans dont la conversation l'avait distraite de ses maladies passagères ? Mais la jeunesse de la Reine, les allègements qu'Elle avait apportés à l'étiquette de la Cour, la liberté avec laquelle Elle s'exprimait et agissait, tout cela avait aboli l'enceinte de respect qui entourait la personne royale. Sa maladie le révéla sans ambages.

Quelques mots du Roi à un de ses proches avaient permis de comprendre que Sa Majesté était fort mécontente d'une maladie qui l'obligeait une fois de plus à ne pas voir la Reine. Il n'avait pas fallu davantage dans l'essaim de la Cour pour qu'immédiatement des partis y vissent leur intérêt. On avait jusque-là mis sur le compte d'un manque de tempérament du Roi la faible fréquence de ses visites à la Reine, mais tout n'était peut-être pas aussi simple.

Du jour au lendemain, à propos d'un séjour qui était anodin, on entendit les bruits les plus injurieux : on assurait que les quatre chevaliers servants s'étaient établis à demeure dans la chambre de la Reine, interdisant toute autre visite ; on affirmait qu'ils ne la quittaient à tour de rôle que pour prendre leurs repas ; on clamait qu'ils n'y passaient pas la nuit parce qu'il avait fallu le leur interdire. On taisait l'assiduité d'amies du meilleur ton, celle de la princesse de Chimay ou celle de la princesse de Lamballe ; l'on se gardait de s'interroger sur les raisons du mécontentement du Roi. Enfin, seule comptait l'opportunité qui se présentait enfin de glisser une maîtresse dans les bras de ce dernier. Il en fut tellement question à Versailles que Trianon ne put ignorer longtemps la cabale qui se formait.

La Reine, sitôt informée, ne perdit pas de temps et se hâta d'écrire à Sa Majesté. L'effet fut immédiat et touchant à la fois. Pour en avoir été témoin, je puis vous assurer que la joie du Roi fut réelle et la déception des intrigants à la mesure des espérances qu'ils avaient inutilement nourries. Il n'était question que de la Reine dont plus personne n'osait même citer le nom une heure auparavant. Dans les salons, dans la galerie, chacun rapportait un trait qu'il avait pu recueillir sur les distractions simples qu'Elle partageait avec quelques amies. La duchesse de Cossé et la maréchale de Noailles, qui étaient revenues enchantées d'une journée passée à Trianon et que l'on n'avait pas daigné interroger jusque-là, se trouvèrent soudain très entourées et priées de raconter cent fois comment, après un déjeuner qui avait tenu lieu de dîner, différents jeux, une conversation générale et un peu de promenade avaient empli des heures trop courtes à l'issue desquelles elles avaient quitté à regret Sa Majesté.

Mais le mal était fait. En public, on s'attendrissait ; dans le particulier, on s'acharnait. Les moins mauvaises langues cherchaient quatre dames pour veiller le Roi pendant sa prochaine maladie, les plus mauvaises se régalaient du fiel qui se répandait journellement dans le flot insensé de libelles circulant sous le manteau. C'était à se demander si ce pays avait une police ou si les fripons étaient des personnages si puissants qu'elle n'osait s'y attaquer. Ce n'est que bien plus tard que je mis des noms sur le talent des auteurs. A cette époque, je ne daignais pas accorder mon mépris à ceux qui ne pouvaient être que des aventuriers sans intérêt. Aujourd'hui, ma haine ne s'est pas éteinte contre ceux dont l'intelligence était trop vive pour ne pas savoir ce qu'ils faisaient, et qui sciemment livrèrent leur pays, puis l'Europe entière, à la barbarie la plus sauvage pour seconder leurs ambitions. Leur objectif était simple mais terrible : faire accuser la Reine d'adultère pour la faire répudier et déclarer sa descendance illégitime.

Tant de malveillance me répugnait plus que je ne voulais l'admettre. Sans que je pusse m'en expliquer les raisons, je mettais beaucoup de cœur sur un sujet qui n'aurait pas dû m'affecter. Je ne cessais d'aller à Versailles autant pour faire le siège des ministères que pour rejoindre le cercle de la Reine. Je n'ignorais pas que mes chances de succès pour partir dans les premiers en Amérique dépendaient de mon assiduité à faire antichambre, et à faire valoir des qualités qui sur le terrain seraient fort utiles. Je parlais anglais et n'hésitais pas à mettre en avant un atout que je savais rare chez les officiers français. Pour être bien honnête, malgré mes résolutions, cela ne pouvait m'empêcher de fréquenter avec assiduité la société de la Reine qui me fascinait.

19.

Introduit dans les Cabinets[1], je découvrais chaque jour un peu plus la simplicité avec laquelle cette princesse aimait à vivre, et comprenais mieux combien l'étiquette pouvait lui peser. Préférant le particulier à l'officiel, la simplicité au convenu, Elle y rencontrait sa famille et ses amis qu'Elle se plaisait à retrouver sans cérémonie. Les affinités réglaient la fréquence des visites. Le comte d'Artois était plus assidu que Monsieur qu'on voyait rarement ; Madame Elisabeth, quoique bien différente des amies de la Reine, n'hésitait pas à passer de longs moments auprès de sa belle-sœur qu'elle aimait beaucoup. Partageant le même goût pour les promenades à cheval, il n'était pas rare de les voir revenir toutes deux, grisées par une longue course qu'elles s'étaient autorisées sans escorte dans le parc.

J'ai souvenir de les avoir rencontrées un jour à leur retour avec pour toute suite un valet de chambre et deux valets de pied puisque la Reine avait là aussi aboli l'ancien usage qui voulait qu'Elle fût suivie partout par deux de ses femmes en habit de cour. Elles bavardaient et riaient comme de simples particulières heureuses de

1. Nom donné à une suite de pièces situées derrière le Grand Appartement de la Reine et qui entourent au premier étage la petite cour dite cour du Dauphin.

goûter un moment de félicité qu'elles auraient voulu éternel.

A ma vue, la Reine m'apostropha joyeusement, m'invitant à me joindre à elles. Nous passâmes chez Mme de Polignac qui à cette époque occupait seulement quatre pièces, mais avec balcon et vue sur la place d'Armes, dans la vieille aile Louis XIII. Bien que cet appartement ne fût pas très grand, elle y recevait beaucoup et ce jour-là, la comtesse Diane[1], la comtesse de Polastron, la duchesse de Guiche et la comtesse de Chalon, sans oublier l'inévitable comte d'Adhémar étaient occupés à des bouts-rimés.

Ils s'interrompirent à peine à l'arrivée de la Reine et poursuivirent. C'était au tour de la comtesse Diane dont l'esprit naturellement vif croqua en quatre vers les mots qu'elle avait tirés : inquiétude, solitude, méditer, redouter. A peine les eût-elle lus qu'elle s'avança et proposa :

L'ennui traînant partout sa vague d'inquiétude,
Tourmente les oisifs ; mais dans ma solitude
Occupé de vous lire et de vous méditer,
Le triste ennui pour moi n'est point à redouter.

Elle fut très applaudie et je gardai pour moi ces vers qui me vinrent :

Mais, pour un vain bonheur qui vous a fait rimer,
Gardez qu'un sot orgueil ne vous vienne enfumer.

Vous l'aurez compris, je ne goûtais pas toujours l'esprit qui régnait dans cette assemblée et me méfiais de ces mots jetés pour rire mais qui faisaient pleurer plus d'un en secret. Je n'avais pas à souffrir de ces traitements, mais faisais aussi en sorte que cela ne se présentât pas. Enfin, tous s'appliquaient en de petits récits propres à divertir une souveraine qui ne demandait que cela. Il

1. Diane de Polignac, belle-sœur de Mme de Polignac.

n'était pas rare que le Roi se joignît à cette société, il narrait sa chasse, nous mandait les dernières nouvelles d'une expédition ou le récit d'une séance de l'Académie avant de regagner ses appartements.

Mais il arrivait aussi, et fréquemment, que l'on rencontrât chez la Reine, admis à ses petites entrées, des personnes qui n'auraient jamais dû l'être. Tout Paris et bientôt toute l'Europe surent qu'Elle recevait indifféremment une Rose Bertin et un Léonard Autié, simples modiste et coiffeur de Paris, devenus par sa grâce elle, ministre des élégances et lui, figaro attitré de toutes les têtes de la Cour, de Paris et des souverains de passage en France. Quelques années auparavant, on y avait croisé l'épaisse silhouette de M. Gluck et certains assuraient qu'à trop frôler certaines tentures, il s'en échappait encore des bribes de colère que le compositeur favori avait laissé éclater contre le public français. Il y avait aussi Mlle de Montansier, un curieux personnage qui rapportait des histoires à peine croyables mais toujours si drôlement contées qu'on aurait regretté de les avoir manquées. Pour l'avoir entendue à plusieurs occasions, je puis vous assurer que quiconque n'a pas assisté à une séance entre la Reine et cette étonnante directrice de spectacles ne peut pas comprendre avec quelle liberté Sa Majesté écoutait ses sujets.

Ce personnage, qui devait à sa beauté passée et à son talent encore réel une fortune que certains disaient considérable, avait su s'attirer les faveurs de la Reine par une vivacité, une gaieté et une franchise qui étonnaient et déroutaient tout à la fois. Communément adorée par les grands qui admiraient son audace, elle était généralement détestée par les petits qui la redoutaient. Comment ne pas sourire à voir et à entendre cette bonne femme narrer avec autant d'accent que d'esprit les anecdotes de la Cour vues par la ville ? Elle faisait les délices des cabinets, alimentant les conversations de ses reparties et de ses anecdotes distillées avec toute la verve de son sang méridional. Cependant, comme son intelligence était vive et que la Reine, même accueillante, ne perdait jamais cette grandeur qui lui était naturelle, le tout était contenu dans un ton dont personne n'avait à rougir. Comment aurais-je pu deviner que je retrouverais cette même femme sur ma route treize années plus tard dans des circonstances où plus rien ne nous rapprocherait ?

Insensiblement, la toile se tissait. Je n'avais pas à me débattre, le piège qui se dessinait à peine ne m'était pas directement destiné. Les protagonistes étaient en scène : Mlle de Montansier intriguait et faisait rire, Mme de Polignac intriguait à faire frémir, sa coterie enflait aux frais de l'Etat, mais s'il n'y avait eu qu'elle ! Les clans abondaient et par leurs émissaires les plus habiles, après avoir conquis l'amitié de la Reine, obtenaient tout ce que leurs membres les plus avides réclamaient. Cadeaux, pensions, charges, régiments, il n'y avait pas de limites aux sollicitations des plus assidus, il n'y avait pas de limites à la générosité d'une Reine qui ne désirait rien d'autre que le bonheur de ceux qu'elle chérissait. Mais il y avait plus grave.

L'argent et les honneurs ne pouvaient suffire à ceux dont l'ambition était sans borne. Qui n'a jamais rêvé d'avoir du pouvoir ? On se mit en tête de persuader la Reine qu'Elle en avait en la forçant à intervenir auprès du Roi sur des sujets auxquels Elle répugnait. Comment aurait-Elle pu refuser une marque d'amitié à des êtres qui lui étaient devenus si chers en lui faisant oublier les misères de la Cour ? Les demandes étaient émises si habilement que l'on restait confondu par tant de talent et tant d'audace. C'était véritablement un don pour certains de savoir suggérer, jamais pour soi, toujours pour un autre qui à son tour en ferait autant. Ainsi fonctionnait la machine à distribuer des grâces entre deux tasses de thé, entre deux pièces de clavecin, entre deux écheveaux quand la Reine était à son ouvrage avec ses dames.

Lorsque je repense à ces années disparues, où mes

seules préoccupations ne tenaient qu'à la conduite de ma destinée, je revois la silhouette d'un personnage dont j'ai dû vous parler plus d'une fois. Comment aurait-il pu en être autrement quand chaque jour où je me présentais chez la Reine, j'étais assuré de croiser l'énigmatique abbé de Vermond ? Appliqué à ne jamais quitter l'ombre pour mieux gouverner l'esprit qui lui avait été confié, le lecteur de la Reine, dont l'influence était sans commune mesure avec la modestie du titre qu'il s'acharnait à conserver, avait été imposé par l'impératrice à la Cour de France au moment du mariage de sa fille. Personne n'ignorait qu'il œuvrait pour l'Autriche et ne faisait que cela, appliquant à sa façon l'ambitieuse devise de cette maison : *Austria est imperare orbi universo*[1]. Sa charge lui offrait une facilité d'accès auprès de Sa Majesté dont il usait sans modération sitôt le Roi absent ou ses amis éloignés. Je n'appréciais guère l'onctuosité de son maintien, pas plus que je ne goûtais la discrétion qu'il affectait et qui me semblait peu réelle.

Introduit dans l'intérieur de la Reine un jour où Elle était seule avec M. de Vermond, je voulus me retirer croyant à une méprise, mais la Reine, d'un ton que je ne lui connaissais guère et qui me sembla très las, m'invita à rester m'assurant que ma présence lui agréait et ne saurait déplaire à son lecteur. Mais celui-ci, visiblement contrarié, s'excusa auprès d'Elle et nous abandonna. Je n'eus guère le loisir de me choquer de cette attitude qui me paraissait très désinvolte, car je remarquai à ce moment les traits tendus de Sa Majesté qui ne cherchait pas à dissimuler son émotion.

— Monsieur, lit-on beaucoup de choses comme celles-ci parmi vos amis ? me demanda-t-Elle tout en me tendant une page bien pleine dont je devinai le contenu à la seule présentation.

Me refusant à la lire, je la gardai entre mes mains et lui répondis d'emblée :

1. *Il appartient à l'Autriche de commander à tout l'univers.*

— Madame, Votre Majesté n'ignore pas que ces écrits circulent hélas partout, mais pour ce qui est de mes amis et de moi-même, je puis l'assurer que sans les ignorer, nous ne les lisons guère. Leurs auteurs savent trop notre fidélité pour dépenser leur énergie à nous en réserver la primeur.

— Monsieur, je vous devine trop honnête homme pour dissimuler. Hélas, c'est une qualité bien rare dans ce pays tout appliqué à nous nuire et à ne faire que cela. Il le fait en chantant, mais n'en fait pas moins de mal, et il est des jours comme celui-ci où vous me voyez bien lasse de tous ces faiseurs de vers qui ne savent rien de ce que c'est qu'être Reine et ce que c'est qu'aimer.

Je reposais l'infâme libelle sur une encoignure quand j'aperçus mon nom ; je n'eus guère besoin d'en lire davantage pour deviner la teneur de l'ensemble. Je me tenais devant Sa Majesté, ne sachant trop si Elle s'adressait à moi ou si, oubliant ma présence, Elle poursuivait pour elle seule.

— Savez-vous ce que c'est que d'aimer sans retour ? D'arriver dans une Cour qui vous est étrangère avec pour tout bréviaire un portrait flatteur de celui qui vous est réservé ? Il est vrai qu'il était dit que je devais l'épouser et non m'attacher à lui, mais l'empire des rêves n'est-il pas celui de la jeunesse ? C'est ainsi que pour un port agréable et un regard bien doux qui vous semble destiné, l'âme s'enflamme, s'exalte, exulte et entrevoit le bonheur.

La Reine s'était levée, attirée par le ciel balayé de nuages qui dehors semblait s'accorder au trouble qui l'agitait.

— Mais plus haute fut son élévation, plus cruelle fut sa chute. D'un prince gracieux, il ne pouvait être question. C'était un brave homme auquel il allait falloir m'habituer. Mon esprit abusé, sacrifiant aux apparences, se réfugia dans l'espérance d'un époux adorant. Mais le Roi que vous voyez aujourd'hui si heureux prit le temps de m'aimer et y mit si longtemps qu'il nous fallut sept années pour croire enfin que nous étions mariés.

Un long silence suivit ces derniers mots qu'Elle avait lâchés sans regret mais si douloureusement que je crus ma présence oubliée ; c'était l'aveu d'un échec qu'une Reine acceptait de se faire. Pétrifié d'être le témoin involontaire d'un tel désarroi, je me gardais du moindre mouvement qui eût pu rappeler ma présence.

— Sept années où le supplice fut moins de guetter sa venue, tour à tour l'espérant, la redoutant, subissant ses assauts vains pour le voir repartir bredouille comme au premier jour. Mais ce fut bien plutôt de souffrir la cruauté d'une Cour tout entière absorbée par le guet de nos nuits inachevées. Le coucher était cependant moins amer que le lever. L'espoir l'emportait sur la crainte et me faisait soutenir vaillamment le regard complaisant de mon entourage. Pour me donner du courage, je songeais aux plaisirs dont se glorifiait ma suite et dont j'ignorais tout. Mais à l'aube, que de fois les larmes coulèrent à la vue du Roi à mes côtés étendu, dormant pour s'être épuisé, non de m'avoir trop aimée, mais d'avoir trop chassé.

Ma résolution de m'effacer devant les aveux d'une Reine ne put tenir à la vue de la souffrance d'une femme blessée qui n'avait rien fait pour mériter tant d'offenses. Tenant son regard très loin par-dessus les toits, Elle avait posé ses deux mains sur l'espagnolette de la fenêtre et s'y cramponnait comme si cet objet dérisoire l'avait pu garder du naufrage de l'âme qui semblait l'emporter. Une larme coula, suivie d'autres, mais déjà n'y tenant plus, sans penser aux conséquences de mon geste, je l'avais rejointe et me surprenais à poser mes mains sur les siennes. Elle ne les retira pas, me regarda l'espace d'un instant mais ne s'interrompit pas, comme si rien ne pouvait arrêter le flot de mots qui submergeait ses lèvres.

— La pendule marquait invariablement l'approche de l'épreuve, le moment où le battant de la porte ouverte, il m'allait falloir affronter le regard inquisiteur de ma dame d'atour, de ma dame d'honneur... Quelles que fussent leurs mines, gaies, prévenantes ou indifférentes, elles me semblaient toutes insolentes et blessantes. Pour survivre, il me fallait essuyer mes chagrins. Ma revanche, ridicule je vous l'accorde, était alors, avec les armes d'une reine, de les torturer à mon tour. Malmenant l'étiquette, ce à quoi elles tiennent le plus ici, je savais blesser l'une par une manche confiée à celle qui n'y avait pas droit, épuiser l'autre par mille réclamations impossibles. Je reprenais vie à les voir s'agiter devant mes caprices, s'incliner pour mes faveurs. A défaut de bonheur, je distribuais les honneurs, mais ne voulais m'en contenter.

Je n'osais faire un mouvement et me laissais gagner par le parfum fleuri de sa chevelure poudrée. L'idée que quelqu'un eût pu nous surprendre ne me vint que plus tard, quand je resongeais à cette entrevue si peu ordinaire qu'il m'arriva de douter de l'avoir vécue. Mais curieusement, alors que la Reine n'était habituellement jamais seule, personne ne survint. Dans ce salon situé pourtant au cœur du château, les bruits du monde extérieur nous parvenaient étouffés, ouatés par la ceinture d'antichambres et de corridors qu'il fallait franchir pour nous atteindre. Je tentai maladroitement de la rassurer.

— Tout cela ne sera plus. Vous avez une fille à présent et le Roi vous donnera bientôt d'autres enfants.

Elle me regarda gravement comme pour trouver sur mes traits l'expression d'une complaisance de courtisan ; mais ces phrases étaient venues librement et leur sincérité devait se lire sur mon visage. Un sourire soulagé éclaira son teint défait.

— Il n'y a que vous dans cette Cour pour être assez bon pour l'espérer, soupira-t-Elle. Tout est si faux dans ce pays que vous devez être bien sage pour vivre parmi ses rumeurs sans finir par les croire.

Elle s'était éloignée de quelques pas et je la regardais jouer machinalement avec les pétales d'une rose nacrée tombés sur un guéridon.

— Celles qui commencent à se répandre suffisent à me convaincre du mal-fondé des autres. Madame, si j'osais...

— Osez, me pria-t-Elle doucement en me regardant à nouveau.

— La confiance de Votre Majesté m'honore et me touche et m'invite à une prière qui me coûte.

— Parlez. Votre air si grave m'alarme. Que puis-je faire pour vous ?

La femme qui l'instant auparavant s'était confiée avait disparu ; c'était la Reine qui à présent ordonnait et malgré la douceur de son invite, j'hésitais à formuler ce que l'intimité d'un instant m'avait laissé espérer livrer. Son regard net posé dans le mien ne me permit pas de me dérober et au risque de déplaire, je dévoilai tout à trac ma pensée.

— Les mois que je viens de passer auprès de Votre Majesté seront sans doute les plus beaux de ma vie, mais le respect que j'éprouve pour Elle souffre de savoir que ma présence nuit à sa réputation et jette le discrédit sur sa personne. J'ose l'implorer d'intervenir en ma faveur et me permettre de partir avec la première expédition qui quittera la France.

J'avais formulé ma demande d'un jet pour m'en délivrer.

— Ainsi vous m'abandonnez, vous me livrez aux rumeurs.

Ce fut dit doucement, c'était autant un constat qu'une question. Que pouvais-je répondre à tant de grâce tournée vers moi ? Il me fallut recourir à tout ce que j'avais de courage pour ne pas laisser paraître le trouble qui m'agitait. Je pris tant sur moi que mon organe se fit plus dur que je ne l'eusse voulu :

— Non, Madame, je confie Votre Majesté au Roi et au pays qui demandent un Dauphin.

Un lourd silence s'installa ; le carillon d'une pendule marqua la demie d'une heure qui m'était indifférente.

20.

Dans les semaines qui suivirent cet étrange entretien, je m'appliquais à paraître à Versailles autant qu'il le fallait pour que l'on ne s'étonnât pas de mon absence, mais je veillais à régler mes visites de façon que de tels moments ne se renouvelassent point. Que mon nom circulât accolé à celui de la Reine ne m'étonnait guère dans une Cour où les auteurs étaient trop près du trône pour ne pas m'y voir souvent. Ennemi du bruit par principe, je préférais éviter d'en être la cause. Que la Reine me traitât bien me comblait, qu'Elle me distinguât m'embarrassait à l'extrême. Ce que j'avais vu de la Cour de France ne différait guère de toutes les Cours du monde, et je craignais que l'excès de confiance dont j'étais l'objet ne fût le reflet d'une faveur qui ne pourrait plus augmenter et qui, dès lors, déclinerait.

Chaque jour, j'apprenais à estimer davantage un Roi qui ne m'avait pourtant guère séduit dans les premiers temps. Son goût pour l'honnêteté, sa bonté naturelle, sa curiosité pour tout ce qui touche les affaires extérieures à son royaume étaient autant de qualités que je prisais chez cet homme hésitant qui correspondait si peu à l'idée que je me faisais d'un souverain. Pour rien au monde, je n'aurais voulu par ma seule présence contribuer à ternir l'image du couple royal. Le Roi me sut gré de ma discrétion et s'appliqua à témoigner publiquement de l'intérêt qu'il me portait, tandis que la Reine me traita avec quelque froideur, mais cela ne dura pas. Une couple de jours plus tard, je retournais avec Stedingk dans les cabinets où Elle était à son ouvrage avec la comtesse Jules. Dès les premiers mots, je compris que sa chère Polignac n'ignorait rien de notre entretien.

— Ah ! mon ami, pardonnez-moi si je vous ai tenu rigueur. Je sens combien votre conduite est dictée par l'amitié que vous avez pour nous, me dit d'emblée la Reine tandis que je m'inclinais devant Elle et baisais la main qu'Elle me tendait. J'ai été bien touchée par votre sincérité et je sens trop combien elle me manquera. Mettez sur le compte des regrets la froideur que je vous ai témoignée, et soyez assez bon pour conserver de nous l'image d'amis qui ne s'inquiètent que de votre bien. Nous ferons en sorte que vous puissiez partir comme vous le désirez pour mettre votre zèle et votre fidélité au service d'une cause qui n'est que trop juste.

Le comte de Creutz ne tarda pas à m'apprendre une nouvelle que j'accueillis avec modestie : j'étais nommé aide de camp du comte de Vaux chargé d'organiser une descente en Angleterre pour faire diversion. Je n'augurais rien de bon d'une manœuvre qui me semblait bien hasardeuse et qui, sans m'éloigner des côtes d'Amérique, ne m'en rapprochait toujours pas.

Quand le bruit de mon prochain départ se répandit, maints courtisans ne se sentirent plus de joie. La plupart se contentèrent de me féliciter poliment de la chance qui m'était offerte de partir en si brillante compagnie. Mais l'insolence de quelques-uns me confirma la sagesse du parti que j'avais pris. Parmi eux, la duchesse de Fitz-James se distingua. Quand je pense à toutes les souffrances que cette malheureuse femme a subies depuis, je lui pardonne bien volontiers, mais ne peux m'empêcher de la revoir ce jour-là, affichant des airs de sultane, la gorge tout enflée à la pensée de la perfidie qu'elle allait distiller. Prenant à témoin la société parmi laquelle nous nous trouvions, elle me lança bien haut :

— Quoi, Monsieur, vous abandonnez votre conquête ?

Sa remarque me fit l'effet d'un soufflet, ma réponse fusa sans hésiter :

— Si j'en avais une, Madame, je ne l'abandonnerais pas. Et m'inclinant profondément devant elle, je m'offris le luxe de l'assurer que malheureusement je partais sans laisser de regrets, ce qui dans son cercle était certainement bien vrai. Sur ces mots qui furent immédiatement répandus, je quittai Versailles.

Je vous épargnerai le détail de ce premier départ qui n'alla pas plus loin que les côtes de la Manche. Maurepas qui n'était guère étranger à ce fait riait aux dépens de la marine ; à notre retour à la fin de l'été, il jugea plaisant d'aller clabaudant dans les salons et singeant une bataille navale :

— On manœuvre, on se rencontre, on tire des coups de canon, on abat quelques mâts, on déchire quelques voiles, on tue quelques hommes ; on use beaucoup de poudre et de boulets ; puis chacune des deux armées se retire prétendant être restée maîtresse du champ de bataille ; elles s'attribuent toutes deux la victoire, on chante de part et d'autre le *Te Deum* et la mer n'en reste pas moins salée !

Je ne goûtais pas plus l'esprit de M. de Maurepas que je n'appréciais les rivalités de personnes qui autour de lui paralysaient toute initiative. Il était affligeant de voir les airs entendus qu'il affichait en parlant du Roi ; à l'entendre, Sa Majesté ne prenait pas une décision que son ministre n'eût approuvée.

C'est ainsi que l'état-major fut inutilement assemblé autour des grands noms qui allaient s'illustrer pendant la campagne américaine : Rochambeau, La Fayette, Puységur, Lauzun... tandis que nous nous morfondions en chevauchées aussi coûteuses qu'inutiles entre les divers camps qui s'étalaient de Brest au Havre de Grâce[1]. Nous

1. Le Havre.

ignorions que nous ne faisions que vivre la répétition de ce que nous allions connaître quelques mois plus tard dans d'autres contrées : l'attente.

Beaucoup croyaient que nous ne partirions pas. Je ne savais que croire, je craignais et espérais tour à tour. On nous assurait que ce serait pour le mois suivant ; et c'est ainsi que pendant presque six mois, nous avons indéfiniment et successivement attendu la marée qui n'était pas favorable, la flotte de M. d'Orvilliers qui ne nous rejoignait pas, les vaisseaux espagnols qui ne se décidaient pas. Le temps s'écoulait, la saison avançait, le dégoût se mettait dans l'officier et la maladie dans le soldat. Et moi, j'assistais à des ordres et des contre-ordres dont le seul mérite était de me distraire de la mélancolie qui déjà à cette époque commençait à me gagner. Je ne voulais en connaître la cause et cherchais à en distraire les effets. Mais il me faut reconnaître qu'en regagnant Paris à la fin de septembre, j'étais assez heureux.

Assuré que ma carrière ne dépendait que du prochain départ des troupes françaises, je n'avais plus à intriguer pour en être et pouvais me consacrer à la douceur d'une vie très simple. Mon absence avait fait taire les bruits qui couraient avant mon départ et je pouvais sans me gêner être à la Cour quand je le voulais d'autant que, et au risque de paraître fat, le Roi me recherchait.

J'en eus des signes trop visibles pour que sa conduite fût seulement dictée par son souhait de plaire à la Reine quand je fus désigné à notre retour à Versailles pour le souper dans les Cabinets. Cette faveur exceptionnelle pour un étranger fut précédée par la même accordée à Stedingk. Blessé au cours de la funeste expédition de Savannah en Georgie, il avait été fêté en héros à son retour et ses béquilles n'avaient fait qu'accroître son prestige. Il s'était vu adresser ces paroles flatteuses de la part d'un roi peu apte à en prodiguer :

— Il fait bien chaud aujourd'hui à Versailles, mais moins qu'à Grenade, m'a-t-on assuré.

L'admission d'un étranger aux petits soupers fut alors tant commentée que la mienne passa totalement inaperçue. Composés de la famille royale et d'une trentaine de personnes priées, ils avaient lieu dans l'intérieur[1] du Roi, dans un appartement si peu vaste que l'on couvrait le billard de planches pour poser le buffet ; et il n'était pas rare que Sa Majesté fût forcée de hâter sa partie pour faire place au service.

Les femmes y paraissaient vêtues de l'antique costume tombé en désuétude pour toute autre circonstance : la robe à plis et les barbes tombantes[2]. Averties le matin ou la veille, elles se rendaient dans la petite salle de comédie où une banquette leur était réservée pour attendre la fin du spectacle.

Le sort des hommes était moins doux car ceux qui aspiraient à en être étaient priés de s'asseoir sur une banquette désignée qui leur faisait face. Le Roi dirigeait une lorgnette d'opéra sur eux et écrivait les noms retenus. A la fin du divertissement, les candidats qui ne savaient toujours rien se réunissaient dans un salon qui précédait les Cabinets. Un huissier ne tardait pas à paraître, un bougeoir à la main et tenant le petit papier écrit de la main du Roi, entr'ouvrait la porte et proclamait un nom ; l'heureux élu faisait la révérence à ses pairs et entrait dans le sanctuaire. La porte se rouvrait, un autre était appelé et ainsi de suite jusqu'à ce que la liste fût épuisée. Alors, l'huissier repoussait la porte avec une violence d'étiquette sur les malheureux candidats aux espérances déçues.

Bien que sachant qu'il y avait plus de candidats que d'admis, ce n'était pas sans trembler que je me pliais à l'épreuve de la banquette qui désignait à tous vos prétentions, suivie du supplice de l'antichambre qui vous les rabattait. Je ne fus guère malchanceux ; toutes les fois

---

1. Petits Appartements et Cabinets par opposition au Grand Appartement.

2. Longues bandes de dentelles noires, arrangées dans la coiffure.

où il y eut souper dans les Cabinets et que je me présentais, j'en fus.

Mais en cet automne 1779, Versailles ne bruissait que dans l'attente de Marly et n'avait que ce mot à la bouche car le traditionnel voyage de la Cour à Fontainebleau avait été supprimé en raison des dépenses de la guerre. L'on comptait les jours jusqu'au départ, l'on ne vivait que dans l'espoir d'y paraître autrement qu'en *polisson* car c'est ainsi qu'étaient désignés ceux qui s'y rendaient simplement pour la journée sans être invités à y séjourner.

Marly était tout, excepté une résidence champêtre. C'était un lieu de fête et, en raison de sa taille, une faveur que d'en être. Rien ne pouvait égaler le faste de la Cour quand elle s'y tenait assemblée. Si les dames n'arboraient plus l'*habit de cour de Marly* prescrit par Louis XIV et encore en usage pendant toute une partie du règne du feu roi, elles ne portaient pas moins comme à Versailles la robe à la française, à plis dans le dos et à grand panier. Diamants, plumes et taffetas rivalisaient avec le luxe de nos habits rebrodés et ornés de boutons pour lesquels on se ruinait, et avec l'élégance raffinée de nos boucles de souliers qui n'avaient pas moins de prix. Pour être du voyage, il était d'usage de porter son nom sur une liste, le Roi se réservant de cocher ceux des courtisans qu'il souhaitait favoriser. La Reine me pria de m'inscrire et le Roi m'agréa. Ce voyage à Marly fut pour moi la source d'un bonheur infini.

La Reine avait élu ce cadre retiré à mi-chemin entre Versailles et Saint-Germain pour en faire un lieu enchanteur comme au temps de Louis XIV. La nature s'accordant aux volontés royales déployait ses charmes luxuriants pour faire de ce petit château un écrin de fêtes. Tout semblait construit par la baguette d'une fée. Le pavillon royal bien que de dimensions modestes ponctuait de son plan carré et de ses façades ioniques l'immense pièce d'eau qui séparait une double rangée de pavillons réservés aux princes, ministres, grandes charges et autres invités. Quel luxe et quelle légèreté pour chacun d'eux où le marbre et l'or semblaient avoir été posés par une main divine ! Entre l'eau et la pierre, l'art et la nature s'étaient glissés pour rythmer les parterres qui s'élevaient de chaque côté. De loin, on eût dit un grand plateau d'échecs où les ifs sans nombre taillés de mille et une façons gardaient l'entrée des parties adverses. De chaque côté, la végétation étalait majestueusement ses couleurs d'automne en berceaux de pourpre et d'or qui s'élevaient sur un fond de forêt dont seules les cimes des arbres les plus hauts avaient été taillées.

A la beauté du lieu s'ajoutait l'agrément de divertissements plus variés les uns que les autres. Après le dîner nous parcourions, roulés par des gens à la livrée du roi dans des carrioles surmontées de dais brodés en or, les bosquets émaillés de cascades, de jets, de nappes et de miroirs d'eau aussi nombreux à Marly qu'ils étaient rares à Versailles. Là, c'était l'escarpolette, grande nacelle d'osier qui nous tenait occupés pendant des quarts d'heure entiers. Oubliant notre âge, nous nous entassions à six, voire même à huit quand un neuvième ne déclarait pas sa présence indispensable, pour nous balancer toujours plus haut entre les frondaisons des arbres. Les cris effrayés de ceux qui se croyaient au ciel répondaient aux rires de ceux qui attendaient à terre. Une collation interrompait à peine nos jeux et nous nous retrouvions au sommet d'un monticule où la ramasse[1] en bois doré permettait à plusieurs de s'asseoir sur ses banquettes dégradées pour descendre à vive allure jusqu'au pavillon central.

Quand venait l'heure du jeu, nous nous assemblions dans le grand salon hexagonal, surmonté d'une coupole

1. Espèce de traîneau dans lequel un homme dirigeait les voyageurs, qui descendaient une montagne enneigée. A Marly, nom donné au chariot, monté sur rails, décrit par Fersen.

ornée de balcons, dans lequel des tables avaient été dressées un peu partout. Le jeu d'enfer qu'on y joua et qui coûta fort cher au Roi qui pour une fois s'y était risqué — il perdit un soir mille huit cents louis et s'en dégoûta à tout jamais — eut pourtant moins de succès que les reparties du maréchal-duc de Richelieu qui fut véritablement et en dépit de toute attente la coqueluche de ce séjour.

La faveur du Premier gentilhomme fut aussi soudaine qu'inattendue. La Reine ne l'aimait guère en temps ordinaire, Elle ne lui avait jamais pardonné d'avoir favorisé le libertinage du feu roi. Quant au Roi, leurs goûts étaient véritablement trop opposés pour que le maréchal eût quelque chance de succès auprès de Sa Majesté portée plus naturellement vers des personnes de grande vertu.

Mais un jour où les courtisans réputés pour leur esprit, sans doute lassés par une pluie trop assidue à leur goût, furent moins brillants qu'à leur ordinaire, la verve ciselée de M. de Richelieu réussit à faire sourire plusieurs fois la Reine, tant et si bien qu'il apparut à tout le monde qu'Elle lui avait pardonné et lui savait gré des efforts qu'il faisait pour animer sa Cour. En vérité, le vieux maréchal assuma son rôle avec tant de bonheur qu'il fit de ce séjour une suite de journées où l'esprit léger domina une société étonnée de découvrir les vertus de ce très vieil homme dont elle moquait ordinairement les coquetteries de jeune femme.

La saison à Versailles fut marquée par le retour des soupers et des bals. Il y en avait partout, chez la Reine, chez Mme de Polignac, chez la princesse de Lamballe, chez la comtesse d'Ossun, à la salle de comédie de la ville où nous nous rendions masqués. S'étourdir était la règle et je n'y dérogeais pas. Il régnait une sorte de félicité assez peu croyable et le Roi prenait part avec beaucoup de goût à nos jeux aussi puérils que bruyants, ce qui ne laissait pas de surprendre plus d'un observateur dans une conjoncture aussi sérieuse pour l'Etat. Sa

Majesté allait jusqu'à partager nos folles parties de colin maillard et à apprécier ce qu'on appelle chez nous, *när war tar Sinn, sä tar jag minn, sä fär de andra inte*[1] où je me distinguais.

Jamais on ne vit Leurs Majestés si complices, au point que personne dans notre entourage ne doutait que toutes deux espéraient un Dauphin. Mais il n'y avait que nous les proches à le savoir parce qu'à Paris, après une saison où toutes les fois que la Reine avait paru au bal de l'Opéra, Elle s'était promenée presque toujours à mon bras. Il n'était pas difficile d'entendre ce que l'envie répandait sous nos pas : « Qui est donc ce jeune Suédois avec lequel la Reine se promène toujours ? » ou encore « Jamais la Reine n'est restée si longtemps au bal de l'Opéra comme cette année-ci ! »

Dès le début de l'année 1780, quel que fût mon plaisir en ce séjour, je commençai à préparer mes effets dans l'éventualité d'un prochain départ. Rien n'était encore décidé sur les opérations de l'armée. On croyait que nous rassemblerions au mois de mars et que l'on embarquerait tout de suite sur la grande flotte, mais tout n'était que bruits. On avançait le nom du marquis de Lévis ; intrigues et cabales s'agitaient pour ou contre M. d'Estaing mais nous ne recevions aucun écho de plans pour la campagne, ce qui était tout à fait étonnant pour un pays où le public est ordinairement fort empressé à faire des projets.

J'employais mon temps au mieux de mon intérêt. Si une grande partie était consacrée à des travaux d'écriture pour le comte de Creutz qui m'en avait prié, je dînais souvent chez le duc de Choiseul et plus encore chez le baron de Breteuil. Ayant quitté momentanément son ambassade à Vienne, cet homme vif et extrêmement actif, que je connaissais pour l'avoir rencontré chez mes

1. Jeu où les couples devaient changer de partenaires au signal d'un homme seul au milieu d'eux et qui lui aussi devait retrouver une compagne.

parents peu de temps avant mon premier voyage en Europe puis à nouveau à Naples quand j'y avais séjourné, s'était pris de passion pour moi au point que la Reine aimait à me taquiner en parlant de lui comme de mon « cher papa ». Je dois cependant vous faire un aveu : ce qui m'attirait le plus chez le futur ministre, c'était sa fille. En serez-vous étonné ? Vous nous avez si souvent vus ensemble en me sachant aimé d'une autre que vous n'avez voulu voir là qu'une amitié naturelle, en quelque sorte, en survivance[1] de celle du père. Cela aurait pu être.

Mme de Matignon était de ces femmes très jeunes et veuves que tout homme bien né ambitionne d'épouser. Je n'avais cure de sa fortune et de ses alliances ; j'aimais sa beauté élégante qui faisait d'elle une des femmes les plus séduisantes de Paris, je ne me lassais pas de sa conversation piquante qui n'était jamais méchante, je recherchais sa société du meilleur ton. Aujourd'hui, je sens encore combien j'en étais épris. Nombreux étaient ceux qui voulaient absolument que je l'épouse. Stedingk et Taube m'y encourageaient, mais j'y voyais pour ma part tant de difficultés — à commencer par le fait qu'elle assurait ne jamais plus se vouloir mariée — que je renonçai au projet sans même l'avoir formé. L'honnêteté m'oblige cependant à confier que je sentais trop combien l'aveu de mon amour risquait de perdre à jamais l'amitié qu'elle voulait bien m'accorder. Aussi, je me contentais de renforcer avec son père des liens noués du temps de son ambassade à Naples.

Les soins du baron de Breteuil, les bontés de la Reine, l'appui de notre souverain firent tant que je ne tardai pas à être nommé colonel. J'en fus véritablement heureux mais dus dissimuler l'expression de mon contentement en une Cour où elle fit grand bruit et où les jeunes gens pourtant déjà souvent fort bien traités trouvèrent à

1. La survivance était le privilège donné par le roi de succéder au titulaire d'une charge vénale.

s'en étonner et à m'en faire la remarque. J'apprenais à me défier de leurs jugements et à ne me préoccuper que de celui des quelques personnes en qui je plaçais ma confiance et mes intérêts. Ils étaient peu nombreux mais puissants : la Reine, le comte de Creutz, le comte de Vergennes et désormais le baron de Breteuil.

Cette nomination arriva cependant alors que M. Necker soutenu par le Roi développait un programme audacieux de réformes pour financer la guerre américaine, améliorer le système d'imposition, réaliser des économies et mettre en œuvre des mesures en faveur des plus démunis. Dans cet esprit et fort de l'appui des souverains, le directeur des Finances avait entrepris en ce début d'année de réduire l'importance de la Maison du Roi [1] en procédant à l'abolition de plusieurs centaines de charges, dont certaines dataient du Moyen Age et dont la fonction n'avait plus de sens. Que de cris n'entendit-on pas ! Besenval, qui n'était pas le moins favorisé, allait clamant à tout venant, n'hésitant pas à le répéter à la Reine :

— Il est affreux de vivre dans un pays où l'on n'est pas sûr de posséder le lendemain ce qu'on avait la veille. Cela ne se voyait qu'en Turquie !

C'était toutes les factions de l'intérêt particulier qu'il fallait combattre et si le public soutenait le financier genevois, on ne comptait pas les ennemis qu'il se faisait à la Cour, grouillante de mécontents qui accablaient la famille royale de leurs exigences insensées.

Au début de mars, le comte de Vergennes qui s'était occupé de mon affaire m'apprit enfin la nouvelle que je n'espérais plus : je venais d'obtenir la permission d'être de la grande expédition comme aide de camp de M. de Rochambeau qui en avait reçu le commandement

1. Département ministériel qui regroupait un ensemble de services civils et militaires chargés d'assurer la vie quotidienne du prince et de son entourage. Parmi ces services, on distinguait la Chapelle, la Chambre, la Garde-Robe, la Bouche, l'Ecurie, la Vénerie, la Fauconnerie, les Menus Plaisirs, etc...

quelques jours auparavant. On m'avait recommandé le secret, car tout le monde voulait en être, mais j'étais dans une joie qui ne peut s'exprimer. Je ne perdis pas un instant, vis M. de Rochambeau qui m'assura combien il était heureux de m'avoir à ses côtés et de montrer à notre père combien il l'estimait et lui était sincèrement attaché.

J'avançai mes préparatifs, m'employai à vendre mes chevaux sachant que je pourrais au mieux espérer en faire passer un. Je décidai de conserver mon palefrenier qui me serait bien utile car, bien que Français, il pansait les chevaux comme un Allemand. Je m'arrangeai pour obtenir des lettres de crédit, moyen plus sûr que d'emporter de l'argent comptant. En un mot, je me tenais prêt à partir à tout instant.

Quelques jours avant mon départ définitif, Mme de Polignac, sans doute pour remercier la Reine d'avoir réglé pour 400 000 livres de dettes et d'avoir fait à la comtesse Diane un cadeau de 800 000 livres, lui fit la surprise d'un grand bal en ses appartements. Les Menus Plaisirs avaient été mis une fois de plus à contribution pour y aménager un salon de jeu embelli d'un théâtre, une salle de bal et une salle de buffets, tous décorés de rideaux bleu et argent. Le *Ballet des Muses* avait été réglé à merveille mais je profitais à peine du spectacle qui nous était offert.

Partagé entre mon impatience de partir et le regret de quitter une reine pour laquelle j'éprouvais peut-être des affinités plus particulières que je ne voulais me l'avouer, je ne pris part à aucun menuet ni à aucune contredanse qui suivirent. Je préférais la présence de Leurs Majestés et ne les quittai que pour un pas de deux avec notre hôtesse qui parut touchée de l'honneur que je lui faisais. Contrairement à mes compagnons de soirée, je me gardai d'inviter la Reine, craignant trop que la promiscuité involontaire d'une danse ne me portât à plus d'émotion que je ne l'eusse souhaité. Je redoutais que mon cœur ne s'aventurât en projets que ma raison eût appelés chimères. Je sentais bien que la réalité ne m'offrirait au contraire que des privations douloureuses et infinies. Il était grand temps de mettre un océan entre la Cour et mon imagination.

Le mois s'acheva en visites d'adieux que je trouvais bien longues tant était grande désormais mon impatience de partir. Le comte de Creutz me remit les instructions de notre souverain, elles étaient simples et tenaient en une phrase : explorer tranquillement et, sous prétexte de curiosité personnelle, la possibilité d'obtenir des Etats-Unis quelque district dans le Nord ou quelque île dans le voisinage pour servir de dépôt au commerce suédois. J'appris bien plus tard qu'à peine nous étions-nous séparés, il avait fait parvenir à Gustave III une lettre lui confiant que j'avais été si bien vu de la Reine que cela avait donné des ombrages à plusieurs personnes. Il avouait qu'il ne pouvait s'empêcher de croire qu'Elle avait du penchant pour moi, et qu'il avait vu des indices trop sûrs pour pouvoir en douter, qu'Elle ne pouvait me quitter des yeux les derniers jours et qu'en me regardant, ils étaient remplis de larmes. J'eusse préféré plus de discrétion.

Enfin, le 29 mars, je quittais Paris. Il me fallut six jours pour gagner Brest au lieu de quatre en temps ordinaire. Les routes et les chemins étaient abîmés, et par endroits défoncés par la quantité de transports d'artillerie, de munitions, de voyageurs et d'officiers qui faisaient un encombrement monstre. Il fallait attendre quatre à cinq heures aux postes que les chevaux fussent revenus, et ceux que nous récupérions ne valaient guère mieux que ceux que nous laissions.

Arrivé à Brest, je fus heureusement accablé d'affaires ; comme il n'y avait pas encore d'état-major, les aides de camp du général en faisaient fonction. Nous eûmes la mauvaise surprise de voir que M. de Sartines[1] avait

1. Ministre de la Marine.

trompé M. de Rochambeau ; ce n'est pas sept mille hommes qui l'attendaient comme il l'avait requis, mais seulement quatre mille, nombre insuffisant pour une mission aussi difficile. A force d'arrangements, on parvint à en embarquer quelque cinq mille cinq cents mais dans des conditions qui allaient être atroces pour eux.

Jusqu'au dernier moment je ne sus sur quel vaisseau j'allais faire la traversée ; ce fut finalement sur le *Jason*, un vaisseau de soixante-quatre canons commandé par M. de la Clochetterie, homme aimable et modeste qui s'était distingué lors du combat de *La Belle-Poule*. Le 13 avril, nous étions enfin à bord et je ne me sentais pas d'aise. Mais il me fallut déchanter car quinze jours plus tard, nous étions toujours dans la rade de Brest au désespoir de ne pouvoir partir. En raison des vents contraires et de quelques mauvais grains, plusieurs vaisseaux du convoi furent endommagés en s'abordant... Enfin, le 14 mai, nous quittions Brest et la France pour plusieurs années.

21.

Vous connaissez trop, ma chère Sophie, ce que furent mes trois années passées en Amérique pour que je vous en inflige à nouveau le récit. Vos lettres ainsi que celles de notre père, quand elles n'avaient pas sombré avec le vaisseau chargé de les acheminer, m'apportaient des nouvelles qui avaient déjà six ou huit mois. De mon côté, je ne cessais de vous écrire au risque de me répéter avec l'espoir qu'une faible partie de mes missives vous parviendrait. Quand plusieurs années plus tard, j'eus le loisir de consulter cette correspondance que vous aviez conservée, j'ai été étonné par son ampleur. A la relire, je ne puis m'empêcher de sourire à la pensée du jeune officier que j'étais, fier des responsabilités qui lui étaient confiées, impatient de combattre, trop heureux quand la moindre occasion se présentait.

Notre débarquement à Rhode Island après trois mois de traversée, notre espoir de prendre rapidement New York aux Anglais, notre cantonnement dans Newport des mois durant, nos forces bloquées par les voiles anglaises apparues à peine étions-nous arrivés, sont des événements trop connus pour que j'y revienne. Pourtant on ne redira jamais assez la position ridicule dans laquelle nous nous sommes trouvés : à des milles de chez nous, partis pour vaincre les Anglais et ne pouvant quitter notre île sans exposer notre flotte à être prise ou détruite par eux ! Jugez de quelle utilité nous nous sentions pour nos alliés, séparés d'eux par douze jours de marches et des bras de mer impossibles à passer en hiver quand ils charriaient des glaçons, et eux trop peu nombreux pour venir nous secourir ! Je n'osais imaginer l'humeur de M. Washington à la nouvelle de nos effectifs plus réduits qu'il ne l'avait espéré et inutiles dans leur position. C'est ainsi que nous dûmes mettre notre ardeur au service de la seule cause qui nous restait : la patience.

Pour ne pas céder au découragement général, je décidai de m'occuper quelles que fussent les circonstances. Je ne quittai guère M. de Rochambeau qui me traitait à merveille et avec qui mes premiers rapports furent des plus favorables. Son calme m'imposait[1] ; cette inaction que je jugeais si peu glorieuse était selon lui d'une grande utilité pour les insurgents :

— Pendant que la flotte française est observée ici par une marine supérieure et rassemblée, les côtes de l'Amérique sont tranquilles, leurs corsaires font des prises très avantageuses et leur commerce maritime a toute liberté. Il me semble que dans cette douce position, on peut bien attendre une augmentation de marine et de forces que le Roi m'a assuré devoir envoyer.

N'ayant d'autre ressource que la promenade, le général faisait tous les jours des reconnaissances et prenait des dispositions en cas d'attaque. Je l'accompagnais, espérant que l'habitude de me voir pourrait me valoir sa confiance et je faisais tout pour cela. J'employais le reste de mes journées en me faisant l'interprète tantôt de ceux qui venaient le voir, tantôt des ordres à porter ou à exécuter. La position que j'acquis à ses côtés me plut assez dans les premiers temps ; j'y déployais un zèle et une assiduité qui ne tardèrent pas à être remarqués et loués.

Aussi, quand il fut question à la mi-septembre 1780 de rencontrer le général Washington, je fus tout naturel-

1. Impressionnait.

lement désigné pour accompagner M. de Rochambeau. Le rendez-vous devait avoir lieu à Hartford, une ville du Connecticut à mi-chemin de Rhode Island et de l'Hudson. L'enjeu n'était guère de nature à soulever une jeunesse impatiente de combattre, puisqu'il s'agissait ni plus ni moins de convenir qu'il fallait mander et attendre des renforts français avant d'entreprendre quoi que ce fût. M. de Rochambeau m'ayant envoyé en avant pour annoncer son arrivée, cela me fournit l'occasion de voir seul à seul M. Washington, cet homme illustre, pour ne pas dire unique, et de m'en faire remarquer.

Sa figure belle et majestueuse, douce et honnête répondait parfaitement à l'idée que je me faisais de ses qualités morales. Il ressemblait à un héros, très froid, parlant peu avec un air de tristesse sur sa physionomie qui ne lui messeyait point et le rendait encore plus intéressant. Il était accompagné du général Knox qui commandait son artillerie et du jeune La Fayette qui mettait tant d'ardeur pour la cause des Insurgents qu'on le comptait tout à fait pour Américain. A maintes reprises, nous nous sommes revus et avons travaillé ensemble ; M. de La Fayette était aussi vif que j'étais mesuré mais, tout en lui accordant un dévouement entier à la cause que nous défendions, je ne pouvais me défaire de ma première impression.

Cette année passée à Newport fut une véritable épreuve pour nous tous, contraints d'être les spectateurs tranquilles d'événements dont nous ne pouvions faire autrement que d'en recevoir le lointain écho. J'apprenais à attendre, à tirer profit de cette inaction, me refusant à partager le désespoir des Français, ou plutôt de ce qu'on appelle les gens de la Cour, affligés à l'idée de passer l'hiver loin de leurs maîtresses et des plaisirs de Paris, sans soupers, sans spectacles et sans bals. Curieusement, je me liai avec l'un d'eux, de huit ans mon aîné, qui joua un grand rôle pendant cette partie de ma vie. Quand le premier hiver survint, que le fourrage et les espèces vinrent à manquer, que les généraux ne s'accordaient plus et que l'armée se décourageait de rester si longtemps sans rien faire, je découvris le plaisir de la compagnie du duc de Lauzun.

Je ne peux repenser sans amertume à l'étroitesse des liens que nous crûmes tisser. Cet homme à qui l'on avait confié le commandement de la côte et de tout ce qui était à portée des lieux où l'on devait débarquer, déployait une activité considérable en secondant le comte de Rochambeau. L'on ne manquait cependant pas de dire de lui ce qu'on dit habituellement de toute personne qui sort du lot commun, du bien comme du mal. Je n'écoutais que ceux qui le louaient et rendais justice à son intelligence et à son esprit. Ce n'était pas une société journalière[1] mais nous soupions souvent ensemble et j'écoutais fasciné ses récits de la conquête de la Corse et de la Sénégambie, ses plans pour battre les Anglais, ses anecdotes sur un Versailles qu'il connaissait si bien. C'étaient nos sujets favoris et peut-être aussi ceux de nos cœurs. Les autres jours, nous nous rendions dans les mêmes demeures convenables où des maîtresses charmantes offraient de nous distraire. Et puis nous formions de grands projets.

M'ayant pris en amitié et souhaitant se retirer des affaires, il me proposa la place vacante de colonel commandant de sa légion qu'il voulait me céder en pleine propriété un an plus tard. Cette légion qui comprenait mille hommes d'infanterie, cinq cents hussards et quelques pièces d'artillerie était une proposition trop avantageuse pour pouvoir être refusée. Quel étrange homme que ce Lauzun ! Il voulait, contrairement aux usages, me la céder pour rien. Je l'entends encore m'assurer de sa voix chaude :

— Je ne vends point les hommes, j'en ai acheté quelquefois ; je paierais d'ailleurs moi-même pour trouver un homme auquel je puisse laisser mon corps, que

1. Je ne le voyais pas tous les jours.

j'aime comme mes enfants, avec autant de confiance qu'à vous.

Il est vrai qu'il en était adoré et se comportait comme un père pour ses officiers qui se seraient fait mettre en pièce pour lui. Il souhaitait me les céder à la seule condition de les conserver, de les protéger et d'en prendre soin. Cela n'était guère difficile à promettre, car ils étaient fort bien choisis et la perspective de les commander et de m'en faire aimer comblait mes goûts et mes ambitions. Lauzun était pour moi un homme d'une noblesse et d'une élévation rare tandis que l'espérance d'une prompte réussite m'enchantait. Je supportais tout, endurais tout, entièrement porté par les perspectives dont je vous faisais part ainsi qu'à notre souverain. Mais c'était mal connaître M. de Lauzun, qui avait aussi peu de constance dans ses amitiés que dans ses amours, qui avait autant de projets que de maîtresses et pour qui tout n'était que passion, déraison et oubli. Il fallait vivre et il le faisait avec tellement d'élégance !

Tandis que je succombais à la séduction de ce bouillant homme, son amitié manqua de me brouiller tout à fait avec M. de Rochambeau car au contact du premier, je commençais à m'ennuyer d'être avec le second, qui me distinguait, il est vrai — il avait fait de moi son premier aide de camp et j'y étais sensible —, mais sa défiance générale m'impatientait chaque jour davantage.

S'il me témoignait plus de confiance qu'en mes camarades, celle qui m'était accordée me paraissait médiocre. Plus les mois passaient, plus je m'ennuyais à ses côtés, plus je lui trouvais des défauts que je supportais difficilement. Je le jugeais mauvais politique, avare de son argent comme de celui du Roi ; sa maison avait l'air d'une gargote, ses gens de valets d'écurie et l'économie était poussée si loin que nous n'avions même pas un espion à New York parce que cela aurait coûté cinquante louis par mois. Je m'emporte et crois entendre Lauzun détruire en trois remarques et pour quelque temps le reste de crédit que M. de Rochambeau avait encore à mes yeux.

N'ayant confiance qu'en ses propres lumières, toujours de mauvaise humeur, minutieux à l'excès et décourageant pour tout le monde, il est vrai que le général était brusque et pouvait ne point mettre de grâce dans ses manières, ni dans sa conversation. Souvent au-delà de ce qu'il devait être, bas au lieu d'être poli et affable, il me paraissait au-dessous de sa besogne. J'étais jeune et sot et ne savais apprécier à leur juste valeur la retenue et la simplicité d'un commandant dont j'avais beaucoup à apprendre.

Deux ans plus tard, je ne pensais plus un mot des horreurs que je vous ai rapportées. Quand il nous quitta pour rentrer en France, il me fallut reconnaître qu'en m'attachant à des dehors trompeurs, j'avais bien mal jugé le fond de sa personne. M. de Rochambeau était assurément le seul homme capable de nous commander dans ce pays et de maintenir cette parfaite harmonie qui régna entre deux nations si différentes par leurs mœurs et leur langage et qui au fond ne s'aimaient pas. Si de justes plaintes s'élevèrent de part et d'autre, jamais il n'y eut de dissensions entre nos deux armées. M. de Rochambeau n'eut point toujours à se louer de la conduite de nos alliés ; malgré cela, la sienne fut toujours la même, guidée par un sang-froid précieux.

Son exemple en imposait à son armée ; les ordres sévères qu'il donnait retenaient tout le monde et permettaient d'observer cette discipline rare qui fit l'admiration de toute l'Amérique et des Anglais qui en furent témoins. En un mot, chacun s'accordait pour penser que sa conduite sage, prudente et simple nous avait concilié l'Amérique mieux que toutes les batailles gagnées n'auraient pu le faire.

Afin de donner vie à mes rêves et commander le régiment de hussards de Lauzun, il m'avait fallu me résoudre à écrire à la Reine et à lui demander son appui.

Outre que ma nature répugnait à solliciter, cette démarche me coûta plus que je ne me l'étais représenté. J'avais quitté la Cour troublé de l'intérêt que l'on me portait et que je me refusais à reconnaître. Les attentions de la Reine à mon égard ne m'avaient pas échappé mais je ne leur accordais qu'un prix médiocre, les attribuant au fruit du caprice des grands et, comme tel, en relativisais l'importance.

Quant à mes adieux à Mme de Matignon, ils avaient été plus douloureux pour moi que je ne l'eusse voulu. Une fois de plus, elle avait été charmante, gaie, enjouée comme elle l'était pour tous ceux qui l'approchaient. Mais je sentais trop combien j'eusse aimé compter un peu plus pour elle. Aussi, depuis mon départ, je m'étais appliqué à ne pas penser, à oublier des souvenirs qui tour à tour m'embarrassaient et m'attendrissaient. Je crus dans les premiers jours n'y jamais parvenir. Je voyais la Reine partout, j'entendais son pas vif et me retournais ; je reconnaissais le rire de Mme de Matignon et le recherchais ; je perdais la raison et y trouvais du goût, j'étais heureux d'être malheureux.

Cependant, très vite, l'air du large, quelques grains ponctués de quelques coups de canons eurent raison de mes chimères et me rendirent mes esprits. Mon avenir était à des milles de Versailles et il ne fallait plus y songer. Pendant tout le temps que dura la traversée, je m'appliquai à écrire, à vous, à notre père, aux amis laissés dans notre pays et que j'avais négligés. Je renouai par voie épistolaire avec de doux souvenirs laissés en Suède, je décidai de reprendre les projets matrimoniaux formés par notre père et que j'avais abandonnés assez facilement. Mlle Leijel ou une autre, je finis par me persuader que je pourrais toujours tirer prétexte de mes obligations militaires en France et en Suède pour ne pas être trop marié. Lauzun, qui ignorait tout des nœuds sentimentaux que je tissais à plaisir et qui m'attachaient à la France, m'encourageait dans une voie qu'il connaissait trop bien. Lui-même quand on lui demandait s'il était marié n'hésitait jamais à répondre : « Si peu que cela ne compte pas ! » Je restais songeur.

Bien qu'il m'en coûtât, je m'étais décidé à écrire à la Reine ne doutant pas de sa réponse favorable. Quel ne fut pas mon étonnement quand j'appris par retour de courrier qu'Elle avait d'autres projets pour moi ! Lauzun, de passage en France, me parlait d'un poste de colonel à la suite de la Légion avec des lettres de service et 6000 livres de traitement qui me convenaient fort. Mais par le même bateau, une dépêche du secrétaire du comte de Creutz, Erik Magnus Stael von Holstein, m'apprenait que j'allais avoir la place de colonel en second du régiment de Royal-Deux-Ponts. Cette éventualité ne laissait pas de m'inquiéter car je soupçonnais les frais qu'engendrerait une nomination où il faudrait tenir table ouverte. Enfin, j'estimais qu'à vingt-sept ans, avec trois années de commission comme colonel, je pouvais prétendre être colonel-commandant.

Cependant, quand je reçus la confirmation que le Royal-Deux-Ponts était bien le régiment qui m'était destiné, j'en pris mon parti et je m'en trouvai vite assez content. A l'automne 1782, j'étais ainsi colonel en second en plein exercice de ce beau régiment, bien discipliné, bien instruit et composé d'officiers qui, presque tous, connaissaient notre père. Je m'arrangeais très bien du comte de Deux-Ponts, mon commandant, que l'on disait difficile à vivre. Nous nous étions beaucoup vus chez ses parents lors de mon premier séjour à Paris et nous vécûmes parfaitement ensemble à cette occasion. Il me traitait avec amitié, confiance et considération ; j'étais enchanté de l'avoir.

Pour le reste, vous n'ignorez rien. Au mois de juin 1781, nous quittâmes enfin Newport avec mission de marcher en Virginie et de rejoindre M. de Grasse, attendu avec des renforts dans la baie de Chesapeake pour chasser les Anglais de cette région. Je fus de toutes les marches, de toutes les batailles, et surtout de toutes les missions. Rien ne pouvait m'épuiser, ni les miles parcourus ni les privations. L'enthousiasme suppléait à l'inconfort des nuits passées bien souvent sans tente, ni lit ni couverture tandis que je couchais auprès d'un feu, brûlant d'un côté, inondé de l'autre car nous avions passé la journée dans de mauvais chemins par un temps déplorable, avec de l'eau jusqu'à la moitié de la jambe.

M. de Rochambeau, ayant découvert qu'à mes qualités d'interprète j'ajoutais celle d'être le cavalier le plus rapide de l'état-major, me fit parcourir le pays en tous les sens du Connecticut jusqu'en Virginie et ce, jusqu'à la chute de Yorktown le 19 octobre de la même année après un siège qui avait duré trois semaines.

Cette victoire offrit à de nombreux officiers un prétexte pour retourner en France passer l'hiver. Je vis avec regret le départ de Lauzun chargé d'en apporter la nouvelle. La Fayette ne fut pas le dernier à saisir cette opportunité de reparaître à Versailles couronné de lauriers qu'il feignait avoir cueillis seul.

— La pièce est jouée, Monsieur le Comte, et le cinquième acte vient de finir ! m'avait-il lancé en me quittant.

Sa remarque m'avait agacé. Pour lui la chute de Yorktown sonnait la fin de la guerre. Je ne le croyais pas ; il devait cependant avoir raison.

En dépit de l'agrément qu'un séjour en France aurait pu me procurer, je choisis de rester. En prenant le parti de m'engager en Amérique, j'avais prévu — du moins, je me le figurais — tout l'ennui que j'aurais à essuyer, mais il me semblait juste que l'instruction que je voulais y acquérir me coûtât quelque chose. J'étais à un poste qui me permettait de m'instruire, non seulement par la théorie, mais aussi par la pratique. Le quitter me faisait craindre que l'on ne dise que j'étais venu pour faire comme les autres jeunes gens : avoir un régiment après trois campagnes en tant qu'aide de camp. Je voulais mon zèle désintéressé et mon avancement le fruit, non de l'intrigue, mais du seul mérite. Ma réputation en France était à ce prix. Je pris heureusement cette décision sans véritablement soupçonner ce qu'elle allait me coûter ; aujourd'hui, je puis vous assurer que j'allais compter chacun des jours qui suivirent jusqu'à mon retour. Les nouvelles de France nous parvenaient avec un retard infini, ayant perdu de l'esprit de la Cour qui donnait la mesure à toute chose. La naissance du Dauphin fut accueillie, loin des libelles qui se répandirent dans tout le pays, avec une joie réelle donnant lieu à des réjouissances publiques sincères tandis que la démission de M. Necker et son remplacement par M. Joly de Fleury furent reçus presque avec indifférence.

Seule la banqueroute du prince de Guéménée, car il fallait bien appeler par son nom la cessation totale du paiement des rentes qu'une infinité de personnes avait sur lui, était venue bouleverser notre apathie. On parlait de vingt-huit millions de dettes et l'on assurait que, depuis longtemps, il savait que celles-ci surpassaient sa fortune et que tout l'argent qu'il recevait des personnes qui plaçaient de bonne foi sur lui était un vol qu'il commettait. Quant à l'infortunée princesse de Guéménée, emportée par le scandale de son époux, elle avait dû donner sa démission et céder sa charge de gouvernante des Enfants de France.

Le retour de Lauzun, accompagné du vicomte de Broglie, du comte de Lameth, du comte de Ségur et du jeune baron de Montesquieu, ramena un peu de la légèreté qui avait si cruellement manqué en leur absence. On s'arracha la lecture des *Liaisons dangereuses*, un livre abominable qui s'enlevait en France comme des petits pains. La police l'avait interdit mais Lauzun n'avait pas manqué de le rapporter avec lui. Pendant quelques semaines, nous partageâmes avec retard la passion du public parisien pour cet ouvrage qui produisait tant de sensations par les allusions qu'on prétendait y saisir et par la méchanceté avec laquelle chaque lecteur faisait l'application des portraits qui s'y trouvaient à des personnes connues. Connaissant le penchant de M. de Lauzun pour Mme de Coigny, nous lisions ces pages, avides de vérifier si M. de Laclos, son auteur, avait beaucoup mis de la belle marquise pour peindre son héroïne, la diabolique Mme de Merteuil.

Tout le monde le lut excepté M. de Montesquieu qui choisit délibérément d'être la risée de tous. Mais il tint bon dans son rôle de petit-fils de l'auteur de *L'Esprit des Lois*, ce en quoi il n'eut pas tort. Au fond de moi-même, je n'étais pas loin de penser qu'on faisait beaucoup de bruit pour ce roman. En prétendant peindre les mœurs de son temps, ce n'était véritablement que l'histoire d'une vingtaine de fats et de catins qui se croyaient d'une grande supériorité d'esprit pour avoir érigé le libertinage en principe et fait de la dépravation une science.

Quelques semaines de divertissements n'effaceront pas de ma mémoire le méchant souvenir que je garde de toutes celles qui suivirent notre départ de Boston sous des pluies torrentielles. Consternés, nous apprîmes la cuisante défaite du comte de Grasse et la prise de *La Ville de Paris* dans les Saintes[1]. Les bruits les plus constants couraient. On évoquait tour à tour la lâcheté de ceux qui l'accompagnaient et auraient dû venir à son secours et l'épuisement de cet homme ravagé de fièvre qui depuis des mois demandait à être remplacé. Il avait fait écrire à son ministre qu'il ne pouvait plus ni parler ni écrire, que son mal empirait chaque jour et qu'il ne savait comment cela se finirait. Il se disait convaincu qu'un homme de soixante ans n'était plus bon pour commander une flotte comme la sienne. Malgré cela, il avait été maintenu puis battu dans des conditions qui nous paraissaient bien effrayantes[2].

La campagne aux Iles qui suivit n'eut rien qui mérite

1. Iles des Antilles.

2. Fersen tait le rôle douteux que Bougainville, commandant de l'avant-garde et Vaudreuil, à l'arrière-garde, ont joué dans cette affaire.

attention. Elle fut fatigante et ennuyeuse ; cent fois, je crus mourir de fièvre et d'épuisement. Après deux mois entassés sur *Le Brave* à quarante-cinq dans un dortoir, nous échouâmes à Porto Cabello, méchant bourg du Vénézuela dont je conserve un souvenir atroce. Hormis le port qui était superbe, il n'y avait aucune ressource dans ce vilain trou. Nous périssions d'ennui, nous desséchions, nous vieillissions, nous jaunissions de chaleur. Vous devinez avec quel soulagement nous reçûmes la nouvelle de la paix. Le 30 avril, nous quittâmes cet endroit que j'exécrais pour une traversée longue et triste qui allait me paraître interminable. Je succombai à cinq accès de fièvre tierce dont je crus ne jamais relever.

Ces trois années m'ont usé à un point que je découvris seulement longtemps après mon retour. C'est avec elles que ma jeunesse s'est enfuie pour toujours. Quand je revins en France, tous s'accordèrent pour me trouver vieilli, et ils avaient raison. Mes traits affichaient dix années de plus que je n'en avais. Mon visage, brûlé tour à tour par le froid et par les chaleurs, buriné par les vents et par les mois à dormir à même le sol, ravagé par les maux de toutes sortes auxquels j'avais réchappé, n'était que le reflet des effets d'une guerre qui ne ressembla en rien à celle que nous avions imaginée dans les salons. Et comme je n'avais pas cette légèreté française qui sait rire de tout et oublier sitôt l'épreuve passée, j'ai conservé de ces années un air de gravité qui ne m'a plus quitté.

22.

Le 17 juin, vers quatre heures, l'entrée de la rade de Brest apparut enfin à notre escadre qui ramenait les régiments de Bourbonnais, de Saintonge, de Royal-Deux-Ponts et un grand nombre d'aides de camp et d'officiers de l'état-major. Depuis plusieurs heures, je guettais l'apparition des côtes bretonnes, je ne tenais plus d'impatience. J'avais sollicité et obtenu la permission de monter sur la dunette, afin de ne rien perdre du spectacle de notre arrivée.

Exposé en plein vent, je frissonnais malgré mon habit de laine mais préférais cette sensation de fraîcheur à l'humidité glaciale et nauséabonde qui régnait dans nos cabines. En bas, nos effets trempés par les averses continuelles que nous avions essuyées pendant toute la dernière partie de la traversée ne parvenaient à sécher. Leur odeur âcre se mêlait à toutes les autres, décidément irrespirables, propres aux lieux peu aérés où règne une promiscuité constante.

Le marquis de Vaudreuil qui commandait l'escadre était en tête sur le *Northumberland* battant pavillon amiral. *L'Auguste, Le duc de Bourgogne, Le Citoyen, Le Pluton, L'Hercule* et *Le Brave* le suivaient et s'avançaient prudemment sous hunier, grand foc et brigantine vers la rade réputée pour ses abords difficiles. Le cutter[1] fut

1. Fersen utilise le mot anglais pour *cotre*, petit navire de guerre à un seul mât.

dépêché sans attendre pour annoncer l'arrivée de nos sept vaisseaux qui avaient encore belle apparence malgré les épreuves qu'ils avaient subies.

Nous nous présentâmes en ligne de file à l'entrée du goulet par une brise bien établie qui faiblit cependant d'un coup quand nous fûmes dans la rade. Une brume inattendue se leva. Un silence s'établit à bord et moi-même, de mon poste privilégié, j'assistais à tout, muet. Seuls les ordres brefs et précis de l'officier de quart claquaient et se propageaient avec un sang-froid qui en imposait.

Les gabiers s'élançaient dans la mâture pour amener la voilure ; chaque vaisseau mettait à l'eau ses canots pour atteindre le mouillage ; dans cette brume soudaine se répondaient les cris des sondeurs et les sifflets des maîtres d'équipage.

Ce n'est qu'une fois les dernières ancres mouillées, les vaisseaux affourchés, les voiles carguées, les focs halés bas, les vergues brassées carré et dressées sur leurs bras et leurs balancines que l'on entendit éclater de toutes parts des cris de joie et de victoire. Moi-même pleurais d'émotion à l'idée de poser enfin le pied sur cette terre qui m'était si chère.

Le comte de Ségur battit tous les records en parvenant à quitter Brest pour Versailles deux heures après l'entrée de notre escadre. Moi-même, je ne tardai pas à en faire autant, accompagné du comte de Deux-Ponts qui, attendu à Paris pour rencontrer Mlle de Béthune, la fiancée qu'on lui destinait, n'avait guère perdu de temps pour donner les ordres qu'exigeait le débarquement de notre régiment.

Je foulais avec bonheur le sol français. Ma fatigue et mes maux s'étaient évanouis. Tout au long de la route que nous parcourions au galop, je ressentais un sentiment étrange qui ressemblait de beaucoup à celui que j'éprouvais quand je retrouvais mon pays après un long voyage. Tout m'était familier, ce port témoin de mon impatience quand pendant tant de semaines j'avais guetté notre départ, cette route que j'avais parcourue défoncée et qui visiblement avait été refaite, les collines vertes du Perche avec leurs toits safran et leurs enduits ocre gorgés de pluie et de soleil. Les relais n'étaient guère changés, sombres, sales, enfumés, dominés par les cris des cochers, des valets et des garçons de courses ; j'ai gardé pour habitude de m'y arrêter le moins de temps qu'il est possible, m'épargnant ainsi ces incommodités.

A la poste[1] de Bellême, nous tombâmes sur le comte de Ségur qui, selon toutes les apparences, semblait fort agacé d'avoir été retardé par le boulet blessé d'un cheval qu'on lui avait donné à l'étape précédente. Notre vue et celle d'une omelette au lard que nous partageâmes avant de repartir, achevèrent de le dérider et c'est ensemble que nous poursuivîmes notre chemin.

Nous ne nous attardâmes pas dans les plaines monotones de la Beauce qui semblaient encore plus tristes sous l'effet de la pluie qui tombait sans discontinuer ; leurs champs étalaient des moissons piteuses et des cultures dans un état effrayant. A l'approche des immenses forêts de chênes et de châtaigniers qui annonçaient Paris, nous accélérâmes l'allure. Comment ne pas céder à l'euphorie quand on rentre après une si longue absence et que l'on sera accueilli en héros ? Car c'est véritablement ainsi que nous nous figurions notre retour.

Tous ceux qui comme nous débarquèrent sur le sol français employèrent leurs premiers jours à faire leurs révérences au Roi et à la famille royale, à voir les ministres et à courir chez toutes les personnes qui avaient droit à leurs attentions et à leurs prévenances. Mais, les transports qu'ils étaient en droit d'attendre furent plus maigres qu'ils ne l'avaient espéré. Et pour cause... Les lauriers avaient été coupés avant notre arri-

1. Relais de poste où se faisait le changement de chevaux.

vée par M. de La Fayette, dont chacun connaît désormais tout l'art de se mettre en avant et qui les avait amassés par pleines brassées. M. de Rochambeau, qui était pourtant le véritable artisan de la victoire, pour être arrivé à Versailles plus tard et quelques mois avant nous, n'eut droit, dans un premier temps, qu'aux compliments du Roi qui lui assura cependant avec toute l'amabilité dont il était capable qu'il lui devait la paix.

Le temps des louanges et des acclamations avait passé mais celui des récompenses ne faisait que commencer. Les nominations, les décorations, les places allaient être distribuées à tous ceux qui s'étaient distingués, au point de donner de l'aigreur à ceux qui en attendaient de semblables depuis de longues années, sans toutefois avoir véritablement pris les moyens de se les acquérir.

Le comte de Deux-Ponts fut fait brigadier, on s'en réjouit tout en soulignant que cette grâce était prématurée. Messieurs de Laval, de Rostaing et d'Autichamp furent faits maréchaux de camp, on souligna qu'ils avaient très bien servi mais n'avaient accompli aucune action d'éclat. Mon ami Lauzun le fut aussi ; on lui reconnut d'avoir montré sa valeur à Yorktown lorsqu'il chargea Tarleton. Ainsi les petites phrases dictées par l'envie et jetées à propos de chaque nomination gâchèrent un peu la joie de ceux qui les avaient réellement méritées.

La nouvelle promotion des chevaliers du Saint-Esprit fit vingt-deux heureux mais provoqua autant de surprise par son nombre que par le choix de plusieurs d'entre eux. Je regrette de n'avoir pas été ce matin-là à Versailles pour assister au spectacle des courtisans massés dans l'Œil-de-Bœuf et guettant avec impatience l'annonce de la liste. On assure que lorsque l'huissier de l'ordre, accompagné du prévôt et maître des cérémonies, se campa à la porte de la chambre du roi pour lire à haute voix les noms des nouveaux chevaliers, il se fit un silence peu croyable pour une si grande assemblée.

Mais à peine eut-il achevé, les commentaires surgirent suivant l'inclination de chacun. On s'arracha les listes, on copia sur son genou ou sur l'épaule de son voisin les noms, quand on ne se contentait pas de corriger ceux que l'on avait apportés. Pour ma part, je fus heureux, à mon retour, d'aller faire mon compliment à M. de Rochambeau et à M. de Vaudreuil, mais je dus convenir que pour certains, les liens de l'amitié l'avaient emporté sur les mérites réels. Le duc de Guines, très apprécié par la Reine, avait ainsi obtenu un honneur que ne justifiaient ni ses intrigues douteuses, ni ses spéculations boursières malhonnêtes, couronnées par un scandale à Londres et un procès à Paris. Je n'étais pas le seul à penser qu'en ce monde, les mérites, sans la faveur, étaient bien peu de choses.

Les nouvelles de la Cour me furent rapportées quelques heures après mon arrivée à Paris par M. de Staël-Holstein qui m'accueillit avec beaucoup d'amitié à l'ambassade de Suède. Cet homme, dont personne n'ignore de nos jours le nom grâce à la fille de M. Necker qu'il épousa et qui sut lui donner beaucoup d'éclat, était tout à fait inconnu quand je le retrouvai à cette époque. Je l'avais quitté attaché d'ambassade auprès de mon cher Creutz ; je le retrouvais cet été-là faisant fonction d'ambassadeur, en attendant d'être réellement nommé à ce poste. Il devait cette promotion au départ de celui que j'aimais le mieux au monde et qui avait regagné, quelques semaines plus tôt, Stockholm où l'attendait un portefeuille de ministre.

M. de Staël, qui n'était pas encore baron à cette époque[1], m'assura que le comte de Creutz était parti la mort dans l'âme, ne se consolant pas d'abandonner la France qui lui était si chère. Je le crus volontiers quand je songeai qu'il retournait dans un pays où il n'avait pas été depuis vingt ans. Mais je vérifiai aussi que le malheur des uns faisait réellement le bonheur des autres, en

1. Il le devint le 24 janvier 1788.

voyant M. de Staël adopter, sans y réussir toutefois, le ton et les manières de celui qu'il nommait déjà et aimablement son prédécesseur. Je ne pouvais m'empêcher de sourire au ridicule de son assurance, sachant les réticences de notre souverain pour une nomination qui allait contre ses vœux et qu'il n'envisageait qu'à la condition de le voir épouser Mlle Necker.

Gustave III ne cachait en vérité à personne que son plus grand désir étant de témoigner à la reine de France combien il tenait à lui donner des preuves de son amitié et de ses sentiments, M. de Staël lui devrait entièrement la place qu'il occuperait un jour à la Cour de France. Les vœux de la Reine le mettaient cependant dans une situation bien délicate aux yeux de sa noblesse qui avait des droits avant M. de Staël à une place aussi brillante que celle de l'ambassade de France.

Ce n'est pas à vous, ma chère Sophie, que je rappellerai qu'en Suède, chacun savait combien cette nomination était un sacrifice qui coûtait au cœur du Roi. De longue date, Sa Majesté destinait cette ambassade prestigieuse au baron de Taube, ami de tous les temps, d'illustre naissance, élevé avec Elle, qui ne l'avait presque jamais quittée et à qui Elle souhaitait confier ce poste pendant quatre ou cinq années pour pouvoir lui accorder à son retour en Suède le cordon bleu [1]. Mais, il n'est pas de sacrifice que l'on ne fasse avec plaisir quand il s'agit de prouver ses sentiments à la reine de France. Sa recommandation honorait trop M. de Staël pour qu'il ne s'en ressentît pas avantageusement, et c'était aux yeux de Gustave III un grand mérite à lui de se l'être conciliée.

Il n'en dépendrait pas moins de la qualité de ses services et du succès de ses négociations pour mériter par la suite un titre plus considérable qui justifierait une grâce aussi signalée. En attendant, le comte de Creutz

1. De l'ordre des Séraphins. Décoration prestigieuse portée seulement par une dizaine de dignitaires.

restait ambassadeur en titre jusqu'à ce qu'il remplaçât lui-même le comte de Scheffer au poste de ministre des Affaires étrangères. Ce n'est qu'à ce moment-là que M. de Staël serait nommé ministre plénipotentiaire selon le souhait du roi et de la reine de France transmis par M. de Vergennes.

En maître des lieux, il m'avait fait promettre de loger chez lui, ce que j'acceptai de bonne grâce, espérant par là être au cœur des affaires de notre pays. Mais le comte de Deux-Ponts m'avait fait la même offre et je sentis, si je ne voulais pas froisser inutilement sa susceptibilité, qu'il serait adroit de promettre de dîner tous les jours chez lui. L'un et l'autre, satisfaits, ne me virent pourtant guère pendant les trois mois que je devais passer à Paris. Il me faut reconnaître que je ne sus où donner de la tête tant j'avais d'affaires à régler. J'avais quitté la Suède cinq années auparavant et il commençait à me tarder d'y retourner. Notre père m'y poussait, notre souverain parlait et écrivait dans le même sens et moi-même aspirais à retrouver des êtres chers dans un pays qui était le mien. Mais je ne voulais partir sans être assuré de récolter le fruit de mes campagnes. L'heure était aux distributions d'honneurs, de places, aux avancements et il importait de se mettre en état de ne pas être oublié.

23.

Contrairement à ce que vous pourrez croire, ce n'est point à Versailles que j'allai en premier. A peine installé à l'ambassade, je me précipitai rue des Francs-Bourgeois en l'hôtel des Breteuil. Le souvenir de Mme de Matignon ne s'était pas éteint et, en entendant Staël me conter ce qu'on disait d'elle, j'avais senti combien mon trouble était intact. Des jeunes gens éconduits qui se prétendaient de ses amis se vengeaient en des épigrammes qui divertissaient tout Paris. Staël ne manqua pas de me les rapporter et puisque je me suis engagé à ne rien vous cacher, voici ce que disait l'un d'eux :

« Matignon me défend de paraître à sa vue.
Je la perds ; je ne peux la voir, ni lui parler.
Je la perds, mais je crois qu'il faut m'en consoler
Car ce n'est, après tout, qu'une femme perdue. »

Je trouvai cependant porte close ; le baron et sa fille avaient fui la chaleur qui régnait à Paris pour s'installer quelques jours à Saint-Cloud. Je n'hésitai pas un seul instant et pris à la minute la route pour le pavillon du Mail[1] où, quelques quarts d'heure plus tard, M. de Breteuil m'accueillit avec la mine épanouie de celui qui ne doute

1. Actuel pavillon de Breteuil dans le parc de Saint-Cloud.

plus de sa fortune. Il est vrai que tout semblait lui sourire. Son entrée au Conseil du Roi semblait imminente et l'on ne parlait que du futur mariage de sa petite-fille Caroline, qui avait tout juste neuf ans, avec le jeune duc de Polignac qui en comptait autant. Bien que dans les deux affaires rien ne fût encore officiel, sa maison donnait par le mouvement qui l'agitait toutes les apparences d'être dans une passe brillante. Quand je lui demandai de ses nouvelles, il me répondit avec un sourire ravi :

— J'ai un petit ami de neuf ans en Cour, qui me dispense de veiller à mes intérêts avec cette vigilance, cette anxiété qui minent et dessèchent les autres aspirants aux grandes places.

Je me disais que cet homme devait être bien heureux de se voir déchargé du souci qui ordinairement absorbait ses semblables. Pour être moi-même préoccupé par mon établissement, je mesurais le prix d'un tel avantage.

Le pavillon dans lequel je le voyais si content appartenait au duc d'Orléans qui, après l'avoir cédé à vie à l'abbé de Breteuil, continuait la même grâce au neveu de ce dernier. Agrémenté de plusieurs bâtiments, il formait une habitation délicieuse. Des appartements, et tout particulièrement du grand salon, on avait une vue étonnante sur tous les environs. Tout de suite, en bas, s'étalaient les jardins de Saint-Cloud, puis c'était l'immense ruban du cours de la Seine que l'on suivait jusqu'à perte de vue tandis qu'on repérait parfaitement la plaine de Billancourt, Passy, Saint-Denis, Bellevue, Meudon, Vanves, Issy et enfin la ville de Paris qui, par temps clair, déployait ses richesses comme une carte qu'il suffisait de lire. Rien ne passait sur la route ou sur le pont de Sèvres qu'on ne vît de ce lieu si admirablement situé.

Tandis que j'admirais la vue, Mme de Matignon sortit pour se joindre à nous ; elle m'accueillit avec des transports qui mirent le comble à mes espérances. Sa robe à l'anglaise découvrait des chevilles qu'elle savait ravissantes et lui donnait un air mutin qui acheva de me conquérir. Le drapé d'un taffetas à rayures dans les jaunes et les verts dégageait un jupon en soie chinoise imprimée et soulignait une silhouette aux formes enchanteresses. Je la retrouvais plus veuve, plus fraîche, plus jolie, plus opulente, plus indépendante en un mot plus désirable que jamais. Ajoutez à cela qu'elle était en passe d'avoir à ses pieds ce qu'il y avait de mieux en France pour obtenir la préférence dans le choix qu'elle allait faire pour accepter un gendre. Les Montmorency disputaient aux Polignac, avec une politesse exquise, l'honneur de disposer de la dot considérable de sa fille et la jalousie qu'inspiraient ses succès et qui la poursuivait sans relâche ne semblait pas l'affecter le moins du monde.

Elle m'entraîna à quelques pas du pavillon dans des bosquets si denses que les rayons du soleil ne perçaient pas. Il y régnait une douce fraîcheur agrémentée du murmure d'un cours d'eau qui ne devait guère être très éloigné de nous. Me donnant son bras, elle me fit les honneurs des lieux dont je retenais très peu de choses, entièrement absorbé par la contemplation de son beau visage.

— Vous ne m'écoutez pas ! Ce n'est guère la peine que je me donne tant de mal, se plaignit-elle.

Je baisai fièvreusement son poignet, l'assurant qu'au contraire j'étais tout à elle mais, sous prétexte de franchir une branche un peu épaisse à nos pieds, elle me retira son bras pour relever le bas de sa robe qu'elle ne lâcha plus. Je ne m'avouai pas vaincu pour autant et fis mine de porter la plus grande attention à un exposé qui, au demeurant, était bien digne d'être écouté. Il est vrai que ce pavillon était remarquablement situé. De son parc, on gagnait par une très belle allée le château de Saint-Cloud que le Roi n'avait pas encore acheté, tandis qu'une autre menait à des potagers d'où l'on retrouvait le chemin de Versailles.

Des perles de lumière dansaient dans sa chevelure et donnaient à sa peau un velouté qui me fascinait. Je la soupçonnais de m'avoir volontairement mené à ce cours d'eau dont nous devinions la présence dès les premiers pas que nous avions faits dans le sous-bois. Il coulait faiblement mais de façon soutenue et, çà et là, de grosses pierres polies semblaient avoir été semées pour permettre de le franchir. Il m'apparaissait clairement que, sauf à être parfaitement rustre, ce qui n'était guère dans mon tempérament, je n'avais d'autre choix que celui de lui proposer mon bras. Mais la nature était plus taquine et ne permettait pas de passer à deux. Dans ce cas, il ne me restait plus qu'à porter Mme de Matignon et, prenant un air désolé, je laissai échapper, hypocrite :

— N'y-a-t-il vraiment d'autre voie pour regagner le pavillon ?

Et elle de me répondre sur le même ton :

— Sauf à rebrousser chemin et à manquer le départ de mon père pour Versailles, je n'en connais guère.

— Vous allez me voir contraint de vous porter en priant le ciel que mon pied ne glisse pas. Sinon, nous serons définitivement trempés tous les deux...

— Et totalement ridicules ! ajouta-t-elle avec un air de coquette qui m'impatienta.

Je n'en laissai rien paraître et la soulevai, bénissant cette mode des robes sans paniers qu'elle avait adoptée pour la campagne. Elle me parut bien légère et je regrettai presque que le passage fût si aisé. Tandis que je m'appliquais à poser mon soulier de façon à ne pas tomber, je ne pus m'empêcher de me demander quel rang j'occupais dans la hiérarchie des seigneurs invités à franchir le Rubicon. Cette pensée me fit sourire et m'en souffla une autre, aiguisée par le parfum poudré de chèvrefeuille qui s'élevait d'une gorge que je ne pouvais admirer sans être assuré de glisser pour de bon. Sa respiration se faisait plus rapide et me dévoilait mieux que les plus beaux discours des pensées moins innocentes que son air d'ange ne pouvait laisser croire. Il me plut de ne pas céder immédiatement à une tentation qui devenait plus intense. Le hasard œuvra en ma faveur mieux que je n'aurais pu le faire seul.

Il n'avait fallu que quelques pas pour franchir ce ruisseau et déjà nous avions gagné l'autre rive quand, au moment précis où je m'apprêtais à poser celle qui n'était pas encore ma conquête, son chapeau glissa, vacilla un instant en équilibre sur un caillou avant d'être emporté par le faible courant. Mme de Matignon poussa un cri, je l'abandonnai, courus après sa paille légère qui se riait des eaux et de ma course et la récupérai quelques mètres plus loin. J'éclatai de rire et rapportais triomphant mon butin quand son ton pincé manqua gâcher définitivement ma belle humeur :

— Quand vous aurez fini avec vos enfantillages...

— Je pensais vous être agréable en repêchant vos effets semés. Mais vous avez raison, ce chapeau ne vous sera plus d'aucun usage !

Et d'un mouvement large, je le rendis au cours d'eau qui l'emporta gaiement tandis que, tout en semblant le suivre des yeux, je ne perdais rien de la mine déconfite que mon geste avait produit. Savourant mon effet, je me fis presque bucolique :

— Songez à cette paille qui au lieu de finir dans une garde-robe va voyager, que sais-je ? Avoir un grand destin, abriter les amours aquatiques d'un couple de... Voyons, aidez-moi, vous voyez bien que je n'entends rien à la faune des rivières !

— Je vois bien, fit-elle radoucie, et c'est en ces termes que nous regagnâmes le pavillon et retrouvâmes son père sur le départ.

— Cher comte, je vais à Versailles. Allons-nous ensemble ?

— Dans ma tenue, je crains...

— Plus personne ne s'habille de nos jours, rafraîchissez-vous et vous serez très bien.

Quelques minutes plus tard, j'étais assis dans le carrosse de mon hôte qui semblait bien heureux à l'idée d'aller faire sa cour même si les nouvelles du jour ne portaient guère à la gaieté. Mademoiselle d'Angoulême, dernière fille du comte et de la comtesse d'Artois, était morte le matin même, elle n'avait pas sept mois. Personne n'était très affligé par le départ de cette princesse née avant terme et menacée par des défauts de construction, mais tout le monde redoutait les petits embarras que cette perte entraînerait. Depuis quelques semaines, la Reine et sa société répétaient plusieurs pièces destinées à être jouées sur le petit théâtre de Trianon ; il faudrait renoncer à ces plaisirs dont on se réjouissait tant. Adieu *Sabots*, *Chasseurs*, *Droit du seigneur* et autres aimables comédies ! C'était fâcheux mais l'on trouverait à s'en arranger.

Je voulus porter mes hommages chez le Roi ; Sa Majesté n'était pas rentrée de la chasse. Je me présentai chez la Reine ; on me dit qu'Elle était chez la gouvernante de ses enfants qui recevait ce jour-là. C'est ainsi qu'encore troublé par ma promenade avec Mme de Matignon, je pris le chemin des appartements de Mme de Polignac sans soupçonner qu'en en franchissant le seuil, je donnerais à ma vie un cours qui ne varierait plus.

— Mes amis, je vous en prie, un peu de patience, écoutez le bon mot que nous propose notre ami Besenval et si Sa Majesté y consent, nous passerons ensuite dans le Salon frais où une collation nous attend, ordonna avec douceur celle qui était désormais duchesse de Polignac.

La constance du crédit de Mme de Polignac démentait tout ce que l'on disait de la faveur en général. La Cour passait pour être une image du baromètre ; un jour on était porté à l'élévation la plus flatteuse, le lendemain on redescendait au niveau du traitement ordinaire. La sagesse était de jouir de l'instant, d'en profiter lorsqu'on le pouvait et de n'attacher aux caresses des souverains que la valeur qu'elles méritaient. Ce que j'appris à mon retour ne faisait que consolider cette opinion répandue.

En mon absence, la Reine avait pris un goût extrême pour Mme de Belsunce. Elle en parlait, Elle s'en occupait à toute heure. Les courtisans s'étaient mis en devoir de plaire à la favorite quand l'un d'eux osa dire que l'on traitait trop bien la fille d'un M. de Vergès. Ce propos fut tenu à minuit, le lendemain Mme de Belsunce avait perdu tout attrait. La Reine ne lui parla plus et sa faveur ne reprit pas. Mme de Lamballe, dans une mesure toute différente, ne l'avait que trop éprouvé à ses dépens et avait préféré regagner Paris pour ne paraître à la Cour que deux fois par semaine quand son service l'exigeait. Mme de Talleyrand, grand-mère de l'abbé de Périgord, Mmes de Brébant, de Hunolstein et de Vauban connurent toutes à peu de chose près le même sort. Seule la duchesse de Polignac fixait l'attention de la Reine au point qu'en ce mois de juin où je la revoyais devenue gouvernante des Enfants de France et installée en son nouvel appartement, il m'apparut clairement que cette belle et douce jeune femme avait parcouru bien du chemin depuis le jour où elle était arrivée si modeste à la Cour.

Un allemand, musicien vanté,
Dans un concert faisait crier merveille ;
Chaque auditeur de plaisir transporté,
Incessamment lui disait à l'oreille :
Divin ! divin ! ah, c'est vraiment divin.
Plus altéré que sensible au refrain,
Divin ! dit-il, où donc est la bouteille ?

Aux applaudissements que ce piètre refrain avait soulevés, je compris que pas une des personnes assemblées n'en avait écouté un mot. Le baron de Besenval souriait comme à l'accoutumée, fort content de lui-même, et ne remarquait rien de ce qui se passait dans le salon. Je n'avais pas franchi le seuil de la pièce depuis quelques minutes qu'un mouvement s'était dessiné parmi les courtisans. Pour ne pas interrompre la partie, j'étais demeuré debout près de la porte, mais je fus aperçu. Une première nuque se pencha vers sa voisine, qui en fit de même vers la suivante et, sans un bruit mais en quelques secondes, ma présence fut sue de tous ou presque.

Mme de Polignac, assise près de la cheminée, recevait la Reine comme une particulière, dans un fauteuil à sa droite. Un espace les séparait du reste des courtisans et, de leur position, elles ne pouvaient voir immédiatement les entrants. Un silence succéda aux applaudissements ; la favorite se tourna dans ma direction, m'aperçut et, sans que ses traits aient manifesté la moindre expression, elle se pencha vers la Reine. Elle lui adressa quelques mots et toutes deux se levèrent, priant l'assemblée de les suivre. Je fis un pas sur le côté pour me fondre dans la masse des invités, mais pas assez rapidement sans doute. La Reine, à ma vue, pâlit, rougit et s'arrêta dans sa marche. Personne n'ignora le trouble qui l'envahit ; moi-même, contre toute attente, sentis mon cœur se figer. J'étais pétrifié.

— Ah ! M. de Fersen, quelle heureuse surprise !

Mme de Polignac en ce peu de mots nous sauva en nous redonnant vie. La Reine me tendit sa main à baiser et me pria de lui donner le bras pour passer dans la pièce à côté. Tous les témoins comme soulagés se mirent à parler en même temps. Les somptueux buffets ruisselants de gourmandises happèrent les convives les plus affamés, tandis que les plus curieux, et ils étaient nombreux, m'entourèrent pour avoir la primeur des récits d'une guerre qui les tenait en haleine depuis tant d'années. La Reine ne me quittait guère des yeux et mon récit n'en prenait que plus de relief.

L'évocation du siège de Yorktown, qui m'avait valu quelques succès en son temps, souleva une succession d'exclamations où se manifestaient tour à tour l'inquiétude, l'enthousiasme et le soulagement. Je brossai les portraits flatteurs des héros de cette campagne. Au nom du duc de Lauzun, les traits de Sa Majesté se fermèrent et il ne me fallut point davantage pour comprendre que mon ami était loin d'être si bien en cour qu'il s'était flatté de l'être.

On voulait tout savoir, jusqu'à ce que disaient et ce dont se nourrissaient les Américains. On s'étonna d'apprendre que le déjeuner était pour eux la chose la plus importante.

— Ils prennent du thé ou du café mais le café est faible ; quatre ou cinq tasses ne valent pas une des nôtres. Ils le boivent avec des rôties au beurre, des cornichons, souvent de la viande frite.

Deux ou trois cris d'horreur s'élevèrent.

— Pour leur dîner, on trouve dans leur assiette de la viande bouillie ou rôtie avec des légumes, souvent du maïs, cuits à l'eau, accompagnés de sauces qu'ils font eux-mêmes et de tout ce que vous pouvez trouver sur leur table. Pour le dessert, de la confiture de coing ou d'épine-vinette, mais il leur arrive aussi de manger cette dernière avec leur viande !

Ces détails les stupéfiaient et les enchantaient. Ils ne se lassaient pas de me les redemander.

— Quant à l'usage du thé, une boisson insipide, il fait tout leur plaisir ; il n'y a pas un habitant qui ne le prenne dans de la porcelaine. La plus grande marque d'honnêteté pour eux est d'en offrir mais l'on attribue à l'excès de sa consommation la perte de leurs dents. Les femmes, ordinairement très belles, ne le sont que jusqu'à dix-huit ou vingt ans. Ensuite, privées de cet ornement, elles n'ont plus aucun attrait avec tous ces trous que l'on aperçoit dès qu'elles vous sourient !

Je me félicitais d'être venu si rapidement à Versailles

car, arrivé le premier, mon succès était celui de la consécration à la nouveauté. On publiait des vers sur la paix retrouvée, on se demandait si les tribus sauvages d'Amérique étaient ou non les modèles de toutes les sociétés naissantes. Mais mon bonheur tenait aux quelques mots que la Reine m'avait glissés pendant les rares secondes où, lui offrant mon bras, nous avions échappé aux oreilles indiscrètes :

— Nous irons demain dans la soirée à l'Ile royale ; nous serons heureuse de vous y voir.

Il n'avait pas fallu plus pour que j'entrevisse tout le parti qui s'offrait à moi. J'étais arrivé à la Cour n'attendant rien, je repartais en espérant tout.

24.

Bien que la pluie eût cessé depuis plusieurs jours, le ciel restait enveloppé dans une brume de chaleur qui le voilait presque entièrement. La température avait été si élevée pendant toute la journée que j'espérais trouver dans le parc un peu de fraîcheur. Il n'était pas sept heures et la moiteur qui régnait encore était accablante. Renonçant à marcher jusqu'au lieu indiqué par Sa Majesté, j'avais demandé aux porteurs de descendre ma chaise en bas du Tapis vert pour n'avoir que quelques pas à faire jusqu'au bassin de l'Ile royale.

Ballotté au gré de leur démarche, je voyais défiler, plus que je ne les regardais, les charmilles rigoureusement dessinées le long des treillages neufs. Je n'avais guère fermé l'œil de la nuit car, en quittant Mme de Polignac pour assister au jeu de la Reine, j'avais rencontré le duc de Lauzun. Je crus qu'il ne m'avait pas vu, allai à sa rencontre et découvris, avec étonnement, et sans en comprendre les raisons, qu'il était parfaitement fâché contre moi. Maladroitement, je lui reparlai de sa légion. Prenant un air hautain que je ne lui connaissais pas, il me céda ces mots comme s'il se fût agi d'un bienfait envers moi :

— Ah oui, ma légion ! J'en suis assez content...

Et la vue du comte de Ségur lui fournit le prétexte pour me quitter ainsi. N'entendant rien à sa conduite, j'avais quitté la Cour, fâché contre lui autant que contre moi-même.

Je préférai penser à mes retrouvailles avec Mme de Matignon ; elles m'avaient persuadé de l'intérêt que je lui portais, sans m'assurer cependant le moindre commencement de réciprocité. Quant à celles avec la Reine, elles ne laissaient pas de me rendre songeur. Tout entier livré au charme de la fille de M. de Breteuil, j'étais arrivé à la Cour pour accomplir mes obligations. Je savais devoir aux bontés du Roi et surtout de la Reine la place de colonel en second que j'avais obtenue ; je me pliais à l'usage de déposer à leurs pieds l'expression de ma reconnaissance et je n'ignorais pas que mon avenir dépendrait de l'assiduité que je déploierais en cette Cour, même si le crédit de M. de Breteuil promettait bien des facilités.

Je m'étais attendu à revoir la Reine dans tout l'appareil de la Cour un dimanche ; au lieu de cela, je l'avais retrouvée dans une assemblée où, sans rien perdre de la majesté qui ne la quittait jamais, Elle m'était apparue ainsi qu'Elle aimait à l'être avec sa société, comme une simple particulière. A la vue de la livrée de ses gens dans l'antichambre de Mme de Polignac, j'avais hésité un instant à me présenter, mais les laquais de la gouvernante des Enfants de France ne me laissèrent guère le temps de m'interroger et ouvrirent la porte ; je n'eus qu'à entrer.

Rien n'était changé dans la facilité qui régnait autour de la Reine. Personne ne se gênait pour deviser, pour rire ; on ne baissait même pas le ton en présence de Sa Majesté ; Elle était si simple avec chacun qu'il fallait prendre garde à se rappeler qui Elle était. A la façon dont Elle me regarda à plusieurs reprises, il me fallut admettre que je n'avais pas été oublié. Ses yeux emplis d'une infinie douceur les rendaient si intéressants qu'ils éclipsaient un visage dont l'ovale s'était alourdi et un teint qui n'était plus aussi clair. Quand Elle s'était levée pour rejoindre ses appartements, Elle fit un signe invitant l'assistance à ne pas bouger ; je remarquai sa démarche qui avait gagné en majesté ce qu'elle avait perdu en grâce.

Tout était confus en mon esprit et je ne savais trop que penser de ce « Nous irons demain dans la soirée à l'Ile royale ; nous serons heureuse de vous y voir. » Je mettais beaucoup de mystère dans cette invite faite pourtant en présence de Mme de Polignac. Elle n'avait pas précisé d'heure et je n'avais osé la lui demander. Je gardais le souvenir de la Reine disant « je » en parlant d'elle-même ; le pluriel de majesté qu'Elle avait employé me déroutait.

Ma chaise s'était arrêtée et j'en étais descendu quand mes yeux furent saisis par la beauté du canal étalant majestueusement la symétrie de ses contours. Le soleil, qui n'avait point réussi à percer pendant toute la journée, semblait accorder à cette étendue sereine la faveur d'un rayon qui irisait ses bords. Il n'y avait personne ou presque. Quelques promeneurs, cherchant comme moi la fraîcheur, traînaient leurs pas alourdis par l'ennui dans la poussière des allées. Les gardes étaient plus nombreux que nous et leurs uniformes imprimaient de joyeuses taches de couleur sur un fond où le gris du canal se perdait dans un paysage déclinant tous les verts de la saison.

Je m'étais fait déposer trop bas et mes yeux cherchaient vainement le point de rendez-vous sans le voir. Je me renseignai, il était à une centaine de pas. Je suivis intrigué deux laquais qui s'y rendaient les bras chargés de lignes. L'un d'eux portait un seau ; en le dépassant, j'eus un haut-le-cœur à la vue des vers dont il était empli. Je n'eus guère le temps de me demander qui pouvait s'adonner à un plaisir aussi mortel que celui de la pêche quand la réponse me fut donnée au bout de l'allée.

Imaginez au bord d'un bassin, par une soirée d'été,

assises sur des pliants l'une à côté de l'autre la Reine, car c'était bien Elle que je reconnaissais entre toutes, Madame, la comtesse d'Artois et Madame Elisabeth, accompagnées chacune par un valet de pied et une ou deux dames, tout entières livrées à la surveillance de leurs hameçons. Ajoutez quelques pages pour tenir les ombrelles, des laquais chargés des seaux et des appâts ainsi que deux ou trois gentilshommes prêts à offrir leur aide. Toutes ces dames étaient en jupes et caracos agrémentés seulement d'une pointe de lingerie nouée sur la gorge et portaient de grands chapeaux de paille sur une coiffure basse à peine poudrée. Vous devinez mon étonnement quand je songeai que c'était la reine de France accompagnée de ses belles-sœurs et de leur suite.

Je m'étais approché avec discrétion de cette assemblée étrange où pas une parole n'était prononcée. Mon pas les fit se retourner, on me sourit puis la passion du jour reprit ses droits sans que je sache ce que l'on attendait de moi. Aussi, je fis comme les autres et me livrai à la contemplation de ce charmant tableau dont la fraîcheur faisait oublier une température qui ne baissait toujours pas. Le silence, interrompu seulement par le bruit des lignes plongées ou retirées et le choc sourd des carpes et des tanches tombant lourdement dans les paniers, était assurément l'élément le plus inhabituel quand on sait la propension naturelle de la Cour pour le caquet.

Ayant reconnu Valentin Esterhazy parmi les galants seigneurs admis à partager ce moment de simplicité, je le rejoignis. Lui aussi avait cédé à ce qui devait être la mode désormais puisqu'il avait l'audace d'être en frac dans l'entourage de la Reine alors que trois années plus tôt, il ne serait venu à l'esprit d'aucun d'entre nous d'adopter semblable accoutrement, même pour aller chez son notaire. Il fallait y voir la détestable influence des Anglais qui, pour avoir été battus en Amérique, conservaient quelques armes sur le vieux continent. Son gilet de satin porcelaine glacée brodé de mouches et de papillons me fit sourire ; je ne pus m'empêcher de lui murmurer le plus bas que je pus :

— Que faites-vous donc ici ? Je ne vous savais guère le cœur pêcheur...

— Je fais comme vous, mon cher ami, je fais comme nous tous, me répondit-il sur le même ton. Je tue le temps !

— A moins que ce ne soit lui qui nous emporte...

— Et quand bien même cela serait ! Avouez que vous avez sous les yeux un tableau édifiant de plaisirs innocents, fort tranquilles et par là très convenables à l'inaction où nous réduit la saison.

— J'admets que c'est là un spectacle charmant auquel je ne m'attendais guère.

A cet instant, la Reine confia sa ligne à la princesse de Chimay et vint vers nous :

— Messieurs, je vois bien qu'il me faut vous séparer puisque vous n'êtes guère raisonnables. Vos bavardages font fuir le poisson, nous dit-Elle sur un ton bas qui se voulait grondeur mais que démentait l'expression rieuse qui animait son regard.

— La pêche vous ennuie-t-elle ? poursuivit-Elle à mon adresse.

Embarrassé, je tentai de m'en sortir et toujours en murmurant, je l'assurai :

— Madame, aucun divertissement ne saurait m'ennuyer en présence de Votre Majesté.

— Vous dissimulez mal et, comme vous semblez distraire le comte Esterhazy de son assiduité, je vais me voir contrainte de vous exiler de ces lieux. Donnez-moi votre bras et marchons un peu.

Et me tendant le sien, Elle lança un joyeux : « A tout à l'heure ! » à l'assemblée qui sursauta et lui jeta un regard désapprobateur avant de s'absorber de nouveau dans la contemplation de ses lignes.

A peine nous étions-nous éloignés, la Reine me dit d'emblée :

— J'ai été étonnée de voir ma lettre sans réponse.

— C'est que, Madame, je n'ai pas eu l'honneur d'en recevoir de la part de Votre Majesté.

— Le duc de Lauzun, qui s'est prétendu si fort être de vos amis, ne vous l'a donc pas remise quand il vous a retrouvé à Philadelphie après son passage ici ?

— Je puis assurer Votre Majesté qu'un courrier de Sa part eût été pour moi le plus grand des bienfaits.

— Je n'aime pas M. de Lauzun, ce n'est pas un honnête homme et sa conduite envers Mme de Lauzun, qui n'a que le malheur d'être sa femme, me déplaît. Je serais fâchée qu'il fût de vos intimes. Il m'a fallu songer au souvenir que je conservais de vous pour que l'amitié qu'il vous porte ne me détourne point de la mienne à votre égard.

Son ton simple et direct acheva de conquérir mon cœur. Mon regard dut lui en dire plus que toutes mes paroles n'eussent pu le faire, car d'une voix plus douce, Elle me confia :

— Je sais que je peux compter sur vous, c'est pourquoi il me plaît de vous voir récompensé comme vous le méritez des services que vous avez rendus en Amérique. M. de Rochambeau, qui n'est pas homme à se laisser gouverner par ses passions, nous a dit le plus grand bien de votre conduite. Le Roi souhaite laisser le Lauzun à Lauzun et songe pour vous à un régiment qui répondrait aux mérites que vous vous êtes acquis.

— Je ne pourrais jamais, Madame, porter trop loin ma vive reconnaissance pour les bontés de Votre Majesté.

— Le régiment auquel nous songeons n'est pas à vendre pour le moment, mais il pourrait l'être si notre cousin Gustave III voulait joindre ses prières aux nôtres et vous récompenser également pour les services que vous lui avez rendus.

J'étais fort gêné de me voir rappeler ce qui n'était pour moi que l'expression naturelle des devoirs que j'estimais avoir envers mon pays. J'étais surtout confondu à la pensée que l'ambition d'un cœur comme le mien se voyait soudain servie par la grâce d'une faveur dont j'étais malgré moi l'objet.

— N'êtes-vous pas curieux d'en connaître le nom ?

— Madame, je n'osais vous le demander.

— Il s'agit du Royal-Suédois.

Je restai sans voix. Avec ses quatre bataillons, c'était un des plus anciens et des plus prestigieux régiments étrangers en France, un rêve auquel je ne m'étais jamais laissé entraîner.

— Deux des comtes de Sparre qui en sont propriétaires traversent une période difficile et souhaiteraient s'en dessaisir, poursuivait-Elle. Nous serions prêts à intercéder en votre faveur auprès de leur troisième frère qui en a la survivance afin qu'il vous le cédât, si toutefois tel était votre vœu.

— Madame, Votre Majesté porte si haut l'expression de mes désirs que je ne sais comment lui manifester celle de ma reconnaissance et de mon sincère bonheur.

Sans y prendre garde, nous avions presque fait le tour du bassin ; ces dames, qui n'étaient plus qu'à quelques pas de nous, comparaient leurs prises. Quand nous les rejoignîmes, Mme de Bombelles présentait à tous le panier de Madame Elisabeth qui, pour avoir été la plus assidue et la plus calme, affichait un fort joli butin. Celui de la Reine était à la mesure de son tempérament et quoiqu'Elle dît pour se défendre, il lui fallut admettre que le sien était le plus léger. Elle y jeta un œil sans s'y arrêter puis s'adressant à ses belles-sœurs :

— Mes amies, que diriez-vous d'aller à pied à Trianon. Il me semble qu'après tant d'immobilité une course nous ferait le plus grand bien avant le souper qui nous y attend.

L'effet fut immédiat. Tout le monde applaudit à l'exception de Madame et de la comtesse de Provence qui refusèrent tout net de nous accompagner :

— Ma chère sœur, vous irez de votre côté et nous vous rejoindrons en chaise. La seule pensée de vous suivre nous épuise tout à fait.

Je ne tardai pas à comprendre les raisons de leur refus. La Reine, qui avait pris le bras du duc de Lévis, nous entraîna à sa suite à une allure fort soutenue si l'on songe aux adorables souliers qu'Elle portait et qui ne semblaient guère indiqués pour une promenade au train où Elle allait. Mais, se défiant des trous et des racines qui, çà et là, rendaient les allées moins aisées, Elle nous mena ainsi jusqu'au canal et là, prenant un chemin de traverse, nous conduisit triomphalement à son petit château pour nous en faire les honneurs.

Notre arrivée provoqua quelque émoi parmi le service qui ne nous attendait pas si tôt. Le concierge, qui s'était précipité pour accueillir la Reine, lui fit une espèce d'excuse que Sa Majesté prit avec beaucoup de gentillesse, l'assurant qu'Elle mettrait à profit le temps qui nous restait pour jeter un œil à ses travaux. Sur une pelouse, une grande tente était apprêtée pour le souper. Des garçons portant la livrée de la Reine, rouge et argent, couraient entre les cuisines et les buffets pour charger ces derniers.

Mais à peine avions-nous fait quelques pas que j'aperçus l'ampleur des changements qui bouleversaient le paysage que j'avais connu. Une rivière enserrait une île, plantée de pommiers-paradis et de rosiers pelote-de-neige, qui abritait désormais une rotonde avec en son centre une statue de l'Amour adolescent taillant un arc dans la massue d'Hercule[1]. Le jardin anglais que je découvrais répondait à la folie du jour pour le retour à la nature. Assurément M. Rousseau devait être bien heureux d'observer de là-haut les effets de sa douce philosophie sur les ordonnancements du passé.

Les arbres d'espèces rares voulus par Louis XV avaient été arrachés et replantés à Paris[2] ; à leur place

1. Le Temple de l'Amour.
2. Aujourd'hui au Jardin des Plantes.

s'étalaient des prairies, un champ de blé et un lac sur lequel on apercevait, parmi les barques et les gondoles, un yacht arborant le pavillon de la Reine. La grande serre chaude, connue dans toute l'Europe pour la rareté de ses espèces, avait cédé la place à des montagnes assez hautes, presque naturelles, et à un grand rocher surmonté d'un élégant salon octogonal en pierre tandis qu'une rivière, dont le cours disparaissait par endroits, coulait à ses pieds. Les changements apportés à ces lieux faisaient autant mon admiration que mon étonnement. On se croyait à cent lieues de la Cour et pourtant on apercevait au loin les arbres du Grand Parc qui formaient véritablement un écrin sur lequel les nouvelles constructions se dessinaient avec toute la légèreté voulue par leurs auteurs.

A notre vue, un homme fort bien mis vint à notre rencontre ; c'était M. Mique, l'architecte chargé par la Reine d'effectuer tous ces changements. Sa Majesté l'écouta avec attention et l'entreprit sur des détails qui montraient combien Elle portait d'intérêt aux travaux de son jardin. Car il est bien vrai qu'Elle était chez Elle à Trianon : le Roi le lui avait offert peu de temps après leur mariage et tout le rappelait : les panneaux à l'entrée affichant les consignes « de par la Reine », la livrée de ses gens, l'uniforme des invités dont nous étions dispensés ce jour-là, n'ayant pas été prévenus.

L'architecte s'inclina avec un infini respect et la Reine nous rejoignit. J'étais le seul à ne pas connaître l'intérieur de ce ravissant pavillon qu'on appelait belvédère. Sa Majesté proposa qu'on m'en fît les honneurs et, tandis que quelques-uns préféraient nous attendre et s'asseoir au bord de la rivière, Madame Elisabeth, la comtesse Diane et la Reine m'y entraînèrent en passant par un pont couvert de bacs de juliennes et de giroflées. Je ne peux m'empêcher de me souvenir avec émotion de la première fois où j'en franchis le seuil. Les portes-fenêtres étaient grandes ouvertes et il régnait une fraîcheur qui surprenait en venant de l'extérieur.

Tout était ravissant, léger et gracieux. Les sujets des frontons, ici une chasse aux canards, là une couronne de roses entourée de feuilles de chêne et de laurier, un faisceau d'instruments de jardinier ou un trophée de gibier, répondaient aux bas-reliefs qui représentaient les saisons. Plus loin, les trumeaux peints de trophées reprenaient les mêmes thèmes et les développaient. On y avait ajouté des instruments de musique, des outils de pêche, des flambeaux, des carquois, des cages ouvertes, des chapeaux de paille...

L'élégance de leur dessin était soulignée par les murs couverts de stucs ; au plafond des Amours jouaient avec des fleurs parmi de légers nuages qui se détachaient sur un ciel bleu très pâle, tandis que le sol était pavé d'une mosaïque de marbre bleu turquin, vert, rouge et blanc veiné. Sur une table, il y avait un long vase de porphyre d'où semblaient vouloir s'échapper des roses dont le parfum embaumait le salon. Sur une autre étaient disposés un flacon, des verres et des biscuits qu'une main invisible semblait avoir posés.

La comtesse Diane poussa un cri joyeux à la vue de cette collation impromptue, tandis que la Reine nous servit elle-même comme l'eût fait n'importe quelle maîtresse de maison dans n'importe quelle maison. Je ne cachai pas mon ravissement devant ce pavillon qui était une merveille de fraîcheur ; de ses fenêtres, nous apercevions tout le petit domaine, décidément bien gracieux. Ses arbres nouvellement plantés étaient encore maigres, mais l'on devinait tout l'agrément que l'on en tirerait. Dans dix ans, ce seraient déjà de beaux sujets et l'été 1793 serait si vite là que l'on serait alors étonnés en tentant de se souvenir de l'époque où ce jardin semblait encore un peu trop neuf.

1793... Je ne puis m'empêcher de pleurer les projets que nous avons faits et ce qu'ils sont devenus, au souvenir de ces jours où les impressions nous tenaient lieu de réflexion. Mais je ne dois pas me laisser écarter du cours de ce récit que je vous ai promis.

De quoi parlions-nous tout en marchant ? Je ne saurais vous le dire aujourd'hui. C'étaient sans aucun doute ces propos légers que l'on échange par un soir d'été où tout semble être guidé par la félicité. Moi-même, d'un naturel à l'ordinaire peu bavard, me laissais surprendre à parler plus que de coutume. La gaieté de la Reine, la douceur de Madame Elisabeth et l'effronterie de la comtesse Diane, dont je découvrais par ailleurs la richesse d'une conversation qui m'étonna, auraient rendu bavard l'ermite le plus décidé. C'est presque à regret que je nous vis rejoindre le groupe et porter nos pas vers la tente où nous attendait le souper.

Un peu partout, on disposait des terrines [1] qu'on allumerait à la nuit tombée ; le bel ordonnancement des parterres à côté du petit château s'accordait aux treillages et aux charmilles qui les délimitaient, offrant des lignes que l'on aurait pu croire trop sages si le joyeux fouillis de leurs fleurs étalant pêle-mêle leurs roses passés, leurs bleus de ciel, leurs blancs nacrés n'avait offert un concert de couleurs dans un désordre de verts de toutes les nuances.

Le Roi était déjà là, assis parmi ses frères et ses belles-sœurs, et vint à notre rencontre dès qu'il nous aperçut. Il embrassa la Reine avec effusion comme s'il ne l'avait pas vue depuis longtemps, ce qui m'amusa beaucoup. Cette familiarité formait un contraste saisissant avec la raideur de maintien qu'imposait le cadre de Versailles. Un peu gêné de n'avoir pu déposer plus tôt mes hommages aux pieds de Sa Majesté, je fus cependant assez bien accueilli. Le Roi me fit une espèce de phrase que je crois encore entendre :

— On m'a dit que vous étiez venu mais je me réjouis de voir que vous avez trouvé le meilleur de moi-même, me dit-il en regardant la Reine et en éclatant d'un rire

1. Vase à fond plat de peu de hauteur garni d'une mèche et empli d'huile.

que je trouvai bien sonore. J'avoue ne pas avoir su ce qu'il fallait en penser.

Monsieur était plus énorme que jamais ; c'était à se demander comment il pouvait mettre un pied devant l'autre. Ce ne pouvait être qu'au prix d'un immense effort. Je pris sur moi pour aller présenter à ce prince aussi pédant que faux, selon la formule consacrée, l'expression de mon profond respect. Assis de façon à n'être vu que de ceux qui l'intéressaient mais à pouvoir faire ses observations tout à loisir, il m'accorda une parole distraite et poursuivit sa conversation comme si je n'existais pas. Je retrouvai en revanche avec un plaisir partagé le comte d'Artois qui, bien que toujours aussi content de sa personne, offrait l'avantage d'une compagnie plus joyeuse.

Le deuil qui aurait dû l'affecter semblait n'avoir produit aucun effet sur lui. Il est vrai que la comtesse d'Artois affichait de la tristesse pour deux au point que l'on en était tout à fait gêné. Lui, avec cette amabilité légère qui plaît aux femmes, narrait avec enthousiasme les nouveaux embellissements de sa folie de Bagatelle, s'interrompant seulement, et j'y fus sensible, pour me prier de la venir admirer quand cela me serait agréable.

Des comédiens récitèrent des proverbes ; puis ce fut aux musiciens de meubler cette nuit d'été. L'air était toujours aussi lourd et pas une étoile ne brillait dans le ciel qui promettait de l'orage. Souvent je croisais le regard de la Reine ; je me sentais envahi d'un sentiment étrange que je ne pouvais définir. La conversation que nous avions eue une couple d'heures auparavant ne cessait de m'étonner ; je n'étais pas tout à fait sûr de ne l'avoir pas rêvée.

Je songeais à notre père qui, quarante ans plus tôt, avait eu en France un régiment à son nom. Je songeais à nos aïeux, Gustave et Odon de Fersen, qui s'étaient battus aux côtés de Louis XIV. La pensée d'être propriétaire du fameux Royal-Suédois, régiment français dont l'origine remontait à la bataille de Fleurus, livrée en 1690, me confondait d'un bonheur que je devais, tout entier, à la bonté de la plus aimable des souveraines.

Loin de m'arrêter aux difficultés qui allaient surgir pour réaliser ce rêve, je prenais un goût infini à cette soirée intime à laquelle j'avais été admis. La duchesse de Polignac, pas plus que son ami le comte de Vaudreuil ou quelque autre membre de leur coterie, n'en était. Seule la comtesse Diane était présente mais je devinais que son service auprès de Madame Elisabeth plus que sa personne avait justifié sa présence.

25.

Comment ne pas être ébloui par une faveur aussi publiquement recherchée que celle que la fortune mettait sur ma route ? Car il ne fallait pas avoir une grande connaissance de la Cour pour sentir combien la soirée à laquelle j'avais été convié était une grâce qui n'avait pas de prix. Comme telle, elle ne pouvait me procurer que des inimitiés, et ne souhaitant pas me les attirer, je fis en sorte que ma présence ne fût point sue. Je m'abstins de m'en vanter auprès d'Eric de Staël, même si je logeais chez lui et le voyais assez souvent. Je me gardai surtout d'en répandre le bruit auprès du baron de Breteuil, car malgré la confiance que le Roi et la Reine lui accordaient, je craignais de sa part des indiscrétions qui eussent pu me brouiller avec la société de Mme de Polignac. Quoique ne cherchant pas à la cultiver, j'évitais, n'étant moi-même pas assuré de la durée de ma propre faveur, de m'attirer l'inimitié d'un cercle qui semblait avoir encore bien du crédit auprès de Leurs Majestés. Aussi quand, à quelques jours de là, le baron de Breteuil me fit part de l'invitation de la Reine de passer l'après-dînée à Versailles, je m'enquis auprès de lui des usages en la matière comme si je m'y rendais pour la première fois.

En cet été 1783, il n'y avait plus personne à Versailles pendant la semaine. Aussi les rares courtisans qui pensaient faire le voyage préféraient y renoncer que de trouver un palais déserté. Ceux qui cependant étaient conviés avaient la joie de partager des plaisirs simples dont je garde un souvenir ému. En ce mois de juin finissant, on ne parlait que du temps qu'il faisait car l'on ne concevait rien à ce qui se produisait. La pluie, qui pendant tant de semaines était tombée sans interruption, avait cessé et ne contrariait plus la fenaison, mais le soleil ne paraissait qu'à travers une brume dont l'odeur était forte et désagréable. La chaleur était aussi grande que si le ciel était serein ; aussi les promenades sur le canal furent-elles recherchées entre toutes.

Les somptueux vaisseaux du temps de Louis XIV, réduction étonnante de sa flotte que j'avais admirée lors de mon premier séjour en France, avaient disparu, mais le coup d'œil demeurait magnifique. Les barques élégantes et les gondoles luxueuses qui les avaient remplacés offraient le plus joli des tableaux et le divertissement le plus agréable. Abandonnant chaises et voitures légères, nous nous retrouvions non loin d'un ensemble de maisons que l'on appelait la Petite Venise, parce que d'authentiques gondoliers de la Sérénissime République logeaient aux côtés des matelots et de l'ensemble du personnel chargé de l'entretien des bateaux remisés en ce lieu. Quand nous étions enfin assemblés, nous embarquions ; sur les pontons, les pages tenaient la main de l'une, portaient l'ombrelle de l'autre, sauvaient une étoffe qui manquait de se prendre dans un taquet.

Les affinités, mais aussi les absences, réglaient les équipages. Le duc de Coigny avait délaissé la comtesse de Chalon ; la comtesse d'Andlau et la marquise de Coigny, belle-fille du duc, ne se quittaient plus et étaient sur le moment de partir en Angleterre pour un court séjour ; le comte d'Artois s'apprêtait pour les Pays-Bas et arborait ce jour-là un frac de basin[1] anglais « couleur

1. Etoffe croisée dont la chaîne est de fil et la trame de coton, ce qui donne des effets de bandes longitudinales.

américaine ». Je m'entendis désigné pour monter sur le yacht de la Reine et m'étonnai de ne pas m'en trouver plus surpris.

Nous étions quatre ou cinq admis à la même grâce. La duchesse de Fitz-James s'assit à côté de la Reine et s'abstint de toute remarque quant à ma présence. Je lui en sus gré. Mme de Polignac, qui visiblement avait agacé Sa Majesté par son retard pour lequel elle n'avait pas même daigné présenter des excuses, était montée sur une autre gondole avec son cher Vaudreuil qu'elle avait enfin retrouvé. Le bonheur donnait à sa physionomie un air de fraîcheur qui la rendait gracieuse, et sans son goût détestable pour l'intrigue, je puis vous confier que j'aurais conçu de l'intérêt pour tant de charmes réunis sur ce beau visage.

Les silhouettes des gondoliers coiffés de leurs bonnets de velours noir se détachaient sur l'eau dont la couleur se confondait avec celle du ciel ; leurs vestes de taffetas cramoisi relevées de parements or et argent soulignaient l'élégance naturelle de leur geste quand, sans un bruit, ils enfonçaient leur rame dans l'onde et la laissaient glisser, comme si l'embarcation qu'elle emportait n'avait pas de poids.

Le temps n'avait plus de prise sur nous quand, assis sous une tente en damas garni de franges et de crépines [1], nous nous laissions mener au gré de nos caprices vers Trianon ou vers la Ménagerie ; une collation nous y attendait quand elle ne nous avait pas été servie à bord. Non loin de nous, dans une barque qui leur était attribuée, des musiciens jouaient inlassablement de leurs violons et de leurs hautbois, indifférents à nos rires et à nos clameurs. La gaieté présidait à ces après-dînées dont mon souvenir n'a perdu aucun instant. Je n'ai jamais bien su ce que les hommes appellent le bonheur, mais je crois qu'il doit parfois prendre les apparences

1. Passementerie, tissée et ouvragée.

de l'agrément que nous procuraient ces instants d'insouciance.

Pourtant, je surpris à plusieurs reprises la Reine laissant échapper un soupir. Je la regardais à la dérobée et croyais lire sur la courbe de ses lèvres un mélange d'ennui et de tristesse. C'était un mouvement si peu perceptible que la première fois, je crus m'être trompé ; mais quand il se renouvela, je n'eus plus aucun doute : la Reine, malgré tout le mal qu'Elle se donnait pour le paraître, n'était guère heureuse. C'est alors que je la trouvais la plus intéressante.

Bien des personnes, pour l'avoir souvent approchée, vous diront combien la Reine n'était pas aussi belle qu'on le prétendait. C'était peut-être encore plus vrai dans ces moments où, indifférente aux regards, Elle n'hésitait pas à les braver en exposant un front qui se fermait et une lèvre définitivement boudeuse. Mais peu m'importait. Je regardais sa beauté un peu lourde mais ne la voyais pas. J'entendais ses propos souvent légers, parfois cassants, toujours animés par la franchise, rarement par la méchanceté, mais ne les écoutais pas.

Entièrement dominé par un sentiment que je ne maîtrisais pas, je bénissais tout ce qu'Elle touchait, applaudissais à tout ce qu'Elle disait, en un mot me conduisais comme un jeune homme bien sot qui refuse les signes d'un amour naissant. Mais loin de moi était seulement cette idée puisque j'étais tout à ma passion, ou que je croyais telle, pour Mme de Matignon dont la séduction exerçait sur mes sens l'effet d'un puissant poison. Aujourd'hui, j'étais à Versailles auprès de la Reine ; demain, je serais à Dangu, dans la campagne de M. de Breteuil, et je croyais mourir d'impatience à l'idée de m'y rendre. Avant de revoir la Reine, je ne pensais pas à Elle ; à peine étais-je en sa présence, je ne voyais plus qu'Elle. Je ne savais ce que je désirais.

Je partis en Normandie retrouver la ravissante Mme de Matignon au moment où la nouvelle nous parvint de la chute de cheval de Sa Majesté Gustave III alors qu'Elle débarquait en Finlande pour y rencontrer l'impératrice de Russie. Pour s'être cassé le bras dans l'aventure, le Roi donna l'occasion facile à tous ceux qui prisaient le théâtre français d'aller partout répandant ce vers de Molière : « Qu'allait-il donc faire dans cette galère ? »

L'anecdote fit beaucoup rire mes hôtes, même si le baron de Breteuil ne fut guère dupe de ce que son caractère bouffon cachait aux yeux de tous. Je ne pus nier que Gustave III voulait attaquer le Danemark pour récupérer ses provinces perdues, mais, avant d'entreprendre quoi que ce fût, il tenait à s'assurer de la neutralité bienveillante de sa dangereuse voisine.

M. de Bombelles, qui comme moi avait été prié à ce séjour, admirait fort le baron de Breteuil, mais était loin d'en avoir l'intelligence et encore moins l'esprit. Homme de grand mérite mais de fortune très diminuée, il consacrait beaucoup de temps à tâcher de la réparer, et passait ce qui lui restait comme moments de libre à prendre très au sérieux tout ce qui était à portée de son champ d'observation. Nous ne nous connaissions guère, mais il saisit le prétexte de ce que son père, jadis, avait connu le mien pour me faire un petit discours sur l'inconvénient qu'il y a de faire rire aux dépens de ses maîtres. Je pris la leçon avec beaucoup de patience, l'assurant que tout le monde me savait trop attaché à Sa Majesté pour me soupçonner de moqueries, quand seul le mot des courtisans m'avait paru plaisant. Je jurai de me garder de la société de celui que je baptisai d'emblée « le chevalier de la triste figure [1] » sans pouvoir deviner que le baron de Breteuil, lui et moi allions être un jour unis pour une cause qui nous dépasserait.

Notre société formait le plus curieux assemblage. Réunis sous le prétexte de la chaleur qui accablait Paris et de la monotonie qui envahit cette ville dès qu'elle se

1. Surnom donné à Don Quichotte.

vide avec les premiers beaux jours, la plupart des habitants de Dangu avaient pour point commun d'être là pour tromper leur attente. M. de Breteuil attendait d'entrer dans un ministère. Lequel ? Peu importait à ses proches pourvu qu'il en eût un. On avançait son nom pour la Marine, lui rêvait de la Maison du Roi et intriguait en ce sens auprès de la Reine qui lui était favorable. M. de Bombelles vivait dans l'espoir d'une ambassade qu'on lui agitait depuis de longs mois. Moi-même avais la tête emplie par le Royal-Suédois dont on m'avait laissé espérer la jouissance. Avant de partir, je m'étais prêté au jeu des lettres et des démarches qu'il importe d'accomplir sur la route du succès.

Pour ma part, l'attente prit les formes du plus agréable séjour que l'on peut concevoir. A peine étions-nous arrivés, la maîtresse de maison me fit les honneurs du lieu au-delà de mes espérances. Elle me montra le parc, me pria de l'accompagner à ses visites de voisinage et dès le lendemain, j'étais agréé à assister à sa toilette. M'attendant à trouver tous nos amis conviés, je n'avais guère bâti de roman sur une invitation qui, en France, était très répandue. Mais quand en entrant dans son cabinet, il m'apparut que j'étais le seul convié, je ne balançai pas un moment sur le parti qu'il convenait de prendre.

Les soins accordés à son teint prirent un temps infini pendant lequel elle s'interrompit dix fois, éclatant de rire, écoutant une remarque, laissant en échapper une, tandis que sa houppette légère et soyeuse, gonflée d'une poudre immaculée, caressait sans fin des traits que les années ne tarderaient pas à altérer. Quand l'ensemble eut atteint une carnation d'une pâleur extrême, elle choisit dans un écrin de velours cendré un petit couteau d'argent de la longueur d'un doigt pour ôter soigneusement la poudre qu'elle venait de poser. La lame se jouait d'un rayon du soleil dans le miroir de sa table de sorte que tout son cabinet était constellé d'une myriade de gouttes d'or ; elle ne cessa de danser sur sa peau jusqu'à lui donner la clarté diaphane espérée.

Une de ses femmes ayant déposé à ses côtés un grand coffret de marqueterie, elle l'ouvrit avec grâce, laissant apparaître six pots de rouge à côté desquels se trouvait une petite boîte remplie d'une pommade très sombre. Mais quand elle en eut pris sur son doigt et l'eut étalée sur ses joues, c'était le plus beau rouge qu'on pût voir. D'un rubis franc, il en avait l'intensité et la transparence qui permettaient d'aviver les traits sans les surcharger. Picorant dans chacun des pots, elle prit soin de l'augmenter par degré avec un art qui n'était pas sans me rappeler celui de la comtesse de Brionne à sa toilette.

Quand elle eut achevé, elle disparut derrière un paravent pour finir de se préparer. De mon fauteuil, je ne voyais que son visage s'agiter au-dessus d'un paysage semé de ruines et de bergers, mais je ne perdais rien de ces bruits légers qui traduisent l'état d'avancement de la cérémonie. Le déshabillé glissa pour s'évanouir à ses pieds en un son vaporeux, et mat. Je fermais les yeux et confiais à mon imagination le soin de deviner le goût de sa peau quand, tirant prétexte de l'absence de sa femme de chambre pour l'aider à la lacer, elle me pria, avec un air indifférent mais beaucoup de grâce, de tenter de la remplacer. Je fis à ma façon, qui n'eut point l'heur de déplaire. C'est ainsi que Mme de Matignon eut la bonté de commencer par m'accorder ce que la plupart des femmes finissent pas céder.

J'acceptai un don qui eût pu être plus mal employé. Je rendis grâce au ciel de cette facilité qui me détrompa tout à fait sur la nature de ma passion. En la ramenant à une mesure qui n'avait plus grand chose à voir avec l'idée que je me faisais de l'amour, j'éprouvai une sorte de soulagement qui était bien du contentement. Allons ! Si les sens étaient enchaînés, le cœur restait libre !

26.

Obtenir le Royal-Suédois devint l'obsession de mes journées. Les prétentions du comte de Sparre, soutenues par Madame Adélaïde, tante du Roi, étaient supérieures à celles que je m'étais figurées. Au prix de cession traditionnel fut ajoutée la condition d'être décoré de l'ordre des Séraphins. Quand on songe que seuls vingt-quatre chevaliers appartenant à la famille royale ou à la plus haute noblesse étaient décorés de cet ordre, le plus prestigieux de notre pays et qui date du XIIIe siècle, on peut concevoir ce que cette exigence avait d'exorbitant.

Ajoutez que mes moyens ne me permettaient pas encore de faire une telle acquisition sans l'aide de notre père, et vous concevrez sans peine combien tout cela pouvait me préoccuper. La somme de cent mille livres que représentait cet achat était importante et, malgré l'état de sa fortune que je savais brillant, je redoutais l'accueil qui serait réservé à ma nouvelle demande. Pour me l'être régulièrement entendu répéter, je n'ignorais pas tout ce que mon éducation, puis ma campagne en Amérique, lui avaient déjà coûté. Je devinais que l'idée de me voir trop longtemps éloigné de notre pays le remplissait de chagrin. Ce n'était pas sans appréhension que je m'étais résolu à lui écrire, sentant combien ma promesse de rentrer à l'automne pour passer l'hiver avec lui représentait une faible compensation au regard des nouveaux sacrifices que je lui imposais.

Je fis appel à vous. Sans véritablement tout vous avouer, je vous suppliai d'engager notre père à consentir à un projet qui ferait le bonheur de ma vie. Je ne vous cachai pas que si cela pouvait se réaliser, je serais le plus heureux des hommes. Tant d'ardeur ne manqua pas de vous surprendre et de vous convaincre du soutien dont j'avais besoin. Je ne manquai pas d'écrire dans le même sens à mon cher comte de Creutz qui, souffrant de la goutte et de l'ennui à Stockholm, était bien à plaindre.

Mais c'est en notre souverain que je devais trouver l'appui le plus ferme. Je n'avais pas oublié l'intérêt que Gustave III portait à tout ce qui venait de la Reine. Aussi lui avais-je fait part sans détours des avantages qui résulteraient pour lui et pour moi si j'avais un régiment qui, n'exigeant pas de résidence, me permettrait de compléter mon expérience en France et me laisserait six mois de l'année pour lui faire ma cour.

En classant il y a peu de temps des papiers de notre père, j'ai découvert la lettre que Sa Majesté lui avait écrite et qu'il se garda de me montrer. Sa première réaction avait été celle que j'avais redoutée : un refus qui semblait sans appel, tant sa colère était grande de me voir m'engager une nouvelle fois loin de la Suède aux dépens de sa fortune. Je ne peux résister au plaisir de vous copier cette lettre qui montre avec éclat la finesse, l'intelligence et la bonté d'un roi dont je ne cesse de déplorer la perte. Elle est datée du 25 juillet 1783, de Drottningholm où il se reposait des conséquences de sa mauvaise chute de cheval.

Monsieur le comte de Fersen,

Je viens de recevoir hier votre lettre du 17 juillet et les deux incluses du jeune comte Axel. Je sens toute la joie que doit vous causer le retour d'un fils qui remplit avec tant de succès les espérances que vous avez eu le droit de vous former de lui, et je vous assure que mon amitié pour tous les deux la partage.

Je ne peux m'empêcher de sourire à la lecture de cette dernière phrase quand je songe à la nature des liens qui les liaient, où le respect et la méfiance l'emportaient sur la confiance et l'affection.

Je conçois aussi les inquiétudes qu'un cœur paternel peut sentir, en craignant de se voir séparé pour longtemps d'un fils qui doit lui être cher à tant de titres, mais, mon cher Comte, il me paraît qu'on peut concilier facilement vos désirs et les siens et, en lui accordant sa demande, l'enchaîner plus sûrement ici qu'en la lui refusant.

Il s'agit d'une fortune[1] *solide et qui rejaillit sur toute votre maison, puisque je crois être sûr de pouvoir obtenir la survivance*[2] *pour votre autre fils*[3]. *La place que votre aîné occupe dans les deux premiers corps de ma maison l'obligeant à demeurer une partie de l'année près de moi et dans sa patrie, en donnant six mois à la France, il conservera le régiment que ses services et la faveur de la Cour de France lui donnent dans ce moment-ci. Vous et moi, nous aurons le plaisir de le voir la moitié de l'année et lorsque l'âge, un établissement sérieux, des enfants le retiendront plus dans sa patrie, il fera passer sur la tête de son fils ou de son frère ce même régiment que ses campagnes d'Amérique lui méritent aujourd'hui.*

Il me paraît que ce serait vous rendre un mauvais office de vous déconseiller un établissement aussi honorable que solide. Pour mon particulier, j'ai des raisons d'Etat qui me font regarder cette affaire comme infiniment avantageuse, et j'en écris à M. de Staël dans ces termes. J'exige seulement six mois de résidence en Suède par année comme une chose indispensable quand cet arrangement sera réglé entre les deux Rois[4]. *Il me paraît que ce sera une plus grande sûreté pour vous de posséder votre fils que s'il dépendait ou de sa volonté ou de la vôtre.*

---

1. Chance.
2. Privilège donné par le roi de succéder au titulaire d'une charge non vénale.
3. Axel avait un plus jeune frère, Fabian.
4. Louis XVI et lui-même, Gustave III.

Au reste, mon cher Comte, j'espère que vous reconnaîtrez dans tout ceci l'amitié et l'intérêt que je vous porte à tous deux, et c'est avec ces sentiments que je prie Dieu qu'il vous ait dans sa sainte et digne garde, étant, Monsieur le comte de Fersen,

Votre très affectionné ami

Gustave[1].

Notre père dut recevoir ces lignes, peu conformes à ce qu'il pensait alors que je lui annonçais de surcroît que le projet d'union auquel il tenait tant avec Mlle Leijel appartenait définitivement au passé, puisqu'elle était mariée. Cette nouvelle, qui ne pouvait que décevoir ses espérances, m'avait enchanté, m'assurant qu'on ne m'en parlerait plus.

Sachant cependant combien notre père souhaitait vivement me voir prendre un établissement[2], je lui avais soumis, tandis que j'étais encore en Amérique, l'idée d'un éventuel mariage avec la fille de M. Necker. Elle devait avoir quatorze ou quinze ans, était protestante comme nous, fille unique, élevée dans la maison de son père, loin du grand monde dont elle ne pouvait avoir encore pris le goût, du moins je le croyais. On la disait même élevée avec soin par une mère qui passait pour une femme d'esprit et semblait en état de lui donner une bonne éducation. Je ne l'avais vue qu'une fois en passant. Je ne me souvenais pas très bien de sa figure[3] ; il me semblait qu'elle n'avait rien de désagréable et qu'elle n'était pas contrefaite.

Quand je la revis à mon retour à Paris, je fus effrayé de la légèreté avec laquelle j'avais pu concevoir semblable projet. Mlle Necker avait une fortune immense certes, mais qui ne suffisait pas à faire oublier qu'elle était un

1. Cette lettre était rédigée en français, comme l'ensemble de la correspondance de cette époque.
2. Se marier.
3. Allure générale.

laideron affligé d'un visage épais auquel elle ne pouvait pas grand-chose, d'un teint bourgeonné qui n'arrangeait rien et d'un esprit ampoulé qui gâchait définitivement tout. Je ne pus que me réjouir sincèrement en apprenant que Staël, qui avait bien besoin de la fortune du banquier genevois pour compléter la sienne, s'était entiché de sa fille. Je la lui cédai bien volontiers et, pour y échapper définitivement, je n'hésitai pas à promettre à mon ami de faire tout ce qui serait en mon pouvoir pour l'aider dans ses aspirations. Plusieurs années allaient être nécessaires pour qu'il l'emportât, mais à cette époque j'étais loin de me douter du prix que cette alliance allait coûter à mon pays et de tout le mal qu'allait faire Mlle Necker, devenue Mme de Staël, comme ambassadrice de Suède à Paris.

Les fêtes données à l'occasion de la réception de l'ambassadrice d'Angleterre à Versailles m'avaient permis de voir la Reine journellement. Pendant deux semaines, la presse avait été de nouveau si intense à Versailles qu'elle nous avait fourni une multitude d'occasions de nous glisser un mot, d'échanger un propos sans que personne fît attention à notre manège. Oh, cela ne s'apparentait pas à des conversations, encore moins à des confidences ! Mais que nous importait !

Dans la galerie, à la promenade, au sortir du spectacle, à Trianon, de petites phrases lancées comme de simples notes, mises bout à bout, composèrent une confession dont nous seuls avions la clef. Vous devinez combien ces petits morceaux, s'ils avaient été jugés à l'aune du temps que nous avions passé à les échanger, eussent été ridicules. Mais leur vraie mesure était celle de la ferveur, celle que deux êtres mettent en découvrant qu'ils ne peuvent se passer l'un de l'autre. La Reine m'avoua que ma présence lui était précieuse. Je ne tardai pas à lui confier que la sienne me devenait indispensable.

Sans m'en étonner, sans en tirer vanité, j'avais accepté

son aveu comme s'il eût été naturel. Nos situations ne permettaient d'en tirer aucun espoir mais, indifférents à cet empêchement, nous n'y songions pas ou plutôt, je sentais trop combien je ne pourrais jamais être à la seule personne à qui je voulais appartenir désormais, la seule qui m'aimait véritablement. Aussi je ne voulais être à personne. C'est à ce moment-là que je pris mon parti. Les projets matrimoniaux auxquels j'avais fait l'effort de songer n'ayant pas abouti, j'espérais qu'on ne m'en trouverait aucun autre. Je voulais ne jamais former le lien conjugal, il était pour moi contre nature.

Je sens encore combien mes propos vous choquèrent et vous ravirent tout à la fois. Vous-même étiez bien malheureuse auprès d'un mari que vous n'aimiez pas et souffriez de ne pouvoir être totalement à votre cher Taube qui vous le rendait bien. Qui mieux que vous pouvait comprendre ce que nous ressentions ? Vous n'alliez pas tarder à être la confidente de ce que nous vécûmes, et qui, par-delà la mort, nous lie encore.

Quand je reçus à la fin du mois de juillet une lettre du comte de Creutz m'annonçant que le Roi et notre père avaient consenti à tout, mon bonheur fut sans limites. La nouvelle me parvint un matin que je ne suis guère près d'oublier. L'horrible chaleur, qui avait régné pendant tout le mois et dont je vous ai tant parlé, car elle était réellement insupportable, avait enfin donné lieu à l'orage que l'on n'espérait plus. Sans perdre un instant, j'avais fait atteler et j'étais parti, malgré la pluie et le vent, pour Versailles. Mais la Reine, souffrante, ne recevait point. Déçu, je m'en retournais quand un de ses valets me rattrapa pour m'annoncer que Sa Majesté m'attendait. Fou de joie et d'impatience, je le suivis, prenant sur moi pour ne pas courir.

On me fit entrer dans le Grand Cabinet qui avait été entièrement refait en mon absence. Cette pièce, très sombre auparavant, avait gagné en clarté et semblait plus spacieuse. Un satin blanc broché d'arabesques, de fleurs et de médaillons d'une finesse prodigieuse couvrait les murs, ornait les fenêtres et garnissait les sièges, tandis que tous les bois étaient sculptés de fleurs d'une légèreté incomparable. A l'extérieur, sur la petite cour, les balcons étaient débarrassés de tous les treillages qui dataient de la feue reine et assombrissaient les pièces. La porte s'ouvrit à nouveau, je crus que c'était Elle, mais ce n'était que sa première femme de chambre.

— Sa Majesté est souffrante et s'est retirée. Elle m'a prié de vous conduire jusqu'à Elle. Si vous voulez accepter de me suivre.

Versailles était un labyrinthe dont je ne cessais, à chacun de mes séjours, de découvrir de nouveaux dédales. Ce jour-là, en empruntant un escalier minuscule situé derrière la chambre à coucher officielle, nous passâmes par un entresol avant d'atteindre un billard qui devait être au-dessus des Cabinets de la Reine. Je reconnus la voix d'Esterhazy, ce qui ne m'étonna guère, ainsi que celle d'Arthur Dillon, ce qui me fit plaisir car je ne l'avais pas revu depuis le siège de York[1]. Tous deux jouaient avec le Roi. Le passage était étroit et nous étions bien nombreux pour des pièces assez petites et surtout très meublées. A l'entrée du salon du billard, je m'inclinai mais renonçai à entrer car une dizaine de joueurs faisaient déjà leur société ; je me laissai conduire jusqu'à la Reine qui était installée à quelques pas. Je traversai une antichambre minuscule et me retrouvai dans une chambre qui n'était guère plus grande. La Reine, allongée sur un lit, conversait avec la princesse de Lamballe qui, après un mot gracieux à mon égard, se leva et demanda à se retirer. A peine était-elle sortie que je m'enquis :

— Madame, je ne me serais guère permis de me présenter auprès de Votre Majesté si je l'avais sue souffrante.

La Reine sourit et me dit avec un air très doux :

1. Yorktown.

— Asseyez-vous, cher comte, et faites-moi une grâce. Lorsque nous sommes entre nous, point de Majesté, le « vous » suffira. Quant à mon état, il n'est guère alarmant...

Puis, après une seconde d'hésitation, Elle ajouta plus bas :

— Je sais que je puis compter sur votre discrétion et vous avouer qu'il est de ceux dont on se remet en neuf mois. Ne me félicitez pas, je ne trouve aucun agrément à des moments qui sont pourtant bien nécessaires pour faire le bonheur du Roi et de la France.

Et reprenant plus haut :

— Vous souhaitiez me voir ?

Quand je lui annonçai que Sa Majesté Gustave III avait consenti à tout, sa joie fut semblable à la mienne. Elle s'inquiéta de savoir si son aide me serait autrement utile, et je l'assurai que j'étais comblé, ce qui était bien vrai. Je lui cachai que, ne voulant trop attendre de notre père qui faisait encore des embarras, je m'étais arrangé avec le baron de Breteuil et avais accepté l'offre qu'il m'avait faite de m'avancer la somme dont j'avais besoin, en me priant de ne pas me soucier du moment où je la lui rembourserais.

La porte ouverte sur l'antichambre, où la première femme de chambre travaillait à son ouvrage, ne laissait pas ignorer une conversation dont le fond n'avait rien de confidentiel. Comment aurait-elle pu l'être alors qu'au même moment l'orage, qui n'avait cessé depuis le matin, redoublait de violence ? Nous en parlions, nous réjouissant de la fraîcheur qu'il apporterait, sans nous douter du degré qu'il allait atteindre. Hélas, il n'était que le messager d'une série d'une force extrême qui, pendant plusieurs semaines, allait occasionner dans toute la France des dommages considérables.

Bientôt on ne parlerait que de cela, tant il est vrai que l'exposé des misères que ces orages entraîneraient ne cesserait d'être terrifiant. Dans plusieurs paroisses, une grêle d'une prodigieuse grosseur allait détruire toutes les récoltes qui, la veille, offraient encore la plus belle apparence. Les arbres seraient arrachés ou cassés, les vignes dépouillées, les épis hachés, les cheminées renversées, les toits des maisons, des fermes et des moulins emportés. On ne compterait plus les personnes tuées ou blessées.

Touchée par tant de malheurs, la Reine, non contente de distribuer sur sa cassette personnelle, faisait Elle-même, chaque jour où Elle recevait, la quête en faveur des familles dont on lui rapportait les souffrances. Mais il y en avait tant et tant que c'était effrayant ; les orages, accompagnés de leurs pluies continuelles, se multiplièrent pendant tout le mois d'août. La France ne fut pas le seul pays gagné par ces maux terribles. Les nouvelles que je recevais de vous n'étaient guère meilleures. Dans certaines provinces de Suède, la grêle était tombée en des quantités elles-aussi impressionnantes, ravageant tout sur son passage ; l'on prévoyait déjà que le grain allait manquer.

Mais ce matin-là, loin de nous douter des misères qui menaçaient, nous devisions insouciants, tout au plaisir bien doux de parler sans contrainte. Un valet apporta des flambeaux qui furent acceptés avec empressement car le ciel couleur d'encre nous faisait nous croire en pleine nuit. Le Roi passa, s'informa de savoir si rien ne nous manquait, échangea quelques considérations sur le temps bien étonnant que nous avions depuis plusieurs semaines, et nous laissa.

La Reine me confia sa main que je serrai doucement dans la mienne, troublé par sa douceur. Mais ce moment ne dura guère car des bruits de pas, légers mais fermes, accompagnés de voix aiguës, un peu criardes, nous annoncèrent l'arrivée d'enfants. Quelques secondes plus tard, la jeune Madame Royale, accompagnée d'une petite fille que je ne connaissais pas, fit irruption dans la chambre ; Mme de Polignac les suivait et donnait la main au Dauphin. Je me levai, admirai un instant ce bel enfant de deux ans, aux yeux très graves, qui ne souffrait pas encore des maux qui allaient l'emporter, et me retirai à regret comme chaque fois que je quittais la Reine.

Chaque moment que je passais près d'Elle me laissait dans un état de bonheur dont il est difficile de vous donner une idée. C'était quelque chose d'intense, de rare, d'infiniment doux et qui ne ressemblait en rien à ce que j'avais connu jusque-là. Tant de félicité me déroutait. C'était comme une passion qui se serait nourrie de rien, de sourires échangés, de mains effleurées, à la clarté d'une bougie, dans un souffle de lune, dans un matin de soleil, dans la fumée du vent... C'était si insensé que je me demandais souvent si cette passion existait seulement. Car comment expliquer que, malgré cet amour dont je me disais chaque jour davantage pénétré, je ne me sentis pas assez attaché à Elle pour abandonner tout autre lien ? Comment se fait-il que l'agrément d'avoir touché un cœur comme le sien ne m'ait pas suffi ?

Dans mes lettres, je vous laissais deviner que j'avais trouvé l'âme sœur que je cherchais sans oser espérer la trouver. Malgré cela, dans le même temps, jamais je n'avais montré moins d'unité dans ma conduite. J'étais jeune, j'étais beau ; on me le disait, jugez du reste. Trois jours passés à Dangu m'avaient mené sur une pente que je ne devais plus avoir la force de quitter. Cela commença presque à mon insu, sans que je l'eusse vraiment décidé, cela devint une habitude que je ne devais guère abandonner. Le corps de mes amantes me devint aussi nécessaire que l'était le cœur de la Reine.

Aussi étrange et choquant que cela pourra vous sembler, je n'avais point honte de ma conduite. Il y avait deux hommes en moi : celui qui adorait la Reine, celui qui aimait les femmes, et je trouvais comme un supplément de bonheur dans un état qui me laissait libre. Ainsi, bien souvent, après avoir passé la nuit avec

Mme de Matignon, puis avoir déjeuné avec son père, je me laissais prier par lui pour l'accompagner à la Cour et distraire une Reine qui s'ennuyait si fort d'un été qui n'en finissait pas. Il s'achevait pourtant ; l'on revenait de sa campagne et la Cour se reformait à la perspective du voyage à Fontainebleau. Et puis, il y avait un nouveau divertissement en ces premiers jours de septembre.

Lorsque j'étais arrivé trois mois plus tôt, on ne parlait que de la paix. M. de Vergennes, ministre des Affaires étrangères, était au cœur de toutes les affaires et rien ne semblait pouvoir se faire sans lui. Le traité préliminaire entre l'Angleterre et les Provinces-Unies [1] et celui définitif entre l'Angleterre et les Etats-Unis d'Amérique septentrionale avaient été signés à Paris ; le lendemain s'était faite à Versailles la signature entre le roi d'Espagne et le roi d'Angleterre ainsi que celle entre ce dernier et le roi de France. Marlborough était devenu le héros de toutes les modes depuis la chanson composée à ce moment-là ; tout se faisait à la Marlborough : les rubans, les coiffures, les gilets et surtout les chapeaux. Même les constructions avaient cédé au caprice de la mode ; Trianon avait désormais, au bord du lac, sa tour qui en portait le nom et nous étions plusieurs fois allés pêcher à son pied.

Je repartais, et tout allait être « à la Montgolfier », du nom de l'inventeur de cet étonnant engin dont on commençait à s'engouer. Il faut reconnaître que ce fut un moment absolument extraordinaire que celui où, en une fin d'après-midi du mois d'août, nous vîmes pour la première fois à Paris un globe de taffetas enduit de gomme élastique de plusieurs dizaines de pieds de tour s'élever du Champ-de-Mars jusque dans les nues où on le perdit de vue. La découverte était si étonnante que le gouvernement jugea convenable d'en donner partout connaissance, afin de prévenir les terreurs qu'elle pourrait occasionner parmi le peuple.

1. Des Pays-Bas.

Pour le moment, c'était la distraction du jour, et après avoir vu s'envoler dans le ciel chien, chat, cochon et coq, on voulut les imiter et jouir à son tour de cette étonnante découverte. Le duc de Chartres ne fut pas le dernier à y monter, et moi-même désespérai de devoir partir si vite sans avoir pu me lancer. Mais Sa Majesté Gustave III avait œuvré en ma faveur et, après avoir moi-même porté sa lettre de recommandation au Roi dans son Cabinet, il me fallut me résoudre à tenir ma parole et à passer l'hiver dans mon pays.

Mes adieux à la Reine furent cruels. Elle m'avait prié de la rejoindre dans le bosquet des Bains d'Apollon. A quelques pas du château, non loin de Latone, à l'emplacement du jardin du Dauphin, s'élevait un lieu que je ne connaissais pas et qui pourtant semblait être là de toute éternité. Je poussai une grille que je n'avais pas remarquée tant elle était abritée des regards par l'abondante végétation qui l'encadrait ; après avoir fait quelques pas dans un chemin étroit et court, je débouchai sur une grande pelouse qui étalait nonchalamment ses formes arrondies jusques au pied d'un palais en ruine taillé dans la roche.

Au-dessus d'immenses piliers qui en formaient l'armature, des niches et des voussures offraient un décor grandiose de pierres et de végétaux. Le silence, qui semblait infini, se perdait dans la profondeur des grottes dont on apercevait seulement l'ouverture. Et pourtant, loin d'être écrasé par cette masse pétrifiée, il montait en moi une étrange musique que je ne m'expliquais pas. Un murmure frémit doucement aux pieds de deux groupes sculptés qui défiaient cette nature sauvage par la perfection de leurs formes, taillées dans le marbre le plus pur. Mais le murmure enfla, se glissa entre les interstices de la roche, lécha ses formes rêches pour emplir enfin toutes les cavités et devenir un chant impérieux. L'eau, si longtemps contenue, surgit soudain de pierres qui m'avaient semblé inertes. Des chevaux au repos s'abreuvaient, leurs naseaux frémissant au plaisir de la fraîcheur promise à leurs pieds ; un triton [1] avait posé son casque et retenait sa monture impatiente tandis que, un peu plus loin, Apollon confiait ses membres aux soins de ravissantes Néréides [2].

Le soleil de cette fin d'après-dînée dardait un rayon oblique dont la douce chaleur pénétrait mon manteau et me caressait le dos. Je ne sais combien de temps je serais resté à rêver devant ce spectacle grandiose si, doucement, je n'avais été tiré de ma contemplation par un parfum léger et fleuri que je reconnus aussitôt. L'un comme l'autre, nous nous gardâmes de faire un mouvement ; je fermai les yeux et me laissai pénétrer par une sensation de plaisir qui fit trembler tous mes membres. Quand je me décidai à me retourner et à la regarder, je la vis les paupières closes.

Ses traits parfaitement détendus offraient l'image d'une candeur que je ne lui connaissais pas ; il est vrai que la vivacité de son regard attirait généralement toute l'attention. Elle me regarda à son tour et, malgré la douceur de son sourire, je regrettais déjà l'instant passé. Nous étions seuls, enfin, et j'en étais véritablement étonné, mais je ne voulais pas parler. Je craignais que le moindre son ne rompît la magie de l'instant. Je pris ses mains dans les miennes et les contemplai longuement ; elles étaient longues et pleines, et avaient le velouté et la blancheur d'une rose à peine éclose. Je ne pus résister et, les portant à mes lèvres, je les baisai si doucement que je les effleurai à peine. Nous ne pouvions nous quitter des yeux, je vis son teint devenir incarnat. Craignant de l'avoir blessée, je m'interrompis aussitôt ; mais son sourire m'indiqua qu'Elle ne m'en voulait pas. Elle prit mon bras, et ce fut tout.

---

1. Divinité marine descendant du dieu Triton, représentée avec un corps d'homme barbu et une queue de poisson.

2. Divinités marines grecques, au nombre de cinquante, filles du dieu de la mer, Nérée.

27.

La montée jusqu'à la villa Doria-Pamphili fut plus longue que je ne l'avais cru, mais pour rien au monde, je ne m'y serais rendu autrement qu'à pied. C'était une dette de Rome envers moi ; j'avais exigé qu'elle me fût versée à son juste prix. Je marchais sur la via Aurelia loin devant Sa Majesté Gustave III et cela me réjouissait. Sa suite s'étiolait comme un ruban de poudre derrière nous ; chaque pas m'éloignait un peu plus d'eux et je trouvais un apaisement à savoir que bientôt je les perdrais au carrefour de deux grandes allées pour partir seul à la découverte de ce que j'étais venu chercher.

Personne n'avait compris que je voulusse consacrer tant de temps pour aller dans un lieu éloigné de tout, mais tous avaient décidé de m'accompagner, persuadés qu'il y avait quelque mystère à tant d'obstination. Le capitaine des gardes de Sa Majesté que j'étais devenu n'avait pas espéré une course solitaire, car il m'était rapidement apparu que la promenade à laquelle mon souverain m'avait convoqué il y avait plusieurs mois serait tout, excepté un moment de plaisir. Pourtant, ce matin-là, après des semaines consacrées à suivre ses desiderata perpétuellement changeants, j'avais décidé de me rendre à la villa Doria-Pamphili.

Le désir de la voir m'était venu un soir alors que le prince Doria nous avait conviés dans son somptueux palais de la piazza del Collegio Romano. Sa galerie, qui assemblait une des plus belles collections de grands maîtres que j'aie jamais admirée, était fascinante et grandiose à la lueur vacillante des torchères qui l'éclairaient. Nous étions arrêtés devant une Madone de Sassoferrato quand notre conversation se fixa, je ne sais par quel détour, sur l'art des jardins. Avais-je évoqué la mode qui, en France, sacrifiait les splendeurs de Le Nôtre à l'anglomanie ? Je le crois volontiers, car le prince Doria s'approcha de moi et me parla des jardins du palazzo di Belrespiro, sa résidence d'été bâtie un siècle plus tôt sur l'autre rive du Tibre par le pape Innocent X pour son neveu Camilio Pamphili.

Depuis cet instant-là, je n'avais songé qu'à une chose, m'y rendre. C'était comme une voix impérieuse et étrange qui me guidait ; il me fallait répondre à son appel. Le prince Doria avait évoqué pour moi le temps où Camilio Pamphili avait épousé la trop belle Olympia, princesse de Rossano et veuve d'un prince Borghèse, et menait grand train, donnant dans cette villa des fêtes très courues. Le Nôtre y avait séjourné et l'on disait que les pins splendides que l'on pouvait encore admirer avaient été plantés en souvenir de son passage. Commencez-vous à deviner où je veux vous mener ?

J'avais quitté la France, trois mois auparavant, croyant regagner la Suède, et je me retrouvais à Rome, escaladant le mont Janicule par un matin de décembre pour aller voir des pins. Il faisait un temps magnifique, froid et sec et je n'étais pas fou. Tandis que je semblais sacrifier à la raison pour entamer cette course, vous aviez reçu les bagages, dont je m'étais séparé en apprenant que ma route n'allait plus vers Stockholm, mais vers Rostock, Brunswick, Augsbourg, Innsbruck, Brixen et Vérone.

Parmi tout le bric-à-brac que je vous avais retourné, il y avait deux choses auxquelles je tenais par-dessus tout : Polyphème[1] bien sûr, mais surtout un couple de pins

1. Son chien.

que j'avais rapporté d'Amérique. Vous les avez plantés à Löfstad en mon absence et ils sont aujourd'hui aussi hauts que leurs frères d'outre-Atlantique. A l'époque où je les avais laissés, ils ne mesuraient que quelques pouces ; aussi, même si je conçois que cela n'avait rien de rationnel, j'accordais un prix infini à ceux dont le prince Doria m'avait parlé. Ils symbolisaient à mes yeux ceux de la liberté dont j'étais privé sous le ciel d'Italie, alors que je m'étais battu pour elle pendant trois années en Amérique. Et puis, ils avaient peut-être été plantés par M. Le Nôtre dont le seul nom me renvoyait à une Cour que j'avais quittée à regret. Vous voilà sans doute rassurée sur mon état mental, ma folie était somme toute bien raisonnable.

Vous devinez sans peine quelles avaient pu être mes pensées en quittant la France en plein cœur d'un mois de septembre qui promettait bien des plaisirs. Partagé entre mon désespoir à l'idée de perdre ce qui me tenait le plus à cœur et ma joie à la pensée de vous revoir, je cherchais une consolation en songeant que six mois seraient vite écoulés. Je trouvais même un certain contentement dans le fait de regagner mon pays en étant colonel-propriétaire du Royal-Suédois. Cette nomination m'avait comblé, car la Reine avait ajouté à ses bontés celles de m'obtenir un brevet de cent mille livres que je n'attendais point, et de faire nommer mon vieil ami Stedingk en tant que second. Cette nomination me délivrait de tout souci quant au devenir de mon régiment pendant mes absences : il ne pouvait être confié à de meilleures mains.

A Strasbourg, sur la route du retour, j'étais tombé sur notre frère Fabian qui, accompagné de notre précepteur Bolemani, faisait, comme je l'avais fait dix ans plus tôt, son grand tour d'Europe. Je fus véritablement heureux de le revoir même si j'eus du mal à retrouver dans ses traits inachevés d'adolescent ceux de l'enfant que j'avais quitté. Bolemani n'avait guère changé, le verbe aussi rond que l'allure, menant son nouvel élève comme il m'avait mené, avec tact mais fermeté. Nos retrouvailles furent cependant interrompues par une méchante surprise qui prenait les apparences les plus aimables : une lettre de Gustave III me mandait de le rejoindre au plus tôt pour être du voyage qu'il avait entamé incognito, sous le nom de comte de Haga.

Prendre les eaux à Pise pour soigner son épaule qui ne guérissait pas était le prétexte officiel ; Rome puis la France étaient le but inavoué qui ne tarda pas à m'apparaître. Cette lettre me fâcha tout à fait et ma colère ne me quitta guère pendant les neuf mois où je l'allais suivre. Quelles que fussent les bontés que Sa Majesté m'avait accordées, Elle n'ignorait guère que je n'avais point revu mon pays et ma famille depuis presque cinq années ; c'était le sacrifice d'une nouvelle année qu'Elle exigeait de moi par pur caprice. Il suffisait de lire quelques noms parmi ceux qu'Elle me citait pour deviner combien ma présence était parfaitement inutile. Les barons de Taube, de Spaare, d'Armfeld et d'Essen composaient à eux seuls une suite véritablement digne de l'escorter.

L'ordre était clair et précis, je ne pus me dérober. Je le rejoignis dans le Tyrol où la vue de Peyron, un de ses gentilshommes dont le rôle de mignon ne faisait de mystère pour personne, me déplut, augurant mal de ce voyage. Le Roi, pour avoir joué un bon tour à la duchesse de Mecklembourg qui devait le recevoir, était d'excellente humeur quand je le retrouvai, et fut véritablement si content de me voir que je lui pardonnai, sur le moment, sa désinvolture à mon égard.

Mais l'exubérance qu'il afficha dans nos retrouvailles comme dans les faveurs qu'il m'accorda ostensiblement, en montant dans ma voiture qu'il trouvait plus confortable que la sienne, en projetant des excursions seul à seul avec moi, manquèrent de me brouiller avec tous. Ce voyage fut une succession de maladresses et d'humeurs de la part des uns comme des autres en raison des idées fantasques et toujours imprévisibles d'un monarque qui nous épuisa à le suivre.

Je n'étais pas dupe de l'attention qu'il me portait. Dès notre premier entretien, il ne me cacha pas qu'il était enchanté de savoir que mes relations avec la reine de France étaient meilleures qu'il n'avait osé l'espérer et qu'il comptait bien sur elles pour se faire inviter à Versailles à notre retour d'Italie. Le procédé m'étonna moins que le fait qu'il semblât si bien renseigné. Je ne doutais pas de votre discrétion. Il fallait donc qu'il eût des sources d'information que je n'avais pas soupçonnées. Je trouvais la chose déplorable et me promis d'en découvrir l'origine.

Le séjour à Pise fut une vraie horreur, je me croyais dans un couvent et je m'ennuyais à mourir. J'attendais chaque jour le courrier avec une impatience que je m'appliquais à dissimuler, tandis que les restes des chefs-d'œuvre de l'Antiquité et du règne des Médicis nous distrayaient fort peu d'un méchant lieu où il n'y avait nulle espèce de société. Notre consolation était de savoir que les bains quotidiens prescrits à Sa Majesté lui faisaient un bien infini et abrégeraient ses souffrances autant que les nôtres. A la fin de notre séjour qui dura trois mortelles semaines, son bras sembla remis ; il pouvait le lever au-dessus de sa tête, ce qui n'était pas le cas quand il était arrivé.

Florence me réconcilia avec ce voyage d'autant que j'y reçus enfin la première lettre que j'espérais. Je reconnus d'emblée l'écriture de Valentin Esterhazy sur l'enveloppe et attendis le soir avec impatience pour pouvoir la lire seul en toute quiétude. Jamais journée ne me parut si ennuyeuse et jamais je ne fus plus triste compagnon pour mon entourage. Cent fois, je portai la main sur ma poche pour m'assurer qu'elle y était toujours. Je brûlais et me consumais d'impatience à la pensée de tout ce qu'elle représentait. A peine eus-je refermé la porte de ma chambre que je me jetai sur mon lit et déchirai l'enveloppe ; c'était bien une lettre de la Reine, la première d'une longue série, car nous allions prendre le temps de nous écrire.

J'étais heureux de la lire ; certaines expressions qu'Elle employait me faisaient croire qu'Elle était à mes côtés. Elle me racontait le voyage à Fontainebleau, les mots des courtisans, la bataille du *Mariage de Figaro* que M. de Beaumarchais avait l'insolence de vouloir donner malgré l'interdit du Roi. Et puis Elle m'annonçait que l'enfant qu'Elle portait n'était plus. A sa façon de me l'écrire, et malgré ce qu'Elle avait pu dire, je sentis qu'Elle en concevait du regret, et je le partageai sincèrement. Aussi je tentai de la distraire en lui contant mes mésaventures auprès de son cousin du Nord et en lui rapportant les nouvelles qui nous occupaient et qui pourraient lui être agréables.

Je n'aimais guère les Florentins que je trouvais très faux, mais la présence simultanée, et elle aussi incognito, de l'empereur Joseph II [1] donna un semblant d'éclat à un séjour qui passa ainsi plus vite. Son frère Léopold, grand-duc de Toscane, nous accueillit avec une simplicité qui offrait un contraste surprenant avec l'élégance frivole de notre cortège dont je ne cessais d'être gêné. Nos talons rouges, nos coiffures poudrées, nos diamants, nos chaînes de montre, nos habits de satin étaient à l'image de tout le reste du spectacle que nous offrions : ridicules. Il ne fallait pas moins de quatorze personnes dans l'antichambre du Roi, employées les unes pour reconduire les visiteurs jusqu'à la porte, les autres jusqu'en haut de l'escalier, les dernières pour les accompagner jusqu'en bas ! Pendant ce temps, l'empereur Joseph II voyageait sans sénateur, sans Premier gentilhomme de la Chambre, sans capitaine des gardes, sans écuyer, et se contentait d'un bon uniforme de drap, bien

1. Frère de Marie-Antoinette, il avait succédé à sa mère l'impératrice Marie-Thérèse.

propre, d'un col noir et d'une belle épée de cuivre dorée qui convenaient à l'incognito qu'il avait choisi.

Ayant trouvé en Taube un soutien, je ne cachai ni mon mécontentement, ni ma désapprobation pour les torts que nous nous donnions. Il faut croire que l'expression de mes pensées jeta un son discord dans le coassement béat des gentilshommes suédois qui crapaudaient, serviles et inutiles, dans l'entourage de Sa Majesté. Ma franchise lui donna de l'humeur ; Elle m'en fit la remarque en des termes aigres que je crois encore entendre.

— Comte Fersen, vous vous croyez bien grand seigneur pour vous affranchir du respect dû à la personne de votre souverain. C'est une tradition dans votre famille, mais il faudrait veiller à ce que je ne m'en lasse point...

N'ayant changé d'opinion sur le spectacle que nous formions, je ne changeai guère de ton et supportai ses fantaisies comme il supporta mon humeur. Il faut croire qu'elle ne déplut point tant qu'on le rapporta car, quand Sa Majesté décida de se séparer d'une partie de sa suite pour arriver en France, Elle ne conserva qu'une poignée d'hommes dont nous fûmes, Taube et moi. Il est vrai qu'il lui aurait été difficile de se présenter sans moi à la Cour de France...

Pour l'heure, je décidai d'agir à ma guise et laissai Sa Majesté à ses fantaisies tandis que je tâchais de me distraire en la compagnie de jeunes Anglaises gaies, vives, franches et bon enfant dont la présence à Florence comme à Naples agrémenta mes séjours. Elles parlaient français, me trouvaient un objet piquant car je revenais de la guerre et avais beaucoup souffert. Aussi, elles crurent ne pas pouvoir trop faire pour moi et je ne les détrompais. L'une d'elles, Elisabeth Foster, devint une amie chère qui, pardonnant ma légèreté, accepta que je ne m'engage pas auprès d'elle parce que mon cœur était pris ailleurs.

Mais de ce long séjour en Italie, celui de Rome fut celui qui me pénétra le plus profondément. Son agrément tint pour beaucoup à la généreuse hospitalité de Son Excellence le cardinal de Bernis, ambassadeur de France en poste depuis presque vingt ans [1]. Pendant trois mois, il nous traita grandement : courses de barbes [2] sous ses balcons, soupers avec une grande quantité de monde ; tous les vendredis soir, une fête brillante en l'honneur de Sa Majesté qu'il fournissait par ailleurs chez elle en vin de Champagne, car c'était le seul à son usage.

Grâce à son obligeance, nous fûmes reçus partout. Il y eut les bals de l'ambassadeur du Portugal réputés pour leur splendeur, les soupers du cardinal Pallavicini un peu longs à mon goût, ou encore les *conversazione* [3] du prince Doria et, sans le fâcheux principe de désordre et d'irrésolution qui gouvernait Gustave III dans ses plaisirs et le faisait changer vingt fois d'idée dans la même journée, Rome eût pu être le plus merveilleux séjour.

Les Sept Collines déployèrent leurs charmes et apaisèrent ma rancune envers le Roi. Nous avions en commun d'aimer Rome, au détail près que la Ville était certainement la seule femme qu'il aimât. Notre curiosité pour les monuments anciens trouva matière à s'épanouir ; nous partagions la même passion pour l'art et pour tout ce qui concerne la sculpture et l'architecture. Aussi nous ne nous quittâmes à aucun moment et fîmes nos visites et nos excursions de concert.

Mais le véritable et seul but de tous ces étourdissements était de persuader le cardinal de Bernis de l'objet de notre visite à Versailles, afin que celui-ci le fît savoir. L'intention de Gustave III n'était point d'y traiter des affaires ; son seul projet était de bien faire connaître son inclination pour la France, son admiration pour Leurs

1. Depuis 1766.
2. Chevaux d'Afrique du Nord.
3. Réunions où l'on buvait du café et commentait les nouvelles du jour.

Majestés et le désir qu'il avait de mériter leur estime et leur amitié. Certes, il ne cachait pas qu'il aimait la gloire et la renommée, mais il aimait encore plus la sûreté et le bien de ses Etats. Pour lui, c'était à ses amis plus puissants que lui d'y veiller. Conscient de la manière dont son pays était entouré, il savait combien il avait à redouter l'ambition qui fermentait dans son voisinage. Aussi était-il fidèle à la France par goût comme par principe. Mais il fallait qu'elle le soutienne, et il croyait même mériter qu'on le cultivât. La politique de la France dans le Nord ne pouvait, à ses yeux, avoir d'autre appui sûr et solide que lui. Aussi espérait-il que sa personne ne déplairait pas trop à la Cour dont il redoutait l'esprit ; il souhaitait surtout qu'elle n'affaiblît pas l'intérêt que Louis XV, puis Louis XVI avaient toujours porté à sa couronne.

Assis sur un banc de la villa Doria-Pamphili, je me laissais bercer par le chant insolent et clair d'une cascade qui coulait non loin de moi et je contemplais ces pins pour lesquels je m'étais entêté[1] ; j'étais heureux de savoir que ma route repasserait par Versailles dont les nouvelles me parvenaient régulièrement, ensoleillant mon hiver romain.

1. Pris de passion.

28.

Ma réconciliation avec Gustave III ne fut qu'un intermède dans une comédie que je jugeai d'un bout à l'autre affligeante. Notre arrivée à Paris fut à l'image de ce qu'avait été notre séjour en Italie : voyante, burlesque, en un mot détestable. N'ayant envoyé aucun courrier pour prévenir de notre arrivée, nous tombâmes à l'ambassade alors que Staël, ne nous attendant pas si tôt, avait pris médecine. Il nous reçut comme il le put, fort dignement mais dans l'appareil que je vous laisse deviner. Tout était à l'envers, le monarque se tenant debout devant son ambassadeur, assis sur sa chaise d'affaires. Sa Majesté, qui se divertit beaucoup de cette aventure, ne manqua pas de la rapporter partout où Elle se rendit. Son esprit remarquable de piquant sut lui donner tout le relief propre à enchanter son auditoire ; je n'en étais pas moins affligé.

Je voulus annoncer au plus tôt notre venue à Versailles ; le Roi me le permit, mais il était trop tard. Après avoir changé dix fois nos projets, notre départ fut décidé sur le moment et, comme tout ce que nous faisions depuis le commencement de ce voyage, entre deux portes, alors que dix minutes auparavant nous parlions de nous rendre chez la comtesse de Boufflers.

Notre arrivée à la Cour, dans la soirée du 7 juin, fit, comme je le craignais, l'effet d'une bombe. Versailles était désert : le Roi était à la chasse et la Reine en promenade. Je me rendis immédiatement chez M. de Vergennes que je trouvai excédé de travail ; l'absence d'un de ses premiers commis ne laissait pas d'augmenter beaucoup ses occupations. Il ne me cacha pas qu'il passait au moins sept heures de journée dans son cabinet et il fallait ajouter à cela le temps du Conseil d'Etat, du Conseil des Dépêches, des comités...

— Mais je parle, je parle et je ne vous demande pas les nouvelles dont vous êtes porteur, me dit-il enfin, alors que je n'osais plus l'espérer.

Quand je lui annonçai que Sa Majesté le roi de Suède était installé chez Gournail, à l'hôtel des Ambassadeurs, et demandait à être reçu par le Roi, mon homme changea de couleur et je crus voir la terre se dérober sous ses pieds. Son teint passa du rose au gris, puis au vert au point de se confondre avec le ton de son pourpoint ; sa joie de me revoir fut définitivement gâchée par l'embarras que lui promettait cette visite. Sans perdre un instant, un courrier fut dépêché à Rambouillet pour prévenir le Roi qui chassait chez son cousin, le duc de Penthièvre. Quand M. de Vergennes m'apprit que la Reine profitait de la douceur de ce mois de juin pour se promener avec sa fille dans le jardin du prince de Conti[1], je me proposai pour la prévenir moi-même. Un mince sourire détendit ses traits, rendant à ses joues les deux fossettes qui les piquaient ordinairement.

Une chaise me porta en quelques minutes jusqu'à ce jardin qui est derrière la Petite Ecurie, à deux pas du château. Deux gardes en interdisaient l'entrée car, depuis que sa jouissance avait été réservée à la Reine, on ne pouvait plus s'y rendre librement comme cela se faisait auparavant. Je donnai mon nom ; mon cœur battait à la pensée de la revoir enfin. Un instant après, on m'invitait à entrer. Je n'eus que quelques pas à faire et déjà

1. L'hôtel de Conti était à l'emplacement de l'actuel hôtel de ville.

sa silhouette m'apparut. Vêtue d'un ravissant pierrot[1] blanc, Elle ne portait que des perles et un chapeau de paille agrémenté de quelques plumes dont la légèreté achevait de prêter à sa démarche une allure céleste. Elle donnait la main à sa fille qui lui faisait déjà société et venait à ma rencontre. Sa vue me saisit de bonheur et d'inquiétude. Malgré le sourire qu'Elle m'adressait, il ne m'échappa pas que ses traits dissimulaient mal une profonde tristesse.

Oubliant le message dont j'étais porteur et l'émotion qui m'avait saisi en l'apercevant, je ne manquai pas de m'en inquiéter immédiatement. Elle prit mon bras et me raconta combien Mgr le Dauphin donnait depuis plusieurs jours les marques des plus sérieuses inquiétudes. Cela avait commencé par une fièvre tierce et une enflure générale de tout le corps accompagnées d'une insomnie soutenue et de tiraillements de nerfs, puis l'état avait semblé donner des signes d'amélioration, mais depuis le matin même, il avait un ressentiment de fièvre et il n'avait pas été bien de la journée. Elle avait passé un moment auprès de lui mais sa vue lui donna tant d'alarmes qu'il lui avait fallu sortir, prétextant une promenade pour le bien de sa sœur.

Son inquiétude me touchait profondément. La petite Madame Royale avait lâché la main de sa mère et, le plus doucement qu'elle le pouvait, s'approchait d'un bouvreuil qui sautillait au pied d'un seringat. L'oiseau s'arrêta, fourra nerveusement son bec rond dans la terre fraîchement binée et en tira triomphalement une baie noire. L'enfant s'était avancée si près de lui qu'elle eût pu le prendre dans sa main. Levant une petite tête noire, à laquelle de grands yeux brillants donnaient un air tout étonné, il la regarda s'accroupir lentement devant lui et lui tendre son doigt. Nous nous étions tus et attendions

1. Robe, empruntée au vestiaire populaire, composée d'une jupe et d'un caraco dont le dos était terminé par deux petits pans relevés, agrémentée d'une pointe de lingerie et de courtes manchettes.

fascinés, incertains de le voir se poser dessus. L'oiseau ne bougeait pas, l'enfant non plus. Un merle passa tout près d'eux, poussa un cri dans son vol et le bouvreuil s'échappa, laissant l'enfant seule avec son rêve déçu. Sa mère l'appela doucement :

— Mousseline...

Puis se tournant vers moi :

— Je suis heureuse que vous ayez pu vous libérer et venir avant notre cousin.

A ces paroles, je m'arrêtai. Il m'apparut brutalement que la Reine n'avait pas reçu ma dernière lettre dans laquelle je lui avouais mon désespoir de ne pouvoir arriver, comme Elle me l'avait demandé, quelques jours avant Gustave III. En deux mots, je l'éclairai ; la nouvelle lui fit autant d'effet qu'à M. de Vergennes, mais se resaisissant à l'instant, Elle me demanda si le Roi était prévenu. Je le lui confirmai et nous partîmes sans tarder davantage.

Je retournai à l'hôtel informer notre souverain de mes démarches, et le trouvai commençant à s'impatienter. Il lui fallut cependant prendre son parti ; ce n'est qu'après plusieurs quarts d'heure que nous vîmes arriver une chaise bleue [1] accompagnée d'une invitation. Stedingk et moi-même allâmes l'attendre à la porte des Glaces qui communique du cabinet du Conseil dans la galerie, tandis que Sa Majesté entrait chez le Roi par l'escalier des Petits Appartements.

Ce premier entretien ne dura que quelques minutes, mais elles suffirent pour permettre au service d'accourir au château et à une multitude de personnes de se retrouver dans la galerie. Déjà Gustave III, donnant toutes les apparences de la plus grande satisfaction, apparaissait, accompagné du duc de Fleury, Premier gentilhomme de quartier, pour se rendre par le salon des Jeux chez la Reine. Le Roi sortit à son tour. A la stupeur de tous, Sa

---

1. Chaise appelée ainsi en raison de la couleur des porteurs à la livrée du roi.

Majesté était vêtue d'un habit de velours et portait un soulier à talon rouge et boucle d'or tandis que l'autre était noir à boucle d'argent. Notre souverain me rapporta le lendemain que la Reine, à sa vue, avait laissé échapper ces mots :

— Mon ami, c'est tout à fait plaisant. Nous ignorions que c'était carnaval !

Mais le Roi avait éclaté de rire :

— Mon cousin, vous me voyez bien heureux de vous retrouver. Vous pouvez juger par vous-même de l'intérêt que je porte à ces détails. Ceux qui concernent votre voyage me seront en revanche infiniment agréables à entendre.

J'avais reçu l'ordre de me porter dans l'antichambre de la Reine. Je m'y rendis tout en conversant avec M. de Bombelles que j'avais retrouvé. Il me fit le récit de l'émotion soulevée par notre arrivée impromptue et me confirma que le Roi, aussitôt prévenu, avait quitté la chasse, laissant Monsieur pour y donner à souper. Comme il n'avait pas confié le motif de son départ précipité, les chasseurs en avaient conçu de vives alarmes quant à la santé du Dauphin. Le Roi était rentré si vite qu'il n'avait trouvé personne à son arrivée. La garde n'était point dans la Cour et il n'y avait pas un seul valet de chambre pour l'habiller. Ne voulant attendre la présence de son service, il s'était changé seul ou presque dans son appartement et avait paru, assez content, dans la salle du Conseil en la tenue que nous venions de voir.

Il était près de dix heures du soir quand on vint me prévenir que le Roi souperait avec Leurs Majestés dans leur intérieur et que j'étais maître d'en faire de même et de me coucher. Je rentrai avec M. de Bombelles qui habitait la maison voisine de notre hôtel ; devant notre porte, je trouvai deux gardes de la Prévôté placés pour empêcher le peuple de pénétrer avec trop d'indiscrétion. Je me couchai affamé, épuisé et déçu ; je ne prévoyais que trop ce que ce temps à la Cour annonçait de privations et d'humiliations qu'il me faudrait endurer.

Je ne me trompais guère. Ce séjour ne fut qu'une suite de plaisirs ininterrompus pour Sa Majesté, de corvées horribles pour moi qui rapidement me dégoûtai de la suivre partout au rythme auquel Elle nous menait. C'était un véritable enfer, une folie. Elle était infatigable et lassait toutes les personnes de sa suite. Jamais je ne fis à ce point mon devoir au dépens de mes plaisirs. Mais je devais le remplir car tant que je servirai, je ne connaîtrai d'autre règle. Il me faut reconnaître que le rythme bien effrayant qu'Elle nous infligeait enchantait les Français qui partout s'exclamaient : « Il faut que le Prince ait une santé de fer pour résister aux fatigues de la vie qu'il mène. »

Les matinées étaient occupées à visiter les établissements ou les monuments publics ; le soir à aller au spectacle ou dans le monde. Mmes de Beauvau, de Croy, de la Vallière, de Luxembourg, de Muy, d'Usson et surtout Mmes de La Marck et de Boufflers, sans parler de celles dont j'ai oublié le nom, eurent toutes droit à nos visites. Un soir, en sortant des Italiens, le maréchal-duc de Richelieu, malgré son âge et l'heure avancée, nous reçut magnifiquement dans son pavillon de Hanovre. Il se souvenait m'avoir accueilli quand je fus présenté au feu Roi en novembre 1773 ; à le voir toujours galant, vif et spirituel, je me sentis bien vieux à ses côtés.

On s'étonnait et on admirait notre souverain qui pouvait applaudir jusqu'à trois spectacles dans la même journée, poursuivre avec un souper, un bal, ne pas se coucher, et assister, le lendemain, à une séance à l'Académie puis à une montée en ballon. Cette mode, qui m'avait amusé à ses débuts, était devenue une rage que je ne pouvais plus souffrir. Partout où nous étions passés, cela avait été la même répétition d'un cérémonial immuable autour d'un ballon que l'on apprêtait : cela prenait un temps infini que j'eusse préféré employer à mon goût.

A Versailles, quand nous ne faisions pas notre cour

à Leurs Majestés, nous soupions chez la princesse de Lamballe, chez la duchesse de Polignac ou chez le comte de Vergennes, mais ces soirées avaient cessé de m'enchanter. J'étais fatigué de toutes ces représentations. L'opéra d'*Armide* donné dans la grande salle de spectacle du château comme le splendide bal paré qui fut offert au Roi[1] ne parvinrent pas à me rendre heureux. Pendant ces réceptions, il m'était impossible de le quitter sans que cela se vît ; les rares moments où j'apercevais la Reine, c'était toujours en sa présence, car il m'avait mandé de l'accompagner partout, et était de ce fait constamment à mes côtés.

A nous croiser comme des étrangers, la Reine et moi finissions par concevoir de l'humeur l'un pour l'autre sans pouvoir rien faire pour nous en justifier. Je la trouvais hautaine et froide ; on me rapporta qu'Elle m'avait trouvé arrogant alors que je m'étais seulement appliqué à ne pas la compromettre. Je trouvais ces accusations injustes. J'étais fâché et malheureux ; je compris à quel point je l'étais le soir du bal que donna le baron de Breteuil dans son pavillon du Mail.

La journée avait été épuisante. Au lieu de nous y rendre en fin d'après-dînée comme nous l'avions annoncé, il fallut au dernier moment nous arrêter encore à la manufacture des porcelaines de Sèvres. Le duc de Chartres, ayant su notre passage, fit à son tour envoyer des calèches pour nous faire les honneurs de Saint-Cloud que nous ne manquâmes pas de voir à la hâte.

Enfin, à huit heures et demie, nous arrivâmes chez le baron de Breteuil désormais ministre de la Maison du Roi, du clergé et de la Ville de Paris ; sur-le-champ, les Comédiens-Français commencèrent à jouer des proverbes et le spectacle s'acheva par un ballet où Mlle Guimard et Nivelon dansèrent un pas de deux charmant. Mais mon esprit était ailleurs. La vue de Mme de Matignon, qui ne cessait de m'adresser de tendres

1. Gustave III.

œillades, ne parvenait à me distraire car, depuis que j'avais vu le Roi arriver seul avec le comte d'Artois, je ne m'expliquais pas l'absence de la Reine. Aussi, à peine le spectacle achevé, j'interrogeai ma bonne amie sur le fait qu'on ne la vît pas.

— Nous aurions payé au poids de l'or la faveur de compter Sa Majesté parmi nous, me souffla-t-elle tout bas, mais, contrairement au Roi ou au comte d'Artois, celle-ci n'a pas fait connaître sa volonté. Aussi, nous sommes-nous abstenus de solliciter ce qui eût pu passer pour une prétention, voire même une impertinence si Elle n'avait pas été d'humeur à l'accueillir.

Je restai sans voix et n'entendis rien à tout ce discours. Le reste de la soirée ne fut qu'un long supplice, malgré le mal que se donnèrent nos hôtes pour me distraire. Il fallut se mettre à table. Des toiles rose et argent, couvertes en festons de gaze verte et argent et de guirlandes de fleurs, décoraient le salon principal dans lequel était dressée une table pour le roi de France, le roi de Suède, le comte d'Artois et quelque cinquante convives. La beauté et la quantité de vaisselle, dont chaque pièce était un chef-d'œuvre d'Auguste [1] révélé par les innombrables lustres, girandoles et autres lumières distribués un peu partout, faisaient l'admiration et la conversation de tous.

Le souper achevé, le baron de Breteuil nous mena promener sous les grands et beaux arbres de l'allée du Mail. Tandis que le jardin resplendissait d'illuminations qui embrasaient les portes, les fenêtres et suivaient les lignes des parterres, la cour avait été décorée d'une suite de portiques interrompue par des maisons de bois illuminées, dont les péristyles étaient surmontés de croissants et les montants couverts de fleurs, de feuilles et de lampions de couleur. Mais rien ne pouvait me distraire de cette langueur qui m'avait pris au début de la soirée. Il fallut cependant rester jusqu'à près de trois heures et

1. Famille d'orfèvres installée à Paris, place du Carrousel.

partir une nouvelle fois les derniers. Gustave III, sur le seuil, lança joyeusement au baron :

— Vous savez que c'est mon usage chez vous. Je ne suis sorti de Nickelwick que lorsque tout le monde avait pris congé.

Sa Majesté faisait allusion à une soirée à laquelle Elle avait assisté dans la terre des Breteuil non loin de Stockholm, mais oubliait qu'il en était ainsi partout où Elle se rendait depuis son arrivée en France. Le lendemain, j'étais dans un tel état d'épuisement et d'abattement que je me déclarai malade et ne quittai l'ambassade que pour aller souper chez Mme de Lamballe. J'eusse été mieux inspiré de m'en abstenir : la soirée fut détestable comme je le pressentis dès notre arrivée.

Tout le monde ne parlait que de l'humeur de la Reine, qui avait défendu dans la journée à Mme de Mackau, sous-gouvernante des Enfants de France, de mener la princesse du côté de Saint-Cloud dans la promenade qu'elle allait faire. Quand Sa Majesté parut dans l'appartement de sa dame d'honneur, Elle affichait des traits pincés que je ne lui avais jamais vus, mais qui n'annonçaient rien de bon. Pas une seule fois, Elle ne m'accorda un regard et, à la première occasion, Elle ne fit pas de mystère et déclara ouvertement qu'il était bien étonnant que le baron de Breteuil ne l'eût pas priée à sa fête. A cette annonce, je demeurai saisi.

Il me semblait extravagant que personne n'eût songé à faire part au baron d'un désir de la Reine, qui lui eût fait tant d'honneur. Mon regard rencontra celui de Mme de Polignac qui affichait un visage dont l'excès de modestie me déplut. Il était insensé que la future belle-mère de Caroline de Matignon n'ait pas su parer à temps ce qui contrariait la Reine. A moins que la Reine, en se rendant au pavillon du Mail, n'eût établi trop publiquement, au goût des Polignac, l'opinion du crédit du baron de Breteuil...

Un courtisan mit fin à mes réflexions pour me glisser :

— Il vaut mieux avoir déplu à la Reine en se tenant dans les bornes du devoir que si Sa Majesté eût eu à se plaindre de la liberté qu'eût prise le baron de Breteuil de l'inviter à sa fête.

Ses propos achevèrent de me dégoûter totalement de ce séjour qui n'en finissait pas. Il nous faudrait encore assister le lendemain à la fête que la Reine donnerait à Trianon. Mais je trouvais une consolation à la pensée que ce serait notre dernière soirée à Versailles. Il y aurait encore quelques réceptions à Paris, et c'en serait fini d'un voyage qui n'avait ressemblé en rien à ce que j'avais espéré.

29.

Qui n'a jamais eu l'heur de connaître les joies de la faveur ne peut pas sentir tout le désespoir qu'il peut résulter d'en être privé. Pour avoir cru, pendant deux interminables semaines, qui s'étaient étirées comme des mois, que toute la douceur de la Reine s'était évanouie comme un songe que j'aurais fait, je puis vous confier que le chagrin et les larmes que j'en conçus connurent une démesure qui moi-même m'étonna. Parce que c'était mon devoir, je suivais le Roi[1] partout où il allait, mais comme un automate, incapable de briller comme on l'attendait de moi. Je m'appliquais à cacher du mieux que je le pouvais le désarroi qui m'affligeait. Les rares heures que j'eusse dû consacrer au sommeil, je les passais à relire ses lettres, le chagrin m'aveuglait et la fatigue assommait mon esprit. Et quand ma douleur fut bien vive au point de ne plus pouvoir douter que j'aimais la Reine, il me fallut paraître encore une fois pour une fête qui promettait d'être un enchantement pour tous, excepté pour moi.

Malgré ma fatigue, mes doutes et mes préventions, je fis comme l'ensemble des convives et revêtis l'habit écarlate et la veste à fond blanc brodée de fil d'or de rigueur à Trianon. L'ensemble était d'un bel effet et quand je

1. Gustave III.

découvris que toutes les femmes avaient été priées de paraître en blanc, je trouvai le tableau ravissant. Le rendez-vous avait été fixé au pied du petit château où la Reine nous accueillit avec toute la grâce qu'Elle pouvait mettre quand Elle le voulait bien. Parfaitement réconciliée avec le baron de Breteuil, Elle le reçut avec empressement, ce qui ne manqua pas d'être remarqué. J'appris à mon arrivée que le Dauphin avait recouvré un peu de sa gaieté, ce qui contribuait à en répandre sur les traits de sa mère. Quand je me présentai pour lui présenter l'expression de mon profond respect, je me gardai de la regarder, espérant faire passer pour une marque de déférence ce qui, de ma part, était l'effet d'une fuite. Je crus sentir peser sur moi son regard, mais ne voulus y croire, et rejoignis Stedingk.

La petite salle de spectacle se trouvait à l'extrémité d'un corridor. Cachée entre des rochers et une charmille, on devinait à peine sa porte encadrée de colonnes et surmontée d'un fronton, par laquelle on pénétrait dans un vestibule rond ouvrant sur deux salons et sur la petite salle de spectacle.

Je ne sais ce qu'est devenu cet endroit secret que j'ai tant aimé et qui était à l'image de celle qui l'avait voulu. Intime, élégante et d'une beauté si délicate que l'on était saisi sitôt franchi le seuil, cette salle, qui comportait seulement deux rangs de loges et un parterre en contrebas, exerçait un effet unique. On y pénétrait comme dans un endroit sacré, tant il s'établissait un silence étonnant et léger.

Ce soir-là, la Comédie-Italienne et le ballet de l'Opéra avaient été réunis pour donner *Le Dormeur éveillé* de Marmontel sur une musique de Piccinni. On nous faisait l'honneur d'une pièce nouvelle qui n'avait été jouée qu'une seule fois au voyage de Fontainebleau quelques mois auparavant. Le sujet, tiré des *Mille et Une Nuits*, était l'histoire d'un calife, qui retourna à son premier état par amour pour une jeune esclave qu'il avait élevée.

Ce thème offrit avant tout le prétexte à de merveilleux effets et à l'utilisation de décors d'une beauté incomparable.

La décoration de « diamants » qui termina le spectacle fut étonnante[1] et somptueuse. Des colonnes torses parées de guirlandes festonnées[2] répondaient au plafond imitant des compartiments à rosettes. Des guéridons soutenaient des cassolettes de parfum, des tables portaient des vases précieux, le marbre se mêlait à l'or pour donner à l'ensemble des effets d'une richesse inouïe. Et moi-même, qui m'étais un peu assoupi au milieu de l'intrigue, fus émerveillé par la splendeur du décor final. Quand la Reine se leva pour offrir à notre souverain un exemplaire de la pièce, en maroquin vert orné et doré aux armes de la Suède, il s'éleva un tonnerre d'applaudissements.

Le souper qui suivit fut d'une magnificence sans égale. Les tables d'honneur parmi lesquelles on comptait la table du Roi, celle de la Reine et la nôtre, avaient été dressées au premier étage du petit château de Trianon. D'autres tables avaient été disposées un peu partout : au rez-de-chaussée, dans les dépendances, au Grand Trianon pour traiter les officiers des gardes du corps, les gardes, les officiers de la Chambre, les femmes de chambre de la Reine et des princesses invitées. L'intendant des Menus- Plaisirs, le machiniste en chef des spectacles royaux présidaient d'autres tables de la suite. Un dîner de deux cents couverts avait été servi avant la représentation aux acteurs, aux danseurs et musiciens de l'Opéra qui eurent droit ensuite à un souper en ambigu. Les gardes françaises, les gardes suisses, les concierges, les jardiniers ; les filles et garçons du Garde-Meuble, de la Garde-Robe, de la Cave ; les valets de pied, les officiers de la Bouche, ceux du Gobelet, tous eurent droit à participer à cette fête magnifique.

1. Qui étonne.
2. Mélange de fleurs, de feuilles, de petites branches liées en cordon.

Matelotes[1] à la financière, tendrons d'agneau à la Bagnolet, quartiers de veau à la Pontoise, poules de Caux à la Montmorency, hâtereaux[2] de poularde à la Darmagnac, cailles aux truffes, sautés de lapereau aux pois, faisans en compote, ris de veau en petit deuil aux truffes... Terrines, relevés[3], entrées, rôts, grands et petits entremets passèrent à profusion jusqu'à une heure avancée. Taube et Stedingk me soutenaient que cette splendeur m'était destinée : je haussais les épaules. Ils m'affirmaient que la Reine ne me quittait pas des yeux et faisait particulièrement les honneurs de notre table : il me fallait admettre qu'Elle avait refusé de s'asseoir pour se consacrer entièrement à ses invités.

Le Roi[4] me pria avec insistance de faire un effort pour paraître plus aimable :

— La Reine pourrait, comme moi, se lasser de vos humeurs. Si ses bontés vous étaient exclusivement réservées, il nous serait égal que vous les perdiez. Mais tâchez de vous souvenir qu'il y va de l'intérêt de notre pays que vos relations soient des meilleures avec elle.

Que pouvais-je lui répondre ? Qu'après neuf mois consacrés à faire mon devoir aux dépens de mes plaisirs, il devenait au-dessus de mes forces de jouer une comédie qui me faisait souffrir ? Le souper en s'achevant me sauva. Nous pûmes enfin nous lever et sortir pour admirer les illuminations véritablement superbes qui embrasaient le jardin. Bien que nous fussions à la fin du mois de juin, la fraîcheur de l'air nous saisit autant que la beauté des lieux.

Plusieurs centaines de transparents peints à l'huile ou à la détrempe avaient été disséminés dans les bosquets, figurant des amoncellements de roches, des buissons factices, des touffes de fleurs et de roseaux. Des paravents,

---

1. Mets composés de plusieurs sortes de poissons apprêtés à la manière dont on prétendait que les matelots les accommodaient.
2. Tranche de foie.
3. Série de mets à base de grandes pièces de viande.
4. Gustave III.

en forme de pots à bouquets, avaient été ajoutés à la décoration du belvédère tandis que des feux allumés derrière le Temple de l'Amour répandaient dans la nuit une clarté douce, semblable à celle du lever de l'aurore.

J'avais reconnu la comtesse d'Ossun que l'on disait survivancière de la duchesse de Polignac dans les faveurs de la Reine ; elle s'entretenait gaiement avec la duchesse de Laval. J'étais sur le point de me joindre à elles quand je sentis un bras se glisser doucement sous le mien. Je n'eus pas à me retourner pour savoir qui s'était autorisé ce geste avec tant de légèreté. Mon cœur se mit à battre plus vite ; je sus que c'était Elle.

Pour la première fois depuis que nous nous étions quittés dans le jardin du prince de Conti, je souris. Je ne pouvais rien désirer de plus que ce moment dont je n'osais rêver depuis tant de mois. Mais cet excès de bonheur que je n'espérais plus provoqua en moi un mouvement auquel je ne m'attendais pas. Soudain, je me sentis si malheureux que je ne trouvais plus les mots que je voulais lui dire. Je la regardai enfin, désespéré. Je voulus parler, mais Elle posa un doigt sur mes lèvres et m'entraîna à l'écart d'une foule qui, comme nous, allait par deux, charmée par les merveilles qu'elle découvrait, et ne prêtant guère attention à nous.

Nous marchâmes ainsi sans prononcer un mot. Un peu partout, des réverbères, des ifs garnis de lumières, des éventails chargés de lampions couverts donnaient des reflets si doux et des ombres si légères que l'eau, les arbres, les personnes, tout semblait aérien. Les couples que nous croisions baguenaudaient gaiement sans que leurs rires rompissent l'enchantement. Nos pas se posaient à peine, nous étions transportés par une félicité peu commune.

— Venez, je vais vous montrer un lieu qui m'a donné bien de la peine, me glissa-t-Elle en m'entraînant encore.

Laissant l'orangerie derrière nous, nous nous enfonçâmes dans des chemins bordés d'azalées et de rhododendrons qui, de leurs masses voluptueusement arrondies par le poids de leurs rameaux fleuris, exhalaient leurs senteurs de miel. Le terrain devenait plus abrupt et nos souliers glissaient, tant il fallait monter brutalement. Quand nous parvînmes sur une petite hauteur qui semblait en être le sommet, nous pûmes deviner entre les arbres le jardin, le lac et les petites maisons qui le bordaient, vacillants et changeants dans la lumière humide de cette nuit de juin. La musique, qui un peu partout avait été distribuée aux détours des buissons, nous parvenait affaiblie tandis que des silhouettes apparaissaient incertaines et lointaines. Çà et là, au pied d'un banc, sur une roche, dansait la flamme joyeuse d'un quinquet qui semblait nous inviter à l'attraper.

— C'est là, chuchota-t-Elle.

J'eus beau écarquiller les yeux dans la pénombre à laquelle je croyais m'être habitué, je ne distinguai rien de remarquable. Seul le chant assourdi d'un cours d'eau me parvenait, mais si hésitant que je l'avais confondu avec celui d'une viole.

— Un peu plus bas, ajouta-t-Elle.

Mais comme décidément, je ne voyais toujours rien, Elle éclata de rire, me prit par la main et me conduisit à quelques pas de l'endroit où nous nous tenions. Là, dans le creux d'une pente, à l'abri d'une source qui tombait en cascade, je découvris enfin, couverte de mousse, presque invisible aux regards, l'entrée d'une grotte.

— Il n'aura pas fallu moins de quatorze modèles en relief et sept tentatives avant d'obtenir ce résultat, me lança-t-Elle triomphante.

Avant que je n'eusse pu faire un mouvement, Elle s'était saisie d'un quinquet qu'Elle me confia et pénétrait sous la voûte, m'invitant à la suivre. Je m'exécutai si promptement que la mèche dansa dans l'huile, hésita un instant, avant de se décider à brûler franchement. Je tenais ma lampe bien haut pour mieux percer la pénombre qui était profonde ; mes yeux éblouis par la flamme s'habituèrent à l'obscurité et je découvris l'intérieur de la grotte tapissée de mousse et rafraîchie par un cours d'eau qui la traversait. Pour être honnête, l'humidité glaciale qui y régnait était telle qu'elle eût fait fuir n'importe quel homme sensé. Mais je ne l'étais pas et ne voulais l'être ; aussi quand, une couple d'heures plus tard, les premiers symptômes d'un solide refroidissement se déclarèrent, j'accueillis sans regret des maux dignes d'être soufferts.

J'avais posé mon quinquet sur l'extrémité d'une banquette qui formait tout le meuble, mais la mousse qui la couvrait était si épaisse qu'il s'y enfonça, manquant verser son contenu. Je le rattrapai avant qu'il ne fût trop tard mais, en le faisant, sentis combien la banquette était trempée et nous interdisait de nous y asseoir. Je ne pus m'empêcher d'en rire et d'en faire la remarque. La Reine fut délicieuse :

— Voici un lieu qui semblait inviter au repos et, je puis vous l'avouer, j'ai songé à vous, en le faisant dessiner. Il faut croire que la nature est plus raisonnable que nous ne le sommes et met des obstacles là où nous échafaudons des rêves peu sages. C'est ainsi que, pour une fois où nous sommes seuls, nous ne nous abandonnerons pas comme nous aurions pu le rêver et y verrons un signe du Ciel, car reconnaissons que lui seul peut poster semblables sentinelles pour nous garder de la tentation !

Connaissez-vous plus jolie façon pour une reine de vous dire qu'Elle vous aime ? Je reçus ses paroles comme une offrande qui n'avait pas de prix. Non, ma Reine n'avait point le cœur barbare, et les mots que nous nous étions écrits n'avaient pas été tracés pour chercher à plaire ou pour captiver l'esprit de l'autre. C'étaient ceux de deux âmes qui s'accordent, mais ne peuvent faire autre chose que de s'attendre et que de trouver du bonheur à se dire qu'ils s'aiment ainsi. Avec précaution, j'avais enfin posé mon quinquet sur le sol ; je regrettai que l'obscurité ne me permît pas de mieux voir son regard, mais nos mains étaient désormais libres pour se confier entièrement. En équilibre entre une banquette inutile et un cours d'eau importun, nous avons été heureux dans les bras l'un de l'autre.

Comprenez-vous à présent un peu mieux mes remords ? Le duc de Normandie naquit neuf mois, jour pour jour, après cette soirée où l'on nous surprit à sortir seuls de notre retraite. A la façon dont nous nous donnions le bras sans en faire mystère, il y eut bien des gens pour dire que j'en étais le père. Nous ne songeâmes à démentir un fait qui n'avait pas le moindre commencement de fondement. La Reine et moi savions que nos étreintes avaient été aussi ardentes que pures ; le Roi savait tout l'agrément qu'il avait trouvé dans une soirée très réussie. Il était rentré à Versailles avec la Reine, épuisé, mais, malgré l'heure tardive, avait trouvé la force de l'honorer avec le succès que l'on sait.

30.

Mon séjour prenait un cours plus conforme à mes rêves quand un drame survint au sein de notre légation. Taube, Stedingk et moi étions au Parlement avec le Roi[1] à écouter plaider quand nous vîmes Staël venir vers nous avec une mine qui nous annonça ce que ses paroles nous confirmèrent : la mort de Peyron. Tôt le matin même, il avait quitté l'ambassade pour se rendre au bois de Boulogne et se battre en duel contre le comte de La Marck ; il fut tué sur le coup.

Malgré les liens étroits qui les unissaient, le Roi accueillit cette nouvelle avec une indifférence apparente, acheva d'écouter la plaidoirie et fit comme si rien ne s'était passé. Je ne pus m'empêcher d'admirer son maintien en ces circonstances. Quand il me pria de monter dans son carrosse, il m'apparut clairement qu'il prenait sur lui pour ne pas se laisser mener par sa douleur. N'éprouvant point d'estime pour un personnage étrange devenu gentilhomme par sa grâce, je me contentai d'adresser quelques mots à Sa Majesté pour l'assurer de ma fidélité. Il me regarda un instant puis, jetant un œil par la glace de la portière, me dit seulement :

— Dieu vous préserve, mon cher comte, d'afflictions pareilles. Pour moi, j'en suis atterré.

1. Gustave III

Dans le public et pendant les jours qui suivirent, rien dans son maintien ne put trahir le moindre commencement de sa douleur, au point que certains s'étonnaient d'une indifférence qui n'était que décence. Cela fut particulièrement vrai lors du souper donné par le duc de Brissac qui assembla tous les grands noms de France, la Reine, le comte d'Artois, le Nonce, une grande quantité d'ambassadeurs et de Suédois. Le Roi avait longuement applaudi une parodie où Dugazon et Mlle Guimard avaient tenu les premiers rôles ; après le spectacle, un ballon avait été lancé dans les jardins, donnant le signal d'un feu d'artifice. Le Roi avait été affable, adressant à chacun un mot aimable, poussant la bonté jusqu'à m'autoriser à raccompagner la Reine et Madame Elisabeth qui couchaient ce soir-là aux Tuileries.

Mais quand je rentrai à l'ambassade, les lumières brillaient encore dans sa chambre. Comme je le faisais depuis la mort de Peyron, je frappai pour m'assurer qu'il n'avait besoin de rien. Il me vit avec plaisir, et, cependant, me parut fort abattu.

— Vous avez été bien long, me lâcha-t-il en guise de réponse.

Je ne cherchai pas à me justifier et lui fis une remarque sur la beauté de la réception que nous avions quittée et sur la chaleur du public qui l'accueillait partout avec des acclamations infiniment flatteuses. Il en convint, mais me confia :

— Depuis le malheur qui m'est arrivé, Paris me pèse. Tout me rappelle des idées tristes dont je ne puis me défaire et qui me peinent d'autant plus que je fais plus d'efforts dans le monde pour les cacher.

Sa Majesté pouvait cependant être satisfaite d'un séjour qui lui rapporta six millions de subsides et l'acquisition définitive de l'île de Saint-Barthélemy dans les Indes occidentales [1]. Pour ma part, je repartis comblé de bienfaits ; la Reine, avant notre départ, m'avait fait la

1. Les Antilles.

surprise de m'annoncer une pension annuelle de vingt mille livres que je n'attendais pas, mais qui me délivrait de tout souci d'argent au moment où j'allais retrouver notre père.

Je passai auprès de vous l'hiver 1784 et le printemps 1785. Je m'étais imaginé vous voir souvent, mais mes fonctions de capitaine des gardes du corps de Sa Majesté m'accaparèrent auprès du Roi que je suivis partout entre Stockholm, Drottningholm et Gripsholm[1].

Notre père ne se cachait point pour me dire tout le mal qu'il pensait de mes engagements en France, dont il affirmait connaître les fondements. Il lui avait été rapporté le bruit de ma « liaison » avec la Reine qu'il désapprouvait totalement. Je protestai en vain et tentai de justifier mes choix, mais sans succès. Jamais hiver ne fut aussi brillant à la Cour ; bals et spectacles se succédaient tandis que les œuvres de Sa Majesté étaient jouées par la famille royale et par les courtisans. Et moi, indifférent à ces plaisirs, je ne cessais d'écrire à la Reine et de songer à la France.

Les lettres que nous échangions nous permettaient de nous connaître mieux que les plus longs séjours à Versailles ne l'eussent fait. Point de frivolité, point de comédie, c'étaient des cœurs simples qui se confiaient et se contaient leurs joies, leurs soucis. La Reine détonnait dans une Cour rompue aux intrigues. Son goût pour l'affection et le besoin de plaire à ses amis lui faisaient souvent se tromper et placer en des âmes peu dignes une confiance qui cherchait un soutien. Je trouvais de l'agrément à régler les menus arrangements qu'Elle me demandait, et mis ainsi un soin infini à lui trouver un chien qui ne fût pas petit comme Elle en avait exprimé le désir. Mais j'attendais également avec impatience de rejoindre mon régiment pour m'en occuper. Malgré ce qu'en pensait notre père, c'était un honneur dont je vou-

1. Résidences royales autour de Stockholm.

lais m'acquérir le mérite. Aussi, quand le 10 mai suivant je regagnai Paris, je ne perdis pas un instant pour me rendre à Versailles.

Mes retrouvailles avec la Reine eurent lieu un mardi, jour des ambassadeurs ; il y avait grande assemblée dans le salon du Jeu où Elle se tenait, parée en grand habit. La naissance du duc de Normandie, deux mois auparavant, avait répandu sur son visage un bonheur qui ne le rendait que plus aimable. Je l'avais avertie de mon arrivée ; Elle ne fut pas surprise quand je parus, et m'accueillit avec grâce et chaleur comme Elle l'eût fait avec toute personne avec qui Elle était liée. Le loto qu'Elle jouait réunissait un grand nombre d'acteurs autour du tapis vert.

On me présenta un certain M. Crawford, petit, rond, sans âge, souriant et un peu distrait ; un Ecossais installé à Paris, que l'on disait collectionneur averti, grand amateur de littérature ; il avait acquis sa fortune, que l'on assurait immense, dans les Indes orientales. Il était venu seul à la Cour ce jour-là, mais quelqu'un me glissa qu'il vivait avec une des plus belles Italiennes que cette terre eût vu surgir de ses entrailles. Je trouvai le trait forcé mais ne pus m'empêcher de sourire en songeant au bonheur de cet homme. Je fus heureux de revoir la princesse de Lamballe dont la douceur me touchait fort quand mes yeux voyaient à ses côtés l'agitation et l'intrigue gouverner la duchesse de Polignac et la comtesse Diane, plus redoutables que jamais.

Le Roi me reçut avec bonté, me désignant le soir même pour souper dans ses cabinets, tandis qu'il me faisait prier par l'intermédiaire de son premier écuyer, le duc de Coigny, à la chasse du lendemain. Sa Majesté ne cachait pas son contentement d'avoir un fils et comblait la Reine d'attentions pour lui plaire. Parce qu'Elle désirait posséder Saint-Cloud qui joignait aux charmes de la campagne la proximité de Paris, le Roi avait racheté le petit château au duc d'Orléans et, comme il l'avait fait pour Trianon, le lui avait offert pour qu'Elle s'y sentît chez elle. Parce qu'il eût aimé voir la Reine l'accompagner plus souvent à la chasse, il pria son autre cousin, le duc de Penthièvre, de lui céder Rambouillet, mais il fut moins heureux dans ce choix car la Reine persista à s'y rendre rarement.

Quand je descendais la rejoindre à Versailles dans son nouvel appartement du rez-de-chaussée [1], je la trouvais souvent employée avec le Roi à travailler en la compagnie d'architectes, comme M. Mique ou M. Heurtier, ou de dessinateurs talentueux, comme M. Pâris ou M. Robert, venus leur présenter les plans et les dessins des embellissements qu'Elle voulait un peu partout. Saint-Cloud était à mettre au goût du jour tant les décors lui paraissaient désuets ; Rambouillet aurait sa laiterie ; quant à Versailles, cette pauvre maison était si mal distribuée qu'il y avait tout à reprendre. Il est vrai que ce palais ne ressemblait en rien à celui que les planches gravées de Le Pautre, Chauveau ou Silvestre s'étaient appliquées à représenter cent ans auparavant.

Les belles façades des cours disparaissaient chaque année davantage derrière de nouvelles constructions. Ici, c'étaient des entrées particulières pour protéger des regards indiscrets les accès des appartements ; là, c'étaient les vastes maisons de bois, que j'avais découvertes à mon retour d'Amérique et qui servaient, selon les besoins, de salons ou de salles pour les buffets, tandis que sur le parterre du Midi, une tente somptueuse surmontée d'une marquise en taffetas avait été tendue sur des piliers en forme de lances de tournois pour servir de salle de bal. Enfin et un peu partout, c'étaient ces méchantes boutiques qui envahissaient le moindre pan de mur pour proposer, dans un fouillis bruyant et malodorant, de tout jusqu'aux restes des tables.

On songeait sérieusement à détruire le vieux château dont l'intérieur était coupé, entresolé, sombre et puant.

1. L'accès se faisait par les Cabinets de la reine situés au premier étage.

Seuls les Grands Appartements échappaient à ces défauts, c'est pourquoi on les conserverait. Mais l'époque ne se prêtait guère à de telles dépenses ; aussi se contentait-on de menus changements pour faciliter la vie ordinaire, sans abandonner cependant l'idée de tout refaire.

Mon avis était sollicité, on voulait connaître la distribution de nos palais, la manière de les chauffer ; je me fis envoyer des explications sur nos poêles, afin d'en pouvoir faire installer. Dix fois, on apporta des modifications aux plans de la salle de comédie que l'on se décidait enfin à faire bâtir dans l'aile neuve[1]. Je ne pouvais qu'applaudir à cette décision tant je trouvais toujours aussi peu digne d'une Cour celle qui existait et était utilisée journellement.

Je découvrais surtout avec une joie secrète que la Reine se dégoûtait enfin des exigences de Mme de Polignac pour se tourner vers des personnes, comme Mmes d'Ossun, de Fitz-James, de Maillé, de Tarente ou de Tourzel, simples, gaies et animées par le désir de lui plaire, sans rien lui demander d'autre que l'honneur de la servir. La Reine, plus que jamais, avait besoin d'amis véritables afin de supporter la malveillance qui l'entourait.

Quelques jours avant de regagner mon régiment stationné dans les Flandres, j'assistai à la cérémonie traditionnelle des relevailles. Maintes fois, Elle avait demandé à ce qu'elle fût repoussée car l'on répandait à nouveau qu'Elle avait des amants et que le Roi faisait passer pour siens des enfants dont il n'était pas le père. Elle n'ignorait pas qu'Elle était traitée ouvertement d'Autrichienne et publiquement détestée.

L'entrée dans Paris eut lieu à la fin du mois de mai. Si les équipages ne furent pas aussi somptueux que je m'y attendais, la Reine fut éblouissante de beauté, en

1. Appelée encore ainsi mais construite par Louis XV, elle n'était toujours pas achevée.

grand habit de cour lamé d'argent et parée des somptueuses girandoles[1] de diamants que le sieur Boehmer venait de lui livrer. Mais l'accueil qui lui fut réservé fut pire que nous ne l'avions craint. Une foule immense était massée sur le passage du cortège. Contrairement à l'accoutumée, il n'y eut point d'acclamations ; la Reine fut reçue dans un silence parfait qui nous frappa. Elle m'avoua avoir pleuré le soir dans les bras du Roi, ne comprenant ce qu'Elle avait fait pour être ainsi traitée.

Je n'ignorais pas ce qu'on lui reprochait, mais je n'eus pas le courage de lui dire combien il lui était peu favorable de se mêler des affaires de l'Autriche, qu'il lui fallait dissimuler ses sentiments, mieux se plier aux contraintes de la Cour, et prendre garde de ne point blesser par son attitude des cœurs qui ne demandaient qu'à lui être soumis. Elle avait de l'esprit, du sens, de jolies saillies, toutes les qualités qui en eussent fait une femme délicieuse mais qui nuisaient à la reine de France dont on attendait mesure, réserve et piété. Au lieu de l'éclairer, de la conseiller, en un mot de lui être d'un secours utile par des représentations qu'Elle eût sans doute entendues, car son cœur n'était pas mauvais et ne demandait qu'à plaire, je me contentais de prétendre apaiser ses chagrins par ma présence et me taisais, entièrement dominé par mon admiration pour Elle, qui emportait tout autre raisonnement quand je la voyais.

Loin de soupçonner l'origine de la haine qui enflait contre Elle, je ne voyais que des malveillances, là où il y avait véritablement un complot. Ce n'est que bien des années plus tard que je compris d'où partaient les attaques. Longtemps, parce qu'on me savait proche de la Reine, on se garda de parler librement devant moi. C'est ainsi que jamais Leurs Majestés, encore moins moi-même, nous n'imaginâmes un seul moment tout le mal qui sortait du cabinet de Monsieur. Je me contentai d'être discret, parce que je savais qu'il entretenait une

1. Groupes de pierres précieuses portés aux oreilles.

correspondance suivie avec notre souverain et que c'était par elle que tous mes faits et gestes étaient connus chez nous. Mais pas plus que le reste de la famille royale, je ne me doutais que nous devions à sa plume le flot d'ordures qui se répandait sous le manteau, salissait la Reine et préparait le coup qui allait la perdre.

Les précautions que je prenais pour la voir, de façon à ne pas reproduire l'imprudence que nous avions commise lors de la fête de Trianon, furent trop tardives pour changer le sens de la rumeur. Malgré mon application à ne la rencontrer que publiquement ou en présence du Roi, on assurait m'avoir vu là où je n'étais point et ne pouvais être. La Reine partait-Elle dans le parc, conduisant Elle-même son attelage ? L'on rapportait que c'était pour me rejoindre alors que, dans le même moment, je paraissais dans l'habit vert du tiré [1], pour accompagner le Roi qui m'avait prié pour cette faveur rare ; et, seul avec Sa Majesté accompagnée par son capitaine des gardes, nous passions de longues heures à tirer des faisans dans le Petit Parc.

Je poussais la précaution jusqu'à dater mes lettres de Paris, alors même que j'étais à Versailles, afin de diminuer les bruits qui couraient, mais tout cela était vain. J'en vins à me réjouir que mon séjour fût de courte durée ; mon service m'appelait à Landrecies, que je gagnai sans grand regret, préférant les fatigues de l'entraînement à celles de l'intrigue. Alors que j'étais absorbé par les tracas que peut donner la prise d'un commandement, j'appris par la Reine l'arrestation du cardinal de Rohan.

---

1. Réservé pour la chasse au tiré.

31.

Ce que la Reine m'écrivait était si décousu que je n'entendais rien à cette histoire de collier disparu que le cardinal de Rohan aurait fait acheter pour Elle en imitant sa signature. Elle pensait qu'il s'était servi de son nom pour une escroquerie qui lui eût permis de mettre de l'ordre dans ses affaires. Mais j'avais du mal à voir clair dans une infamie qui venait d'un homme jouissant de douze à quinze cent mille livres de rente. Il n'y avait qu'en France où l'on pût voir un cardinal-archevêque, Grand Aumônier du roi, sans religion ni mœurs, filou et escroc, arrêté comme faussaire de billets[1]. C'était incroyable !

Esterhazy, qui ne le croyait pas capable d'une friponnerie et d'un trait aussi noir que celui dont on l'accusait, prenait un peu sa défense. Il m'écrivait qu'abusé par une femme qui se disait être une Valois, le cardinal avait fait l'acquisition de ce collier pour être agréable à la Reine qui n'osait le demander au Roi. Et sur la foi de billets qu'il croyait signés par Elle et d'un entretien nocturne dans un bosquet du parc avec une personne qu'il avait prise pour Sa Majesté, il avait acheté au joaillier Boehmer le splendide collier à présent disparu, comme avait disparu Mme de la Motte qui avait servi d'intermédiaire.

1. Qui a écrit de fausses lettres.

Pour ma part, je ne concevais guère qu'un personnage aussi rompu aux usages de la Cour eût pu être abusé au point de n'avoir pas su qu'il n'existait plus personne portant le nom de Valois, et ignorât ce que tout le monde savait : que la Reine signait simplement de son prénom, et non Marie-Antoinette de France. Quant à une promenade seule la nuit dans le parc, jamais Elle ne s'y serait aventurée.

Les histoires qu'on débitait, surtout en province, étaient insensées. On ne voulait pas que le collier et la signature contrefaite de la Reine fussent la véritable cause de l'arrestation du cardinal de Rohan. Bien qu'il n'y en eût point, on soupçonnait quelque raison politique, et à Paris, l'on soutenait même que tout cela n'était qu'un jeu entre la Reine et le cardinal, qu'Elle feignait ne point pouvoir le souffrir mais était au mieux avec lui, s'en servant même pour faire savoir à l'Empereur tout ce qui se passait dans le Conseil.

Mais aussi invraisemblable que cela vous paraîtra, j'étais étonné plus qu'inquiet pour une affaire dont je ne percevais, de mes Flandres, que l'écho affaibli ; j'étais surtout content que le Roi eût fait preuve d'autorité, ce qui lui était fort peu commun. La Reine m'écrivait se sentir ravie à l'idée de ne plus en entendre parler, et heureuse de regagner Trianon ; son esprit était de nouveau entièrement absorbé par le rôle de Rosine dans *Le Barbier de Séville*, qu'Elle répétait et qu'Elle allait interpréter devant le Roi.

Bien que n'ayant guère eu l'occasion de la voir jouer sur son petit théâtre de Trianon, je n'ignorais point combien la Reine avait du goût pour un plaisir auquel Elle s'adonnait, non pour faire comme tout le monde, mais bien parce qu'il n'y avait guère de moment qui lui rappelât avec autant de bonheur son enfance. C'était le temps où Elle jouait des comédies et dansait, heureuse et sans contrainte, avec ses frères et ses sœurs devant l'Empereur et l'Impératrice qui déposaient, le temps de leurs jeux, leurs couronnes. Mais qu'Elle jouât une œuvre de M. Caron, qui bien que se faisant appeler de Beaumarchais ne demeurait pas moins un effronté, me surprit peut-être autant que toute cette histoire de collier dérobé et de signatures contrefaites.

Quelles que fussent les qualités de l'œuvre, je conservais le souvenir amer des libelles que l'auteur, en son temps, avait rédigés contre la Reine, et n'oubliais guère son insolent *Mariage* que j'avais applaudi lors de mon passage à Paris avec Gustave III. Quand je lui en fis la remarque par écrit, Elle me glissa juste, entre mille autres choses, qu'il ne seyait guère à un sujet suédois d'être plus sévère que le roi de France. Je pris la chose à ma façon, fort mal, et fis la seule chose qui me restât à faire, m'occuper de mon régiment. Je ne répondis pas à deux de ses lettres, mais elles étaient si charmantes qu'à la troisième je cédais et reprenais mon commerce comme auparavant.

J'avais tant à faire à Landrecies que j'y restai jusqu'à l'automne, promettant seulement à la Reine de la rejoindre pour le voyage de Fontainebleau. Je me réjouissais de connaître enfin ce séjour dont on disait mille choses flatteuses. C'était la Cour, mais en plus brillant ; les plaisirs de la chasse dans ses très belles forêts rivalisaient avec la nouveauté et la variété des spectacles, car c'est là qu'étaient traditionnellement présentées les pièces nouvelles. Mais une fois de plus, rien ne fut semblable à ce que je me représentais.

J'avais rejoint la famille royale à Choisy où elle résidait depuis une couple de jours. Là, les chemins avaient divergé suivant le transport pris par chacun. Madame, fille du Roi, que l'on appelait désormais assez généralement Madame Royale, nous quitta la première en carrosse, suivie de peu par Madame et la comtesse d'Artois, tandis que le Roi et Monsieur roulaient de leur côté. Le duc de Normandie, qui n'avait que sept mois, était resté à Versailles et Mgr le Dauphin, dont la santé ne permettait, hélas ! point le voyage, prit la route pour le château de La Muette où l'air était meilleur.

Mme de Polignac l'accompagna, mais souhaitant être des nôtres, la gouvernante des Enfants de France se permit de faire valoir que son absence à Fontainebleau eût pu être prise pour le signe d'une disgrâce. Et Sa Majesté, trop bonne, avait cédé à contrecœur aux instances de son amie, confiant son enfant à ses sous-gouvernantes. Cela me frappa. Il me sembla inconvenant qu'une favorite aussi gâtée se permît de faire passer ses plaisirs aux dépens de sa charge. Je risquai la remarque, mais la Reine la prit moins mal que je ne l'eusse cru.

Elle-même fit le voyage par eau avec Madame Elisabeth, le comte d'Artois et quelques courtisans, nommés à l'honneur de l'accompagner parmi lesquels je figurais. On avait fait venir un élégant yacht [1] de Corbeil jusqu'à Choisy pour nous prendre et remonter la Seine jusqu'à Melun, où des carrosses nous attendaient pour nous mener à notre terme. Ce fut véritablement un moment d'enchantement. Le bateau comptait sur le pont une infinité d'arbres en caisses qui formaient une espèce de parterre ; à l'intérieur, il présentait toutes les commodités d'une grande maison avec son salon et sa salle-à-manger en acajou, drapés de rideaux de taffetas vert pomme, sans parler de sa cuisine, bonheur des pages qui ne cessaient d'y descendre.

A peine arrivé à Fontainebleau, j'eus la désagréable surprise de tomber sur mon chevalier à la triste figure [2] qui, comme moi, descendait chez le baron de Breteuil. L'établissement dans cette résidence avait pour particularité que tous les logements, qui par ailleurs n'étaient guère nombreux, étaient fournis vides ; il appartenait à chacun de faire envoyer ses meubles avant d'y arriver.

1. Nom réellement donné au bateau de la reine qui servait pour le voyage de Fontainebleau.

2. Le lecteur se souviendra que Fersen avait ainsi baptisé le marquis de Bombelles.

Pour toutes les raisons que vous pouvez deviner, je me réjouis d'être accueilli chez le ministre de la Maison du Roi dont l'appartement, quoique situé dans le corps de logis qui devait être abattu au premier moment, avait été fort bien arrangé par les Bâtiments et le Garde-Meuble[1].

Dès le lendemain, je fis ma cour, comme tous et comme le voulait l'usage lorsque le Roi quitte Versailles pour s'établir dans quelque autre maison royale. Je me rendis d'abord chez le Roi, puis chez la Reine. Je ne manquai pas d'être surpris par l'inconfort de leurs appartements et compris mieux les travaux dont ils avaient parlé devant moi. Tout était incohérent, suranné et abîmé par les fuites d'eau dont on voyait les marques un peu partout. En portant mes hommages aux autres princes et aux princesses, je découvris leurs appartements refaits qui offraient bien des agréments. La journée se passa ainsi en visites, et s'acheva autour d'un billard. Tandis que je jouais contre M. de Vaudreuil, j'entendis, dans mon dos, ce mot qui se voulait plaisant :

— A-t-on dit au comte de Fersen qu'en jouant ici, nous lui faisions les honneurs de la galerie des Cerfs[2] ?

Ayant reconnu la voix de M. d'Adhémar, je ne jugeai pas utile de me retourner pour regarder un homme qui hissait le portrait de Mme de Polignac dans sa chambre, et reléguait celui de la Reine dans le corridor. En me lançant le nom de cette galerie devant tous, il n'avait pas seulement cherché à rappeler le meurtre du marquis Gian-Rinaldo Monaldeschi sur les ordres de la reine Christine[3] ; il avait réellement insinué que les mêmes liens m'unissaient à la reine de France.

Un surprenant silence s'était soudain emparé de l'assistance, les queues de billard restèrent suspendues entre les mains des joueurs ; Vaudreuil, qui me faisait face, posa la

1. Les Bâtiments du Roi et le Garde-Meuble de la Couronne constituaient deux des services de la Maison du Roi.

2. La galerie des Cerfs, déjà amputée sous Louis XV, fut coupée sous Louis XVI pour accueillir deux salles de billard.

3. De Suède.

sienne ; les courtisans s'étaient tus, se tenaient immobiles, prêts à s'arracher les mots qui leur seraient livrés. Je connaissais trop l'histoire de mon pays pour me laisser enfermer dans le piège qu'il me tendait.

— Je suis heureux de vous entendre rappeler que le plaisir que nous goûtons dans cette salle ne doit point faire oublier leurs devoirs aux courtisans que nous sommes... lui répondis-je sans me retourner, faisant mine de mesurer l'effet que j'allais donner à ma bille [1].

— ... car si ma mémoire ne me fait pas défaut, il me semble que c'est pour y avoir manqué que cet écuyer fut exécuté...

Et sur ces mots, je jouai, je touchai et je marquai, dans un silence approbateur que rompit l'arrivée de la Reine.

— Mes félicitations, cher comte, c'était un joli coup, me dit-Elle, sans que personne ne sût auquel Elle applaudissait.

Mais le lendemain, j'eus l'assurance qu'Elle n'avait rien perdu de notre échange et l'avait même rapporté au Roi, quand, à un courtisan évoquant le regret d'une de ses connaissances de n'avoir point de nom, Sa Majesté répondit bien haut, de façon que l'intéressé n'en perdît rien :

— Mais qu'il fasse comme M. d'Adhémar, qu'il en prenne un !

Ces échanges furent à l'image de notre séjour. La Cour, profondément frappée par l'arrestation du cardinal s'était scindée en deux clans qui avaient bien du mal à demeurer sous le même toit. La Reine ne m'avait pas écrit qu'il avait été arrêté à Versailles, le jour de l'Assomption, dans la galerie emplie d'une presse monstre, alors qu'il était vêtu des habits pontificaux, en soutane de moire écarlate et rochet de dentelle, prêt à célébrer la grand-messe.

Après la honte de l'arrestation, le baron de Breteuil eût pu lui épargner celle d'exécuter l'ordre du Roi en public ; c'était un affront que ni les Rohan et ceux qui leur étaient

1. Boule.

alliés, ni le haut-clergé, ni aucun membre de la noblesse ne pouvait admettre. Je ne comprenais quel intérêt Leurs Majestés et le ministre avaient pu trouver à un éclat qui me semblait inutile. Il n'y avait plus qu'à attendre le jugement du Parlement sur un procès que le cardinal avait souhaité public, et dont la Reine attendait beaucoup. L'humeur de tous s'en ressentait, on chassait sans entrain, on applaudissait par habitude ; en un mot, la Cour s'ennuyait comme elle allait s'ennuyer de retour à Versailles où je la suivis.

L'année s'acheva cependant, plus gaiement qu'elle ne s'était déroulée et, aussi peu croyable que cela pourra vous sembler, nous dûmes à M. de Calonne ce sursaut de gaieté par l'aventure qui lui arriva et qui nous fut contée la veille de Noël.

Dehors, le froid vif avait engourdi la ville dans un manteau de torpeur, et l'on s'étonnait que la neige ne fût point encore tombée. A n'en pas douter, les premiers flocons ne tarderaient guère. Partout dans les appartements, les garçons de la Fourrière [1] allaient et venaient, demandaient le passage pour déposer devant chaque cheminée la traditionnelle bûche peinte en bleu et fleurdelysée destinée à la veillée et dont la taille, proche de celle d'un tronc, promettait de brûler toute la nuit.

Cette antique coutume plaisait fort et la vue de ses apprêts occupait le courtisan et le curieux en attendant la messe. Mais cette année-là, un murmure joyeux se répandit dans les rangs de ceux qui, comme moi, se rendaient pour la célébration dans la chapelle. Je ne sais qui le premier offrit en pâture la folle nuit de M. le Contrôleur général, mais le récit s'en répandit en moins d'instants qu'il ne me faudra pour vous le rapporter, et fit rire pendant quelque temps aux dépens de celui qui l'avait vécue.

Le ciel de lit de M. de Calonne s'étant détaché d'un coup la nuit précédente, il se trouva tellement couvert que sa main, trop éloignée de la sonnette, ne pouvait l'at-

1. Service chargé de l'approvisionnement en bois.

teindre pour prévenir ses gens. Les méchants assuraient qu'il n'y avait pas à en douter, c'était un coup du ciel ! Cependant ses cris étouffés sous quatre cents livres d'étoffes damassées, brochées et rebrodées, furent longtemps poussés avant qu'il pût être secouru. Quand enfin, on le dégagea, on le trouva tout assommé, et l'on murmura que Mme Vigée-Lebrun était assez près du ministre pour avoir été ensevelie sous le même fardeau.

M. le Contrôleur général prit beaucoup de soins le lendemain pour donner à cet accident, dont on savait qu'il avait eu plus de peur que de mal, tout l'appareil d'un énorme danger auquel il aurait échappé. Il se fit saigner deux fois dans la journée, reçut allongé comme son état l'indiquait à ses yeux ; en un mot, il fut beaucoup plaint par-devant et moqué par-derrière.

Vous avouerez qu'en perdant tout à fait la tête dans un moment fort cocasse, M. de Calonne offrit à ses détracteurs une occasion superbe de le railler. Ce fut cependant une des dernières fois où M. de Calonne donna le bonheur de faire rire pour des riens et de distraire de l'attention générale l'étalage de son incompétence et de sa fatuité qui portaient ordinairement plus aux larmes.

32.

Les trois années qui suivirent se ressemblèrent tant, qu'elles se confondent dans ma mémoire. Appelé à être sans cesse sur les routes entre la Suède où m'appelait mon devoir, la Flandre où mon régiment était stationné et auquel je consacrais la plus grande partie de mon temps, et Paris où mon cœur me guidait, je trouvais un bonheur extrême en une vie où, en n'étant nulle part chez moi, tous les lieux m'étaient chers. Je m'y posais avec malles, clavecin portatif, flûte, écritoire, partitions et cahiers et, en moins d'une heure, mon univers resurgissait quel que fût le cadre que les événements lui imposaient.

Appartenant aussi bien à l'armée suédoise qu'à l'armée française, je devais en permanence me tenir prêt à servir dans l'une comme dans l'autre. Pendant l'été 1787, les menaces d'une guerre avec la Prusse s'amoncelèrent au-dessus de la France. La Hollande traversait une crise profonde opposant Guillaume V d'Orange, son stathouder, à la bourgeoisie. La Prusse ayant envoyé vingt mille hommes au secours de Guillaume V, nous nous tenions prêts à partir à tout instant, et je ne cachais pas mon désir de voir mon régiment prendre part à cette guerre.

L'été passa cependant sans que la France prît une décision. La Reine m'écrivait dans ses lettres que le Roi, par principe hostile à la guerre et largement satisfait par l'aventure américaine, préférait renoncer à l'alliance que livrer la Hollande à une pure démocratie. Je ne cessais cependant d'entraîner mes troupes avec le faible espoir de les voir combattre ; je ne songeais pas un instant que la France pût rompre un de ses engagements. Pendant plusieurs semaines, l'on nous assura la guerre probable pour le printemps suivant ; mais mon passage à Versailles, en octobre, mit fin à mes illusions : la France n'interviendrait pas. L'écrasement des patriotes hollandais m'affligea moins que de voir la France renoncer à sa parole.

Avant que l'année fût achevée, mon désir de servir allait être tout à fait satisfait, mais en prenant, hélas ! des formes qui, loin de combler mes espérances, contrarièrent mes projets et me fâchèrent tout à fait. En m'engageant à servir deux pays, je n'ignorais pas les inconvénients qui pouvaient résulter d'un tel système et les avais acceptés. Mais quand Staël me fit part dans les derniers jours de décembre 1787 de la volonté de notre souverain de déclencher une guerre contre la Russie pour reconquérir les provinces perdues, j'entrai dans une grande colère.

La popularité de Gustave III était assurément au plus bas, mais je trouvais dangereux de vouloir profiter du conflit entre la Russie et la Porte[1] pour entamer, sans alliés, une guerre dont le seul but était de refaire l'unité de son pays autour de sa personne. Il était pénétré de l'idée qu'il allait sauver l'Empire ottoman de sa chute et que son nom serait connu dans toute l'Asie !

Je savais que le Roi me voudrait dans son entourage et je pouvais compter sur le prétexte de ce conflit pour me faire rappeler mes engagements, que je n'avais pas respectés jusque-là, de passer en Suède deux années sur trois. Mais en ce début de 1788, j'avais moins envie que jamais de m'éloigner d'un pays où mille raisons

1. La Turquie.

apparentes me retenaient, mais où une plus réelle m'attachait par le plus doux des liens.

Je devais mon bonheur à un ange de bonté dont les soins occupaient tous mes moments ; c'était une folie. Mon ardeur à l'entretenir m'étonnait moi-même et quand je le lui avouais, Elle me faisait la confidence de sa propre constance qui la surprenait fort. Il y eut quelque chose d'infiniment troublant dans ces années d'attente tout entières absorbées à en cultiver le mystère.

Non, sans les rigueurs et les alarmes,
Les plaisirs d'amour n'ont point de charmes.

Cent fois, j'avais fredonné ces vers jusqu'au jour où, lassé de me laisser mener par de vaines et stériles passions, je me mis à rêver d'un bonheur bien doux sans vouloir, dans ses commencements, lui donner de nom. Mais dans ces années 1787-1788, mes journées tout entières livrées à l'attente parlaient d'elles-mêmes. Les plus cruelles étaient assurément celles où les postes, se jouant de mes déplacements, me laissaient plusieurs jours sans les missives attendues. Jamais je n'ai eu tant de goût et d'impatience pour écrire, jamais je n'ai été aussi comblé.

Les lettres de la Reine me parvenaient avec une régularité qui ressemblait au bonheur. Le mystère que nous mettions à nous les faire parvenir nous les faisait désirer plus encore. Les guetter, les goûter, les rédiger nous occupaient un temps que vous ne sauriez soupçonner. Les nouvelles qu'elles m'apportaient me laissaient croire ne pas l'avoir trop quittée. Jamais nous ne fûmes aussi proches l'un de l'autre qu'en étant séparés par des dizaines de milles.

La méchante affaire du collier de M. Boehmer acheva de tourner la Reine complètement vers ce qu'Elle avait de plus cher au monde, ses enfants. Leur éducation occupait tous ses soins et faisait son bonheur, qui n'était pas sans nuages. La santé du Dauphin, qui ne cessait de se dégrader mais dont on espérait toujours, la rongeait ; sans jamais qu'Elle se plaignît, ni fît état des souffrances de cet enfant, je sentais à la façon bien tendre de me rapporter mille détails de ses journées combien Elle y était attachée et souffrait pour lui. L'heureuse nature du duc de Normandie et les satisfactions que lui apportait en grandissant la petite Madame Royale mettaient du baume à ses blessures, tandis que la naissance d'une seconde fille pendant l'été 1786 avait comblé son cœur de mère. Oserai-je vous avouer que j'en fus jaloux ?

Je sens tout ce que ce sentiment a de peu glorieux quand je songe à la brièveté de ce bonheur. Car cette enfant, à qui l'on avait donné le prénom d'une de ses tantes, n'avait pas un an quand elle lui fut enlevée. J'ai souvenir du jour où Elle m'apprit la terrible nouvelle. C'était par une journée de juin où la chaleur avait été particulièrement vive. Pendant deux jours et deux nuits, j'avais exercé mes troupes dans les environs de Maubeuge et nous étions rentrés fort tard. Le billet fort court qui me l'annonça me déchira. Rien n'était plus digne que les mots choisis pour le dire, rien n'était plus poignant que son écriture déformée par la douleur. Comme je me sentis coupable de l'avoir si peu aimée ! Elle était née en juillet alors que j'étais à Londres et je l'avais vue pour la première fois à mon retour de Stockholm au printemps suivant. Tellement heureux de retrouver sa mère, j'avais prêté une attention polie à un joli paquet de robes et de dentelles d'où émergeait le visage rond et souriant de ce qui n'était pour moi qu'une bien jeune enfant.

Il est vrai que, de tous les Enfants de France, le duc de Normandie était celui auquel j'étais le plus attaché. Je vous ai fait l'aveu de ce qu'il fallait penser des bruits qui coururent sur sa naissance ; il me reste à vous assurer que cet enfant était aussi gracieux qu'on le décrivit, aussi lumineux qu'on le dépeignit, aussi espiègle qu'on pouvait l'être à son âge, mais avec cette étonnante aptitude à rendre au sérieux et à la raison la place qu'ils ne devraient jamais cesser d'avoir dans le cœur d'un prince.

Chaque jour, je sentais combien ses enfants lui étaient précieux à la façon touchante et juste dont Elle m'en parlait. Ils la consolaient de tous les écrits odieux qui se déchaînaient et qui se nourrissaient de tant d'absurdités qu'il n'est guère besoin de vous les rappeler. Tout avait toujours été matière à outrage, mais l'ouverture du procès du cardinal de Rohan donna lieu à un déversement d'horreurs qui ne devait plus cesser. A partir de ce moment, plus rien ne se produisit à la Cour dont on ne rendît la Reine coupable. C'était à se demander comment Elle pouvait résister à tant de malveillance.

Il me souvient en particulier d'un événement dont on tira parti dans un sens qui me révolta ; la mort de M. de Vergennes donna le prétexte à des insinuations parfaitement ignobles. C'était au début de 1787. Le ministre des Affaires étrangères mourut au moment où, le Roi ayant consenti à assembler les notables, ceux-ci devaient se réunir quelques jours plus tard pour convenir des réformes.

Le Roi fut vivement affligé par la perte de ce ministre qu'il aimait et qui l'avait si bien servi. Mais à peine M. de Vergennes eut-il fermé les yeux que d'affreux libelles se répandirent, soutenant que la Reine avait fait empoisonner le ministre dont Elle voulait se venger pour n'avoir pas assez soutenu l'Autriche et trop défendu le cardinal de Rohan ! C'était immonde et à la mesure de tout ce qui se publiait depuis cette atroce affaire de collier.

La Reine ne me cachait rien de ce qui se passait, la faiblesse du Roi, la valse des ministres, la déplorable situation financière du pays, l'insolence des parlements... Mme de Polignac se soutenait toujours, mais avec le départ de M. de Calonne à la fin de l'année 1787, les individus de sa société perdirent tout crédit. Je devinais entre les lignes combien le Roi, toujours indécis et méfiant, accordait une confiance de plus en plus grande aux vues de sa femme. J'apprenais par d'autres sources que c'était Elle qui faisait tout, que les ministres se rendaient souvent chez Elle et ne lui cachaient rien. Mais c'était toujours en passant qu'Elle me parlait des affaires du royaume, car toutes ces questions l'ennuyaient fort, et je sentais bien qu'Elle m'en entretenait davantage pour me plaire que par goût.

En vérité, les plus belles pages qu'Elle m'écrivait étaient celles où il était question de ceux que nous aimions, de sa famille, de la mienne, de nos amis, comme Elle avait l'amabilité d'appeler le cercle restreint qu'Elle se plaisait à cultiver et qui avait eu la bonté de m'accepter.

Chaque jour, je sens davantage combien ses lettres me manquent et je ne cesse d'en déplorer la perte. Celles qui me restent me reportent, toutes hélas ! aux temps funestes qui virent se briser un à un tous nos vœux. Je ne puis les relire sans pleurer, il n'y était question que d'affaires sérieuses, tout ce à quoi Elle avait répugné pendant tant d'années.

Mes courts séjours à la Cour laissaient paraître chaque fois un peu plus combien les choses changeaient. La Reine, assez généralement détestée, se voyait accusée de tout le mal qui se faisait, mais personne ne lui rendait grâce pour ses bienfaits. Les créatures de Mme de Polignac, comme M. de Calonne, avaient montré leurs limites, l'élévation peu de temps après de Mgr de Brienne, archevêque de Toulouse, soutenu par son vieil ami l'abbé de Vermond et par la Reine, à la dignité de ministre principal du Roi sonna la retraite des maréchaux de Castries et de Ségur. Mais que pourrait-il faire de véritablement neuf au Contrôle général des Finances qui n'eût déjà été tenté ?

Je trouvais que M. de Calonne avait fait grand tort à la France en mettant au jour le dérangement de ses finances alors que, s'il est une des branches de l'administration qui doit rester secrète, c'est bien celle-là. Les notables assemblés dans l'espoir de résoudre rapidement la crise financière n'aspiraient qu'à se décharger de responsabilités dont ils ne voulaient pas, en demandant de faire appel au Parlement. De là à convoquer les états généraux, le pas n'allait pas tarder à être franchi.

33.

Malgré mes efforts pour reculer mon départ, il me fallut prendre congé de la Reine et rejoindre Gustave III en Finlande au mois de juillet 1788 pour une guerre qui fut peu glorieuse et fut conduite dans des conditions misérables. Revêtu du costume de son ancêtre Gustave-Adolphe, portant cuirasse, brassards et cuissards, notre souverain avait pénétré dans la Finlande russe espérant trouver gloire et amour ; il ne rencontra au bout de sa route que colères, insubordinations et révoltes.

La confusion qui régnait sur le front était extrême. Le commandement était absent, les soldats n'avaient ni manteaux, ni couvertures, certains régiments prônaient ouvertement la révolte ; le ton qui dominait faisait frémir tous les bons citoyens. En quelques semaines, tous les plans de bataille s'effondrèrent, des officiers signèrent un manifeste pour condamner cette guerre et demander la paix.

Dans le même temps, les nouvelles que je recevais de France m'alarmaient chaque jour davantage. Le mécontentement général faisait des progrès tels que la Reine m'avouait ne plus oser se rendre à Paris. Elle s'inquiétait de l'état de santé du Roi qui, souffrant de troubles digestifs, n'assistait plus au Conseil et semblait fuir les difficultés en se réfugiant dans une propension inquiétante au sommeil. Les états de Bretagne s'étaient enflammés et le Royal-Suédois, que j'avais confié à Stedingk, avait été mobilisé pour camper à Rennes. Plus que jamais, j'étais impatient de le rejoindre.

J'arrivai à Paris à la fin du mois d'octobre, bien décidé à m'y établir complètement. Gustave III, inquiet des conséquences de cette agitation, me chargea d'une lettre à remettre à Leurs Majestés. En deux mois, les événements s'étaient précipités. En juillet, un édit, abolissant pratiquement[1] la censure de la presse, avait fait sentir immédiatement ses effets, donnant lieu à un déchaînement d'écrits qui inondèrent tout le pays. L'aggravation de la crise financière était à l'origine de toutes les revendications. Alors que jamais Roi n'avait été aussi tolérant, la critique de l'absolutisme royal était sur toutes les lèvres.

Les plus enragés demandaient sa mise sous tutelle, les plus modérés voyaient dans la convocation des états généraux le seul remède à la crise. En août, Sa Majesté avait enfin promis leur réunion pour l'année suivante et leur organisation occupait tous les esprits. La fermentation était générale. On ne parlait que de constitution ; les jeunes gens ne s'entretenaient que d'états généraux et de gouvernement, quoique souvent leurs gilets, leurs cabriolets et leurs jaquettes y fissent diversion.

C'était un délire ! Tout le monde ne parlait que de progrès et régissait les affaires du royaume. Dans les antichambres, les laquais étaient ouvertement occupés à lire les brochures qui paraissaient, et échangeaient tout haut les commentaires qu'elles leur inspiraient. Je croyais rêver en parcourant tout ce qui se publiait, et en entendant applaudir aux folies les plus répréhensibles. Je n'étais pas sûr que la France gagnerait à tous ces changements mais, pour l'heure, la société y perdait beaucoup.

Mgr de Brienne, incapable de trouver des solutions, avait remis sa démission souhaitée par tous. La Reine,

1. En pratique plus qu'en théorie.

affectée par ce départ, mais consciente qu'il n'y avait pas d'autre voie, avait fait venir chez Elle M. Necker. Elle ne me cachait pas combien Elle craignait que ce retour nécessaire n'entraînât bien des malheurs du côté des parlements, mais sa volonté était ferme comme Elle l'écrivit :

« Il n'y a plus à hésiter ; si demain, il peut se mettre à la besogne, c'est le mieux. Elle est bien urgente. Je tremble, passez-moi cette faiblesse, de ce que c'est moi qui le fais revenir. Mon sort est de porter malheur ; et si des machinations infernales le font encore manquer[1] *ou qu'il fasse reculer l'autorité du Roi, on m'en détestera davantage. »*

Le retour de M. Necker aux Finances, avec le titre de ministre d'Etat, fut accueilli avec transport par le peuple. Bien que n'aimant pas cet homme, j'étais confiant en ses lumières dont j'attendais beaucoup. Mais j'avais mis peut-être plus d'espoir dans ce rappel qu'il ne convenait. Mme de Staël, sitôt son père nommé, avait volé pour s'installer à ses côtés au Contrôle général des Finances, laissant son mari à l'ambassade rue du Bac.

Parce que je ne soupçonnais pas l'étendue du danger qui menaçait, j'étais serein quant à l'avenir de ce pays. J'y voyais une affaire de mode et ne doutais pas que tout irait mieux qu'on ne l'avait cru d'abord. La France ne tarderait pas à reprendre en Europe la grande influence qu'elle devait y avoir.

Ma confiance était si grande que, las de toujours dépendre d'amis qui en m'hébergeant n'ignoraient rien de mon emploi du temps, je pris des dispositions pour m'installer de façon définitive. C'est à cette époque que je fis l'acquisition d'un hôtel à l'angle de la rue du Faubourg-Saint-Honoré et de la nouvelle rue de Matignon. Comment ne pas être content d'une maison qui venait d'être construite, possédait une écurie et trois remises ?

1. Echouer.

Comme cela ne pouvait suffire pour loger mes chevaux, je louai d'autres écuries à deux pas de là.

On fit beaucoup de bruit pour rien quant à la somptuosité de mes équipages et à l'élégance de mes gens. On en parla jusqu'en Suède, mais l'on exagéra beaucoup. Quant à la livrée des douze personnes qui étaient à mon service, composée d'un habit bleu avec des boutons en argent et un collet de velours cramoisi, vous conviendrez qu'il n'y avait là rien de remarquable.

J'étais en revanche très heureux de mon intérieur que je me plus à meubler à mon goût. Je ne peux m'empêcher de sourire en écrivant ces derniers mots car, pour être bien honnête, la Reine prit un plaisir infini à guider mes choix, à faire venir dans ses appartements les fournisseurs, à choisir pour moi les soieries qu'Elle pensait les plus élégantes et les mieux adaptées à la maison d'un grand seigneur suédois chez qui toute la Cour se rendrait. M. Jacob fut prié de me livrer quantité de ces ravissants fauteuils et pliants aux lignes pures et aux sculptures sobres comme il se plaisait à les exécuter dans ces années-là, tandis que M. Riesener me dessinait quelques commodes et un bureau plat. Je cédai à la mode du jour pour les meubles mécaniques et demandai à Merklein de me confectionner un lit à dossier réglable et une table à transformation qui pouvait servir pour la toilette, pour le déjeuner, pour la lecture ou pour l'écriture, semblables dans leur principe à ceux qu'il avait faits pour la Reine et dont Elle se disait fort contente.

Enfin, aimant à recevoir, je m'installai de façon à être en mesure de le faire, et y réussis assez bien. En dépit de ce que je vous disais à cette époque afin de ne pas trop effrayer notre père, toujours facilement inquiet sur ce chapitre, je ne me privais de rien et les dépenses de ma maison en général et de ma table en particulier furent assez considérables.

La Reine fut la première à honorer ces lieux. Mme de Polignac l'avait accompagnée avec les enfants et, tandis que Madame Royale regardait tout avec la retenue qui lui était habituelle, le duc de Normandie ne cachait pas son excitation, surtout quand il découvrit la collection d'armes qui ornait mon grand cabinet. Mais ce qui me toucha le plus, ce fut l'émerveillement de Madame Elisabeth qui, en parcourant les salons, me confia combien elle était heureuse pour moi de me voir si bien installé et m'avoua sa hâte de pouvoir prochainement dormir elle aussi dans son cher Montreuil. Car le Roi, son frère, lui avait fait cadeau d'une maison dans laquelle elle se rendait souvent dans la journée, mais elle n'y dormirait que lorsqu'elle aurait vingt-cinq ans. Elle attendait le mois d'octobre 1789 avec impatience. Hélas ! nous ignorions tous qu'elle ne s'y établirait jamais.

L'état général de la France m'inquiétait par la haine qui montait autour du nom de la Reine, auquel désormais s'associait celui du Roi. La rigueur de l'hiver me semblait préoccupante. Le froid avait été jusqu'à 13 en dessous de zéro, et constamment à midi autour de 2, de 3 ou de 4. Le pays était couvert d'un manteau de neige qui durait partout ; à Paris, la rivière était prise, ce qui gênait considérablement les approvisionnements. Partout, la disette se profilait. Le blé manquait, on ne pouvait pas moudre faute d'eau car il n'avait pas plu depuis plusieurs mois.

Aussi la question qui divisait les esprits, à savoir si les députés du tiers état seraient aux états généraux en nombre égal à ceux de la noblesse et du clergé, me paraissait bien subsidiaire, et j'avais tort. Le Roi, poussé par M. Necker, penchait en faveur d'une représentation de deux membres du tiers contre un membre de la noblesse et un du clergé. Cela me paraissait juste, mais rares étaient ceux qui pensaient comme moi dans l'entourage de Sa Majesté.

Le comte d'Artois, le prince de Condé, le duc de Bourbon et le prince de Conti lui avaient adressé sur-le-champ un mémoire dans lequel ils déclaraient l'Etat mis en péril, demandaient le maintien de la constitution et des formes anciennes et s'opposaient à la double représentation du tiers. Quant aux ministres, semblables à Pénélope, ils défaisaient chaque nuit l'ouvrage du jour et, multipliant les comités indécis, ne parvenaient à s'accorder sur la rédaction des lettres tant attendues pour la convocation des états généraux.

Dans le même temps, notre père avait quitté sa retraite pour reprendre la tête de l'opposition et reprocher vivement à Gustave III d'avoir engagé une guerre aventureuse sans son accord. Il ne mit aucune forme à sa critique et le Roi n'en mit guère plus afin d'ordonner son arrestation en pleine Diète. Sa position, son âge, le lieu, tout contribua à donner, en France et plus particulièrement à la Cour, beaucoup d'éclat à cet événement.

Je sous-estimais le poids de ces querelles qui allaient tout emporter, et je ne peux me souvenir sans regret de mots un peu vifs échangés un jour avec M. de Bombelles, homme pourtant fort mesuré qui se mit en colère :

— Je vois dans ce nouvel écrit de M. Necker une maligne et stupide audace dont les résultats peuvent arracher des mains de Louis XVI un sceptre qui, depuis des siècles, était porté avec tant d'avantages par la première nation du monde !

— Eh bien ! Monsieur, souffrez que je ne partage pas votre avis. Il y a plus de bienfaits à tirer de ces états que vous ne le soupçonnez.

— Vous vous dites très content, M. de Fersen, le Roi et la Reine aussi. Cela me désole pour vous tous car votre illusion sera de courte durée. Leurs Majestés verront combien on les aura trompés en leur faisant croire qu'ils recevront, de leur coalition avec le tiers état, la force que leur eussent conservée le clergé et la noblesse. Ces deux ordres étaient les gardiens des droits de la royauté !

— Mais ils le demeurent...

— Vous savez comme moi que des rhéteurs, des parvenus, des intrigants qui se créeront représentants du peuple viendront insulter à la crédulité de ce peuple et à l'imprudence du monarque.

— Le Roi et M. Necker savent ce qu'ils font, insistai-je.

— Puissé-je me tromper ! Le ciel est témoin de la pureté de mes intentions et de mon attachement à mon maître et à mon pays.

Que n'ai-je écouté ses paroles prophétiques ! Peut-être eussé-je été d'un meilleur conseil auprès de Leurs Majestés qui m'honoraient de leur confiance. Au lieu de cela, je quittai le marquis en le traitant en moi-même de vieux fou.

34.

Mon nom était de plus en plus souvent et publiquement associé à celui de la Reine ; il revenait sans cesse, au point que je concevais des alarmes quant aux conséquences de tant de perfidies. Une lettre fut glissée un matin dans le livre de prières du Roi et, pour en avoir été témoin, je n'ignore pas combien sa lecture lui fit une peine infinie.

Nous chassions ce jour-là dans le bois de Verrières. Déjà au descendu des carrosses, à l'Abbaye-aux-Bois où s'était tenue l'assemblée[1], il m'était apparu que Sa Majesté avait écouté d'une oreille distraite les valets de limiers nous faire leurs rapports. Pendant la collation, le Roi avait, comme à l'ordinaire, décidé de la brisée et donné l'ordre du départ, mais pour la première fois depuis de nombreuses années, je le vis ordonner sans plaisir. Lui qui connaissait les chiens par leurs noms et aimait à leur parler longuement, en allongeant la voix comme ils y étaient sensibles, il les avait à peine regardés.

Tandis que les relais[2] avaient été conduits à l'Obélisque pour la vieille meute, et au débûché du Pilleux pour la seconde, nous avions rejoint l'enceinte d'at-

1. Lieu où les veneurs et les chiens se rassemblent avant de commencer la chasse.

2. Chiens répartis en meutes pour former trois relais.

taque. A la brisée, nous avions mis pied à terre et le Roi, après avoir pris personnellement le soin d'examiner le vol-ce-l'est[1], se releva et déclara que l'on attaquerait au Loup-pendu. Le cheval qui m'avait été attribué dissimulait mal une impatience joyeuse, mâchant son mors, ne tenant pas en place, offrant le spectacle d'une agitation qui détonnait avec le calme des autres montures, impassibles, immobiles, les oreilles pointées. Le hasard avait fait que le mien se trouvait attaché à un baliveau aux côtés de celui du Roi. Sa Majesté, en temps ordinaire, n'eût pas manqué, au montoir, de m'adresser une remarque pour me plaindre d'avoir à supporter sa jeunesse ; du moins, m'eût-Elle lancé un coup d'œil compréhensif. Mais ce jour-là, quand Elle remonta en selle, Elle détourna volontairement son regard du mien.

Les piqueurs[2], en tête à la queue des chiens lancés, menaient le laisser-courre. Le Roi, alors qu'il aimait la chasse au point qu'ordinairement c'était en cette occasion que l'on pouvait jouir de sa société avec le plus d'agrément, était allé à leur suite, chevauchant dans les percées, franchissant les layons, son lieutenant ordinaire de la Vénerie à ses côtés, nous à quelques foulées derrière, sans se retourner, sans dire un mot, comme insensible à la beauté des lieux, aux récris des chiens, au son clair et haut des trompes dans le matin. Il força deux cerfs mais sans entrain, contrairement à l'accoutumée.

La chasse se prolongea jusqu'à l'entrée de la nuit et nous rentrâmes à la lueur des lanternes qui, un peu partout, avaient été disposées sur la route jusqu'à Versailles. Malgré l'obscurité et ses ombres, je ne fus pas le seul à voir sur les traits de Sa Majesté qu'Elle avait pleuré. Il me fallut faire le lien avec le billet qui avait été trouvé le matin même, et je rentrai aussi épuisé qu'affligé par tant de bassesse.

Le lendemain, la Reine me confirma ce que j'avais

1. Empreinte de l'animal sur le sol, se prononce *vosslé*.
2. Se prononçait *piqueux* comme on l'écrit aujourd'hui.

craint ; la lettre qui avait été glissée contenait des horreurs parmi lesquelles l'on trouvait un récit imaginaire, mais d'une grande indécence, des quelques instants que nous avions passés seuls dans la grotte. Le Roi, qui avait une vénération sans borne pour sa femme, ne put lui cacher ni sa peine, ni ses doutes. Effrayée à l'idée d'être à la source d'un si grand chagrin, Elle n'hésita pas un seul moment et proposa au Roi ce qu'Elle pensait être le seul moyen de faire taire ces calomnies : que j'abandonne mon service en France et ne reparaisse plus à la Cour.

Elle m'avoua le lui avoir dit avec tant de spontanéité et tant de cœur que je ne pus m'empêcher d'en concevoir à mon tour de la peine. Je savais cependant qu'il n'y avait point d'autre issue et, depuis quelque temps, je m'y préparais. Quel ne fut pas mon étonnement en apprenant que le Roi, surpris et touché par tant de sincérité, l'avait embrassée avec une grande tendresse, lui assurant qu'il ne voulait pas ajouter à toutes les peines qu'ils avaient déjà celle de se séparer d'un ami qui leur était cher à tous deux ! Je n'avais jamais ignoré la bonté qu'il me témoignait ; je n'avais jamais espéré qu'il m'honorât de son affection. Vous ne pouvez concevoir combien la mienne grandit d'un coup, d'autant que nous étions à la veille de jours qui s'annonçaient bien tristes. Le Dauphin n'en finissait pas d'être à la dernière extrémité.

Le duc d'Harcourt, son gouverneur, prenait des soins aussi respectables que touchants mais qui n'étaient guère couronnés de succès et se heurtaient sans cesse au cœur d'une mère qui ne voyait pas toujours les choses comme lui. Aveuglé par les espérances qu'il mettait en cet enfant qui n'avait pas huit ans, le duc d'Harcourt faisait en tout comme si le Dauphin devait régner un jour. Or, en quelques mois, le petit prince était tombé d'une santé fragile à un rachitisme qui avait courbé l'épine de son dos de façon effrayante et rendu ses jambes si faibles qu'elles ne pouvaient le soutenir. Aussi, quand le Roi reçut le 10 août 1788 l'ambassade de Tipoo-Sahib [1], il ne manqua pas de se produire ce que l'on pouvait redouter. Le gouverneur, soutenant le désir de son prince d'assister à la magnifique réception qui serait donnée dans la galerie, l'avait encouragé en ce sens ; la Reine, soucieuse de ne pas exposer son fils, dont la difformité était très apparente, aux regards d'une foule curieuse, avait prié le gouverneur d'en dissuader le Dauphin. Mais l'un comme l'autre y tinrent tant que le Dauphin écrivit à sa mère en ce sens ; Elle fut forcée de refuser à son enfant malade une joie qui n'était portée à ce point que parce qu'elle avait été grossie par son plus proche entourage.

Le Dauphin conçut un grand dépit et ne manqua pas de faire sentir à la Reine le ressentiment qu'il éprouvait. Il cessa de parler en sa présence et ordonna à son service de faire refuser toutes les douceurs qu'Elle apportait, prétextant que la faculté devait y donner son accord ; à deux reprises, il chassa Mme de Polignac de ses appartements. Pour avoir assisté une fois à la scène, je puis vous assurer que la voix de cet enfant, qui n'était plus qu'un pauvre sac d'os, avait encore une force qui surprit toute l'assistance quand il dit sur un ton ferme et inflexible :

— Sortez, Duchesse, vous avez la fureur de faire usage d'odeurs qui m'incommodent toujours.

Mme de Polignac n'en usait jamais et pas davantage ce jour-là. Partageant les préventions du Dauphin, j'aurais pu me réjouir de ses paroles, mais loin de moi en fut la pensée, car je les savais guidées par la souffrance d'un corps qui en affligeait l'âme. Je connaissais trop tout le chagrin de sa mère, qu'on accusait déjà à tort de préférer le duc de Normandie, d'être privée de la douceur de ce qui ne pouvaient être que ses derniers moments. Ce jour-là, je décidai de ne point me taire. Je laissai donc sortir tout le monde et, au moment de lui présenter à mon tour mes devoirs, je m'agenouillai

1. Roi de Mysore en Inde.

comme je le faisais ordinairement et me permis de lui dire très doucement :

— Monseigneur, vous êtes entouré de gens qui vous aiment chacun à leur manière. Le duc d'Harcourt vous aime en gouverneur et vous prépare à régner ; la Reine vous aime en mère et veut vous épargner des souffrances qu'Elle redoute pour vous. Il ne nous appartient pas de juger de qui a raison, mais seulement de songer que leurs cœurs sont purs et ne songent qu'à votre bonheur...

A ces mots, je sentis sa main gracile se crisper sur mes doigts. Pourtant, en Dauphin, l'enfant se raidit, prêt à me lancer quelque remarque dictée sans doute par la fierté, mais mon regard dut lui dire combien mes paroles étaient sincères. Alors brusquement, je vis son petit corps se recroqueviller au point de n'être plus qu'un long sanglot blessé. Comme je le faisais bien souvent avec son frère, qui n'avait point son orgueil, je le pris dans mes bras, sous le regard ahuri de son service, et j'accueillis sur mon sein des larmes qui depuis bien longtemps n'avaient pas été versées. C'était un flot ininterrompu et silencieux ; je lui parlais doucement, je ne sais plus tout ce que je pus lui dire dans ce moment, je ne sais même pas s'il m'écoutait, ce n'était pas cela qui importait. Ses hoquets s'espacèrent ; il se redressa, me regarda avec ses grands yeux où brillaient sans doute autant la fièvre que le chagrin, et me dit simplement :

— Le Roi et la Reine sont bien heureux d'avoir un ami comme vous.

De ce moment, il n'y eut pas un jour où je ne me rendisse auprès de lui. Je m'appliquais à être fort régulier pour ne point le décevoir s'il m'eût attendu, et ne point le surprendre s'il ne m'attendait pas si tôt. Il était si faible que je veillais à ne pas le fatiguer par une présence trop longue, mais je voyais combien ces moments de conversation faisaient son bonheur. Et quand je retrouvais Leurs Majestés, il régnait entre nous une douceur nouvelle qui venait d'un fardeau si cher que nous étions désormais trois à porter.

Malgré tout ce que disaient les médecins et ceux qui l'entouraient, le prince ne reprenait aucune force et semblait condamné. Chaque jour, son état faisait plus de peine et de pitié. La saison du carnaval de 1789 fut cruelle pour lui qui ne pouvait prendre part aux bals d'enfants qui étaient donnés chez le duc de Normandie, chez Mme de Mackau, chez Mme d'Osmond, chez M. de Bombelles... La Reine assistait à une partie d'entre eux ; le Roi, comme le comte d'Artois, ne manquait jamais de passer admirer ces joyeux enfants qui, de trois à douze ans, se retrouvaient pour danser, souper de pâtisseries, de confitures, de laitages et de fruits, et danser à nouveau jusqu'à près de dix heures du soir où ils repartaient avec leurs bonnes et leurs précepteurs, les poches pleines de bonbons.

Pendant des mois, le Dauphin végéta. Il semblait que ce supplice durait une éternité mais pour ceux qui l'aimaient, c'étaient autant de moments où nous pouvions encore espérer. Au printemps, on l'envoya à Meudon pour profiter du bon air, et nous nous y rendîmes chaque jour, espaçant nos visites pour que cela lui fît la joie d'en avoir plusieurs. Mais il n'y avait plus rien à faire. Il était même étonnant qu'un corps aussi frêle et fatigué de douleurs et de remèdes pût lutter aussi longtemps avec la mort. Sa volonté étant bonne, on voyait dans chacun de ses signes un motif d'espérer qu'il se rétablirait.

Le moment des états généraux était enfin arrivé, et la cérémonie d'ouverture promettait d'être de toute beauté. On oublierait pour un jour toutes les querelles qui s'étaient élevées autour de leur organisation, on feindrait de croire à la bonne volonté de chacun, on s'appliquerait à en faire un jour de joie. Le Dauphin, qui n'avait pas la force d'y assister, et ne le demanda pas, me pria en revanche de tout bien regarder pour le lui raconter. J'avoue m'être exécuté de fort bonne grâce.

C'est aux côtés du duc de Normandie, placés à une fenêtre sur le chemin de la procession, que nous vîmes défiler l'immense cortège qui se rendit de l'église Notre-Dame à l'église Saint-Louis et assembla tout ce que le royaume comptait de plus grand.

Après plusieurs jours de pluie et une nuit qui n'avait guère été plus favorable à la cérémonie, un jour brillant avait paru pour la plus grande joie des milliers de spectateurs qui, dès la veille, s'étaient pressés dans Versailles. Les rues avaient été ornées de mâts surmontés d'oriflammes tendues de somptueuses tapisseries des Gobelins ; on avait étalé du sable pour absorber la boue et permettre au cortège de défiler entre les haies de Suisses et de gardes françaises, distribués tout le long du parcours afin de contenir une foule impatiente et joyeuse qui avait envahi les toits, les balcons, les fenêtres, s'exposant à tout instant à glisser, et à culbuter sur le pavé.

La procession fut magnifique. Précédée par les récollets et leurs riches bannières, elle vit paraître successivement le clergé des deux paroisses, les gardes de la prévôté de l'hôtel suivis des trois ordres des députés : le tiers en habit et veste, culotte et bas noirs, un manteau de même couleur, une cravate de mousseline et un chapeau sans ganse ni bouton, semblable à celui des prêtres ; le clergé, les prêtres en soutane avec un long manteau et un bonnet carré, les évêques en soutane violette avec le camail et le rochet, enfin les cardinaux en chape écarlate ; quant à la noblesse, en habit et culotte noire comme les autres ordres, elle s'en distinguait par une veste en étoffe d'or, un manteau de soie avec parement de même étoffe que la veste, des bas blancs, une cravate de dentelle et un chapeau garni de plumes du plus bel effet.

De ce que nous vîmes ce jour-là, je me gardai de tout conter au Dauphin. Je lui cachai le succès du duc d'Orléans qui, en défilant parmi le tiers pour s'être fait élire simple député de Crépy-en-Valois, reçut des vivats qui me furent pénibles à entendre, car il apparut bien vite que ce fut le seul prince à être ainsi applaudi. Un dais suivait, porté par un grand nombre de seigneurs parmi lesquels figuraient Monsieur, le comte d'Artois et ses fils, le duc d'Angoulême et le duc de Berry ; il abritait le Saint-Sacrement porté par l'archevêque de Paris en surplis incrusté de diamants. Le Roi, qui venait à sa suite dans un costume semblable à celui des membres de la noblesse, fut beaucoup applaudi, mais moins que son cousin. J'admirai le visage heureux et plein de bonté qu'il offrait à tous, quand celui de la Reine, qui était à sa gauche, me frappa par sa pâleur. Malgré le faible sourire qu'Elle offrait à chacun, Elle dissimulait mal une fatigue extrême, causée par tous les tourments que lui donnait la santé du Dauphin.

Mais qui donc pouvait se soucier de sa peine quand Elle s'appliquait à ne point la laisser paraître ? Aussi prit-on pour de l'indifférence, peut-être même de l'hostilité, ce qui n'était que le reflet de son chagrin. Je la regardai avancer, majestueuse et très belle, sa longue traîne portée par la princesse de Chimay, sa dame d'honneur, et la trouvais incomparable, quand j'entendis tout à coup un cri, repris par plusieurs voix de femmes, s'élever sur son passage :

— Vive le duc d'Orléans ! Orléans à jamais !

Je crus qu'Elle allait se trouver mal, je me penchai vers le duc de Normandie pour attirer son attention sur un détail du cortège ; déjà la princesse de Lamballe était à ses côtés pour la soutenir, Elle continua comme si rien ne s'était passé. Pour moi, je ne concevais guère tant de malveillance pour une Reine qui était un ange de bonté et souffrait déjà tant. Rendre à Dieu un enfant qui vous a été confié est une terrible épreuve. Pour la seconde fois en l'espace de deux années, ce sacrifice était imposé à Leurs Majestés qui étaient attachées à leurs enfants comme peu l'étaient dans nos familles.

Pendant quelques jours, on nota une rémission et l'on

se reprit à espérer, mais dès la fin du mois de mai, le mal reprit de plus belle. L'enflure était telle qu'elle défigurait notre pauvre Dauphin, l'eau filtrait dans les poumons et les médecins murmuraient que le moment où ils en seraient remplis serait celui qui marquerait la fin de ses douleurs et de sa pénible existence. Il semblait cependant souffrir un peu moins, et nous pria même à dîner près de lui ; nous n'avions guère le cœur à nous attabler mais il mit tant de grâce à s'occuper de nous faire servir des mets qui nous étaient agréables que nous fîmes tout pour lui plaire. La Reine sortait de ces moments dans un état d'affliction peu descriptible, Elle ne cessait de pleurer tout le temps où je la menais dans les allées du parc pour tenter de l'apaiser, avant de remonter en carrosse et regagner Versailles. De jour en jour, on assurait qu'il expirerait avant le soir, mais aux approches de la nuit, il se sentait un peu moins mal.

Ce que l'on entendait dans les couloirs dépassait l'entendement. Alors que la Cour déployait bien des efforts pour accueillir dignement les représentants des états, il n'y avait pas un jour où il ne fût dit une indécence. C'était au spectacle, où l'on se plaignait d'avoir des places moins bonnes que les ministres ; c'était au Grand Couvert où l'on apostrophait le Roi pour lui reprocher des dépenses sans commune mesure avec la réalité et il fallait toute la patience des Premiers gentilshommes pour répondre sans que cela fît un scandale. L'état même du Dauphin, que personne n'ignorait pourtant, n'était pas épargné par la méchanceté. J'ai souvenir d'avoir entendu la voix d'un des membres de l'Assemblée s'élever, à l'occasion d'une des séances, pour affirmer bien fort :

— Son fils est encore moins malade que l'Etat !

Mais son fils, comme il fut si élégamment dit, s'éteignit le 4 juin à minuit moins le quart. J'étais à Paris quand on m'apporta la triste nouvelle au matin. Je fus heureux de savoir que Leurs Majestés étaient parties pour Saint-Cyr cacher leur douleur et trouver un réconfort dans la prière. Pour moi, la journée s'étira sans que je susse si je devais regretter la présence de cet enfant auquel j'étais tant attaché ou me consoler de le savoir délivré de toutes ses souffrances.

J'avais prolongé mon séjour plus que je ne l'aurais dû, je ne pouvais retarder indéfiniment mon départ, mais l'idée d'abandonner le Roi et surtout la Reine en de semblables moments me déchirait le cœur, d'autant que je regardais avec inquiétude et méfiance tous ces agitateurs qui se tenaient constamment autour des Menus Plaisirs sous prétexte de suivre les travaux de l'assemblée. Tout dans leur regard et dans leur apparence trahissait des bandits à l'affût d'un mauvais coup. Les savoir si près du château me faisait craindre pour la sûreté de Leurs Majestés, mais celles-ci, confiantes dans leur bon peuple, se souciaient davantage de l'insolence des députés que de la mine de ceux qui les enveloppaient comme des mouches par temps d'orage. Je partis enfin le 13 juin retrouver mon régiment ; la Reine me promit de tout me conter dans ses lettres, mais je n'étais guère rassuré. Je cherchais un apaisement à mes craintes dans la pensée que la route entre Valenciennes et Versailles pouvait être vite courue si la nécessité le commandait.

Les difficultés annoncées par certains ne tardèrent pas à se présenter. La querelle naquit à propos de la vérification des pouvoirs. Le tiers état prétendait qu'ils devaient être vérifiés en commun, tandis que la noblesse voulait que, selon l'ancien usage, chaque ordre les vérifiât séparément. Cette dispute échauffa les esprits ; une partie du clergé comme quelques membres de la noblesse se joignirent au tiers qui, fort de cet appui, se constitua en Assemblée nationale.

Bien que connaissant les têtes françaises et sachant à quels désordres elles pouvaient aisément se porter, jamais je n'aurais pu imaginer l'indécence de tout ce qui allait se faire. L'archevêque de Paris, prélat respectable par son âge et par sa conduite, manqua être lapidé à Versailles parce qu'il n'était pas pour le tiers. La fermentation devint extrême. Trois ou quatre fous menaient tout cela, et Dieu seul savait comment cela finirait. Le Roi, semblant décidé à soutenir ce qu'il avait résolu, fit venir près de douze à quinze mille hommes dans les environs de Versailles. Mais, peu sûr de ses troupes, il recourait tant qu'il pouvait aux régiments étrangers.

A la fin du mois, le tiers voulut être à lui seul les états généraux. J'avais été un ardent défenseur de ceux-ci, mais je ne pouvais m'empêcher de songer à une lettre de notre souverain [1] dans laquelle il prédisait que si, pour commencer à guérir cette pauvre France, on lui avait donné la fièvre des notables, on ne manquerait pas de lui procurer le transport au cerveau des états généraux.

1. Gustave III.

35.

On ne croit pas au bonheur pendant tant d'années sans qu'il n'en reste quelque chose quand le malheur et son cortège de misères paraissent. Les lettres de la Reine, fidèles à l'esprit de ce bonheur qui s'envolait, reflétaient ses désirs les plus chers : « Dieu veuille qu'enfin nous puissions faire le bien dont nous sommes uniquement occupés ! »

Mais elles reflétaient aussi, et de façon atroce, le désarroi de souverains livrés au flot d'événements que plus rien ne semblait pouvoir maîtriser. « Pourvu que les honnêtes gens nous soutiennent sans s'exposer inutilement, je crois avoir assez de force en moi pour en donner aux autres. » Ou encore : « Il faut plus que jamais accepter que toutes les classes d'hommes, quand ils sont honnêtes, sont nos sujets également. Mon Dieu ! si l'on pouvait croire que c'est là mon véritable sentiment, peut-être m'aimerait-on un peu ; mais il ne faut pas penser à moi. La gloire du Roi, celle de son fils et le bonheur de cette ingrate nation, voilà tout ce que je veux, tout ce que je dois désirer. »

Mais du jour au lendemain, l'espoir s'envola : la chute de la Bastille sonna son glas. Le 15 juillet au soir, le comte d'Artois que je n'attendais pas s'arrêta à Valenciennes ; il quittait la France dans le plus grand secret, n'emportant rien. Il fut le premier à m'apprendre les événements survenus. La Reine avait eu si peur qu'Elle lui avait demandé d'emporter le duc de Normandie, devenu Dauphin à la mort de son frère, pour me le confier et assurer sa sûreté ; mais au dernier moment, Elle en avait été dissuadée. Un projet d'une telle extrémité me laissait sans voix ; ce que j'apprenais me stupéfiait.

Les Montmorency-Luxembourg, le prince de Lambesc, le prince de Vaudémont, jugeant la partie perdue, quittaient le pays. Les Polignac, dont le seul nom déclenchait une haine peu concevable, ne s'étaient pas fait prier pour prendre le même chemin. Tout ce que le comte d'Artois me rapportait me semblait à peine croyable. Je ne concevais rien à ce qui se passait. Depuis le commencement de la monarchie, la France, à aucune époque, n'avait été plus prospère qu'elle ne l'était alors.

Plusieurs courriers me confirmèrent ce qui s'était passé le 14 juillet, et l'horreur du sang répandu. Les Invalides forcés, le canon et les armes employés contre la Bastille, cette forteresse prise d'assaut, le gouverneur, M. de Launay, traîné par la populace sur la place de Grève, décapité et sa tête portée en triomphe dans les rues de la ville ; le même supplice infligé à M. Foullon, prévôt des marchands, et à son gendre M. Bertier de Sauvigny. La proclamation d'une milice bourgeoise avec à sa tête M. de La Fayette m'édifia définitivement sur ce personnage que, sans motif réel, je n'avais jamais pu souffrir.

Toutes les missives s'accordaient pour dire combien ces journées furent horribles. Personne ne pouvait quitter Paris, toutes les voitures étaient arrêtées. M. de Rochambeau, qui avait prévu de longue date de partir ce jour-là pour prendre son commandement de l'armée de l'Est à Strasbourg, dut laisser sa chaise de poste et ses effets en son hôtel de la rue du Cherche-Midi et sortir à cheval en passant par Fontainebleau, Sens, Troyes et Langres pour ne pas être arrêté. Tout était dans la confusion, le désordre et la consternation.

Le comte d'Artois et ses enfants, les princes de Condé, Conti, Bourbon, et beaucoup de personnages, entre autres le baron de Breteuil et sa fille, s'étaient enfuis sous des noms supposés pour se soustraire aux violences du peuple. La société qui se disait intime de la Reine s'était elle aussi envolée comme une nuée d'étourneaux à l'approche de l'orage. De tous ceux qui avaient été les plus favorisés, il n'en restait plus un. Ils s'étaient tous empressés d'obéir, pour une fois, à une souveraine qui le leur avait ordonné, mais dont ils n'avaient pas hésité à braver l'autorité en d'autres temps.

Les lettres qu'Elle m'envoyait reflétaient son profond désarroi. Quand j'appris que le Roi avait poussé la bonté jusqu'à aller à Paris, et, à pied, sans escorte, faire amende honorable à l'hôtel de ville, je frémis de dépit et de chagrin. Je n'avais pas besoin d'être auprès de Sa Majesté pour deviner combien l'irrésolution et la faiblesse avaient dû présider à cette décision. Comme je plaignais ce pauvre Roi, comme je plaignais surtout ma pauvre Reine auprès de laquelle j'aurais voulu être !

Elle avait à peine la force d'écrire tant les scènes d'horreur dont Elle avait été témoin l'avaient navrée. Des phrases qui me serraient le cœur revenaient sans cesse : « Je ne puis que me taire sur la douleur que je ressens. Je souhaite que le calme et la paix renaissent bientôt. » La Reine espérait beaucoup du retour de M. Necker et comptait sur la justice et la raison de tous les « bons », et il en restait encore, pour mettre du baume sur les plaies que les perturbateurs avaient causées.

Quant aux lettres de notre souverain [1], elles reflétaient la commotion que ces journées avaient donnée à toute l'Europe. C'était là ce charmant Paris où toutes les nations avaient coutume de se réunir pour chercher les plaisirs et se consoler des chagrins. Quels horribles gens ! Comment allier, avec tant de grâce et tant d'amabilité, une férocité si réfléchie ? Je partageais son jugement : ils

1. Gustave III.

étaient les orangs-outans de l'Europe. La nuit, je ne parvenais pas à trouver le sommeil. Je croyais voir la tête de M. Foullon, dégouttante et hideuse, que ces enragés donnaient à baiser à son gendre, et je me réveillais en sursaut, trempé, m'étonnant d'être au sein de mon régiment où tout semblait calme.

Ne pouvant me rendormir, j'écrivais à la Reine, ce qui m'apaisait quelque peu, puis sortais à cheval faire un tour. La beauté du ciel d'été à la pointe du jour me semblait une indécence. Après avoir éclairé combien d'horreurs le soleil allait-il finir sa course ? Je suppliais le Roi d'associer le Royal-Suédois à la défense de Leurs Majestés. Mais à mon grand désespoir, j'étais maintenu sur la frontière en raison des troubles que l'on redoutait de ce côté.

Vers la fin du mois, Paris était plus tranquille, mais dans toutes les villes du royaume, des émeutes éclataient. Très vite, le désordre augmenta dans le pays, et l'obéissance disparut des armées. Dans plusieurs provinces, des brigands, de mauvais sujets et des gens sans aveu se répandirent dans les campagnes et, non contents de se livrer eux-mêmes à toutes sortes d'excès, soulevèrent les esprits. Répandant de faux arrêts du Conseil du Roi, ils persuadèrent les habitants qu'on exécutait la volonté de Sa Majesté en pillant les abbayes, en attaquant les châteaux, en détruisant les titres de propriété.

C'était comme si un immense réseau avait couvert la France, de sorte qu'au même moment et par l'effet d'une même action, le trouble et la terreur se répandaient dans chaque commune du royaume. Partout les choses se répétaient de la même façon : un ou plusieurs hommes vêtus de mauvais habits déchirés, sans chapeau, montant des chevaux couverts de sueur, et parfois de blessures, arrivaient au galop sur la place principale, hurlant :

— Ils pillent tout, ils mettent tout à feu et à sang, ils arrivent !

Sur ces quelques paroles, ils donnaient des coups d'éperons à leur monture et repartaient comme ils étaient venus, laissant les populations dans un état d'effroi peu descriptible. Les femmes hurlaient, prenaient leurs enfants dans leurs bras, les hommes s'armaient de fourches, le curé sonnait le tocsin, on se barricadait chacun chez soi comme on pouvait ; les plus courageux se dévouaient pour défendre leurs biens menacés, arrêtaient tous ceux qui leur paraissaient suspects et les pires actions commençaient avec pour seul fondement des peurs sans motifs propagées par des agents à la solde du duc d'Orléans, qui ne savaient que trop ce qu'ils faisaient.

Quelques chefs séditieux étaient arrêtés et pendus après avoir dénoncé un grand nombre de complices, mais soit faiblesse, soit crainte, soit complicité, soit que le défaut de moyens empêchât de faire exécuter les lois qui existaient encore, les magistrats n'osaient les appliquer. On ne sévissait pas contre eux et on les laissait appeler à la révolte, à la licence, en un mot à la ruine de l'Etat. Au milieu de l'été, il n'y avait plus dans le royaume ni lois, ni ordre, ni justice, ni discipline, ni religion. Personne n'osait commander et personne ne voulait obéir.

Dans presque toutes les garnisons, des révoltes éclataient, et dans certains régiments, l'on portait la main sur les chefs. Ce ne fut pas le cas chez nous, mais pendant plusieurs jours, les soldats forcèrent les portes des quartiers et de la ville pour aller boire dans les campagnes où ils commirent des excès horribles. Il fallut battre la générale sous peine de voir la ville pillée et mise à feu. Grâce à l'aide de la milice bourgeoise, l'ordre et le calme furent rétablis. Le Roi m'adressa une bien bonne lettre pour me faire part de l'extrême satisfaction qu'il avait eue de ma conduite et me dire combien il avait été inquiet sur les dangers auxquels j'avais été exposé. Me priant de lui noter particulièrement les personnes dont j'avais été content, il me chargea de témoigner aux gardes nationaux, aux officiers et soldats qui m'avaient secondé combien il était touché de leur zèle et de leur fidélité. Apprenant la perte d'un de mes chevaux que j'aimais beaucoup, il m'envoya un des siens qu'il avait monté, me priant de le garder pour l'amour de lui.

Au même moment, l'on comptait plus d'une dizaine de milliers de déserteurs qui s'étaient réfugiés à Paris et engagés dans la milice de M. de La Fayette, lequel les payait mieux qu'ils ne l'étaient dans nos régiments. Je trouvais infâme ce procédé pour les séduire. L'Assemblée tremblait devant Paris et Paris devant quarante à cinquante mille bandits établis entre le Palais-Royal et Montmartre. Dans les provinces, le peuple s'enivrait de l'idée répandue depuis si longtemps par les philosophes dans leurs écrits que tous les hommes sont égaux ; l'abolition des droits féodaux, décidée par l'Assemblée en trois heures de temps à l'issue d'un souper, l'avait persuadé de ne plus rien payer et d'anéantir tout ce qui pouvait lui rappeler les anciens temps.

Les pillages se poursuivaient avec plus de violence encore, les propriétaires étaient maltraités, parfois dans des conditions atroces. Le peuple, dans quelques endroits, se permettait d'être l'arbitre aveugle et l'exécuteur de condamnations iniques que même les dépositaires des lois, après s'être livrés au plus mûr examen, ne prononcent jamais sans une secrète émotion. Pour augmenter la confusion, une contrebande soutenue à main armée détruisait avec un progrès effrayant les revenus de l'Etat et tarissait les sources destinées au paiement des dépenses exigées par la sûreté publique. Dans toutes les villes, les barrières étaient détruites, nulle part on ne pouvait percevoir les impôts ; la banqueroute était imminente.

La noblesse était au désespoir, le clergé comme frappé de démence et le tiers tout à fait mécontent. Seule la canaille qui régnait était satisfaite car, n'ayant rien à perdre, elle ne pouvait que gagner. Voilà la liberté de la France et l'état dans lequel elle était dans les premiers jours de septembre 1789.

Je frémissais en voyant ce qui se passait. L'attachement que je portais à la France me rendait bien malheureux, car je ne pouvais voir sa ruine sans une vive douleur. La Reine, inquiète, me mandait de ne lui rien cacher de ce qui se passait dans ma province. L'autorité du Roi était anéantie, de même que celle des parlements et des magistrats. Tous les liens étaient rompus. Quand seraient-ils rétablis ? C'est ce que j'ignorais. J'avais sous mes yeux les effets du progrès des Lumières, de l'anglomanie et de la philosophie : la France était ruinée pour longtemps. Il était impossible de prévoir comment les choses allaient finir.

36.

A Paris, tous les jours de nouveaux troubles éclataient ; craignant que l'agitation ne gagnât Versailles, je décidai de m'installer aux côtés de la famille royale. Oserai-je dire combien j'étais étonné du calme qui régnait à la Cour ? Les charges et les rares courtisans encore présents parlaient bien des petites émeutes, comme ils les appelaient, qui agitaient Paris à l'occasion des subsistances qui se faisaient plus rares. Ils se disaient que la disette était certainement causée par les menées des révolutionnaires, mais l'on n'en parlait guère, ce qui ne signifiait nullement que l'on ne s'en souciât point. Les spectacles n'avaient pas repris depuis la mort du Dauphin ; l'on ne profitait pas moins de cette fin d'été pour atteler et aller se promener dans les beaux bois qui entourent Versailles.

Je retrouvai Leurs Majestés par une après-dînée de septembre 1789 chez le Roi, dans son intérieur. Je ne suis pas près d'oublier la façon dont il m'avoua, d'emblée et sans honte, son impuissance face à des événements qui le dépassaient.

— N'attendez pas de savoir de moi des nouvelles de ce pays-ci : je suis le dernier à les apprendre.

Après cette parole où se mêlaient autant d'amertume que de lassitude, Sa Majesté poursuivit avec cette égalité de ton qui pouvait faire soupçonner de l'indifférence, mais je savais qu'il n'y en avait guère :

— L'esprit de licence, comme l'esprit d'insubordination, sont destructifs de tout bien. S'ils prennent encore de l'ampleur dans ce pays, non seulement le bonheur de tous les citoyens sera troublé et leur confiance altérée, mais l'on finira par méconnaître le prix des généreux travaux auxquels les représentants de la Nation se consacrent...

S'interrompant un moment, il poursuivit, regardant le ciel sans nuage qui s'étalait si bleu par-dessus les toits :

—... mais la beauté des moissons dans la plus grande partie du Royaume nous annonce que la protection du ciel ne nous est pas encore retirée. C'est un bienfait devenu bien nécessaire et bien précieux, soupira-t-il avant d'ajouter :

—... nous aurons ainsi des actions de grâce à joindre à nos prières.

Le Roi faisait tourner le globe qui était devant lui, mais sans le voir :

— Quant à ceux à qui vous vous intéressez, à quelques petites incommodités près qui étaient inévitables dans ces circonstances, ils se porteraient assez bien si leur cœur était content.

Le globe cessa de tourner sur lui-même et Sa Majesté me regarda :

— Ah, Monsieur, c'est une belle allégorie que celle de la boîte de Pandore !

Et sur ces paroles, il nous invita à ne pas bouger et nous quitta, les mains dans le dos, sa silhouette alourdie par le poids des événements, pour gagner son cabinet de physique. La Reine le regarda s'éloigner avec tristesse. Je m'enquis de son état, mais sa voix était si lasse qu'elle m'alarma :

— Ma santé est assez bonne quoique nécessairement un peu affaiblie par les chocs continuels qu'elle éprouve. Nous ne sommes entourés que de peines, de malheurs et de malheureux, sans compter les absences. Tout le monde fuit, cependant je suis encore trop heureuse de penser que tous ceux qui m'intéressent sont éloignés de moi...

Elle me regarda, et sentant sans doute ce que ses paroles avaient de peu aimable pour moi, me sourit, et me tendit sa main que je baisai respectueusement. Depuis que j'avais pénétré dans la bibliothèque, il ne m'avait pas échappé combien Elle était changée. Avec la mort du Dauphin, son regard avait perdu d'un coup l'expression espiègle qui l'éclairait jusqu'alors. Son chagrin, auquel s'ajoutait ce qu'il avait fallu supporter pendant tout l'été, avait tracé deux plis tombants marquant la commissure de ses lèvres.

— ... Mais vous êtes là et nous sommes déjà moins seuls, reprit-Elle. Est-ce vraiment raisonnable ? Je frémis à la pensée de ce qui pourrait vous arriver !

— Madame, ce que j'ai vu depuis quelques jours ne peut qu'achever de me persuader que ma place est auprès de vous.

— Il est doux de compter parmi ses amis un cœur comme le vôtre. Je puis vous le dire à présent : le Roi a été touché en apprenant que vous aviez quitté Paris pour vous installer à Versailles. Je le crois heureux de vous savoir auprès de nous. C'est bien dans des moments comme ceux-ci que l'on apprend à connaître les hommes, et à voir ceux qui vous sont véritablement attachés.

Je découvrais cependant, jour après jour, la solitude de Leurs Majestés dans un Versailles déserté, sans garde, ouvert à tout venant. Le matin, combien de fois fus-je seul, ou presque, à attendre dans la galerie où les Suisses composaient la seule haie pour regarder le cortège formé par la famille royale qui se rendait à la messe. *Donec eris felix, multos numerabis amicos. Tempora si fuerint nubila, solus eris*[1]. Toute la Cour avait fui : les princes

1. *Tant que tu seras heureux, tu compteras beaucoup d'amis. Si le ciel se couvre de nuages, tu seras seul.* Vers d'Ovide (*Tristes*, I, 9, 5-6) exilé par Auguste et abandonné de ses amis.

du sang, hors le duc d'Orléans, le seul dont on se serait passé, les princesses de Lamballe et de Monaco, Mme de Marsan et tous les Rohan, tous les Broglie, les Polignac, les d'Ossun, les Gramont, les Guiche, Mmes de Bombelles, de Chalon, de Balbi, de Polastron et leurs familles ; les anciens ministres de Sa Majesté : le baron de Breteuil, le maréchal de Castries, M. de Sartines, M. d'Angiviller... Restaient quelques fidèles et les personnes qui y avaient intérêt. Les femmes de ministres, comme Mme Necker, Mme de La Tour du Pin, s'appliquaient à donner de grands dîners et contribuaient à maintenir un semblant de vie de Cour, mais tout était gâté par ceux qu'on était obligé de supporter.

La Reine ne voyait personne, Elle était seule toute la journée. Ses enfants étaient son unique ressource et Elle les avait le plus possible avec Elle. Longtemps leur présence constante à ses côtés avait donné de l'ombrage à ceux qui prétendaient l'entretenir de choses sérieuses. Quant à l'abbé de Vermond, que la Reine avait écouté avec un peu plus d'application avec les années, il avait presque renoncé à faire entendre raison à son élève qui ne l'écoutait que par intermittence, quand Elle n'était pas distraite par quelque autre sujet plus plaisant. Tout cela l'ennuyait si fort !

Désormais, Elle se réjouissait d'avoir suivi son cœur, car les deux enfants qui lui restaient lui apportaient un bonheur dont Elle avait durement appris la valeur. Leur présence donnait lieu à des scènes émouvantes, parfois drôles, dont je n'ai rien perdu de la douce familiarité. Quand Elle était seule ou avec nous, Elle prenait son petit garçon dans les bras, l'embrassait de tout son cœur et cela la consolait un moment. Le Dauphin était aussi gai que sa sœur était réservée. Du haut de ses quatre années, il tenait difficilement en place et, malgré le reproche qui lui en était fait, il courait partout, imitant les allures d'un cheval, feignant des hennissements propres à effrayer une horde de sauvages et à dissuader définitivement Madame Royale de partager ses jeux avec lui. Cet enfant, dont le costume de matelot en satin ne restait point glacé un long moment, avait tout l'air d'un petit paysan qui, avec de bonnes joues rouges et un air vigoureux, avait d'emblée conquis mon cœur.

Un jour, le Dauphin, tout à sa poursuite imaginaire, finit sa course dans mes jambes. A la vue de sa mine étourdie et comique, je manquai éclater de rire, mais, me souvenant de tout le respect que je lui devais, je m'inclinai et lui présentai l'expression de mes profondes excuses. A ce moment, le Roi, qui m'avait entendu le faire, le releva, me sut gré de ma courtoisie, me le dit, fit la leçon à son fils qui me présenta à son tour ses excuses ; et, sous mes yeux étonnés et attendris, je vis Sa Majesté porter son fils au-dessus de sa tête et le faire tournoyer comme un oiseau avant de le reposer doucement.

Cependant la joie que ces deux enfants apportaient à la Reine ne lui faisait guère oublier son amie Mme de Polignac, dont la présence lui manquait d'autant plus cruellement qu'oubliant leurs différends des dernières années, Elle ne voulait se souvenir que des temps bénis de leur amitié insouciante. Aussi, du moment que ce n'étaient plus l'amitié et la confiance qui présidaient à l'éducation de ses enfants, il lui avait fallu trouver une personne de grande vertu, éloignée par son état de toute accusation d'intrigue. Sa Majesté avait donc demandé à Mme de Tourzel d'accepter la charge de gouvernante des Enfants de France, mais je savais combien cette nomination avait coûté à son cœur.

Les heures que la Reine ne consacrait pas à faire la lecture à ses enfants, à jouer de la harpe, du pianoforte et surtout à broder — il était bien rare qu'Elle n'eût pas quelque ouvrage entre les mains — nous les consacrions à de longues promenades, car nous en avions désormais le temps. Souvent la Reine partait seule à cheval vers le Grand Parc où nous nous donnions rendez-vous pour chevaucher, selon notre humeur, vers Saint-Cyr, Bailly ou Marly. Madame Elisabeth, qui n'aimait rien tant que ces longues promenades, nous accompagnait parfois et son sourire lumineux, délicieusement serein, nous consolait de toutes les peines que nous avions essuyées dans les heures qui avaient précédé. D'autres jours, nous limitions nos pas aux parterres qui environnaient le château et menions les enfants, heureux de courir. Vous savez à quel point je devais aimer ces lieux. Combien de fois vous les ai-je décrits ? Je ne le sais. Aujourd'hui, je revois le jeune homme que j'étais et je me plais à les redécouvrir avec mes yeux d'alors.

J'aime à me rappeler ces derniers jours de septembre 1789 ; je n'ai rien oublié du parfum de la lumière sur les frondaisons des arbres, de son reflet sur les eaux si calmes des bassins. Nous remontions, Elle et moi, l'allée des Marmousets dont les joues rebondies laissaient échapper autant de soupirs d'eau qu'un bonheur qui semblait éternel. Jamais nous ne nous sommes vus aussi souvent, jamais aussi librement. Malgré la présence des enfants et des valets de pied, sa main si douce se glissait parfois, un instant, confiante dans la mienne, c'était le temps béni où tout était encore possible. Du moins, nous le croyions.

37.

Ce premier lundi d'octobre[1] était un jour semblable à l'ordinaire. Le temps, couvert et triste, préludait à un automne qui s'annonçait trop précoce à mon goût, mais il ne pleuvait pas. A l'Assemblée, les travaux se poursuivaient en apportant à chaque heure quelque mesure nouvelle enlevant une à une les prérogatives du Roi, au point que nous ne pouvions pas ne pas nous demander ce qu'il resterait de son autorité une fois tout cela achevé. Certes, il y avait eu le banquet des gardes du corps donné dans la somptueuse salle de spectacle du Château, en l'honneur de l'arrivée du régiment de Flandres ; cela avait été une distraction que d'aller applaudir les gardes, bien touchés par notre témoignage de sympathie. Mais tout fut rapporté de travers.

Alors que nous nous étions fait une joie de montrer au Dauphin, qui ne la connaissait guère dans toute sa splendeur, une salle qui n'avait point été utilisée depuis la venue de Gustave III cinq années plus tôt, on colporta que la cocarde tricolore avait été foulée au pied, que la cocarde blanche avait été brandie et que tout cela était bien une provocation contre le peuple devenu souverain à l'Assemblée. Un tel tissu d'absurdités nous avait à peine étonnés, tant nous étions désormais accoutumés à

1. 5 octobre 1789.

les entendre. Seule la difficulté des approvisionnements inquiétait réellement le Roi ; l'absence complète de blé laissait prévoir une famine qui serait terrible si tous ceux qui y avaient intérêt ne renonçaient pas rapidement à détourner et séquestrer les convois qui se dirigeaient sur Paris et les autres grandes villes du royaume.

En dehors de ces soucis qui, hélas ! étaient le lot quotidien depuis quelques mois, le Roi n'avait pas de raison particulière de faire autrement qu'il le faisait, plusieurs fois par semaine, et nous partîmes vers midi chasser dans les bois de Meudon. Nous n'étions guère nombreux ce jour-là ; le temps humide laissait prévoir que ce serait une bonne journée et de fait, les chiens étaient excellents. Le Roi avait déjà forcé un chevreuil quand nous vîmes arriver soudain, au grand galop le marquis de Courvières, porteur d'un message de M. de Saint-Priest [1] le suppliant de rentrer à Versailles. Il nous apprit qu'une troupe de brigands armés, de femmes en furie et d'hommes déjà ivres marchaient depuis Paris pour envahir Versailles, prétendant forcer le château.

A ces mots, le Roi me regarda et m'ordonna de l'accompagner. Craignant le pire pour la Reine et sa famille qui étaient parties se promener les uns à Trianon, les autres à Montreuil, il ne prit pas le temps de rejoindre son carrosse et coupa au plus court, prenant au galop une des descentes les plus raides du bois de Meudon. La foule qui n'était pas encore très grosse était dans l'avenue qui mène à Paris, massée devant les Menus Plaisirs où elle haranguait les députés ; étonnée par la rapidité de notre course, elle s'écarta pour nous laisser passer sans se douter que c'était le Roi qui allait à une telle allure.

En arrivant sur la place d'Armes, nous fûmes rassurés de voir toutes les grilles fermées ; on nous ouvrit aussitôt et nous remontâmes la rampe de la cour sans même ralentir devant le régiment de Flandres qui

1. Ministre de Louis XVI.

criait à notre vue : « Vive le Roi ! ». Jamais son débotté ne fut aussi rapide et, rassurée de savoir la Reine dans son appartement avec Madame Elisabeth et les enfants, Sa Majesté annonça qu'Elle tiendrait conseil une demi-heure plus tard. Accompagné seulement par son ministre de la Maison du Roi et par moi, le Roi monta dans ses appartements.

M. de Saint-Priest lui exposa la situation en peu de mots. Les premiers émissaires de Paris annonçaient que les quelques femmes que nous avions aperçues n'étaient que l'avant-garde d'une émeute comme on n'en avait jamais connue. On ne savait comment un groupe s'était formé près de Saint-Eustache, accusant les accapareurs d'être la cause de la rareté et de la cherté du pain. Très vite, il avait décidé de se rendre à l'Hôtel-de-Ville, la foule avait grossi d'abord de curieux, puis de gens de mauvaise mine et armés. L'Hôtel-de-Ville avait été pris et pillé par des misérables qui disaient vouloir pendre M. Bailly, le maire et M. de La Fayette.

Le calme de M. de Saint-Priest était impressionnant et son avis clair, il n'y avait pas un instant à perdre. Il représenta, en des termes très justes, les dangers qu'il y aurait à attendre cette multitude à Versailles et les mesures à prendre au plus vite. Selon lui, il fallait envoyer garder les ponts sur la Seine par un bataillon du régiment de Flandres à Sèvres, par un autre à Saint-Cloud, et par les gardes-suisses à Neuilly. Quant à la Reine et à la famille royale, il n'y avait pas un instant à perdre. Il fallait que Sa Majesté les fît partir sur-le-champ pour Rambouillet, où étaient les chasseurs du régiment de Lorraine, pendant qu'Elle irait au devant des Parisiens avec deux cents chasseurs des Evêchés et les huit cents gardes du corps.

Un silence suivit ces paroles fortes. Le Roi avait écouté son ministre sans l'interrompre, il ne lui fit aucune question, me regarda et conclut simplement :

— Le conseil doit être assemblé à présent. Allons !

Dehors, les cris montaient, je ne pus me retenir d'ajouter :

— Sire, quel que sera le parti que prendra Votre Majesté, permettez-moi d'être à ses côtés et de lui prouver ma reconnaissance pour les bienfaits dont Elle m'a toujours honoré.

Le Roi sourit, me remercia et me demanda ce que je pensais de tout ceci ; je ne lui cachai pas que je trouvais l'avis de M. de Saint-Priest très sage. Il m'ordonna alors de me rendre chez la Reine et de lui demander son sentiment sur cette affaire. Il souhaitait me savoir près d'Elle et me ferait appeler quand il aurait besoin de moi.

Je retrouvai la Reine dans le Salon des Jeux, entourée de ses dames qui n'avaient guère le cœur à jouer, mais étaient toutes présentes, en robes à queue comme l'exigeait l'étiquette. Comment vous décrire ce que je ressentis à leur vue ? Nous ignorions que nous étions assemblés dans cette pièce pour la dernière fois de notre vie. Malgré les efforts de chacune pour s'appliquer à conserver son calme, elles ne parlaient que de ce qui se passait. Le masque de la tragédie était posé sur leurs visages au point que certains étaient méconnaissables sous l'effet de la peur. Le Dauphin m'accueillit cependant, bien heureux de me savoir là, car il était ainsi assuré que le Roi son père n'était point loin. Cette remarque fit sourire la Reine qui se leva et vint vers nous. Sous prétexte de regarder ce qui se passait sur les terrasses, je lui rapportai discrètement, et en quelques mots, notre conversation avec M. de Saint-Priest.

— Faites savoir au Roi que je partage l'avis d'aller à Rambouillet. Il n'y a pas un instant à perdre, mais je souhaite qu'il nous accompagne. Vous connaissez sa faiblesse. Dieu sait ce qu'ils voudront lui faire faire, me dit-Elle très bas.

Parmi les hommes, je reconnus Quentin Crawford, fort ennuyé de se trouver involontairement mêlé à tout ceci. Je crus comprendre qu'il reprochait à la belle

Eléonore Sullivan qui l'accompagnait d'être la cause de leur présence à la Cour ce jour-là. Cette femme, qui était aussi belle que douce, fit une phrase sur les inconvénients à accepter quand on côtoie les rois qui m'amusa, malgré la situation qui ne prêtait guère à sourire. Elle était sans doute la seule femme, à part la Reine, à ne pas montrer sa peur.

Le conseil s'éternisait, nous n'en avions pas le moindre écho. La galerie était noire de monde, tout le château s'y était transporté et attendait. C'étaient des courtisans, des pages, des écuyers, des valets de pied, des femmes de chambre, des tournebroches, des porteurs d'eau qui, chacun selon son cœur mais plus souvent selon son intérêt, annonçait, commentait, repartait aux nouvelles.

Dehors, la pluie s'était mise à tomber, comme la nuit se répandait partout. J'espérai pendant un moment qu'elle dissuaderait les indécis et disperserait les autres, mais il fallait se rendre à l'évidence : la foule était toujours plus nombreuse, formant désormais une marée sombre et grondante, immobile et terrifiante. Le comte d'Estaing, qui avait reçu l'ordre de repousser la force par la force, tentait d'employer tous les moyens de la douceur pour ramener la paix. Dans les cours, la garde, peu nombreuse, indécise et point commandée, semblait un corps flottant qui ne cessait de m'inquiéter. C'est alors que M. d'Osmond me pria de le rejoindre à la fontaine du Point-du-Jour, où nous retrouverions M. de Saint-Priest. Je prévins la Reine et m'éclipsai.

L'obscurité et la pluie me permirent de m'y rendre sans encombre, nous trouvâmes un abri à l'entrée des galeries souterraines qui servaient à l'approvisionnement des bassins en eau. Je trouvai M. de Saint-Priest aussi agité qu'il avait été calme quelques heures auparavant. Le conseil avait été très mouvementé, il en tremblait encore. Le Roi lui avait demandé d'exposer la situation et son point de vue ; il s'était réjoui d'être soutenu par

M. de La Tour du Pin, M. de La Luzerne et par le maréchal de Beauvau. Le Roi semblait partager leur avis au point que l'on s'apprêtait à faire préparer les voitures, quand la voix de M. Necker s'était élevée dans un sens que l'on n'attendait guère. Désapprouvant totalement un tel projet, le Genevois fit sentir avec force tout ce qu'il avait d'hasardeux et les risques de guerre civile qu'il comportait. M. de Montmorin l'avait soutenu et le Roi, surpris par ces avis contraires, avait remis sa décision. Malgré l'heure avancée, il s'apprêtait à recevoir une délégation des femmes du peuple, ainsi que M. Mounier qui venait lui présenter les décrets qu'il s'était refusé à signer jusque-là.

En quelques heures, tout bascula et il ne fut plus possible de revenir en arrière. Mounier n'avait pourtant pas caché à Sa Majesté combien la situation lui semblait suffisamment grave pour lui conseiller à son tour de gagner Rambouillet à cheval, puis de prendre la route pour la Normandie et de convoquer l'Assemblée à Rouen. Il était certain que de nombreux députés suivraient et soutiendraient leur Roi dans cette entreprise. Mais l'avis de M. Necker avait fait de nouveau balancer le Roi qui ne voulait compromettre personne. M. de Saint-Priest s'était emporté :

— Sire, si Votre Majesté est conduite demain à Paris, votre couronne est perdue !

Mais jugeant la fuite peu digne d'un monarque, le Roi avait encore hésité et demandé l'avis de sa femme ; la Reine pensait que rester était une folie et Elle l'emporta. Mais il était trop tard ! Quand on voulut sortir les voitures des Grandes Ecuries, on entendit comme un cri repris par tous :

— Le Roi s'en va !

Et la foule d'un seul mouvement envahit la cour, coupa les harnais, et emmena les chevaux. Je tentai de mon côté de trouver une grille du parc qui ne fût pas prise d'assaut par la populace pour pouvoir y mener une voiture particulière, mais c'était un espoir vain. Toutes les issues étaient bloquées. Il ne nous restait plus qu'à nous remettre entre les mains de M. de La Fayette dont on nous annonçait l'arrivée d'un moment à l'autre.

La Reine avait regagné sa chambre où elle était désormais seule avec Madame et Madame Elisabeth. Plusieurs gentilshommes se proposèrent pour monter la garde à l'entrée de ses appartements ; Elle les remercia avec grâce mais leur assura avoir confiance en son service. Malgré la fatigue et la commotion de tout ce qui s'était passé, Elle affichait un calme qui en imposait. Elle avait donné des ordres pour qu'en cas de danger les enfants fussent emmenés directement chez le Roi. Elle se disait rassurée pour eux, mais je la connaissais trop pour me fier à un jeu auquel Elle excellait. A plusieurs reprises, je l'avais vue réprimer un tremblement de tout son corps, qui m'indiquait combien il ne fallait point qu'Elle restât seule.

Un huissier de la Chambre du Roi vint l'avertir que Sa Majesté était tranquille sur la situation, qu'Elle lui conseillait d'aller se coucher comme Elle-même allait le faire, que M. de La Fayette répondait de tout. Madame et Madame Elisabeth regagnèrent à leur tour leurs appartements, tandis que les deux femmes de service, Mmes Thibaut et Auguié, avançaient les préparatifs en vue de la nuit, car la Reine dormirait dans sa chambre de parade et non au rez-de-chaussée où Elle était trop exposée. Il était deux heures du matin, et je m'apprêtais à me retirer à mon tour quand je vis combien la Reine tremblait. Je fis demander qu'on se hâtât de lui porter ses effets, car il était clair qu'Elle ne se soutenait plus. Ses femmes de chambre avaient à peine disparu dans son intérieur que la Reine fut prise d'un accès de convulsions comme je le redoutais depuis quelques moments. Pour avoir déjà assisté à une crise semblable pendant la longue maladie du premier Dauphin, je me gardai de m'affoler. Je la portai sur son lit, mais sonnai de toutes mes forces. Mme Thibaut accourut immédiatement et prit dans le meuble de la Reine un flacon dont elle lui donna quelques gouttes. Mme Auguié nous rejoignit, et me glissa :

— La pauvre femme, rien ne lui sera épargné...

Et je vis, à son regard bien doux, qu'elle aimait beaucoup sa maîtresse. La Reine semblait un peu apaisée, je la laissai afin qu'on l'aidât à se coucher, mais Elle me pria de rester dans ses cabinets et de revenir la voir un peu quand Elle serait prête.

38.

Un grondement sourd, persistant, semblable au roulement d'un orage dans le lointain, me tira de mon sommeil. Attendant l'ordre de la Reine qui n'était pas venu, je m'étais endormi dans un fauteuil du Cabinet de la Méridienne. Bien qu'encore très éloigné, ce bruit m'éveilla parfaitement ; ce qui s'était passé la veille me revint, quand j'entendis un pas léger. Un bonnet de dentelle passa dans l'embrasure de la porte, Mme Auguier me confirma que la Reine s'était endormie à peine avais-je quitté la pièce ; elle était restée à ses côtés un moment encore, puis était venue me prévenir, mais je dormais aussi. Nous chuchotions car nous étions dans une pièce située juste derrière la chambre de la Reine et nous ne voulions point l'éveiller ; il était un peu moins de six heures et ce roulement persistant ne cessait de m'intriguer, je décidai de voir par moi-même en passant par l'escalier intérieur et par le second étage ; la femme de chambre ouvrit et referma derrière moi. Nous étions convenus que je viendrais faire mon rapport en passant par le Grand Appartement ; il était inutile que quelqu'un sût où je m'étais retiré ces quelques heures.

Du second, je ne pouvais voir ce qui se passait sur la place d'Armes, mais je ne sais pourquoi, je me mis à courir autant que ma bougie me le permettait pour gagner l'aile de la Chapelle et redescendre au premier où tout semblait normal. Mais le grondement ne cessait d'enfler sans que je parvinsse à l'identifier ; quand j'arrivai dans le salon d'Hercule, valets et gardes commençaient à ranger leurs lits pliants derrière les paravents, quand je découvris par les fenêtres des hommes et des femmes courir par centaines au pied du château, alors que les grilles devaient être fermées. Je hurlai plus que je ne criai :

— Le château est envahi ! Fermez les portes !

Et je me précipitai vers la galerie, ayant pour seule idée d'aller prévenir la Reine. Certains couraient pour pousser les verrous ; les suisses, n'achevant point de s'habiller, saisissaient leurs antiques hallebardes. Jamais le Grand Appartement et ses sept salons ne me parurent aussi longs à enfiler. Quand je parvins à l'entrée de la galerie, je tambourinai à la porte de la salle du Conseil, courus ou plutôt glissai jusqu'au salon des Jeux mais la porte était fermée de l'intérieur. Je poursuivis par l'Oeil-de-Bœuf où je tombai sur un valet de Sa Majesté qui me dit le Roi prévenu et parti par son corridor intérieur pour chercher la Reine. Je voulus gagner son escalier, mais déjà les gardes avaient fermé la porte d'accès et se tenaient prêts à donner leur vie pour la défense du Roi. De l'autre côté des battants, l'on entendait la foule hurler des horreurs que je n'ai guère oubliées :

— On lui coupera le col à la tigresse !

— Où elle est, la coquine ? J'en aurai une cuisse !

Je retournai sur mes pas pour rejoindre la famille royale dans l'appartement du Roi quand j'entendis tambouriner à la porte de communication entre les cabinets de la Reine et l'Oeil-de-Bœuf. Un valet de la Garde-Robe accourut, mais le verrou n'ayant pas fonctionné depuis des années ne voulait céder. Je reconnus la voix de la Reine, presque couverte par celles de ses femmes, hurler de l'autre côté de la porte. Je tendis ma chandelle au valet et me saisit du bougeoir en argent pour forcer le verrou, mais mon crochet de fortune se tordit sous mes doigts sans faire glisser le pêne. Je poussai de toutes mes forces, il céda, nous ouvrîmes. Il était temps.

Je reçus la Reine en jupon. On lui avait passé à la hâte une petite redingote rayée jaune ; seuls lui importaient le Roi et ses enfants. Elle demanda, sans me voir, s'ils étaient déjà chez lui. Je laissai les valets barricader cette issue et l'entraînai chez le Roi qui n'était pas là. L'inquiétude qui se peignit sur ses traits fut affreuse ; je l'assurai qu'il ne tarderait pas, mais intérieurement je formais des vœux, espérant que Sa Majesté eût pu quitter l'appartement de la Reine à temps. Je n'étais guère certain qu'il n'eût pas été envahi.

Sa Majesté arriva heureusement quelques minutes plus tard, suivie d'une femme de service apeurée car sa bougie s'était de surcroît éteinte dans le corridor sombre. Il tenait dans ses bras le Dauphin, roulé dans une couverture, qui pleurait et réclamait sa mère. A sa vue, il se tut mais ses larmes ne cessaient de couler. Madame Royale qui aurait dû être déjà là avec Mme de Tourzel manquait. Je me portai pour aller à leur rencontre quand elles parurent enfin à leur tour, suivies de Madame Elisabeth, Monsieur et Madame ainsi que Mesdames Tantes. Les émeutiers ne s'étaient pas portés de leur côté et ils étaient venus sans encombre, ne comprenant guère plus que nous ce qui s'était passé. Qui avait ouvert les grilles ? Où étaient M. de La Fayette et ses gardes nationaux ?

Nous avions tous l'air consterné ; beaucoup de monde arrivait successivement mais on gardait le silence. La Reine était admirable : tenant ses enfants entre ses bras, Elle les avait apaisés et semblait Elle-même très calme. Les ministres arrivaient un à un, on ne manqua pas de remarquer l'habit brodé de M. Necker dont l'élégance trancha avec les fracs ou les redingotes des autres. A la mine de certains, je constatai qu'ils n'avaient guère plus dormi que moi. Le Roi s'enferma avec eux dans la salle du Conseil.

On apprenait des détails nouveaux sur ce qui s'était passé. L'on ne savait combien de gardes avaient été massacrés et l'on rapportait que leurs têtes étaient promenées au bout des piques. Je ne pouvais croire à tant d'ignominie. Par les fenêtres, on apercevait ces hommes et ces femmes massés jusque dans la cour de Marbre, vociférant, hurlant, brandissant leurs poings, leurs piques et leurs fourches. M. de La Fayette arriva enfin à la tête de deux compagnies de gardes, empêchant la foule de se porter plus avant. Il ne tarda pas à paraître devant nous et à se présenter devant la Reine qui l'accueillit comme si nous eussions été un jour ordinaire à la Cour. Je ne pouvais m'empêcher de détester définitivement un homme qui avait assuré veiller à tout, et qui arrivait quand il était déjà trop tard. Le Roi pénétra dans sa chambre où nous étions tous et le reçut avec trop de bonté à mon goût.

Quand j'entendis M. de La Fayette dire à Leurs Majestés qu'il allait tenter de parler à la foule pour la calmer, je crus défaillir. Il me semblait que c'était au Roi de laisser paraître son autorité et non au commandant de la garde nationale, mais le Roi le laissa faire. Je croisai le regard de la Reine qui me dit combien nous étions aussi affligés l'un que l'autre. Je me voulus rassurant et allai dire un mot au Dauphin comme je le faisais bien souvent. La Reine caressait le visage de son enfant et je la trouvais décidément très belle. Je la regardai, Elle avait arrangé avec ses mains ses cheveux qu'Elle n'avait guère eu le temps de faire coiffer ; moins tirés, ils lui donnaient un air de douceur que je trouvai bien aimable[1].

Leurs Majestés se levèrent avec leurs enfants pour paraître à la fenêtre aux côtés de M. de La Fayette. Je pris sur moi pour cacher mon inquiétude, tandis que les paroles du général semblaient de peu d'effet sur une foule qui ne cessait de clamer. Il évoqua l'amour du Roi

1. Digne d'être aimé.

pour son peuple et se lança, en son nom, dans des promesses d'apaisement qui furent ponctuées de quelques « Vive le Roi ! », très vite relayés par d'autres, plus forts, « A Paris ! ». Le général persistait à vouloir les calmer mais des coups de feu furent tirés en l'air et soudain, l'on entendit ce que je redoutais depuis un moment :

— La Reine au balcon ! La Reine au balcon !

Très pâle, Elle s'avança sans hésiter, mais sans lâcher la main de ses enfants. Les cris redoublèrent :

— Pas les enfants ! Pas les enfants ! La Reine seule !

Déjà quelques mots orduriers étaient lancés ; je me portai vers Elle mais c'était inutile et maladroit. Je ne pouvais qu'être le témoin d'un drame absurde qu'on n'avait su éviter. Le Dauphin s'était remis à pleurer, Madame Royale, aussi terrifiée que lui, prenait sur elle et avait passé les bras autour des épaules de son frère tandis que Mme de Tourzel les prenait à ses côtés avec le calme et la gentillesse qui lui étaient habituels.

Mais dehors, la foule s'était tue ; ce silence inattendu, qui dura peut-être au plus une minute, fut étonnant. On se regarda tous, ne sachant ce qu'il augurait, quand des vivats fusèrent avec un enthousiasme égal à la haine qui les avait précédés. La Reine ne disait rien ; quoique très pâle, Elle les regardait, sans arrogance, mais comme Elle savait le faire quand Elle le voulait bien, donnant à chacun l'impression de ne voir que lui. Ce fut un moment magique que celui où toute une foule, convertie par un regard, ovationna brusquement ce qu'elle avait maudit auparavant. Mais à ces cris se mêlaient déjà ceux qui exigeaient que le Roi se rendît à Paris. L'hostilité avait disparu mais le ton très ferme, augmenté de la vue des piques qui brandissaient deux têtes ensanglantées, ne permettaient pas de douter que la violence pouvait reprendre à tout instant. La Reine quitta le balcon et supplia le Roi de ne pas céder ; mais M. de Saint-Priest intervint avec modestie et fermeté pour lui dire que désormais il n'y avait plus rien à faire. Il était trop tard.

Alors chacun reprit le chemin de ses appartements pour serrer quelques effets tandis que l'on faisait venir les voitures. Une heure plus tard, nous étions en route pour Paris. Le comte d'Estaing et M. de La Fayette encadraient à cheval les portières du carrosse où s'était entassée la famille royale. Par une magnifique journée d'automne, le cortège s'ébranla au pas, entouré d'une foule radieuse, mais précédé par les têtes dont on devait nous infliger la vue jusqu'à la tombée de la nuit. Car il est bien vrai que le voyage dura six heures interminables, où chaque arrêt devint la station d'un chemin de croix qui n'en finissait pas. Dans un carrosse à la suite, j'assistai à tout. Sur la route, nous croisions des femmes vulgaires et atroces invectivant la famille royale et particulièrement la Reine ; plus loin, c'étaient au contraire des applaudissements et des vivats pour le Roi, tant le peuple était changeant. Tout le long, il fallut entendre les chansons improvisées ; le refrain sur le boulanger, la boulangère et le petit mitron revenait jusqu'à l'écœurement. Dans les voitures, malgré la chaleur et la poussière, personne ne se plaignait, nous étions tous abattus par les heures que nous vivions.

A la barrière de Chaillot, le Roi fut reçu par M. Bailly, le maire de Paris ; bien qu'il fît déjà nuit et que l'on se fût attendu à gagner directement les Tuileries, le cortège repartit dans la ville éclairée comme pour un grand jour, mais se scinda un peu avant d'arriver à l'Hôtel-de-Ville où l'on attendait du Roi de faire un discours et de paraître au balcon. Je fis partie de la suite des ministres et du service qui gagna directement les Tuileries pour préparer leur arrivée. Mais tandis que je descendais à mon tour de voiture, je vis M. de Saint-Priest s'avancer vers moi et me demander s'il ne serait pas plus sage de ma part de me retirer. Mes liens avec la Reine trop connus de tous risquaient, en un soir semblable à celui-là, de porter à plus d'excès que d'apaisement. Il me fallut à contrecœur me ranger à l'avis d'un homme dont je ne savais que trop la sagesse.

39.

Quand je retournai le lendemain tôt le matin aux Tuileries, il y avait déjà du monde assemblé aux abords du palais. Des femmes surtout se tenaient là avec leurs enfants, leurs paniers sous le bras, s'interpellant, interrogeant, commentant ; elles passaient pour voir, comme elles disaient. Je me glissai entre leurs rangs ; elles étaient cependant si affairées qu'elles ne prirent garde à moi.

Mme de Tourzel fut la première personne que je vis en arrivant chez la Reine. Ses yeux enflés et ses traits d'une pâleur extrême révélaient la nuit qu'elle avait passée. Etendue aux côtés du Dauphin, elle n'avait pu dormir, sursautant au moindre bruit, persuadée qu'au premier moment la foule resurgirait. Dès les premières rumeurs dans les jardins, le Dauphin s'était éveillé ne comprenant ni où il était, ni pourquoi tant de gens étaient déjà massés, dans les cours et sur les terrasses.

Je trouvai Leurs Majestés appliquées à donner les ordres pour aménager les lieux de façon durable car depuis la minorité de Louis XV, les Tuileries n'étaient habitées que rarement. Pour la nuit, des matelas avaient été jetés à la hâte, mais dès le matin, les Bâtiments et le Garde-Meuble avaient été chargés de remeubler les appartements qu'il avait fallu de surcroît attribuer. Celui de la Reine, en partie refait quelques années plus tôt, était de loin le plus confortable. Quand je m'inquiétai de savoir comment Elle était installée, Elle me confia :

— Au plus mal, mais je ne veux point dormir dans mon appartement du rez-de-chaussée. Savoir tous ces gens à quelques pas de moi me terrifie. J'ai préféré n'avoir qu'une petite chambre en haut ; ainsi, ma fille couche dans le cabinet à côté de moi et mon fils dans la grande chambre. Quoique cela soit gênant, j'aime mieux qu'ils soient auprès de moi.

Elle marqua un temps d'arrêt puis ajouta d'un ton las :

— Au moins ne me soupçonnera-t-on pas d'avoir du monde chez moi.

Mais dehors, les bruits enflaient. L'on entendait distinctement les voix plus fortes des meneurs qui, de nouveau, exigeaient de voir la Reine. Nous nous regardâmes et, avec une tranquillité feinte mais que j'admirai, Elle rassura le Dauphin inquiet qui s'était jeté dans ses jambes. Les cris montaient toujours plus hauts, plus exigeants ; il fallut, comme la veille, paraître au balcon.

Très vite, la situation devint odieuse. Surveillée comme l'eussent été des criminels l'eussent été, craignant sans cesse pour les siens, la famille royale ne pouvait s'approcher d'une fenêtre sans être abreuvée d'insultes ; la Reine ne pouvait conduire à l'air « ses pauvres petits », « ses chers innocents », comme Elle les appelait, sans les exposer aux vociférations de la foule agglutinée sur son passage.

Le Roi ne me cachait rien de ses pensées qui, par moments, le plongeaient dans un abattement profond. C'était misère de le voir errer désœuvré dans les Tuileries, souffrant de ne pouvoir sortir et de ne plus chasser. Quand il ne se rendait pas à l'Assemblée, il allait de son cabinet, à son salon, rendait visite à ses enfants, jouait au billard avec la Reine, recevait les rares courtisans qui lui étaient fidèles et tous ceux qui, acquis aux idées nouvelles, venaient cependant faire leur cour pour mieux le surveiller.

Vers la fin de l'année, je dus rejoindre mon régiment à Valenciennes où de nouvelles émeutes avaient éclaté. J'y restai huit jours, fis châtier les coupables et partis pour Aix-la-Chapelle où j'arrivai dans les premiers jours de janvier pour recevoir du baron de Taube les ordres de Gustave III.

Je ne peux m'empêcher de sourire en songeant aux préliminaires de notre entretien. Taube avait toujours su allier élégance et franchise :

— Sa Majesté Gustave III m'a chargé de vous confier une mission qui coûtera à l'ardent défenseur de la cause américaine que vous avez été. De plus, vous n'étiez pas hostile à la convocation des états généraux qui ont conduit la France aux folies que nous connaissons depuis.

Je tins à dissiper tout malentendu.

— Mon cher baron, je comprends vos craintes mais je puis vous assurer qu'elles sont vaines. Je suis parti me battre en Amérique car, comme beaucoup d'entre nous, j'y voyais une guerre et quelque chose de nouveau. Jamais un seul instant je n'ai songé qu'en voulant le progrès de l'humanité, on amènerait son contraire. Nous avons agité imprudemment des idées qui n'étaient pas à répandre parmi des esprits peu honnêtes...

A ses mots, je vis ses traits se détendre, nous parlions le même langage.

— ... Quant à mon opinion sur la réunion des états, reconnaissez qu'elle était conforme à l'éducation que j'ai reçue d'un père hostile à l'absolutisme et confiant dans la sagesse des représentants du peuple.

Je ne pus songer à tout cela sans nostalgie. Là encore,

c'était la boite de Pandore. Je poursuivis plus pour moi que pour lui :

— Mais c'était compter sans ces maudits Français qui n'ont pas plus de constance que d'idées raisonnables ! Sitôt que vous leur donnez du pouvoir, ils sont portés à en abuser. Je me suis trompé en espérant du bien d'une Assemblée qui en était incapable. Vous pouvez apaiser les craintes de notre souverain sur ma personne. Aujourd'hui, pour des raisons qui tiennent à la sauvegarde de la France que j'aime comme mon pays, mais aussi pour d'autres qui me sont propres, mon parti est pris et ne saurait varier. Je puis vous affirmer que je mettrai tout ce que j'ai de fortune et d'énergie pour sauver la famille royale et la monarchie du gouffre qui les menace.

Taube me confia alors les ordres du roi, ils étaient clairs. Sa Majesté m'enjoignait de retourner à Paris auprès du roi de France, de lui remettre les lettres qu'il me ferait passer et de me faire son interprète auprès de lui ; en un mot, je devais faciliter de tout mon pouvoir les communications entre les deux souverains.

Je partageais les vues de Gustave III qui trouvait M. Necker très coupable. A nos yeux et dès cette époque, seule une guerre intérieure ou extérieure pouvait rétablir la France et l'autorité royale. Mais je voyais mal comment faire tant que le Roi était prisonnier de Paris. J'avais été d'avis que c'était une lourde erreur que de s'y être laissé mener ; désormais, il fallait tâcher de l'en sortir. Chaque fois que je le pouvais, je répétais à Leurs Majestés combien il était essentiel qu'Elles fussent libres pour pouvoir décider de ce qui était bon pour leur pays. Or, le Roi avait déclaré qu'il l'était et que pour le prouver, il irait au printemps visiter ses provinces. Cela me semblait être le prétexte trouvé pour quitter Paris.

A ce moment encore, j'étais persuadé qu'un hiver avec son froid et sa misère suffirait à calmer la populace. J'espérais beaucoup de la vivacité et de la légèreté des têtes françaises, incapables de suite et aussi promptes à saisir le mal que le bien. Mais, le royaume perdait chaque jour un peu plus de force à l'intérieur et de considération à l'extérieur. Le peuple, à qui l'on avait appris à faire sentir son poids, en usait avec férocité. La noblesse, le clergé et les parlements qui avaient donné l'exemple de la désobéissance et de la résistance en étaient les premières victimes ; la haute bourgeoisie se repentait, mais trop tardivement, d'avoir été séduite.

Très vite, la misère et le mécontentement gagnèrent le peuple. Tous accusaient l'Assemblée, lui reprochaient l'abscence des grands qui les faisaient vivre et la diminution des fortunes qui obligeaient tout le monde à l'économie. Le trésor royal était épuisé, les impôts ne rentraient pas ; il n'y avait ni crédit, ni confiance ; l'argent avait disparu, ceux qui en avaient le gardaient et on ne voyait plus que des billets d'escompte qui perdaient six pour cent quand on voulait les réaliser.

Je n'étais pas le seul à juger la famille royale prisonnière et à vouloir la faire sortir de Paris. Le malheureux comte de Favras me rendit un soir visite dans mon hôtel de la rue de Matignon. Il me parla de ses projets en détail. Je l'écoutai, me gardai de lui confier les miens et lui dit que ce serait de la folie. Il ne m'en reparla plus et je l'évitai autant que je le pouvais. Je fis bien, car il ne tarda pas à être arrêté et exécuté.

40.

Le ton de la société des Tuileries était celui de la contrainte et je me gardais d'y paraître. Nous étions convenus que, sauf événement extraordinaire, je viendrais voir Leurs Majestés seulement lorsque celles-ci seraient seules. J'enfilais alors une redingote et un chapeau rond comme le simple bourgeois et me dirigeais d'un pas tranquille vers l'appartement de la femme de chambre de la Reine quand c'était avec Elle que j'avais rendez-vous ; mais plus souvent vers celui du premier valet de la Chambre qui, de chez lui, me faisait passer dans le cabinet où je retrouvais Leurs Majestés. Ce chemin était si simple et si public que jamais je ne fus inquiété. Les gardes accoutumés à ma longue silhouette couronnée d'un chapeau brun ne prêtaient nulle attention à mes allées et venues, tandis qu'ils ne manquaient jamais de me remarquer et de m'interroger quand je paraissais vêtu à mon ordinaire pour faire ma cour publiquement.

Ma position était différente de celle de tout le monde. Aux bontés dont le Roi et la Reine m'avaient toujours comblé, ils avaient ajouté une distinction qui n'avait pas de prix : la confiance. Elle l'était d'autant plus qu'elle était extrêment bornée ; et je la partageais avec trois personnes : le baron de Breteuil, le marquis de Bouillé et le comte de Mercy toujours détestable mais dont l'appui nous était infiniment précieux. J'étais de loin le plus jeune, et surtout le seul encore à Paris. Dès lors, les servir devint ma seule passion ; je trouvais un plaisir réel à m'acquitter d'une partie des obligations que je leur devais. Quelle douce jouissance pour mon cœur que de contribuer à leur bonheur !

Malgré les difficultés, je jetais mon ardeur dans les missions qui m'étaient confiées. Je passais mes journées et mes nuits à chiffrer leurs lettres et à les expédier, je recevais et déchiffrais les dépêches qui leur étaient adressées par le petit nombre de ceux qui leur demeuraient fidèles. J'étais seul à cette tâche et n'osais employer un secrétaire ; étant obligé de me montrer prudent pour éviter les soupçons, j'étais surchargé d'occupations.

Rares étaient les courtisans à qui se fier. M. de Saint-Priest joignait à l'esprit du caractère et de la fermeté, et était sans doute le seul sur lequel le Roi eût pu s'appuyer si l'occasion s'était présentée. J'apprenais par lui ce qui se passait et souvent il me consultait. Malgré cela, je ne lui disais que ce que je voulais et restais sur la défensive. Le silence était, dans ces temps troublés, une question de vie ou de mort. J'étais pourtant fort bien avec lui. Sa maison était la mienne, il me comblait de bontés, de politesses et de confiance qui m'embarrassaient parfois en raison de la nature des liens qui s'étaient tissés avec Mme de Saint-Priest.

Pour ma défense, je dirai simplement que notre courte liaison fut plus de son fait que du mien ; j'y avais cédé un soir de faiblesse, parce que, depuis des années, elle me poursuivait d'assiduités touchantes de la part d'une si belle personne. Mais mon cœur était définitivement ailleurs. Comme je devais le lui avouer. J'en sens toute l'imprudence, mais devant son désespoir de savoir son amour sans retour et sans espoir de l'être jamais, je lui avouai le nom de ma bien-aimée.

Au nom de la Reine, toutes les larmes cessèrent, elle m'assura de ne plus me tourmenter et me pria seulement de ne pas trop changer la nature de nos liens. Elle me promit ne point en vouloir d'autres, et je m'en trouvai momentanément apaisé. Mais quelle folie n'ai-je pas commise ! Dans les premiers temps, Mme de Saint-Priest, fidèle à sa promesse, fut délicieuse et touchante à la fois, affichant le plus grand intérêt pour une Reine qu'elle avait toujours respectée. Mais très vite, quand je me lassai de ses ardeurs et succombai à d'autres bras tentateurs, des plaintes amères firent place aux serments. Il me fallut essuyer des scènes que je trouvais bien ennuyeuses. Pire, je ne tardai pas à découvrir que mon secret n'en était plus un. Mme de Saint-Priest confia à deux ou trois intimes ma confidence qui devint ainsi une chose publique.

Je ne soupçonnais rien et m'appliquais à conserver l'attitude que j'avais réglée de concert avec Leurs Majestés. Je me montrais officiellement le moins possible, et comme tous les étrangers qui avaient adopté le parti de ne se mêler de rien, je n'avais rien à craindre. Après avoir beaucoup redouté pour Elles, je commençais à être un peu plus heureux car je voyais mon amie librement chez Elle.

La Reine était très malheureuse, mais c'était un ange pour le courage, la conduite et la sensibilité qui étaient au-dessus de tout et la rendaient plus intéressante encore. Jamais on n'a su aimer comme Elle. Je lui faisais part de ce que vous me chargiez de lui transmettre, et, infiniment sensible, Elle en pleurait et me priait de vous dire combien Elle en était touchée. Il lui arrivait d'espérer et de se prendre à rêver. Elle imaginait que si notre plan réussissait, vous pourriez alors nous rejoindre. Elle me confiait combien Elle serait heureuse de vous connaître et cette idée lui plaisait. Je regrettais de ne pouvoir la consoler de tous ses malheurs et de ne pas la rendre aussi heureuse qu'Elle méritait de l'être.

A partir du mois de juin, le désordre devint tel dans l'armée que l'on pouvait dire qu'elle n'existait plus. Les têtes étaient renversées, des soldats formaient des comités, renvoyaient, jugeaient et exécutaient souvent leurs officiers. Chaque jour, on apprenait de nouvelles horreurs qui se commettaient en province et dans Paris. Partout on ne rencontrait que des gens ruinés ou qui perdaient leur état. Cela ne cessait d'augmenter et nous étions bien malheureux.

La famille royale se rendit à Saint-Cloud et y fut un peu mieux. Elle était plus libre, et pouvait se promener presque comme elle le voulait. La Reine et Madame Elisabeth firent venir leurs pianos de Versailles. Seul le service les accompagna, ce qui me permit d'y aller plus aisément. Nous en avions bien besoin, car les événements nous poussèrent à une démarche que nous avions longtemps différée. La Reine, qui s'était décidée malgré ses préventions contre M. de Mirabeau à le rencontrer, m'avait demandé d'être à ses côtés...

Le rendez-vous, longtemps remis parce qu'on s'était imaginé pouvoir y échapper, fut fixé aux premiers jours du mois de juillet. Il fut convenu que la Reine et M. de Mirabeau se rencontreraient seuls et j'avais proposé que cela se fît dans l'ancien pavillon du Mail dont le baron de Breteuil m'avait confié les clés avant de quitter la France. Inhabité depuis son départ, relié par une simple allée au château de Saint-Cloud, rien n'était plus aisé pour la Reine et pour M. de Mirabeau que de s'y rendre, avec tout le secret que cet entretien appelait. M. de Jarjaye, colonel attaché à l'état-major de l'armée, dont nous savions le dévouement, l'intelligence et la discrétion, fut jugé assez digne de confiance pour aider efficacement à l'exécution matérielle d'un projet auquel on attachait désormais tant de prix, après l'avoir si longtemps refusé.

L'entretien avait été fixé à huit heures et demie dans le pavillon. Caché à l'abri du mur, j'avais attendu la Reine près de la grille qui séparait la partie la plus élevée de ses jardins particuliers de la longue allée conduisant au pavillon. La veille, je m'étais assuré du fonctionnement de la serrure qui, bien que grippée par la rouille, avait cédé enfin. Je m'étais gardé de la refermer, craignant de ne pas en venir à bout une seconde fois.

Le pas de la Reine était si léger et si rapide dans la terre fraîche de ce matin d'été que j'entendis à peine un bruissement d'étoffe, et Elle se tint devant moi. Elle avait un faible sourire qui disait sa fierté d'être parvenue jusque-là, mais ses yeux ne pouvaient dissimuler une expression d'inquiétude que je lui connaissais trop. Sans échanger un mot, Elle prit le bras que je lui tendis et marcha ainsi à mes côtés dans des allées qui me rappelaient tant de gais souvenirs. Celui de Mme de Matignon n'était guère très éloigné, mais que restait-il du bel ordonnancement que nous avions connu ? Le lierre et les herbes folles avaient conquis le sous-bois et quand nous atteignîmes les jardins, ce fut pis que tout ; ils offraient l'image de la plus triste désolation.

— C'est donc ici ce lieu dont on m'a tant parlé.

Ces mots me firent sourire malgré la gravité du moment. En les prononçant, la Reine avait retrouvé pendant quelques instants cette coquetterie de jadis qui lui faisait regarder avec agacement tout ce qui avait brillé sans Elle. Je sus qu'Elle n'avait pas oublié cette soirée de juin 1784 où Elle avait rêvé paraître, mais personne ne l'avait conviée de peur d'un refus. Ce matin-là, Elle regardait le pavillon pour la première fois ; une ombre de tristesse voila son visage, je la pris dans mes bras et la serrai contre moi sans rien dire. Il ne fallait pas songer au passé, pas maintenant, il importait seulement qu'Elle fût forte car le salut ne pourrait venir que d'Elle seule. Nous restâmes quelques minutes ainsi, sans bouger, sans rien dire, nos deux parfums ne faisaient plus qu'un. Depuis longtemps, les mots étaient devenus inutiles entre nous.

Les grandes pièces vides du bel appartement du rez-de-chaussée résonnèrent sous nos pas. J'entrouvris les volets intérieurs du grand salon de façon que cela ne se vît pas de l'extérieur. Puis nous attendîmes debout devant la croisée d'une fenêtre qui nous permettait d'observer les arrivants. Nous n'eûmes guère à patienter très longtemps.

La lourde figure de M. de Mirabeau apparut au bout de l'allée. Le contre-jour ne nous permettait pas de distinguer ses traits, mais l'ombre de sa seule silhouette eût suffit à nous le faire reconnaître. Je frissonnais à sa vue, la Reine le sentit, me regarda et je vis dans ses yeux qu'Elle aussi avait bien du mal à comprendre comment on en était arrivé à une telle extrémité. Le bon visage de M. de Jarjaye, qui marchait à ses côtés pour lui montrer le chemin, nous réchauffa le cœur ; c'était pour des hommes et des femmes à son image qu'il fallait se battre. Car après tout, si la nature humaine pouvait être monstrueuse, il n'y avait pas de jour qui ne nous apportât des preuves singulières de la bonté d'une Nation qui n'était pas méchante dans le fond. Elle avait le terrible défaut d'être trop versatile, d'avoir des élans généreux qui ne se soutenaient pas et de se laisser enflammer comme un enfant. C'était donc à cet homme que nous allions confier le soin de la ramener à la raison. Il le fallait.

Nous nous regardâmes, la Reine et moi, et nous ne pûmes nous empêcher de sourire, un sourire non de gaieté ou d'insouciance, mais de ces sourires que l'on échange dans les moments où l'on n'a plus rien à perdre, où la tendresse, la fatigue et le manque d'illusions sur tout ce qui nous touche se trouvent si intimement mêlés qu'on ne sait ce qui l'emporte. J'effleurai de mes lèvres ses doigts qui étaient toujours aussi beaux et me retirai dans la pièce voisine. Je n'avais pas refermé la porte que M. de Mirabeau frappait et entrait. J'entendis encore les premières paroles de la Reine :

— Auprès d'un ennemi ordinaire, d'un homme qui aurait juré la perte de la monarchie sans apprécier l'utilité dont elle est pour un grand peuple, je ferais en ce moment la démarche la plus déplacée ; mais quand on parle à un Mirabeau...

La Reine avait toujours su, quand Elle le voulait bien, trouver les mots qui rallient les cœurs. Mais avec M. de Mirabeau, nul n'ignorait qu'il ne suffisait pas d'intéresser son cœur, et que sa fortune était beaucoup plus sensible à la séduction que les plus belles paroles. Je m'éloignai de la porte et me postai à la fenêtre. Non loin du perron, M. de Jarjaye veillait discrètement à ce qu'aucun importun ne vînt les déranger.

41.

On n'entendait parler que de fête pour l'anniversaire de la prise de la Bastille et de la fondation de la liberté, car, comme chacun le savait, la France était au monde le pays qui en était le plus privé ! L'Assemblée avait convoqué à Paris des délégations des gardes nationales, de l'armée de terre et de mer pour resserrer les liens fraternels qui devaient unir tous les citoyens. Le Champ-de-Mars avait été préféré aux plaines de Saint-Denis, de Grenelle ou des Sablons pour les accueillir, et il n'était question que de préparatifs. L'enthousiasme qu'ils soulevaient dans la rue m'affligeait, les sottises que j'entendais parmi nos amis me consternaient. Je trouvais que l'on faisait beaucoup de bruit autour d'une affaire qui ne méritait que mépris.

Ce soir, assis à ma table, avec toute la connaissance que j'ai acquise de ce qui s'est passé depuis, je ne peux que verser des larmes amères en songeant à ce jour où, contrairement à ce que je croyais, tout était possible et où nous avons tout manqué.

Il vous faut d'abord vous représenter ce que fut cette étonnante journée du 14 juillet 1790. Pour moi, comme pour tous ceux qui étaient attachés à la monarchie, c'était un jour de deuil que celui qui célébrait la chute de l'autorité royale et le triomphe de l'anarchie. Tout ce qui se rattachait à son souvenir était voué à la critique, et pourtant il me faut reconnaître avoir été le témoin malgré moi de scènes bien étonnantes.

Les organisateurs avaient décidé de monter autour de l'autel central, baptisé autel de la Patrie, un glacis[1] de terre offrant près de deux cent mille places assises, auxquelles il fallait ajouter plus de cent mille debout, sans parler de l'espace réservé, devant l'Ecole militaire, pour le Roi et sa famille, pour la Cour, l'Assemblée, les communes...

Les travaux qu'ils accomplirent furent effrayants. Pour accéder à cette gigantesque esplanade, il fallut jeter un pont au-dessus de la Seine ; afin d'accroître la magnificence du lieu, un arc de triomphe monumental fut élevé au bout de ce pont, marquant l'entrée. Quinze mille ouvriers furent employés à ce chantier, mais malgré leurs efforts, les travaux n'avançaient pas assez vite. Aussi la ville décida-t-elle d'employer tous les désœuvrés, de les payer et de les nourrir; mais ceux-ci, très vite lassés par une tâche à laquelle ils n'étaient plus habitués, voulurent recevoir plus et menacèrent d'abandonner l'ouvrage. M. de La Fayette, qui surveillait en personne le chantier et s'y rendait tous les soirs, employa ses forces à ce qu'il réussissait le mieux : intervenir, haranguer, promettre. Il le fit avec succès. Après leur avoir accordé salaires et nourriture pendant les quatre jours que durerait la fête , où ils ne travailleraient pas, il obtint de les voir se remettre à l'œuvre.

Tant d'activité ne pouvait que susciter la curiosité et, à la surprise de tous ceux que ces préparatifs laissaient indifférents ou affligeaient, on vit des Parisiens de plus en plus nombreux se mêler aux travaux et apporter leur aide. Tout cela me paraissait être une mauvaise comédie, et la pensée que le Roi allait être contraint de jouer un rôle convenu me désolait. Cependant, comme tout cela était innocent ! C'était le temps où le peuple, bercé d'espérances, chantait en bâtissant. Car c'est ainsi que

1. Surface légèrement inclinée.

les choses se sont passées, et moi-même je n'ai pu m'empêcher de m'arrêter à plusieurs reprises pour regarder ce chantier qui ne cessait de m'étonner.

De jour en jour, l'enthousiasme se répandait et une foule colorée composée de tous les métiers arborait bannières et oriflammes où l'on pouvait lire : « Pour la Patrie, rien ne nous coûte ! » ou encore « Les esclaves du despotisme sont les enfants de la liberté ! ». La Fayette, qui n'en était pas à un geste démagogique près, montrait l'exemple, maniant la pelle et la pioche.

Un jour où je me rendais aux Tuileries, mon phaéton [1] s'immobilisa soudain pour se garer sur le bas-côté ; je demandai la raison de cet arrêt à mon cocher ; la rue était barrée par une troupe de comédiens curieusement attifés. Les femmes étaient vêtues de blouses de mousseline grise ceintes d'une écharpe tricolore, tandis qu'un chapeau de paille, des brodequins et des bas de même couleur complétaient l'ensemble. Les hommes portaient des bêches légères ornées de fleurs et de rubans. On eût dit une troupe sortie tout droit d'une pastorale.

J'en étais là de mes observations quand mon attention fut attirée par la figure qui marchait en tête et visiblement menait l'ensemble. Son immense chevelure poudrée flottait au vent telle une bannière, elle chantait plus haut que les autres et animait sa troupe à grand renfort de mouvements de bras. Je la voyais avancer quand soudain je reconnus ses yeux noirs, immenses et insolents : elle était à quelques pas de moi. Je n'eus que le temps de baisser le nez et enfoncer mon chapeau, en espérant avec ardeur ne pas avoir été vu. Dieu seul sait ce que sa folie eût pu provoquer si elle m'avait reconnu ! Tout entière livrée au spectacle qu'elle se donnait, elle passa heureusement sans me voir et j'en fus véritablement soulagé. L'égérie qui menait la danse était cette femme que j'avais si souvent vue dans le cabinet de la Reine, cette

1. Petite voiture à quatre roues, légère et découverte, faite pour les courses rapides.

directrice que Leurs Majestés avaient tant honorée de leur bonté, c'était Mlle de Montansier !

Elle entraînait ses comédiens et chantait à tue-tête des chants patriotiques. Ce n'est pas sans amertume que j'entendis l'écho de ses refrains repris par les passants. Je n'en revenais pas, et pourtant je n'étais pas au bout de mon étonnement. Nous n'étions qu'à quelques pas des Tuileries, cette troupe insolite allait passer sous les fenêtres de celle qui lui avait permis de devenir ce qu'elle était. Je priai le ciel pour que la Reine ne vît pas semblable spectacle. Contre mon attente, un cri s'éleva, joyeux : « Vive le Roi ! » repris à l'unisson par cet étrange cortège qui agita bonnets et chapeaux en direction des Tuileries, et sans s'arrêter poursuivit sa route vers le Champ-de-Mars pour contribuer à l'édification de ce monument à la gloire de la liberté.

— Vive le Roi !

Car c'est aux cris de « Vive le Roi ! » que devait se dérouler le lendemain cette fameuse fête de la Fédération qui avait inspiré tant de crainte, dont on s'était fait tant de monstres, qui fit fuir tant de monde et se passa finalement très tranquillement.

A huit heures du matin, le Roi et sa suite étaient prêts et attendaient l'aide de camp de M. de La Fayette qui devait prévenir de l'arrivée des députés au Champ-de-Mars pour nous permettre de gagner l'Ecole militaire. En effet, il avait été convenu que le Roi s'y rendrait en voiture par le Faubourg-Saint-Germain et se placerait sur son trône au moment où les députés de l'Assemblée monteraient les degrés qui y conduisaient.

Le ciel était peu favorable à la fête. Dans le Grand Appartement où s'était assemblée la Cour fidèle et silencieuse, chacun regardait sans mot dire la pluie tomber. Un rire nerveux parcourut les rangs des courtisans quand l'un d'eux lâcha :

On dirait que le ciel, qui se fond tout en eau,
Veuille inonder ces lieux d'un déluge nouveau.

Et devant le succès qu'il remporta, bien qu'aucun d'entre nous n'eût le cœur à rire, il s'inclina profondément et rendit à César ce qui appartenait à César :

— Boileau porte un joli nom pour des mots bien de saison !

Les averses se succédaient, continuellement, des torrents d'eau devaient faire la fortune des marchands de parapluies qui s'étaient mis tout le long du cortège. Les bataillons, bien que trempés jusqu'aux os, ne bronchaient pas ; la ville s'était vidée de ses habitants pour se porter sur leur passage ou se presser aux croisées des fenêtres. Nullement découragé par cette pluie qui ne voulait cesser, ce monde prodigieux manifestait un enthousiasme que l'on entendait jusqu'aux Tuileries.

Le Roi devait arriver le dernier accompagné de la Reine, de la famille royale et de ceux qu'elle avait admis. Une vingtaine de voitures étaient rangées dans la cour, mais il fallut patienter près d'une heure tant la marche était lente. Nous formions un cortège nombreux qui en imposait et dont le spectacle m'eût réjoui en d'autres circonstances.

Tandis que je maudissais intérieurement toutes ces singeries dont je ne voulais pas être dupe, j'observais la Reine dont l'attitude noble et simple faisait mon admiration. Pas un trait de son visage ne pouvait laisser supposer qu'Elle fût incommodée par les intempéries, pas un mouvement n'eût pu faire soupçonner qu'Elle n'adhérait pas totalement à la Révolution. J'en restai moi-même sans voix. Elle souriait à tous comme si nous étions à Versailles entre familiers. Elle répondait avec grâce aux manifestations exubérantes d'enthousiasme que sa présence et celle du Roi soulevaient. A tous, Elle présentait avec fierté le Dauphin qu'Elle avait couvert de son étole et qui se prêtait avec grâce aux acclamations que sa vue soulevait.

Les cris de « Vive le Roi ! vive la Reine ! vive le Dauphin » ne cessèrent de fuser pendant tout le temps que dura cette cérémonie. Nombreux furent ceux qui, parmi les courtisans, furent frappés par ce qu'ils appelaient la magnificence du tableau qui s'offrait à leur vue. Pour moi, je n'y voyais qu'une immense population faisant retentir le bruit de ses acclamations répétées, les députations de soldats sans ordre avec des drapeaux alourdis par le poids de l'eau, qui pendaient lamentablement... Cette célébration ne dura qu'une heure et demie, ce qui me suffit amplement, mais au lieu de midi, elle ne commença qu'à trois heures et demie de relevée. Bien que les troupes fédérées fussent parties le matin à huit heures de la porte Saint-Martin, le désordre était tel qu'il leur fallut trois heures pour se ranger sur le Champ-de-Mars. Le peuple et les gardes nationaux forcèrent leurs propres sentinelles et entrèrent avec leurs connaissances dans les tribunes des ambassadeurs pour se mettre à couvert de la pluie ; ils nous auraient contraints, s'ils avaient été plus nombreux, à leur céder.

Personne n'était à sa place. Les soldats qui devaient garder l'arène n'obéissaient pas, couraient, chantaient, dansaient. Peu de temps avant l'arrivée du Roi et des troupes fédérées, ils allèrent chercher un prêtre et deux moines sur l'autel, les affublèrent de bonnets de grenadiers et de fusils, et les promenèrent tout autour de l'amphithéâtre. Ils chantaient en dansant « Vive le Roi ! » ; leur vue me fit frémir et me fit penser au spectacle des barbares avant l'exécution des premiers chrétiens. La suite ne fut guère plus édifiante. Le temps que tout le monde fût placé, la célébration ne commença qu'à cinq heures. La foule chantait et dansait au point que personne ne se mit à genoux au moment de l'élévation, ce qui fit croire à beaucoup que la messe n'avait pas été dite.

Placé au centre de l'amphithéâtre, l'autel entouré de vases antiques jetant des tourbillons de vapeurs odorantes semblait dédié au culte de quelque divinité païenne. Un clergé nombreux dominait la foule de soldats ; à ses pieds, cinq cents tambours avaient battu le signal pour entamer la célébration des mystères. L'évêque d'Autun qui présidait avait conservé les manières que je lui avais connues du temps où il n'était qu'abbé de Périgord. Mgr de Talleyrand arborait les ornements ecclésiastiques propres à son ministère, mais n'hésitait pas à se compromettre dans une célébration qui fut le prétexte à une profanation de la religion.

Seuls les députés des provinces donnèrent des marques touchantes de respect, d'amour et de fidélité. Les cris de « Vive le Roi ! vive la Reine ! vive le Dauphin ! » ne cessèrent d'être répétés pendant tout le temps que dura la cérémonie. Seule une voix s'éleva pour proférer « Vive la Nation ! », mais fut accueillie par des huées. Leurs Majestés les traitèrent à merveille et la Reine eut pour eux toute la grâce et l'obligeance dont Elle était susceptible.

Nous étions cependant si prévenus contre cette manifestation que nous n'eûmes pas un instant l'idée de mettre à profit l'enthousiasme qu'avait soulevé la vue de la famille royale. Au lieu d'assister le soir au banquet qui avait été préparé, le Roi, n'ayant guère oublié le souvenir malheureux de celui des gardes du corps à Versailles, rentra directement avec nous, soupa légèrement et se coucha. Je ne sus jamais ce qu'il avait pensé de cette journée. Nos ennemis reconnurent cependant, entre eux, que jamais cette liesse ne leur avait causé tant de frayeur, tant ils étaient persudés que trois mots du Roi auraient suffi à balayer leur Révolution.

Mais, ces trois mots ne furent point dits.

42.

J'avais profité de l'été 1790 pour m'installer à la campagne chez le comte Esterhazy. Il avait loué une maison à Auteuil et, après avoir mené sa femme et ses enfants en Angleterre, nous y avait rejoints. J'y étais plus tranquille qu'à Paris, et comme c'était à la porte du Bois de Boulogne, les promenades étaient charmantes. Nombreux étaient ceux qui avaient des maisons dans ce village et la société était presque agréable.

Mmes de Balbi, de Vauban et de la Reynière s'y étaient établies et recevaient beaucoup, tandis que la proximité de Paris — on en était à une demi-lieue sur le chemin de Versailles — faisait qu'on y allait souvent dîner, souper et profiter des spectacles. Mon bonheur eût été bien grand si la présence de la Reine ne m'eût autant manqué. Je tentai de m'éloigner de tout ce qui me la rappelait et acceptai de passer quelques jours à Fitz-James, à cinq lieues d'Auteuil. Ce fut pis que tout.

La campagne de la duchesse de Fitz-James était un endroit charmant et elle-même passait pour la meilleure femme du monde. Mais elle était si malheureuse de tout ce qu'elle avait éprouvé en quelques mois que son chagrin devenait contagieux. Il est vrai qu'elle avait bien des motifs de souffrir, la pauvre femme, tant à cause d'elle-même qui était ruinée que par son attachement à la Reine dont elle était toujours dame du Palais. Je l'aimais beaucoup, mais je me réjouis que les cinq compagnons que j'y avais retrouvés fussent moins accablés que ma chère amie, sinon j'aurais volontiers cédé à l'affliction.

Dès les premiers jours de septembre, la situation devint plus odieuse encore. Les ministres étaient menacés par la populace ; dans les Tuileries et au Palais-Royal, on rédigeait et publiait des motions terribles ; on demandait leurs têtes, ainsi que celles de M. de Bouillé et de M. de La Fayette. Ce dernier tremblait avec raison car les Jacobins étaient contre lui et travaillaient à le perdre. Malgré sa belle tournure et ses phrases, il n'osait rien faire pour empêcher ces mouvements et se contentait d'envoyer des hommes chez chacun des ministres, mais la plupart de ces derniers étaient déjà partis se cacher dans différentes maisons de Paris.

M. Necker donna sa démission qui fut acceptée à la satisfaction de tous et partit vers sa maison de campagne, caché dans sa voiture avec un aide de camp de M. de La Fayette. Il n'emportait dans sa retraite les regrets de personne, excepté peut-être ceux de sa fille. J'ai le souvenir d'avoir demandé au marquis de Nicolay ce que l'on disait de ce départ. Sa réponse traduisit exactement ce que j'observais autour de moi :

— Ni satire, ni éloge, rien, on n'entend pas un mot. Une chaise qui tombe dans les Tuileries fait plus de bruit que le départ d'un homme adoré il y a quinze mois et dont la disgrâce à cette époque avait causé des événements considérables.

Pour tous comme pour moi, M. Necker avait fait le malheur de la France. Il avait trahi le Roi et jamais ne serait assez puni. La manière dont sa fille, désormais Mme de Staël, se conduisait me plongeait chaque jour dans le plus grand embarras ; son mari, représentant officiel de notre pays en France, rassemblait chez lui une société qui tenait les propos les plus indécents sur le Roi. Je faisais dans le public ce que je pouvais pour les excuser mais cela n'était pas toujours possible. Ses propos et son attitude ne cessaient de me surprendre. Alors que dans leur salon et partout où ils le pouvaient, sa femme et lui ne cessaient de prôner l'insubordination à la famille royale et la défense des scélérats qui ruinaient le royaume, il osa me confier un jour combien il s'étonnait et s'affligeait de la froideur de la Reine à son endroit. Et comme il ne doutait de rien, après avoir proclamé depuis des mois, et peut-être des années à mon insu tout le mal qu'il pensait de la Reine, il alla jusqu'à faire devant moi l'apologie de sa conduite, me confiant combien il aurait souhaité être plus proche d'Elle.

A la fin du mois d'octobre, nous quittâmes Auteuil quand il commença à faire trop mauvais pour y rester. Ce n'est pas sans regret que je regagnais Paris, ville que j'avais tant aimée et qui ne me semblait plus qu'un gigantesque cloaque. La Cour elle aussi allait quitter Saint-Cloud et avec ce retour, mes visites ne seraient que plus difficiles.

A Saint-Cloud, il fallait seulement se jouer de l'aide de camp que La Fayette avait placé. Certes, il ne quittait jamais Leurs Majestés de jour comme de nuit, à pied comme à cheval afin « d'être à même de porter tout message de Leurs Majestés à M. de La Fayette », mais comme Elles étaient deux et pouvaient ne pas aller de concert, je profitais du moment où il surveillait l'une pour être avec l'autre. Ce petit jeu avait même fini par faire sourire le Roi ; il se prêtait de bonne grâce à ces parties de cache-cache qui n'étaient pas sans nous en rappeler d'autres, plus gaies, dans les jardins de Versailles.

Comment ne pas songer aux amis disparus ? Parfois il nous parvenait des lettres. Un mot du prince de Ligne, avec qui nous avions partagé des temps si heureux, me causa la plus vive douleur. Il était à l'image de bien d'autres : « Je n'arrête pas de penser à l'infortunée Reine et suis plus effrayé que jamais de la savoir entre les mains de tous ces monstres que je ne verrai jamais, car je ne mettrai plus le pied ni à Paris, ni à Bruxelles. » C'était à l'image de l'égoïsme de tant de favoris.

Les lettres des Polignac étaient assurément celles qui faisaient le plus d'effet à Leurs Majestés. A la vue de leurs larmes hâtivement cachées, j'avoue avoir plus d'une fois conçu de l'humeur d'autant que le Roi ou la Reine s'empressaient de répondre à leurs « chers amis » comme ils continuaient à les appeler.

Celles de Mme de Lamballe procuraient un tout autre effet. Là, ce n'étaient pas des larmes à la vue de son écriture mais une douceur apaisante. Comment en aurait-il pu être autrement ? Les deux amies n'avaient jamais cessé de s'écrire depuis le moment où, sa faveur déclinant au profit de celle de sa rivale, la princesse avait décidé de regagner Paris et de ne venir à Versailles que les jours où sa charge le lui imposait. Aussi pouvait-on croire que ces missives n'étaient que la suite d'une bonne et longue conversation. On en venait pendant quelques instants à oublier les malheurs présents.

Mais la plupart de mes visites se faisaient à la nuit tombée, qui était fort tard en cette saison. C'était véritablement le seul moyen de ne pas compromettre ceux que j'aimais et voulais servir en un moment où toute relation avec un étranger eût pu les faire accuser de complicité avec les émigrés. Je quittais Auteuil à la fin du jeu et n'arrivais guère avant la fin du jour pour repartir vers trois ou quatre heures du matin. Je ne fus guère inquiété au cours de ces visites nocturnes. Un garde-française me croisa bien à plusieurs reprises alors que je repartais, mais je lui proposai un peu de tabac, une goutte d'alcool de mon flacon, nous échangeâmes une banalité sur le temps qu'il faisait, et cela n'alla pas plus loin.

Seul M. de Saint-Priest, par je ne sais quel moyen, apprit le but de mes promenades et trouva à en faire la remarque à la Reine qui me la rapporta aussitôt. Mais M. de Saint-Priest était trop honnête homme pour ébruiter plus avant ce qu'il croyait savoir, et je poursuivis comme à l'accoutumée.

Comment aurait-il pu en être autrement alors que la famille royale était abandonnée de tous et de toutes ! Quand nous ne travaillions pas, il n'était pas rare que nous pleurions ensemble. Les chagrins de la Reine me pénétraient l'âme. Elle m'en parlait souvent même si Elle se défendait de vouloir se plaindre. Je l'encourageais car il me semblait que c'était une consolation d'épancher son cœur dans celui d'un ami.

— Parlez-moi souvent, parlez-moi toujours, dites-moi tout ce que vous sentez, tout ce que vous éprouvez. C'est un besoin et vous savez que vous n'avez pas de plus vrai, de plus tendre ami que moi. Si cela peut vous consoler un moment, c'est tout pour moi d'adoucir par ma présence vos chagrins dont nous pouvons parler.

C'étaient ses peines, celles de sa famille, celles de ses amis qu'Elle savait pour certains très gênés, c'étaient aussi les vôtres, ma chère Sophie, car je lui avais tellement parlé de vous. Elle lisait vos lettres avec tant d'intérêt que tout ce qui vous affectait la faisait aussi pleurer. Et puis souvent les noms des amis éloignés revenaient, non pour en dire du mal ou s'en plaindre, mais pour se souvenir des jours heureux, et les larmes redoublaient.

Mais n'allez pas croire que tant de larmes occupaient à elles seules les nombreuses heures que je passais tantôt avec le Roi, tantôt avec la Reine. Si dans mon esprit tout était très clair depuis longtemps, tel n'était pas le cas de Leurs Majestés qui sans cesse changeaient de parti. La faiblesse du Roi était sans limite et il arriva qu'elle fît mon désespoir. Il repoussait autant qu'il le pouvait tout projet de quitter Paris et de se mettre à la tête d'une armée en province pour reconquérir son trône. Il conservait l'espoir de l'emporter sur les scélérats en montrant à son peuple combien, par son attitude, il ne faisait rien qui pût lui apporter des souffrances nouvelles. La Reine me faisait davantage confiance et comprenait bien qu'il y avait peu à espérer d'un peuple versatile, capable de brûler un jour ce qu'il avait adoré la veille.

Le comte de Mirabeau, qui s'était rapproché de la Cour, inquiétait M. de la Fayette et cela nous permettait de les tenir tous les deux. Il œuvrait pour le Roi et c'était la seule chose qui importât en un temps où la situation ne cessait de s'aggraver. Chaque jour paraissaient de nouveaux écrits affreux où l'on conseillait aux troupes de massacrer leurs officiers et au peuple de chasser l'Assemblée. Cela me prouvait que, ne sachant comment se tirer d'affaire, voyant le mécontentement augmenter et prévoyant bien que le moment d'asseoir l'impôt serait celui de la perte de l'Assemblée, ils voulaient exciter la populace à supprimer des représentants dont ils n'avaient plus rien à craindre. Cette manière était la seule pour eux de terminer la constitution monstrueuse qu'ils avaient imaginée et d'éviter tous les reproches, car ils auraient eu soin de rejeter la faute sur les aristocrates en faisant dire partout que c'étaient eux qui avaient ameuté le peuple pour les empêcher de finir leur besogne.

— Un tel événement serait fort désavantageux pour Votre Majesté. Il faut que l'Assemblée continue tranquillement ses opérations ; il faut qu'elle finisse de tout bouleverser, il faut même la protéger ; elle périra par elle-même, lui avais-je confié un soir tandis que nous jouions au billard, seuls avec la Reine.

— Plût au Ciel que cela ne tardât pas !

— Je crains, Sire, qu'un hiver soit encore nécessaire pour cela. Trop de précipitation gâterait tout ; il faut le courage de la patience, c'est à présent le seul moyen de réparer les sottises qu'on a faites.

On craignait beaucoup que M. le comte d'Artois ne fît une folie et n'entrât en France pour se mettre à la tête des mécontents du Languedoc, démarche dangereuse qui ne pouvait réussir, et nous faisions tout pour l'en empêcher. Mais il était conseillé par le prince de

Condé, tête vive, emplie d'ambitions, guidée non par son attachement pour le Roi mais par l'ennui qu'il éprouvait à Turin où il s'était réfugié.

43.

Avec le retour de l'hiver, les désordres ne firent que croître : le numéraire avait disparu, les assignats qui lui avaient été substitués n'avaient point ou peu de crédit et dans plusieurs provinces, on les refusait. Les manufactures étaient toutes touchées, les denrées enchérissaient et la misère augmentait tant que cela en devenait effrayant. Partout, on n'entendait parler que de vols, et le mécontentement commençait à devenir général. Pariant encore sur la légèreté et la vivacité des têtes françaises, je voulais croire que lorsque le mécontentement serait à son comble, un changement s'opérerait dans les affaires et que le nouvel ordre qui s'était établi serait aussi vite culbuté que l'ancien l'avait été. Mais pour cela, la coupe devait être bue jusqu'à la lie et elle ne l'était point encore.

Le coup de grâce fut assené aux tantes du Roi. Déjà la signature du décret sur la Constitution civile du clergé, la suppression des ordres religieux et la nationalisation des biens de l'Eglise en juillet les avaient profondément choquées, mais l'annonce à la mi-janvier qu'on exigerait des prêtres le serment constitutionnel acheva de les dégoûter de ce pays qu'elles tenaient pour diabolique. Leur décision fut prise et annoncée au Roi. Il fallait des raisons aussi fortes que celles de leur religion pour prendre le parti si cruel à leur cœur de quitter leur pays. Comment aurions-nous pu leur en vouloir quand nous-mêmes préparions notre départ ? Ces mesures avaient véritablement achevé de nous persuader qu'il n'y aurait plus de limites à la licence.

Le général de Bouillé envoya son fils Louis à Paris à la fin de décembre pour étudier avec moi les possibilités d'une sortie de la famille royale. Leurs Majestés me prièrent de le recevoir en leurs noms et Mgr d'Agoult, évêque de Pamiers, servit d'intermédiaire. Mon hôtel, un peu éloigné du cœur de Paris, offrait toutes les commodités pour cette sorte d'entrevue qui à tout prix devait rester secrète.

Je ne lui cachai rien de tout ce que je savais sur la situation intérieure et extérieure afin qu'il pût en rendre compte à son père dès son retour à Metz. Après avoir cherché quel asile le Roi devrait choisir — à ce moment-là nous penchions pour Metz —, nous réfléchîmes aux moyens de parvenir jusqu'aux Tuileries et de faire sortir la famille royale alors que toutes les issues étaient gardées avec une vigilance extrême. Toutes ? Non, il en était une de moi seul connue que je me gardai de mentionner, me contentant de me charger d'emblée de cette partie qui me semblait la plus délicate. Quand, après une nuit totalement blanche, nous nous quittâmes, j'eus le sentiment que pour peu que le Roi se laissât faire, nous parviendrions à le sauver.

Mais quand le soir suivant, je le rejoignis et lui fis part de tous les points que, sur sa demande, nous avions examinés, je ne rencontrai qu'une attention distraite. J'avoue m'être retiré chez moi de fort méchante humeur, désespérant de pouvoir tenter quoi que ce fût pour un monarque qui ne faisait rien pour son salut. Il suffisait cependant qu'un incident un peu plus important qu'à l'ordinaire perturbât le Roi pour que celui-ci me reparlât de nos projets et que je reprisse espoir. Chaque jour, de nouvelles injures étaient criées, de nouvelles horreurs étaient connues et nous ne savions jusqu'où tout cela irait. La journée du 28 février fut particulièrement atroce ; je n'étais pas aux Tuileries au moment où les choses se passèrent et en fus bien aise, car il devenait chaque jour plus nécessaire de me faire voir le moins possible pour que l'on ne se méfiât pas.

Le peuple était plus que jamais tenu dans un état de fermentation continuelle ; dans les jours qui précédèrent, les habitants du faubourg Saint-Antoine et de ses environs furent persuadés que les travaux de réfection qui se faisaient dans le château de Vincennes avaient pour objet de rendre au donjon sa vocation de forteresse. L'on mit dans les esprits que l'on y faisait pratiquer un souterrain par lequel devaient s'évader le Roi et sa famille et l'on ajoutait même que l'on y transportait de la poudre et des canons. Tout était faux, mais sur ces simples bruits, accrédités par les sections parisiennes, des bandes se réunirent et marchèrent sur ce château pour le détruire tandis que déjà des émeutiers prenaient le chemin des Tuileries.

Dans le même temps, un chevalier de Saint-Louis, dont les gardes ignoraient le nom, se tenait dans la chambre précédant celle du Dauphin, vêtu à la mode des jeunes gens de cette époque, c'est-à-dire fort ridiculement, portant un petit couteau de chasse à son côté. C'eût pu être un pistolet et en temps ordinaire personne n'eût rien dit de cette fantaisie vestimentaire. Mais les bruits de ce qui se passait à Vincennes rendaient cette tenue tout à fait déplacée, voire même provocante. Il n'en fallut guère plus pour qu'il fût arrêté et emmené dans une section voisine. Mais à peine y était-il arrivé que déjà des feuilles volantes circulaient affirmant qu'on avait trouvé chez le Roi un assassin muni de pistolets et de poignards.

En quelques instants, une foule considérable afflua au palais et les propos qu'elle tenait firent craindre à certains que ce ne fût une seconde Bastille, la répétition des journées d'octobre avec tous les excès que l'on pouvait redouter. Aussitôt, quelque trois à cinq cents gentilshommes, qui venaient journellement aux Tuileries, s'armèrent de pistolets et s'enfermèrent dans le château, résolus à protéger le Roi et sa famille. Mais à l'extérieur, le peuple criait qu'on voulait les enlever et les faire passer à l'étranger. Bien que ce plan fût trop fantaisiste pour avoir un commencement de chance de succès, le bruit enflait de façon inquiétante, la garde nationale devint soupçonneuse et menaça de désarmer ceux qui se trouvaient dans les appartements du Roi.

Sa Majesté, prévenue des excès qui risquaient de se commettre, remercia immédiatement son entourage pour son dévouement et le pria de déposer ses armes dans son cabinet, assurant qu'elles lui seraient rendues le lendemain. Comprenant que leur présence était plus nuisible qu'utile, tous obéirent et acceptèrent de se disperser pour ne pas faire courir au Roi et à sa famille un risque inutile.

Cependant, La Fayette, qui avait envoyé la force armée à Vincennes pour calmer les émeutiers et les disperser, était arrivé entre-temps aux Tuileries. A la foule qui s'impatientait, il fit dire que, devant le Roi, il avait sommé tous ceux qui se trouvaient là de déposer les armes et de quitter les lieux, ce qui était faux. En revanche et sur ses injonctions, la plupart des gentilshommes, bien qu'ayant déposé les leurs, furent fouillés et certains maltraités. Quant à M. de la Bourdonnaye, M. Bertier, fils de l'intendant de Paris, et une dizaine d'autres gentilshommes, ils furent arrêtés et conduits à la prison de l'Abbaye pour avoir refusé de se laisser examiner.

Le soir venu, je me glissai dans les cours du château et fus effrayé de tout ce que j'y vis et entendis. La majeure partie de la garde que l'on avait fait boire était ivre et en insurrection, n'obéissant plus aux officiers désespérés par ce qui se passait.

L'indignité de la conduite de M. de La Fayette était

à son comble. Au jeune duc de Duras, Premier gentilhomme de la Chambre, qui lui demandait si c'était par son ordre qu'il y avait dix ou douze soldats devant sa porte, il répondit :

— Oui monsieur, et s'il était nécessaire, j'en mettrais même un dans votre lit.

Tandis que *le Journal de Paris* annonçait à tort sa nomination au poste de commandant de la Maison de Sa Majesté ainsi que du palais des Tuileries, La Fayette avait l'audace de faire placarder un ordre du jour propre à le déconsidérer à jamais au sein de nos rangs. Celui-ci portait qu'« il avait pris les ordres du Roi pour que la garde nationale ne laissât plus rentrer dans le château de ces hommes armés dont quelques-uns par un zèle sincère, mais plusieurs par un zèle très suspect avaient osé se placer entre le Roi et la garde nationale ; qu'en conséquence, il avait intimé l'ordre de Sa Majesté aux chefs de la domesticité du château d'éviter à l'avenir pareilles indécences, le roi de la Constitution ne devant être entouré que de soldats de la Liberté ».

A la vue de ces placards, je manquai étouffer de rage. Les chefs de la domesticité du château... Le duc de Villequier et le marquis de Duras, Premiers gentilshommes de la Chambre du roi, désignés sous cette appellation, ne manquèrent pas de relever l'expression dans la lettre qu'ils lui adressèrent conjointement. Qui était ce freluquet prétentieux pour oser mettre en doute les intentions de gens sincèrement attachés à la personne du Roi et qui, contrairement à lui, ne faisaient pas mine de pactiser avec l'ennemi pour n'agir qu'en fonction de leurs intérêts ? Pouvait-on sincèrement leur reprocher d'avoir volé au secours de leur souverain quand, quelques mois plus tôt, alors qu'ils le croyaient sous la protection de M. de La Fayette, ils avaient découvert que le misérable dormait pendant que la foule envahissait le château de Versailles, manquant de massacrer la Reine ?

Dans les jours qui suivirent, tout ce qui était attaché au Roi fut profondément affligé du nouvel outrage que Sa Majesté avait essuyé. Beaucoup parlaient, trop ouvertement à mon goût, de la nécessité de quitter Paris. J'évitais autant que je le pouvais toute conversation sur ce propos ; c'était parfois au prix d'un douloureux effort que je m'abstenais de prendre parti et m'appliquais à être le plus éloigné possible de toute intrigue. Si, au début, la tentation avait été forte de me mêler à des conversations, tel n'était plus le cas. Le silence était devenu une seconde nature. Consacrant tout mon temps à l'unique affaire qui m'importait, je paraissais dans le monde juste ce qu'il fallait pour que l'on ne s'étonnât pas de mon absence.

44.

Il devenait chaque jour plus urgent de s'assurer du soutien des puissances voisines. J'étais persuadé que seule la réunion de tous leurs moyens pouvait inviter le Roi à faire une tentative pour reprendre son autorité. Il en allait de l'intérêt de la France et de la famille royale, mais aussi de celui de toutes les puissances. La propagande avait partout des agents secrets ; déjà en Espagne, en Savoie, en Suisse, se produisaient des mouvements ; en Brabant, ils étaient considérables, et on essayait même de corrompre les soldats de l'Empereur en leur vantant la liberté française et en leur offrant jusqu'à un louis par homme. Je ne doutais pas que toutes ces tentatives répétées pussent réussir à la fin.

J'affirmais à notre souverain combien il me semblait dangereux que cet exemple demeurât impuni. Il devait être de l'intérêt de toutes les puissances de détruire dans son principe un mal qui, sans cela, pourrait gagner et dont les progrès étaient effrayants par leur rapidité. C'était la cause des rois, et non une simple question politique.

Mes efforts ne furent point vains. Gustave III ne tarda pas à me transmettre les marques de son appui, ordonnant à Taube dès la fin du mois de mars de me faire savoir que toutes les dépêches qu'il adressait à Staël étaient écrites dans le sens de la Révolution afin de mieux approfondir les vues et les projets de sa société. J'étais cependant chargé de prévenir le Roi et la Reine pour qu'ils ne s'y trompent point, de les assurer qu'il ne varierait jamais dans ses sentiments et dans son attachement pour eux et qu'il tâcherait en toute occasion de le leur prouver. Leurs Majestés, bien que sensibles aux témoignages d'intérêt de leur royal cousin, ne m'autorisèrent qu'au début d'avril à lui communiquer le plan qu'ils avaient adopté après maintes hésitations.

La marche uniforme et constante des Jacobins dans leur scélératesse, la désunion des démocrates dans l'Assemblée, le mécontentement des provinces qui augmentait visiblement mais ne pouvait éclater faute d'avoir un centre et un point de réunion ; la détermination des princes, et en particulier du prince de Condé, d'agir si le Roi ne le faisait pas, tout cela me paraissait indiquer que le moment approchait de prendre un parti. Plus on tardait, plus cela deviendrait difficile.

Leur position devenant chaque jour plus insupportable, Leurs Majestés s'étaient déterminées à la faire changer par tous les moyens possibles. Ceux de la patience, de la douceur et des sacrifices en tous genres ayant été vains, Elles s'étaient enfin résolues à tenter ceux de la force. Et, se sentant assurées d'un parti considérable en France, Elles avaient choisi un lieu de retraite à portée de la frontière du Nord. Il avait été décidé que le départ se ferait de nuit et clandestinement ; M. de Bouillé était chargé de tout diriger. Mais comment agir quand l'Empereur subordonnait sa décision à celle de l'Espagne qui elle-même hésitait et ne se décidait pas, sans parler de la difficulté de trouver l'argent nécessaire ?

Deux partis se présentaient : l'un, de ne rien entreprendre avant d'avoir formé des alliances fermes ; l'autre, d'attendre pour sortir de Paris, d'être certains des bonnes dispositions des puissances étrangères et d'avoir trouvé l'argent nécessaire pour subvenir, pendant deux ou trois mois, à la solde des troupes, le temps d'obtenir un emprunt suisse.

Le premier de ces partis était sans contredit le plus sûr ; il présentait moins de dangers pour Leurs Majestés et l'avantage d'un succès moins douteux. Mais comme il n'était pas possible de prévoir l'époque où tous s'accorderaient, je craignais que, les maux de l'Etat ayant considérablement augmenté dans le temps, il ne fût plus difficile de les réparer. Enfin on ne pouvait exclure que les princes n'eussent fait avant cette époque quelque tentative réussie, en recueillant seuls tout l'honneur et tout le fruit, ralliant à eux la noblesse, les mécontents du régime, devenant ainsi les nouveaux maîtres du royaume et de Leurs Majestés.

Le second parti était plus hasardeux. La réussite était fondée sur de grandes probabilités. L'Empereur, l'Espagne, la Sardaigne et la Suisse les avaient assurées de leurs dispositions favorables, mais les deux premières puissances, craignant l'effet de la réunion de l'Angleterre, de la Hollande et de la Prusse contre elles, souhaitaient différer cette affaire jusqu'à ce qu'on fût assuré de leur parfaite neutralité. C'était aussi l'avis du Roi, mais la marche des factieux était trop rapide, les dangers trop pressants et le royaume marchait trop rapidement vers sa ruine pour qu'il fût possible de différer plus longtemps. Le Roi se résolut à négocier avec l'Angleterre pour obtenir sa neutralité ; en cas de refus de celle-ci, il demanderait à la Suède ses bons offices pour engager la Russie et le Danemark à se joindre à lui pour en imposer à l'Angleterre.

Nos plans prenaient chaque jour une marche plus déterminée, confortée par l'appui de M. de Mirabeau qui commençait à nous être véritablement utile. C'est pourtant à l'époque où nous en avions le plus besoin qu'il nous échappa, en mourant subitement le 2 avril alors que personne ne s'y attendait. Pour nous, qui n'avions recherché son appui qu'à regret, parce que contraints par la nécessité, nous mesurâmes à sa mort tout le poids de sa perte. La Reine pleura, comprenant que c'était leur dernière ressource à l'Assemblée qui leur était enlevée. Moi-même comptais beaucoup sur cet homme qui nous aurait été d'un grand secours pour l'exécution de notre projet.

L'appui des puissances étrangères tardait à venir ; les réponses que nous recevions étaient toutes marquées par l'expression de la plus extrême prudence. Chacune se disait favorable s'il était certain que l'autre n'y vît pas d'inconvénients, et c'est ainsi que l'on n'avançait en rien. L'Empereur désirait servir le roi de France mais craignait les embarras que lui susciteraient l'Angleterre dans les Pays-Bas, la continuation de la guerre entre la Russie et les Turcs et une guerre avec la Prusse. En un mot, il attendait, comme les autres puissances, que le Roi fût hors de Paris, à la tête d'un parti, car alors toutes les combinaisons changeraient de face. L'Espagne, par ses réponses qui rejetaient sur d'autres des dangers qu'elle ne voulait pas courir, n'indiquait aucune bonne volonté. La politique flottante et décevante de la Prusse n'était que le reflet du caractère de son roi et de toutes les intrigues et folies auxquelles il était livré et qui le dominaient. Cela ne laissait guère d'illusions sur la valeur des promesses du cabinet de Berlin.

C'est donc avec l'Angleterre qu'il fallait traiter, afin d'obtenir sinon son accord, du moins sa neutralité. La difficulté des pourparlers et les enjeux qui en dépendaient faisaient que le Roi, comme nous tous, souhaitait ne négocier avec Londres qu'une fois hors de Paris. La préparation matérielle du départ occupait moins mes journées que la rédaction des différentes notes à l'intention de nos amis de l'extérieur pour assurer la cohérence des messages transmis. Bien que le baron de Breteuil fût chargé de la correspondance avec les différentes Cours et eût les pleins pouvoirs pour cela, sans cesse de nouveaux agents se présentaient, se prétendant envoyés par le roi de France, gâtant les affaires par un zèle importun et indiscret. Déjouer les calculs de ces intrigants qui œuvraient en fait bien souvent pour le comte d'Artois ou le prince de Condé était essentiel tant le danger augmentait de voir ruinés par leur fait les efforts de plusieurs mois.

La correspondance que j'entretenais avec Taube, Breteuil, Mercy, Gustave III et les grandes et les petites puissances constituait une tâche écrasante qui ne me laissait guère le temps de me montrer beaucoup dans les salons des Tuileries. Ce n'était pas tant les difficultés de trouver de l'argent et des personnes sûres qui me prenaient le plus, mais bien de devoir à chaque pas tenir toutes les parties informées de l'état d'avancement ou de changements. Dieu m'est témoin que tous les matins je me suis levé impatient de me mettre au service de la seule cause qui valût, celle de sauver la monarchie française. Toutes les nuits je me suis effondré d'épuisement avec le sentiment de n'avoir pas fait tout ce que je pouvais.

Mes journées étaient si chargées que je me désespérais de ne pouvoir les remplir davantage. Quand je parvenais à faire passer tous les messages, j'étais véritablement content. M. de Breteuil, qui avait conservé des manières de l'époque où il était chargé de la correspondance secrète de Louis XV, oubliant que je n'étais pas forcément au fait de ses habitudes, me fit perdre un temps infini sur des messages que je ne parvins jamais à lire. Les lettres de Taube me donnaient toutes les peines du monde ; son chiffre était souvent erroné et elles étaient si peu lisibles que je m'épuisais les yeux pendant des heures en les tenant contre le jour et, pour que le Roi pût les lire, j'en passais autant à les copier.

Le soir, quand le château était endormi, je prenais mon chemin habituel pour retrouver la Reine. Ce n'était pas sans trembler que je m'approchais à chaque fois des Tuileries. Depuis le 28 février, la surveillance avait été renforcée, et malgré les précautions que je prenais, je ne pouvais m'empêcher de frémir à l'idée qu'arrêté, je fusse trop scrupuleusement fouillé. Les pans de mes manteaux avaient tous été refaits pour diminuer l'épaisseur entre le tissu et la doublure, et permettre de glisser tout le long du vêtement les feuilles que j'avais rédigées dans la journée.

Afin de ne pas abréger davantage les nuits de la Reine qui étaient déjà fort courtes, d'autant qu'Elle se devait de paraître le lendemain comme si Elle eût dormi, nous commencions toujours par la lecture de ce que je lui avais préparé. Souvent, Elle ajoutait de sa propre main quelques mots et notre note partait ainsi vers celui à qui elle était destinée. Puis venait la réflexion sur ce qu'il convenait de faire, et la dictée des plis que Sa Majesté voulait envoyer. C'était de loin la partie la plus longue et il n'était pas rare qu'elle nous entraînât loin dans la nuit. Son courage faisait mon admiration à un point dont vous ne pouvez vous faire qu'une faible idée.

Mais le temps était si court et la tâche si écrasante que je n'avais même pas une occasion pour le lui dire. Plus notre départ se précisait, moins nous avions l'occasion de nous épancher. Il ne restait plus rien des moments de tendresse que nous avions connus, mais nous n'y songions pas. Nous n'avions pas un instant à distraire de ce que nous devions faire à deux quand dix personnes n'y auraient pas suffi.

Il arrivait que le Roi passât, mais ce n'était jamais pendant bien longtemps. Il en était peut-être mieux ainsi. Son incertitude et ses craintes nous faisaient perdre des heures précieuses et je n'ose vous confier le nombre de fois où nous nous sommes trouvés presque au lever du jour sans que rien de positif n'eût été décidé. Si ce n'avait été que cela ! Il me serait resté la journée pour tenter de rattraper le temps perdu. Mais très vite, j'avais saisi qu'il fallait compter avec cette irrésolution qui faisait partie de sa nature. Dans les premiers temps, je me contentais de mettre en forme les idées qu'il me chargeait de transmettre à qui de droit. Très vite, il m'apparut que tout en restant fidèle à sa pensée, il me fallait la devancer, la suggérer, la mettre en forme. Dès lors, je me permis de rédiger l'ensemble des missives destinées à Mercy, Breteuil, Bouillé, Bombelles, Gustave III et l'ensemble des souverains étrangers. Le Roi les approuvait, la Reine ajoutait une remarque et l'on avançait.

Mais le plus difficile était d'affronter les moments de découragement de Sa Majesté. Leurs effets sur la Reine étaient désastreux, à la mesure de l'énergie et du courage qu'Elle ne cessait de déployer. Faisant un effort visible en présence du Roi, Elle laissait éclater sa colère à peine avait-il tourné les talons. Le chagrin qui suivait n'était pas moins violent. Déclenché brutalement par un excès de dépit, il se nourrissait de toutes les infamies qu'Elle devait supporter.

Comment tenait-Elle ? Moi-même je me le demande encore. Elle puisait dans la difficulté une énergie au-dessus du commun. Loin de céder à l'affolement, Elle affichait un calme qui surprenait. Elle, qui avait toujours répugné à se mêler des affaires publiques, s'étonnait des progrès qu'Elle avait faits en la matière.

— Mon cher Vermond, s'il pouvait me voir, n'en reviendrait pas, me dit-Elle un soir en souriant. Lui qui n'avait jamais pu m'intéresser à ces choses-là, hormis les nominations et tout ce qui concernait la sauvegarde de l'alliance...

Un soupir suivit ces mots.

Les récents événements avaient été un bienfait pour le Roi qui sentait encore plus vivement la nécessité d'agir et d'agir promptement. Il disait être prêt à tout sacrifier à l'exécution des projets que nous avions formés. Pour y parvenir plus sûrement, il adopta un autre système de conduite.

Pour tromper les factieux sur ses véritables intentions, il eut l'air de reconnaître la nécessité de se mettre tout à fait dans la Révolution. Afin d'endormir totalement la méfiance, il décida de ne se diriger que d'après leurs conseils et de prévenir sans cesse les vœux de la canaille afin de lui ôter tout prétexte d'insurrection et de créer les conditions de tranquillité et de confiance si nécessaires à sa sortie de Paris. On parlait de renvoyer toute sa Maison ? Il allait acquiescer. Tous les moyens devaient être bons pour parvenir au but fixé.

Mais les sacrifices matériels se font plus aisément que ceux qui touchent à votre conscience. Le Roi, pas plus que la famille royale, ne s'était résolu à changer d'aumônier. Pâques approchant, on excitait la garde, la persuadant que le Roi la trompait : on en aurait pour preuve son attitude ce jour-là.

Le jour des Rameaux, le Roi et l'ensemble de sa famille se rendirent à la chapelle des Tuileries pour y entendre la messe et recevoir la communion de Mgr de Montmorency-Laval, évêque qui n'avait pas prêté serment à la Constitution civile du clergé. Chacun savait que Sa Majesté avait renoncé à se confesser au curé de Saint-Eustache, son confesseur habituel, parce que ce dernier était jureur. Cela fournit un motif pour mettre en cause son ardeur révolutionnaire et déclencher une émeute. Quand, la veille au soir, je m'étais rendu au palais, je n'avais pas manqué de remarquer combien l'on faisait boire la garde, et j'avais prévenu Leurs Majestés. Le lendemain matin, les grenadiers, très échauffés, annoncèrent qu'ils refusaient d'aller dans la chapelle pendant la messe puisque celui qui devait la dire n'avait pas prêté serment. Ils voulaient même empêcher tout le monde de s'y rendre et le prêtre d'officier.

A la surprise de la famille royale et à la mienne, pour la première fois, M. de la Fayette se trouva à temps pour empêcher une nouvelle indécence. Il leur parla, et les apaisa en les assurant qu'ils ne s'y rendaient que comme affaire de service, et non comme affaire de culte, et la messe put être dite. Ce nouvel incident n'affecta ni le Roi, ni la Reine, tout à la joie de leurs préparatifs et de leur départ le lendemain pour Saint-Cloud. Chacun se réjouissait de ces quelques jours autorisés en dehors de Paris. Le soir, le Roi se montra d'humeur presque gaie, il resta longtemps avec nous, parlant de choses et d'autres avec une sérénité que nous ne lui avions pas vue depuis longtemps. En le quittant, j'étais loin de me douter de ce qui allait se passer le lendemain.

45.

Appuyé au montant de la fenêtre de mon cabinet, je m'abîmais les yeux sur une dépêche du baron de Breteuil quand j'aperçus au bout de l'allée, échevelé, visiblement épuisé, M. Campan courant autant que son âge le lui permettait. Pour qu'il se risquât à pied jusque chez moi en passant par le jardin, il se passait quelque chose de grave.

J'attrapai un manteau, me précipitai dans l'escalier et trouvai dans le vestibule mon homme écarlate, le souffle court, adossé au battant de la porte. L'expression d'inquiétude qui dominait son regard me fit craindre le pire. Oubliant les consignes de prudence, je fis atteler la première voiture, y enfournai le malheureux, et ordonnai de gagner les Tuileries sans perdre un instant. Alors, en un récit haché par l'émotion, il m'expliqua ce dont il venait d'être témoin.

A onze heures et demie, le Roi s'était rendu à la messe comme à l'accoutumée, même si M. Bailly était venu auparavant le prévenir que son départ occasionnait du mouvement et que le peuple paraissait vouloir s'y opposer. Sa Majesté, très calme, lui avait simplement répondu qu'il avait décrété la liberté pour tout homme d'aller où il voulait et qu'il serait bien extraordinaire qu'il fût le seul à ne pas pouvoir se rendre à deux lieues prendre l'air. Aussi était-il décidé à partir.

La messe dite, toute la famille accompagnée de Mme de Tourzel voulut monter dans les voitures ; celles-ci n'ayant pu entrer dans la cour des Princes, on songea à aller à pied au Carrousel les chercher. Mais la foule qui s'y était massée était telle qu'il n'en était pas question. La Reine proposa de s'entasser dans une berline qui était là pour rejoindre les carrosses. Tous les six montèrent, et la voiture s'ébranla. Mais quand les chevaux furent à la grille, les gardes nationaux qui étaient dans la cour des Princes refusèrent de l'ouvrir et de les laisser passer.

De là où il était, M. Campan ne pouvait entendre ce qui se disait, mais à la vue des airs menaçants de la foule dont le nombre ne cessait de grossir, des poings et des piques brandis, il descendit dans la cour et se cacha contre un pilier prêt à faire quelque chose. Quoi ? Il ne le savait. Il ne pouvait approcher de la berline et c'était inutile.

De toutes parts, les insultes fusaient. La Reine était pour une fois épargnée mais on disait des horreurs sur le Roi. On se servait des termes les plus injurieux. On hurlait qu'il était incapable de régner, qu'il fallait le déposer. Certains criaient « Vive le duc d'Orléans ! ». On traitait Sa Majesté de fonctionnaire public. Il ne restait plus rien de la personne sacrée du Roi. On entendait les chiffres de vingt-cinq millions, que c'était le prix qu'on le payait, que c'était beaucoup trop. Rien n'arrêtait le délire de la foule.

La Fayette, submergé, n'était plus obéi. Il réclamait la loi martiale au maire qui refusait de la faire proclamer. Il offrait sa démission, il lui était hurlé de se dépêcher de la donner. Il tentait d'haranguer le peuple, et n'en recevait que des huées. Le pauvre Campan voyait bien que toute autorité était bafouée. Les gens de la Maison du roi qui tentaient de s'approcher de la voiture se faisaient insulter par les soldats. Les détachements de grenadiers juraient que le Roi ne partirait pas et montraient leurs armes, assurant qu'ils s'en serviraient si celui-ci faisait le moindre mouvement dans cette intention.

Les quarts d'heure s'écoulaient sans que rien ne permît de dire lequel des deux camps l'emporterait. Se décidant enfin à aller jusqu'à la voiture pour demander ce qu'il pouvait faire pour Sa Majesté, Campan fut saisi avec violence par les gardes qui lui enlevèrent son épée, et c'est plus mort que vif qu'il repartit. La famille royale était descendue de voiture et restait très calme, décidée à ne pas céder. Le Roi, le premier, faisait preuve d'une grande détermination et réclamait qu'on laissât passer le postillon. La Fayette envoya consulter le département, requit une nouvelle fois l'établissement de la loi martiale que le maire lui avait refusée, mais il n'obtint pas plus de réponse.

Cela faisait plus de deux heures que l'on était là quand M. de La Fayette demanda au Roi s'il voulait qu'on employât la force pour faire respecter la loi et pour le laisser passer. Mais avant même que Sa Majesté eût pu prononcer un mot, les soldats lui déclarèrent qu'ils avaient ôté leurs baïonnettes et qu'ils refusaient de s'en servir contre de braves citoyens.

L'attitude de la garde nationale, jouet chéri de M. de La Fayette, était en tout point conforme à ce que je redoutais depuis sa création. Noyautée par les Jacobins, elle obéissait au peuple comme à la première autorité. M. de Mirabeau nous avait brossé ses défauts en un tableau si vif que ses paroles me revenaient tandis que j'apercevais de loin le jardin des Tuileries : trop nombreuse pour prendre un esprit de corps, trop unie aux citoyens pour oser jamais leur résister, trop forte pour laisser la moindre latitude à l'autorité royale, trop faible pour s'opposer à une grande insurrection, trop facile à corrompre pour ne pas être un instrument toujours prêt à servir les factieux, trop remarquable par son apparente discipline pour ne pas donner le ton aux autres gardes nationales du royaume avec lesquelles son chef a la manie de correspondre, enfin trop ambitieuse pour ne pas rendre très difficile la formation d'une Maison militaire du Roi. Nous en étions là.

Tandis que je songeais à tout cela, Campan poursuivait son récit sur un ton apeuré qui acheva autant de m'inquiéter que de m'exaspérer. Caché dans un corridor, il était au désespoir ; enfin il s'était résolu à sortir et à me prévenir. Il ne savait pas très bien ce que je pourrais faire, et j'avoue que moi-même ne le savais pas non plus. Il était pourtant essentiel que je fusse aux côtés de Leurs Majestés.

Profitant de ce que toute l'attention de la foule était fixée sur la voiture, ses occupants et M. de La Fayette, il avait regagné le palais pour sortir par les jardins mais entendit le Roi répondre bien nettement à M. de La Fayette :

— Je ne veux pas que l'on verse de sang pour moi. Quand j'aurai quitté les lieux, vous serez le maître d'employer tous les moyens que vous voudrez pour faire respecter la loi.

Il était désormais clair que le Roi et sa famille étaient bel et bien prisonniers.

En arrivant quelques minutes après que la famille royale avait regagné ses appartements, je tombai sur M. de La Fayette, très raide, qui en sortait. Sa vue m'arrêta net dans ma course. Nous nous vîmes avec autant de déplaisir l'un que l'autre, mais bien qu'il eût été en droit de le faire, il ne me posa aucune question et me laissa aller. Un peu plus loin, je croisai Mme d'Adhémar dans un état d'énervement extrême qui me permit de mesurer l'insulte qui avait été faite à Leurs Majestés. Je trouvai cependant le Roi plus amer qu'abattu.

— Sire, puisse ce moment horrible vous donner la force de recouvrer votre indépendance ! Votre salut, celui de votre famille et de votre pays sont à ce prix.

Mon inquiétude de les savoir en danger avait été si forte que j'avais parlé sans me soucier des témoins. Je me tournai vers la Reine : ses traits tirés accentuaient la pâleur de son teint. Mon cœur se serra à sa vue. Elle me regarda avec une douceur infinie et lâcha, visiblement affectée par cette nouvelle épreuve :

— Le Roi vous donne carte blanche ; il compte sur votre zèle et votre amitié.

Quelques personnes, dont nous n'étions pas sûrs, entrèrent ; je m'inclinai devant cette nouvelle marque de confiance qui cette fois avait été publique et je changeai de conversation. Rassuré sur la fermeté de Leurs Majestés, je restai au palais peu de temps et rentrai chez moi, impatient de poursuivre plus avant les préparatifs.

Quand je revins à minuit, tout était calme, mais la soirée avait été encore agitée. Alors qu'à mon départ tout semblait rentrer dans l'ordre, le Roi fut averti à huit heures que la garde avait décidé d'entrer la nuit dans toutes les pièces, sa chambre comprise, sous prétexte de s'assurer qu'il n'y avait pas de prêtres réfractaires.

Les conséquences de cette horrible journée furent considérables. Elle acheva de convaincre Sa Majesté, si cela était encore nécessaire, qu'il fallait partir.

La difficulté de trouver de l'argent me préoccupait. Tous nos amis étaient ruinés et ne pouvaient nous être d'un grand secours d'autant que je me refusais de les compromettre dans une affaire dont je craignais les répercussions pour eux. Aussi, je commençai par me tourner vers Northum [1] en le priant de m'envoyer dans les meilleurs délais douze mille livres, soit par emprunt, soit pris sur le reste de mes appointements, ou encore sur la pension de notre père.

Devant les lenteurs mises par les puissances étrangères à débloquer le premier louis, je suppliai Bouillé de faire tout ce qui était en son pouvoir pour accélérer les démarches en ce sens. La tentative de Mercy de trouver de l'argent en Hollande ayant échoué, je demandai à Taube, sous prétexte d'acquérir des biens nationaux, de

1. Homme d'affaires des Fersen en Suède.

trouver par des banques suédoises un emprunt en Hollande de deux ou trois millions.

Je sondais en tous sens, envoyais des émissaires jusque chez le landgrave de Hesse-Cassel. Je me résolus à accepter l'aide de rares amis sûrs et empruntai trois cent mille livres à Mme de Korff et à sa mère, Mme Stegelmann, dont je connaissais la discrétion et l'attachement pour Leurs Majestés. Eléonore Sullivan, qui était extraordinaire pour eux et dont je mesurais chaque jour un peu plus les qualités, nous en prêta autant. Quant à Louvet, son concierge, il avait une passion sans borne pour la Reine au point qu'il nous avait fallu lui demander de cacher soigneusement un sentiment qui eût pu tous nous trahir. Un soir, il vint me rendre visite et déposa sur ma table une bourse contenant trois mille livres. C'était l'ensemble de ses gages qu'il avait économisés depuis bien longtemps. Touché par tant de dévouement, je me portai garant de cette somme et de toutes les autres que j'empruntai à la même époque.

Je me démenais tant que je parvins à plusieurs reprises à faire sortir de France quelques millions en assignats. Au milieu du mois de mai, nous en avions quatre pour les besoins immédiats, mais cela ne pouvait suffir à l'entretien d'une armée et à l'ensemble des dépenses qui se présenteraient. Il nous fallait donc, pour partir, attendre le versement de la liste civile qui avait lieu généralement au début du mois de juin et dont le montant s'élevait à deux millions.

Le choix de la route à emprunter fut le fruit de longues négociations avec M. de Bouillé. Nos deux points de vue différaient, et aujourd'hui je me désespère encore car j'avais raison. Pour moi, l'essentiel était la sûreté de la fuite. C'en était devenu une obsession. J'étais persuadé que le choix du trajet importait moins que la vitesse avec laquelle il serait effectué et la légèreté de l'escorte qui serait disposée tout au long de la route. La meilleure des protections était, somme toute, de ne pas en prendre, car tout rassemblement de troupe extraordinaire aurait pour effet de provoquer dans les populations un mouvement de panique qui pouvait être fatal à la famille royale.

Pendant tout le mois de mai, nous affinâmes le trajet choisi pour gagner Montmédy sans passer par Reims où le Roi avait été sacré et où il risquait d'être reconnu. Ce choix qui semblait si évident sur le moment présentait des dangers que j'ignorais et que M. de Bouillé omit de me signaler. Ma rancune à son endroit ne s'est pas éteinte, mais je ne dois pas me laisser guider par elle dans la suite de ce récit.

Le choix de la route arrêté, il fallut prendre les mesures propres à assurer la sécurité de la famille royale. Si je m'étais chargé de la faire sortir de Paris, M. de Bouillé, de par son passé et ses fonctions, avait naturellement été désigné pour tout ce qui touchait à cette question. Nous ne fûmes guère du même avis. Il insistait pour qu'il y ait un peu partout de bons détachements placés pour l'escorte ; je jugeais que c'était une folie quand la vue du moindre uniforme provoquait des peurs irraisonnées dans les populations. Celles que nous avions connues pendant l'été 1789 n'étaient pas mortes. Le moindre bruit était propagé par des meneurs qui apparaissaient comme par enchantement pour attiser les choses, et porter à des excès que rien de positif ne pouvait justifier.

Ces rassemblements armés dans des provinces en fermentation me faisaient redouter le pire et m'empêchaient de dormir. Je finis par avoir la certitude, que je fis partager au Roi, qu'il n'y avait pas de précautions à prendre, au moins jusqu'à Châlons. A condition d'être rapide et discret, le Roi passerait tout simplement ; tout dépendrait de la célérité et du secret, et si M. de Bouillé n'était pas totalement sûr de ses détachements, il était plus prudent de n'en mettre que depuis Varennes. Je craignais tant qu'il fît le contraire que je lui rappelai ce point dans chacun de mes courriers. Mais il fit comme il le jugea bon.

C'est seulement à la fin de mai que nous reçûmes par Breteuil la nouvelle des heureuses dispositions de l'Empereur. Encore ne s'agissait-il que de discours faits à Bombelles, sans aucune promesse écrite. Il fallait cependant nous contenter de sa parole qui nous assurait que ses troupes étaient prévenues d'obéir au Roi et qu'il s'engageait à envoyer un courrier à Mercy pour s'occuper de trouver les quinze millions qui nous manquaient. Il avait même ajouté que, dès que le Roi serait libre, il pourrait disposer de toutes les caisses du Brabant. J'accueillis cette nouvelle avec un soulagement et une joie réels. Il n'était que trop temps.

46.

Gustave III était notre plus précieux soutien. Ses lettres régulières et touchantes assuraient la famille royale de sa fidélité et de ses efforts pour employer tous les moyens possibles à la secourir.Quant à celles qu'il nous transmettait par des émissaires comme Stedingk, emplies de conseils sur ce qu'il conviendrait de faire dès que le Roi serait libre, elles avaient un tel accent de sincérité et de conviction que c'était un vrai bonheur de voir tant de chaleur sur un sujet qui, auprès de la plupart des souverains, ne soulevait qu'une tiédeur embarrassée.

Pour le roi de Suède, les choses étaient très claires. Dès que Leurs Majestés seraient libres, Elles devraient sans tarder convoquer tous les parlements et faire déclarer l'Assemblée illégale, usurpatrice des droits du trône et de la royauté. Il fallait en déclarer les individus rebelles et traîtres à la patrie, ordonner dans tout le royaume de leur courir sus, faire arrêter le duc d'Orléans, le faire juger et ne point le grâcier, rappeler les titulaires des grandes charges et les chefs de l'armée qui avaient été obligés de se sauver en dehors de leur pays. Il en allait de même de tous les évêques. En un mot, il s'agissait de remettre la royauté dans sa puissance et de tout rétablir comme avant la Révolution. Cette expression nous avait fait échanger un sourire. Comme avant... Chacun de nous savait que malgré nos vœux, rien ne serait plus comme avant. Mais il nous plaisait de lire des lignes qui nous faisaient peut-être encore rêver.

Enfin, les préparatifs furent achevés à la fin de mai. La berline était prête, essayée et remisée ; deux fois, j'avais fait la première partie de la route pour m'assurer des étapes et de l'horaire ; les passeports avaient été obtenus non sans mal sous des noms d'emprunt, et il me tardait que tout fût accompli. La Reine s'occupait depuis plusieurs mois des préparatifs de son départ qu'Elle exécutait avec Mme Campan ; celle-ci lui montrait une fois de plus son dévouement mais ne me cachait rien de ses inquiétudes. Il est vrai que les fantaisies de sa maîtresse lui donnaient bien du mal et je les voyais avec peine s'occuper de détails inutiles et dangereux.

La Reine, qui aurait trouvé à Bruxelles tout ce dont Elle avait besoin, tint absolument à partir avec un trousseau complet pour ses enfants et pour Elle-même. Aussi au risque d'être cent fois surprise, Mme Campan réussit à faire passer une malle entière emplie d'achats à une des femmes de la Reine qui séjournait à Arras en congé illimité, pour la faire acheminer par la suite en tout endroit qu'on lui indiquerait !

On ne s'en tint pas là. Au mépris des indiscrétions qui pouvaient en résulter, la Reine manifesta son désir d'emporter son superbe nécessaire de voyage. J'avoue être entré dans une violente colère quand j'appris cela. Mais rien ne put la faire changer d'avis. Elle prit son air le plus dégagé pour me signifier que je n'avais pas à m'inquiéter, Elle avait pensé à tout. Elle le ferait partir sous prétexte d'en faire présent à l'archiduchesse Christine[1]. Nous fûmes plusieurs à tenter de la raisonner ; chaque personne qui était à son service savait combien Elle tenait à ce meuble ; on s'étonnerait qu'Elle s'en

1. Sœur de Marie-Antoinette, gouvernante des Pays-Bas, mariée au duc Albert de Saxe-Teschen.

séparât. Rien n'y fit. Elle fit comme Elle avait décidé, et je dus m'incliner.

Reportée à plusieurs reprises, la date du départ fut enfin fixée au 12 du mois de juin, non seulement afin de pouvoir encore recevoir les deux millions de la liste civile que nous attendions, mais aussi en raison d'une difficulté nouvelle. Contrairement à ce qui était prévu, le Dauphin avait toujours auprès de lui Mme Rochereuil, une femme de chambre très démocratique, maîtresse de Gouvion, major général de la garde nationale, chargé de la surveillance des Tuileries. Comme son service ne s'achevait que le 11 juin et que pour faire sortir le Dauphin, nous devions nécessairement passer devant son logement, on ne pouvait rien exécuter tant qu'elle serait là.

Dans le même temps, le marquis de Bouillé nous demanda à son tour de retarder le départ jusqu'au 15 ou au 20 pour que les Autrichiens eussent le temps de renforcer leur cordon à Luxembourg et lui fournissent ainsi par leur présence un prétexte pour rassembler ses troupes. On finit par s'accorder sur la date du 19.

Plus le départ approchait, plus je me sentais nerveux. Je redoutais qu'un événement imprévu ne survînt, l'empêchant cette fois définitivement, car après le 20 juin, tout serait impossible. Bouillé ne pourrait plus distraire ses troupes de la frontière et tout serait perdu.

Dans la semaine qui précéda le grand jour, je réglai les derniers détails, sans parler des affaires concernant ma maison, que je quittais pour un temps indéterminé. Quentin Crawford étant parti quelques jours plus tôt pour l'Angleterre, nous étions convenus de nous retrouver à Bruxelles avec Eléonore qui, de son côté, quitterait Paris une couple d'heures avant nous. Mesdames de Korff et Stegelmann, que j'avais chargées de faire construire la berline, partaient également de leur côté. Le tri de mes papiers me prit un temps infini. Je brûlai les rares pièces qui pouvaient être compromettantes, rangeai dans une cachette l'ensemble des doubles de la correspondance secrète de ces dernières années. Je n'étais pas trop inquiet à son sujet car la complexité du chiffre et des moyens utilisés m'avait demandé tant de peine qu'ils m'assuraient que personne, mêmes les plus habitués à ce genre d'exercice, ne pourrait en faire aucun usage[1].

En revanche, je ne pouvais me résoudre à brûler mon dagbok[2] et l'ensemble de ma correspondance qui couvraient les années les plus importantes de ma vie, puisqu'ils allaient de 1776 jusqu'à ce jour. Après de longues hésitations, je me décidai à les confier à Frantz sachant sa fidélité et sa discrétion. Mais je ne pouvais prévoir quels seraient les effets de la peur sur ce valet de chambre qui s'était pourtant distingué à maintes reprises par son étonnant sang-froid. Comment pourrais-je lui en vouloir alors que, quelques heures après notre départ, mon nom serait affiché partout, ma maison fouillée et mes affaires saisies ?

Mais tout cela était de fort peu d'importance au regard de la mission dont j'étais investi. Je m'étais chargé de la partie la plus délicate, faire sortir le Roi et sa famille d'un palais grouillant de gardes nationaux et transformé la nuit en camp de nomades. Dans la plupart des salons et devant la plus grande partie des portes, des suisses, des garçons du château et une infinité de personnes attachées au service déployaient un peu partout leurs matelas jusqu'au lever du jour. Quant aux portes principales, elles étaient toutes gardées, transformant le château en véritable prison.

Malgré ces difficultés bien réelles, mon plan était venu naturellement. Je fus aidé par la Providence qui en l'espèce s'appelait M. de Villequier. Moi qui ne cessais de maudire les émigrés et leur lâcheté, je remerciai le ciel

1. En effet, personne jusqu'à nos jours n'est parvenu à déchiffrer cette correspondance secrète.

2. Journal intime.

que M. le Premier gentilhomme de la Chambre ait eu le bon goût d'émigrer quelques semaines avant le départ, laissant ainsi vacant son appartement. Or celui-ci donnait de plain-pied sur la cour des Princes, elle-même contiguë à la cour Royale par laquelle on entrait et sortait des Tuileries. Dès lors, tout s'enchaîna très vite. De l'appartement du Roi au premier ou de celui de la Reine au rez-de-chaussée, tous deux situés du même côté du palais, il était relativement facile de rejoindre par les corridors intérieurs l'appartement laissé vide par M. de Villequier et de sortir par une porte réservée au service qui n'était pas gardée puisqu'elle ne desservait que cet appartement où il n'y avait plus personne.

Dans les jours qui précédèrent notre départ, des bruits coururent que la famille royale voulait s'enfuir par cet appartement. Nous soupçonnâmes à juste titre la femme de chambre, dont nous nous méfiions pourtant, d'avoir parlé à son amant. Les effets immédiats auraient pu être dramatiques, car les contrôles furent renforcés, la garde doublée et cinq officiers chargés de la porte principale menant chez M. de Villequier. Heureusement, personne ne s'avisa de faire garder l'entrée secondaire dont j'avais relevé l'empreinte de la serrure et fait refaire les clés.

Pour que rien ne fût laissé au hasard, j'avais rédigé pour le Roi un mémoire détaillé de la route et de l'horaire jusqu'à Montmédy. Plusieurs fois, nous l'avions relu ensemble et en avions corrigé les détails. Le plus difficile avait été de s'accorder sur les personnes à emmener. J'étais d'avis de limiter la sortie à sa personne, à la Reine, au Dauphin et à Madame Royale. Mais il ne voulut point se séparer de Madame Elisabeth et la confier à Monsieur, comme je le lui suggérai, car il disait n'être guère assuré que les dispositions de son frère lui permettraient de s'en charger. Je cédai, mais obtins qu'il ne le prévînt que quelques heures avant son départ. Il s'accorda sur le peu de confiance qu'on pouvait lui faire.

En revanche, rien ne put le faire changer d'avis sur la

suite qu'il voulut emmener : Mme de Tourzel fut décrétée indispensable, car le Dauphin ne pouvait être sans sa gouvernante. A nouveau, je m'inclinai, me comportant en courtisan et non en homme sur qui reposait la responsabilité d'un si lourd projet. Cela faisait six personnes, ce qui était beaucoup et surtout ne permettait plus de placer un homme de tête pour les accompagner. Le marquis de Bouillé, qui émettait depuis le début des doutes sur la volonté réelle du Roi de partir, avait proposé qu'un homme capable de prendre rapidement un parti fût placé dans la berline royale. Il avait avancé le nom de M. d'Agoult, connu pour son esprit de décision, mais le Roi n'en voulut pas, « devant emmener Mme de Tourzel ».

Effrayé par les imprudences et les inconséquences que j'avais déjà observées, j'avais supplié le Roi qu'il me permît de faire le trajet avec eux. Je m'étais même proposé de les accompagner au moins dans la seconde voiture puisqu'il avait fallu céder aussi sur ce point et que l'on partait avec deux femmes de chambre. Mais il refusa, comme il déclina l'aide proposée par le chevalier de Coigny.

Ce fidèle et affectionné serviteur du Roi avait été mis par lui dans le secret. Comme moi, il était d'avis qu'il fallait employer des personnes qui, avec l'habitude des voyages, pouvaient prendre des partis décisifs. Il proposa un commandant de la gendarmerie réputé pour être un homme de tête, ainsi qu'un maître de poste retiré qui connaissait parfaitement toutes les routes du royaume. Mais le Roi tenait à rendre justice à la fidélité et à la bravoure de ses gardes du corps et voulut leur donner cette marque de confiance.

Devant une telle détermination, je pus seulement obtenir que les trois gardes du corps déguisés en laquais qui les accompagneraient seraient choisis par M. d'Agoult, puisque M. de Bouillé accordait grand crédit à son esprit de décision ; mais on ne les mettrait dans la confidence que le matin même du départ. Aujourd'hui encore, je ne me pardonne pas de ne pas les avoir choisis moi-même.

Je m'étais accommodé de tous les changements. Le cabriolet destiné au service partirait plus tôt et rejoindrait la famille royale plus loin ; la berline confortable que j'avais fait faire par l'entremise de Mme de Korff, et cachée rue de Clichy chez Crawford, ne serait utilisée qu'une fois la barrière de Paris franchie. Pour l'atteindre, j'avais loué une voiture de remise dont je serais le cocher et que je mènerais le soir même dans la cour Royale parmi celles qui stationnaient là habituellement. Depuis plusieurs jours, le chevalier de Coigny, dont la silhouette ressemblait beaucoup à celle de Sa Majesté, sortait tous les soirs à la même heure après le coucher du Roi, habillé comme celui-ci le serait pour le grand jour, afin que les gardes s'habituent à sa silhouette.

Nous crûmes enfin tout prêt. J'avais envoyé à Bouillé la confirmation de notre départ le 19 à minuit et l'ordre définitif de préparer ses régiments. Il fallut cependant encore une fois se résoudre à un changement : la femme de chambre, dont on se méfiait tant, ne quittait son service que le 20 au matin. Nous ne partirions donc que ce jour-là, après le coucher officiel du Roi. Rien ne devrait plus déranger ce plan ; il ne fallait plus d'autre contre-ordre qui exposerait trop ceux qui servaient cette entreprise.

Si la chance nous permettait de sortir des Tuileries comme je l'espérais, rien ne pourrait arriver du moment que l'on suivait attentivement les consignes que j'avais laissées. M. de Goguelat que nous avions mis à la disposition de Bouillé avait parcouru deux fois la route pour en étudier les détails ; le fils aîné du marquis, Louis, avait fait avec MM. Choiseul et de Damas une répétition sur la carte de tous les mouvements, Mme de Korff avait essayé la berline et était passée sans difficultés, moi-même avais effectué la première partie du trajet jusqu'à Bondy. Non, vraiment, rien n'avait été laissé au hasard.

Mais il était dit que jusqu'au dernier moment, des nouveautés seraient inventées pour éprouver mon sang-froid. J'appris ainsi le matin du départ que la Reine, ne voulant se séparer de son coiffeur favori, l'avait envoyé en avant dans la voiture de M. de Choiseul. Je n'osais imaginer Léonard, figaro maniéré et bavard, dans une aventure de cette nature. Mais puisque le mal était fait, je tâchai d'en prendre mon parti comptant sur son naturel effrayé pour s'évanouir opportunément et ne s'éveiller que lorsque la comédie serait achevée.

47.

Le lundi 20 juin au matin, après avoir passé ma dernière semaine partagé entre le palais et la résidence d'Eléonore qui était seule, je franchis non sans émotion la grille principale des Tuileries. Je regardais ce long bâtiment élégant mais si triste désormais malgré le ciel d'azur absolument sans nuage qui le surplombait, et je songeais que, pour la dernière fois, je me rendais auprès du Roi prisonnier. Quand nous reviendrions dans quelques semaines ou dans quelques mois, les uniformes de la garde nationale auraient disparu pour rendre aux gardes-françaises et aux gardes-suisses leurs attributions usurpées. La Cour aurait repris ses couleurs de jadis. On parlerait haut, on rirait et l'on tâcherait d'oublier ces deux années d'horreur pour n'en conserver que ce qu'elles avaient pu apporter de bon.

Je trouvai le Roi dans son cabinet. Il était très calme et relisait mon mémoire. Non, il n'avait rien à ajouter. Il verrait les trois gardes engagés par d'Agoult dans la soirée. D'ici là, il prendrait un peu de repos. Je ne pouvais m'empêcher d'admirer son étonnante capacité à faire abstraction de ce qui l'environnait pour se consacrer sereinement à ce qui l'intéressait. Je me demandais si l'idée du danger que nous allions courir l'effrayait seulement. Je ne le crois pas. Il faisait confiance aux gens et aux choses. Je ne ressentais que davantage le poids du fardeau.

Quand je retournai l'après-midi pour les dernières dispositions, la Reine était là, plus pâle que jamais. Elle portait une robe à l'anglaise en taffetas de soie rayée rose aurore et gris souris qui s'ouvrait sur un jupon de soie chinoise gris perle, brodé de papillons et de plumes de paon. C'était l'essence de l'élégance, du charme et de la fraîcheur auxquels un fichu de dentelles noué sur les épaules, aussi vaporeux qu'une mousseline, ajoutait une fragilité qui m'émouvait. Malgré la lassitude de ses traits, Elle me sourit puis s'assit, découvrant un soulier de satin dans les mêmes tons orné de rubans roses. Je pris sur moi pour ne pas me laisser attendrir et m'appliquai à écouter le Roi.

— Je ne vous remercierai jamais assez de tout ce que vous avez fait pour nous, et j'espère pouvoir le faire mieux quand les circonstances seront meilleures. D'ici là, il me reste encore quelques dernières choses à vous demander. Nous ne pouvons pas ne pas songer au cas où notre tentative ne réussirait pas comme nous l'espérons.

Je sentis le regard de la Reine se poser sur moi. Tout mon corps se raidit à cette pensée que nous ne pouvions exclure et à laquelle je refusais de m'arrêter.

— Je vous demande de remettre cette lettre à notre frère l'Empereur. Elle contient les raisons de notre départ et, s'il le fallait, un appel à son cœur généreux pour venir au secours du Roi et du royaume de France.

Puis il me remit huit cents livres à transmettre à M. de Mercy ainsi que les anciens sceaux « au nom du Roi » dont il comptait désormais se servir à la place de ceux « au nom de la Nation » qui lui avaient été imposés.

— Quoi qu'il puisse m'arriver, je n'oublierai pas tout ce que vous faites pour moi. A ce soir, M. de Fersen.

Sur ces paroles, il salua tendrement la Reine et quitta la pièce.

Elle, qui n'avait pas prononcé un mot pendant tout l'entretien, fondit soudain en larmes. Je me jetai à ses pieds, lui pris les mains et les embrassai comme un fou. Ses larmes redoublaient, rien ne pouvait les arrêter. Je lui demandai ce qu'Elle voulait faire, Elle m'assura qu'il n'y avait pas à hésiter, qu'il fallait toujours y aller. Pendant de longues minutes, nous restâmes immobiles, l'un contre l'autre.

Les six coups de la pendule nous firent sursauter. Il était convenu qu'afin de déjouer les soupçons, Elle irait à la promenade avec ses enfants comme Elle le faisait souvent à cette heure-là. Elle les emmènerait en voiture goûter au jardin Boutin situé à la Chaussée d'Antin et ne rentrerait que pour le souper auquel Monsieur et Madame étaient conviés.

Je la quittai à regret et rentrai chez moi achever de tout régler. A sept heures, j'allai une dernière fois chez Eléonore que je trouvai dans son salon frais, absorbée par la lecture d'une pastorale. C'est à peine si elle leva le nez quand je pénétrai dans la pièce. Comme je lui faisais remarquer ma présence, elle me dit avoir besoin de lire pour se détendre et me suggéra d'en faire autant, ce qui acheva de m'irriter.

Pour la troisième, quatrième ou cinquième fois, je vérifiai que la berline était bien toujours dans les écuries : je la jugeai décidément très réussie. Le carrossier avait compris mes instructions et réalisé une voiture confortable comme on en utilise couramment pour de grands voyages, et élégante comme il convenait à ses futurs passagers. Mme de Tourzel devait jouer le rôle de Mme de Korff, voyageuse retournant en Russie avec ses deux filles Amélie (le Dauphin) et Aglaé (Madame Royale) ; la Reine serait Mme Rochette, leur gouvernante ; le Roi, Durand, le valet de chambre tandis que Madame Elisabeth serait une dame de compagnie.

Le vert profond de la caisse s'accordait au jaune vif des roues dans un goût parfait dont j'étais très content. Les malles étaient grandes et profondes et faisaient accroire un grand voyage. Je jugeais le velours utrecht blanc choisi par la Reine pour l'intérieur peut-être un peu lumineux, mais une fois les passagers assis, on n'y prendrait plus garde. Toutes les poches avaient été garnies. Eléonore avait veillé à glisser des provisions, du veau froid, un bœuf mode, quelques bouteilles... Je m'assis à l'intérieur et fermai les yeux ; le confort de cette berline calmait mes angoisses.

Peu avant neuf heures, j'étais prêt et attendais chez moi. Mon visage sans poudre révélait une barbe qui n'était pas faite depuis la veille. Une méchante perruque brune et des pattes collées de part et d'autre de mes tempes contribuaient à me donner l'allure d'un cocher. J'endossai une houppelande noire qui masquait totalement ma silhouette et poussai le détail jusqu'à demander à Joseph de me « poudrer » de poussière ; c'est alors qu'arrivèrent deux des gardes du corps choisis par d'Agoult.

Il s'agissait de M. de Valory, chargé dès l'arrivée des voitures à un relais de partir en avant et de préparer les chevaux au relais suivant, et de M. de Moustiers, dont la vue si extraordinairement basse ne lui permettait pas autre chose que de se mettre sur le siège extérieur de la berline. J'avoue que le choix de cet homme me surprit. Connu certes pour son dévouement, il se faisait remarquer par son infirmité et une physionomie peu ordinaire — une taille particulièrement haute et une barbe en collier peu soignée. Quant au troisième, M. de Maldant, le plus jeune, chargé de suivre la berline à cheval, il était resté caché aux Tuileries dans un cabinet entre deux portes pour faire sortir le Roi.

Je confiai aux deux premiers le soin d'aller chez Eléonore prendre la berline et à Balthazar, mon cocher, celui de mener ma chaise. Je leur donnai à tous rendez-vous en haut du faubourg Saint-Martin, à l'entrée de la route de Metz. Je les y retrouverais avec la famille royale qu'ils prendraient alors en charge jusqu'à Montmédy, tandis que je récupérerais ma chaise pour gagner Mons.

Je m'assurai de n'avoir rien oublié et j'eus un moment de frayeur ; je crus avoir perdu la lettre du Roi à remettre à Mercy. Non, elle était soigneusement pliée dans ma poche. Tout était en ordre, ces messieurs pouvaient partir. Je les entendis s'éloigner avec soulagement, intrigué seulement par la livrée jaune à parement d'argent qu'ils avaient achetée chez un fripier. Elle m'en rappelait une autre, sans que je parvienne à me rappeler laquelle.

Dix heures sonnèrent au beffroi quand je quittai la rue de Matignon. Je conduisais avec prudence l'antique citadine[1] que j'avais louée, m'appliquant à suivre les conseils de Balthazar en matière d'attelage. Un quart d'heure plus tard, je prenais mon tour dans la longue file qui attendait dans la cour des Tuileries.

Je n'eus guère à patienter très longtemps. Peu de temps après, les premières voitures quittaient la cour d'honneur, celle de M. de La Fayette arrivait quand j'aperçus deux silhouettes se glisser, tenant chacune un enfant. Faisant les cent pas, je sifflotai un air convenu et quelques minutes plus tard, la Reine, vêtue d'une simple robe grise et d'un bonnet, embrassait ses enfants que je déposais dans la citadine. En tenant le Dauphin qui n'était pas du tout effrayé, je surpris un clin d'œil sous son bonnet en dentelles, alors que je sentais contre sa robe de toile l'épée dont il n'avait pas voulu se défaire. Je lui souris, aidai sa sœur à s'installer et la Reine fit ses adieux à Mme de Tourzel.

— Le Roi et moi vous remettons entre les mains, Madame, tout ce que nous avons de plus cher au monde, lui glissa-t-Elle, et aussi discrètement qu'Elle était venue, Elle disparut par la cour des Princes.

Alors seulement, je quittai la cour Royale et dans l'attente de Leurs Majestés, j'emmenai mes passagers pour une promenade. La nuit était maintenant complète, je gagnai les quais par le guichet situé sous la galerie du bord de l'eau, roulai jusqu'à la place Louis XV et revins

1. Sorte de voiture de place fermée.

par la rue Saint-Honoré pour patienter vis-à-vis de la maison appelée l'hôtel de Gaillarbois située sur une petite place à quelques pas de la grille de la cour d'honneur. Il était moins de onze heures.

Contrairement aux prévisions, j'attendis trois quarts d'heure sans voir arriver personne. J'étais descendu de mon siège, je sifflotais, échangeais quelques mots avec un prétendu camarade qui se trouvait là par hasard, j'acceptais du tabac. Tout cela m'occupait mais ne calmait nullement l'inquiétude qui montait en moi. Je ne pouvais m'empêcher de songer à ce qu'il me faudrait faire si le Roi et la Reine ne parvenaient pas à sortir. J'avais promis de ne pas les séparer de leurs enfants, il me faudrait alors faire le chemin inverse pour les ramener.

Je jetai un œil à l'intérieur de la voiture : Mme de Tourzel cachait le Dauphin dans ses jupes. Notre petite Madame Royale sanglotait sans bruit et je devinais son angoisse. Malgré l'inquiétude qui m'envahissait, je me forçai à lui adresser un sourire qui se voulait rassurant, puis je m'éloignai. Enfin, Madame Elisabeth parut et apaisa nos craintes : le coucher avait été plus long que les autres soirs, M. de La Fayette et M. Bailly s'étaient éternisés, et pour ne pas éveiller les soupçons, le Roi n'avait pas voulu sembler pressé.

Une demi-heure plus tard, le Roi paraissait de son pas tranquille suivi de M. de Maldan. Le garde national les avait regardé passer avec une indifférence parfaite ; il est vrai que Sa Majesté était à merveille avec son chapeau rond, sa redingote grise et son gilet brun. Arrivé à la voiture, M. de Maldan lui remit la boucle de soulier qu'il avait perdue dans la cour. Je commençais à respirer, mais seule la vue de la Reine pourrait me tranquilliser tout à fait.

L'attente recommença ; heureusement, elle ne dura guère et Elle parut soudain au bras de M. d'Agoult. A peine était-Elle à son tour installée que le Roi, aussi soulagé que moi, l'embrassa et lui dit :

— Que je suis content de vous voir arrivée !

Je fouettai les chevaux ; minuit sonnait, il était grand temps de partir. J'aurais dû prendre tout de suite le chemin pour la barrière Saint-Martin, mais peu confiant dans les capacités des gardes qui nous avaient été désignés, je décidai de faire un détour en passant par la rue de Clichy pour m'assurer qu'ils avaient bien trouvé la voiture et étaient partis comme convenu. Je ne voulais pas prendre le risque de faire traverser Paris à la famille royale pour me retrouver sans berline au lieu du rendez-vous. J'interrogeai le portier : oui, elle était bien partie. Nous pouvions y aller, mais il ne fallait plus perdre un instant si nous voulions respecter l'horaire prévu.

Bientôt apparut la rotonde du bâtiment de la douane ; à une heure et demie, nous avions franchi la barrière [1]. Je m'arrêtai comme convenu un peu au-delà, où devaient attendre voitures, chevaux, cochers et gardes. J'avais beau fouiller des yeux l'obscurité, je ne voyais rien. Non loin de nous s'élevaient les rires et les chants d'une fête, une noce sans doute. Devant moi, la route se séparait en deux ; à gauche, celle qui menait vers la Belgique [2] ; à droite, celle pour Châlons, Metz et Luxembourg [3], la nôtre. Pourquoi n'étaient-ils pas là ? Avaient-ils confondu les deux routes ? Nous avions une heure et demie de retard, avaient-il cru l'affaire manquée, et rebroussé chemin sans que je les visse ? Ce n'était pas possible.

Les questions se bousculaient dans mon esprit, mon cœur battait plus vite. Je refusais de céder à l'affolement et descendis pour emprunter la route à pied ; ils étaient peut-être cachés un peu plus loin. Je marchais aussi vite que l'obscurité complète me le permettait ; le sang battait dans mes tempes, j'allongeai mon pas, je m'obstinai. Si au bout de la côte, je ne les voyais toujours pas, il

1. Située à l'emplacement de l'actuelle place de Stalingrad.
2. Actuelle rue de Flandre.
3. Actuelle avenue Jean-Jaurès.

me faudrait tenter l'autre route. Ce retard m'affolait à l'extrême. Si je ne les trouvais pas très vite, tout le dispositif militaire placé à partir de Châlons se replierait et le relais organisé à Varennes tomberait car le fils de Bouillé, chargé d'attendre avec des chevaux à l'entrée de la ville, croirait l'affaire manquée.

J'en étais là de mes réflexions, quand soudain, au bout de la route, je les vis. Sans perdre un instant, je repartis chercher la citadine ; je volai plus que je ne courus et quelques minutes plus tard, je la garai tout à côté de la berline afin que le Roi et sa famille pussent passer de l'une à l'autre sans poser le pied à terre. Aidé par Balthazar, je basculai la citadine dans le fossé, et sacrifiai mes chevaux en les empêtrant dans leurs traits.

Le sort que je fis subir aux autres, qui tiraient désormais la berline jusqu'au premier relais, n'était guère meilleur. Etant grimpé à côté de Moustier, je les fouettais et ordonnais au cocher de les mener à grand train. Je me félicitais d'en avoir d'assez bons pour pouvoir les pousser ainsi sur le pavé. Jamais des chevaux de poste n'eussent soutenu une telle cadence. Je ne cessais de faire claquer mon fouet et en trois quarts d'heure, nous avions atteint Bondy où nos routes devaient se séparer. Il n'était pas encore trois heures. J'étais soulagé car les ordres avaient été formels : si nous n'avions pas atteint cette première étape à trois heures et demie, la tentative serait considérée comme ayant échoué et tout le dispositif militaire serait levé.

Valory, arrivé en avance, avait fait harnacher les chevaux frais qui nous attendaient et dételait déjà. Je récupérerais les miens plus tard ; la robe trempée, les naseaux dilatés par l'effort, la bouche blanche d'écume, ils étaient épuisés. A peine la manœuvre achevée, je sautais à bas de mon siège et me dirigeais vers la portière. Le Roi sans hésiter l'ouvrit et à ma grande surprise se pencha pour m'embrasser avec effusion.

— Je serai heureux dans quelques jours de vous manifester autrement que par des paroles ma gratitude pour toutes vos bontés.

— Sire, je ne demande rien d'autre que l'honneur et le bonheur de vous servir en vous accompagnant.

— Vous savez bien que cela ne serait pas convenable. A très bientôt, mon bon ami.

C'était fini, je refermai la porte et prenant sur moi, je criai bien fort de façon à être entendu :

— Au revoir, Madame de Korff !

La berline s'ébranla lourdement. Je la regardai s'éloigner, entourée de tout son équipage. Encore une fois, je le trouvais trop nombreux. Je ne voulais pas songer à celle qui était dedans et représentait ce que j'avais de plus cher au monde, mais je ne pouvais m'empêcher d'écouter le bruit des roues sur les pavés s'éloigner dans la nuit qui déjà était plus claire. Ce n'est que lorsque je ne les entendis plus du tout que je me décidai à rejoindre ma chaise qui ne devait pas être loin. Dans quatre heures, le valet de chambre du Roi ouvrirait les rideaux et découvrirait le lit vide.

Mais je n'avais pas fait quelques pas que, soudain, mon sang se figea. La berline avait disparu depuis de longues minutes. La livrée ! Cette livrée jaune qui m'avait frappé quelques heures auparavant sans que je parvinsse à me souvenir où je l'avais déjà vue. C'était celle du prince de Condé !

Je crus que le sol se dérobait sous moi. Il ne pouvait être question de rebrousser chemin et de les rattraper. Et pour faire quoi ? Il n'y avait rien à faire si ce n'est prier le ciel pour que ce maudit accoutrement, bien connu dans le Clermontois qu'ils allaient traverser le lendemain, ne fût pas reconnu. Comment avaient-ils pu commettre la folie d'acheter la livrée du plus redouté des émigrés ?

48.

J'atteignis Mons le surlendemain[1] au lever du jour par un temps superbe mais très froid. Ma route s'était déroulée sans histoire, excepté dans la traverse entre Maretz et Cateau, où le commandant de la milice me demanda mon nom, jeta un œil sur mes papiers, mais me laissa passer. Je retrouvai Monsieur qui était arrivé en voiture légère quelques heures plus tôt. Prétextant une migraine, il avait abrégé son coucher et avait gagné de précieuses heures. Contrairement à son frère, il avait opté pour partir en voiture légère en la seule compagnie de son fidèle ami d'Avaray, tandis que Madame devait voyager de son côté avec sa lectrice, Mme de Gourbillon. Il est vrai que cette décision n'avait guère coûté aux époux, les liens d'amitié ou d'affection de l'un pour l'autre étant inexistants. Leur sortie du Luxembourg s'était faite le plus simplement du monde et ils s'étaient entendus pour se retrouver à Namur. Le hasard — mais était-ce seulement lui ? — fit qu'à Mons Monsieur tomba sur sa chère Mme de Balbi qui habitait le seul hôtel convenable de la ville.

Mons, envahie par les émigrés, était grouillante comme Versailles un jour de Pentecôte et colorée comme la foire Saint-Germain pendant le carnaval.

1. Le 22

Cette ville frontalière avait toutes les apparences d'une petite garnison française. Partout s'élevaient des baraques pour le recrutement des nouveaux arrivés. Les rues retentissaient du fracas des armes et des querelles des soldats qui, ayant tout quitté, étaient particulièrement chatouilleux quant à la seule chose qui leur restait, leur honneur. Le roulement des voitures particulières, dans lesquelles beaucoup étaient contraints de dormir faute de place dans les hôtels ou dans les maisons, couvrait tout et c'était véritablement un spectacle étonnant que de retrouver partout des visages connus qui poussaient des cris d'étonnement en me voyant. Si j'étais là, le Roi ne pouvait être loin.

— Oui, la famille royale a quitté Paris ; non, elle n'a pas l'intention de quitter la France pour l'étranger.

La nouvelle se répandit comme une traînée de poudre et provoqua un mouvement de joie dans toute la ville. Un moine m'arrêta dans la rue et me demanda si le Roi était sauvé ; quand je l'en assurai, son visage s'éclaira. Partout, les Français manifestaient leur enthousiasme avec toute l'exubérance et le manque de retenue dont ils peuvent être capables. Je tentais de me frayer un chemin parmi la foule pour rejoindre Eléonore mais, prévenue par la rumeur, elle vint à ma rencontre. Elle me sauta au cou en me voyant et pleurait de joie tandis que nous regagnions *La Couronne impériale* où elle était descendue. Je fus heureux de la savoir arrivée sans encombre. Notre chambre jouxtait celle de Mme de Balbi. Mais cette dernière l'avait cédée bien volontiers à Monsieur, après l'avoir régalé de poulet froid et de vin de Bordeaux.

Malgré la fatigue, je ne voulais pas m'attarder ; j'étais impatient de retrouver le Roi et surtout la Reine à Montmédy. Je pris cependant le temps d'écrire un mot à notre père et un autre à Taube pour les prévenir que j'avais fait sortir le Roi et toute sa famille de Paris car, même à eux, je n'avais rien dit. Je vis encore le frère du Roi qui se réjouit pour eux. Je me gardais de laisser paraître mes inquiétudes qui ne pourraient être apaisées que lorsque je l'aurais vu en sécurité.

Depuis que je les avais quittés, je ne cessais de les suivre par la pensée tout au long de leur route : Meaux, Châlons, Clermont, Varennes, Stenay et enfin Montmédy. Après des mois de discussions, j'avais obtenu que le premier détachement de cavaliers n'apparaîtrait qu'à Pont-de-Somme-Vesles, poste isolé dans la campagne, où l'on enverrait quarante hussards de Lauzun sous la conduite du duc de Choiseul et de M. de Goguelat. Sainte-Menehould serait confiée à trente ou quarante hommes du Royal-Dragons avec le baron d'Andoins ; à Clermont, deux escadrons de dragons, soit environ cent vingt hommes seraient aux ordres du comte de Damas ; soixante hussards attendraient à Varennes sous la responsabilité de Louis de Bouillé ; à Dun, un escadron de hussards tiendrait le pont au-dessus de la Meuse ; enfin trois escadrons du Royal-Allemand seraient casernés à Stenay où attendrait M. de Bouillé, prêts à escorter le Roi jusqu'à Montmédy.

Mais la facilité avec laquelle le comte de Provence était passé sans escorte dans sa voiture légère ne faisait que confirmer mes doutes quant à l'utilité de tant de précautions. Leur excès me faisait tout redouter ; aussi, quatre heures après mon arrivée à Mons, j'étais déjà reparti pour Montmédy, impatient de rejoindre le Roi et surtout la Reine.

En arrivant le lendemain vers onze heures du soir à Arlon, j'appris avec étonnement que M. de Bouillé y était. Malgré l'heure tardive, je me fis conduire jusqu'à lui. Il ne dormait pas. Il me reçut immédiatement et avant même qu'il eût prononcé une parole, je lus sur son visage que mes craintes étaient fondées.

— Ils ont été arrêtés à Varennes, me dit-il tout d'un trait.

Je restai sans voix.

— Les détachements n'ont pas fait leur devoir, le Roi a manqué de fermeté.

Pour ce qui était du Roi, je n'étais pas surpris. Mais les détachements, ces détachements dont il était si sûr et qui avaient été placés tout au long de la route, qu'avaient-ils fait ?

— J'ignore encore les détails. Quand je suis arrivé hier matin devant Varennes, la famille royale en était partie depuis une heure, encadrée par la milice et la population qui la ramenaient à Paris. Je n'ai rien pu faire.

Ce qu'il me disait était incompréhensible. Je m'effondrai sur l'unique bergère de sa chambre sans me soucier de ne pas en avoir été prié. Je pouvais à peine respirer, la tête me tournait, elle était broyée par une douleur horrible qui me lançait comme des éclairs dans le fond des yeux. Une heure trop tard ! Bouillé était arrivé une heure trop tard alors que le Roi aurait dû être déjà à Dun ! Je regardais cet homme qui avait l'âge d'être mon père. Il se tenait très droit devant moi, sanglé dans son uniforme, les cheveux nattés accentuant la fuite de son front immense, le teint cireux, les yeux tellement enfoncés et sombres qu'ils semblaient n'être plus que deux têtes d'épingles... Plus je le regardais, plus la conviction qu'il ne me disait pas tout s'imposait à moi. Ce n'était plus au général à qui je devais m'adresser, mais à l'homme qui savait quelque chose de si terrible que tout son physique semblait s'être refermé sur son secret. Devinant mes pensées, il se raidit encore plus et me jeta un regard empli de tant d'orgueil que je me dressai à mon tour devant lui.

Mais il me fallait recouvrer mon calme, ce n'était pas ainsi que j'apprendrais quoi que ce fût.

— Mon âge, votre grade, le respect que je vous dois ne me permettraient pas en temps ordinaire de vous poser des questions. Mais nous sommes seuls tous les deux et la mission qui nous a été confiée nous autorise à passer au-delà des convenances. Vous savez comme moi qu'en réussissant à sortir de Paris, le plus difficile était fait. La route était parfaitement jalonnée et ils sont arrivés jusqu'à Varennes. Que s'est-il passé ?

Le marquis de Bouillé me tourna le dos, il regardait la nuit par la fenêtre et sans m'écouter me répéta :

— Je n'ai pas été prévenu à temps, quand je suis enfin arrivé à Varennes, le Roi était parti depuis une heure.

— Mon général, votre fils Louis était chargé de l'étape de Varennes. Nous avons tout préparé ensemble...

— Ce n'est pas Louis qui était à l'étape...

Sa voix cassée s'élevait péniblement dans la pièce, je l'entendais à peine.

— ... mais mon plus jeune fils, François.

Un silence oppressant s'installa. Je n'avait plus la force de l'interroger et lui n'avait plus celle de se taire. C'est à lui-même qu'il parlait, ma présence lui était indifférente.

— Il m'avait supplié de le laisser accueillir le Roi, il m'avait reproché de n'avoir confiance qu'en son frère aîné. Il avait mis tant d'ardeur... J'ai cédé dans le seul désir de lui faire plaisir... Il est arrivé à Varennes en fin de matinée avec le capitaine de Raigecourt ; sa mission était de déclarer attendre le duc de Choiseul. Il avait un papier de ce dernier lui permettant de s'occuper des équipages arrivés la veille, et un ordre pour le commandant des hussards de Varennes. Il devait le lui remettre, en lui révélant la vérité quand il serait lui-même avisé par le courrier qui devait précéder Leurs Majestés. Mais le temps avait passé et à la nuit tombée, personne n'était venu, ni pour annoncer la voiture, ni pour prévenir que tout était annulé. Seul un cabriolet arriva plus tard avec le valet du duc de Choiseul et le coiffeur de la Reine. Ils lui dirent que le Roi était parti mais qu'il y avait peu d'apparence qu'il ait pu poursuivre son voyage ; qu'à Clermont, il y avait eu une émeute. François les chargea de me prévenir mais je ne les ai pas vus. Lui restait à attendre à l'hôtel quand une voiture est arrivée; un homme en est descendu pour crier qu'une autre allait passer dans laquelle l'on soupçonnait que se trouvait le Roi. Il disait qu'il n'en était pas certain mais il assurait qu'il fallait l'arrêter et demander les passeports aux passagers. Des gens ont commencé à s'assembler, on parlait du Roi, on faisait le lien avec la présence de mon fils et soudain, il entendit quelqu'un parler de lui, qu'il fallait également l'arrêter. Au lieu de me prévenir immédiatement de la situation, François a cru que les détachements de Sainte-Menehould et de Clermont avaient suivi et assureraient le passage et il est resté. Mais quand la foule devint de plus en plus nombreuse et menaçante...

Le général s'interrompit à peine, son timbre monocorde déroulait le récit qui ne correspondait en rien à ce qui avait été prévu.

— ... Raigecourt et lui ont fait sortir les chevaux de relais, ils ont eu peur et sont eux-mêmes partis au galop par la route de Stenay, poursuivis par des cavaliers.

L'expression de sa douleur m'était pénible mais je voulais savoir. Je devinais que l'occasion ne se représenterait pas de sitôt :

— Votre fils a quitté Varennes, sans doute pour vous prévenir puisque vous me dites qu'il a pris la route de Stenay avant que la famille royale n'y fût arrivée. C'était au milieu de la nuit et vous m'avez dit être arrivé trop tard le lendemain. Je n'entends rien, il ne faut pas tant de temps pour...

Soudain, je compris. Non, il ne fallait pas autant de temps pour le prévenir, revenir attendre le Roi et le faire passer en force s'il le fallait.

— ... Je ne sais pas... lâcha-t-il. Je ne sais pas pourquoi il a été si long. Il n'est arrivé qu'à quatre heures et demie, au grand galop. Je ne sais pas ce qu'ils ont fait...

Et il se produisit quelque chose que je ne pourrai

jamais oublier : je vis cet homme superbe, dont l'allure et l'énergie en imposaient, s'effondrer devant moi, pleurant toutes les larmes de son corps. Je n'étais même plus gêné tant je partageais son chagrin, le chagrin d'un père trahi par la lâcheté et la bêtise de son fils. Car c'est bien ainsi qu'il faut appeler la conduite de ce garçon, bien en dessous de ce qu'on pouvait attendre d'une famille illustre par le nom et les mérites.

Je devinais trop que, paralysé par la peur à Varennes, puis par celle de devoir raconter sa lâcheté, il n'avait pas osé se présenter devant son père et lui avait fait perdre un temps qu'on ne pouvait plus rattraper. Ce soir-là, je maudis le fils et plaignis le père. J'eus pitié de lui et promis de garder pour moi ce qu'il m'avait avoué. Qu'importait la façon dont les choses s'étaient passées ! Il n'y avait plus rien à faire. Mais, depuis, je n'ai ni oublié ni pardonné ; mon amertume s'est étendue au marquis qui n'a pas eu le courage de tenir tête au caprice d'un cadet. Qu'avait-il besoin de mettre en avant tous les membres de sa famille !

Je ne me couchai point après l'avoir quitté. La colère, le dépit, le chagrin me tinrent éveillé. J'écrivis quelques lettres, fis préparer ma voiture, et repartis ; le jour n'était pas encore levé. Je n'osais imaginer la Reine, les enfants, le Roi, tous à la merci de ces monstres. Je frémissais à la pensée de ce qui pourrait leur arriver car, désormais, le pire était à craindre.

49.

Lorsque j'arrivai deux jours plus tard à Bruxelles, j'eus bien du mal à reconnaître la cité secrète, au charme de vieille dame élégante, dans laquelle j'avais si souvent séjourné. Tout Paris semblait s'y être transporté ; c'était à croire qu'on ne l'avait pas quitté par la quantité de monde qu'on y retrouvait. Les rues étaient bruissantes d'une presse frivole qui s'agitait, caquetait, déployait son énergie en paroles inutiles, en vanités ridicules.

L'archiduchesse Marie-Christine, sœur de mon infortunée Reine, apaisa quelque peu ma douleur quand elle me reçut avec chaleur et m'assura de sa reconnaissance pour tout ce que j'avais fait ; elle me dit que je devais avoir pour seule pensée la sauvegarde de sa sœur et non le remords, qui n'était pas justifié, de n'avoir pas réussi. Ses paroles me touchèrent, sans me consoler cependant.

Les semaines qui suivirent furent atroces. J'avais manqué tout ce pour quoi je vivais depuis presque deux années ; sans nouvelles d'eux, j'étais rongé par l'inquiétude. Les journaux que nous recevions ne laissaient pas d'accroître mon désespoir. Moi qui n'avais guère passé une journée sans les voir, j'errais, perdu, ne sachant que faire.

C'est alors qu'un homme me bouscula un matin dans la rue, me présenta ses excuses et disparut. Tout en remettant mon chapeau qu'il avait ramassé, je vis qu'un billet y avait été glissé. Je courus plus que je ne marchai pour rentrer à mon hôtel ; je croisai, dans le vestibule, M. de Metternich qui se crut obligé de m'adresser quelques mots aimables. Je lui répondis avec autant de calme qu'il m'était possible, et regagnai mon appartement dans un état d'agitation extrême. Lorsque je fus seul, je décachetai l'enveloppe. Mes mains tremblaient, le papier résistait, je dus m'y prendre à plusieurs reprises avant de pouvoir tenir enfin le billet. Il n'y avait que quelques lignes ; elles n'étaient même pas chiffrées :

« *Je vous fais écrire de mon bain, où je viens de me mettre pour soulager au moins mes forces physiques. Je ne puis rien dire sur l'état de mon âme : nous existons, voilà tout.* »

Un peu plus tard, Elle avait ajouté de son écriture que je connaissais si bien :

« *Rassurez-vous sur nous ; nous vivons. Les chefs de l'Assemblée ont l'air de vouloir mettre de la douceur dans leur conduite. Parlez à mes parents de démarches du dehors possibles ; s'ils ont peur, composez avec eux.* »

Griffonnés à la hâte une couple d'heures après leur retour dans Paris, les mots étaient presque illisibles. A leur vue, tous mes sens se figèrent. Je dus m'asseoir car mes jambes me manquaient. Je fus pris de terribles douleurs au ventre, ma tête était comme enserrée dans un étau, je crus qu'elle allait se briser. Je m'allongeai sur mon lit, je ne pouvais plus rien faire. Je voulais m'appliquer à la seule chose qui me rendait malheureux : penser à Elle.

Le lendemain, je me réveillai aussi épuisé qu'on peut l'être après une nuit sans sommeil. Sans cesse, j'avais refait la route des Tuileries jusqu'à la barrière Saint-Martin. J'ouvrais la porte de la berline, ils montaient un à un, je m'assurais que la famille royale était au complet, mais chaque fois, il manquait un membre. Ce cauchemar était si net que je le croyais bien réel et ne savais plus si j'étais éveillé. Je fis monter mon déjeuner.

Un valet de chambre que je ne connaissais pas me l'apporta et me proposa d'appeler quelqu'un. Ma figure devait laisser paraître quelques traces du désordre qui m'avait agité. Une fois seul, je me levai pour me servir du thé et le bus d'un trait, je pris la serviette posée sur le plateau pour essuyer mes lèvres et découvris une enveloppe du même papier que la précédente. Je m'en saisis et bondis dans le couloir, mais il n'y avait plus personne. Je mandai le valet qui avait monté mon déjeuner. On me dépêcha celui qui était de service, mais ce n'était pas le mien et, malgré les questions que je lui fis, je ne pus rien en obtenir.

Le billet était plus long et plus douloureux pour moi que le premier :

« J'existe, mon cher cœur. Que j'ai été inquiète de vous et que je vous plains de tout ce que vous souffrez de n'avoir point de nos nouvelles ! Le ciel permettra que celle-ci vous arrive. Ne m'écrivez pas, ce serait nous exposer, et surtout ne revenez ici sous aucun prétexte. On sait que c'est vous qui nous avez sortis ; tout serait perdu si vous paraissiez. Nous sommes gardés à vue jour et nuit, cela m'est égal du moment que vous êtes vivant. Soyez tranquille, il ne m'arrivera rien. L'Assemblée veut nous traiter avec douceur. Adieu le plus aimé des hommes. Je ne pourrai plus vous écrire. Mon cœur est tout à vous. »

Le bonheur de lire ces mots, de voir son écriture ne résista pas à l'idée de les savoir prisonniers. A quelque temps de là, on me confirma que la famille royale était surveillée à vue, les portes toujours ouvertes ne se fermant qu'au moment de passer la chemise. Dès que Leurs Majestés étaient couchées, les gardes revenaient les voir, se couchaient dans la pièce voisine et n'hésitaient pas à se relever plusieurs fois la nuit pour s'assurer de leur présence. Le Roi et la Reine, jamais seuls, ne pouvaient se parler que bas. Seuls ceux qui avaient des billets signés par M. de La Fayette et par le maire pouvaient pénétrer dans le palais.

Loin de me décourager, l'exposé de leur situation me convainquit que je devais tout faire pour les sortir des griffes de leurs geôliers. Ne pas lui écrire ! Ne pas revenir ! Comment pouvait-Elle croire que je me résignerais à attendre, impassible, que les événements aillent dans le sens de nos vœux, alors que depuis le début, ils n'avaient fait que le contraire chaque fois que nous nous étions remis entre leurs mains ?

Je sauverais la famille royale, dussé-je y perdre ma vie et ma fortune. Mais pour y parvenir, il fallait reprendre le contact, imaginer un nouveau projet, le faire accepter du Roi et des puissances étrangères, trouver des fonds pour le réussir. Aussi, je partis le jour même pour Aix-la-Chapelle où Gustave III était installé avec une partie de sa suite. Sa Majesté avait souhaité être un des premiers souverains d'Europe à se présenter devant le roi de France libre.

Nos retrouvailles furent semblables à ce qu'avaient toujours été nos relations, touchantes et épuisantes. Le Roi et moi pleurâmes beaucoup sur ce qui s'était passé. Je refusai cependant de m'y attarder, car tout ceci m'affligeait à l'extrême et ne faisait que diminuer mon courage. Je préférai seconder de toutes mes forces le projet de notre souverain, qui voulait prendre la direction d'une véritable croisade contre la Révolution et faire sortir Leurs Majestés de France par la Normandie. J'acceptai de me rendre à Vienne afin d'obtenir l'accord et l'aide de l'Empereur. Je m'acquittai de cette mission, heureux de pouvoir être de nouveau utile. L'ardeur du Roi rallumait la mienne ; je ne peux y songer sans nostalgie, ni sans la comparer à l'indifférence polie qui allait m'attendre.

Je passai deux mois dans l'entourage de Léopold II, successivement à Vienne et à Prague, dans l'espoir d'obtenir un engagement ferme de sa part. La Reine m'avait chargé de son côté dans une de ses lettres d'obtenir la réunion d'une conférence des puissances étrangères près de la frontière française. On m'accueillit partout fort bien, on m'écouta fort attentivement, on s'appliqua même à me distraire, mais ce ne fut qu'un long et ennuyeux séjour où bientôt, à l'inquiétude de ne pas recevoir de nouvelles de la Reine, s'ajouta la conviction qu'aucune des puissances ne souhaitait s'engager dans un combat dont elles espéraient toutes faire l'économie. Plus les semaines passaient, plus il m'apparaissait clairement que personne n'eût été fâché de faire de la France une seconde Pologne et de se la partager. J'avais repris ma correspondance avec les différentes cours d'Europe, seules celles de Russie, de Prusse et de Naples me semblaient un peu moins défavorables.

Je fus heureux de regagner Bruxelles au début de l'automne ; deux lettres de la Reine m'y attendaient et me rassuraient un peu. Leurs Majestés allaient mieux, l'Assemblée avait occulté leur fuite et déclaré qu'il s'était agi d'un enlèvement, seuls les complices étaient poursuivis. Le moyen que nous avions conçu de lettres codées, écrites à l'encre invisible, adressées par des voies détournées comme des fonds de chapeaux, des boîtes de biscuits ou tout autre objet, fonctionnait assez bien entre les deux villes grâce au dévouement de ceux qui entouraient la Reine et prenaient des risques dont je mesurais l'ampleur.

Mais un soir, un émissaire de mon ami Esterhazy me fit remettre un petit paquet. Intrigué, je l'ouvris et y trouvai un anneau en or gravé de l'inscription :

« *Lâche qui les abandonne.* »

La Reine l'avait porté quelques jours avant de me l'envoyer. Je n'entendais rien à ce langage quand, dans le même temps, j'apprenais des bruits étonnants qui couraient sur la Reine. Je savais qu'à la suite du retour de Varennes, où un certain Barnave avait reçu la mission de faire le trajet dans la berline avec la famille royale, le Roi assura en avoir été content et la Reine était entrée en contact avec lui. Elle négociait par son intermédiaire avec l'Assemblée et l'on disait même qu'il était son amant.

Je ne voulais pas entendre ce dernier trait qui ressemblait tant à tous ceux qui avaient jadis tenté de la salir. J'étais en revanche très inquiet de ce rapprochement avec des individus en lesquels je n'avais aucune confiance. Leur passé ne plaidait guère en leur faveur ; de tous temps, ce Barnave avait été, avec ses amis Duport et les frères Lameth, un adversaire acharné du pouvoir royal. Bien que recherché partout comme l'auteur de la fuite de la famille royale et comme déserteur de mon régiment, je décidai de partir pour Paris et de voir la Reine.

En un jour, tous mes arrangements furent faits et je pris la route avec un de mes officiers du Royal-Suédois qui la connaissait bien pour avoir déjà porté plusieurs messages aux Tuileries. Nous étions munis d'un passeport de courrier pour le Portugal sous des noms supposés et, pour ma sûreté, j'emportais une lettre de créance comme ministre de la reine de Portugal. A notre départ, les rares personnes dans la confidence nous assurèrent que c'était une folie et que jamais nous n'arriverions à Paris.

Contre toute attente, nous ne fûmes arrêtés nulle part et passâmes sans difficulté. Affublé d'une perruque qui me changeait beaucoup, je me tins caché autant que je le pus. Nous atteignîmes Paris le lundi 13 février 1792 à cinq heures et demie du soir. Il faisait beau et doux.

Sans perdre un moment, mon ordonnance se rendit chez la Reine pour la prévenir de mon arrivée. Elle me fit répondre qu'Elle m'attendait par le chemin ordinaire.

50.

Personne n'avait seulement songé à faire garder la porte de service de M. de Villequier, pour la seule raison que l'on était persuadé que la sortie s'était faite par l'autre porte. Aussi, je pénétrai tout naturellement dans la grande cour, le cœur battant, non de peur d'être surpris car je n'y songeais pas, mais bien d'impatience à l'idée de revoir la Reine. Déguisé en cocher, j'étais assuré de n'être pas reconnu et traversai d'un pas ferme, sous l'œil indifférent des gardes qui guettaient la relève, et des laquais qui, la nuit tombée, commençaient à rêver d'achever leur journée. J'obliquai vers la cour des Princes, en prenant avantage de l'ombre des voitures pour me glisser plus discrètement, et arrivai ainsi devant l'entrée que j'avais si souvent empruntée. Je m'assurai une dernière fois de n'être point vu ; la clé tourna sans bruit, j'entrai et refermai aussitôt.

Mon cœur battait si fort que je dus m'arrêter quelques instants avant de traverser le salon, pour me glisser dans l'antichambre et attendre que l'on vînt me chercher. Onze heures sonnèrent au beffroi, il me faudrait patienter quelque temps jusqu'à ce que le palais fût désert. Des pas sur les pavés, des portières qui claquent, des laquais qui s'interpellent, des gardes qui s'appellent meublèrent le silence de l'appartement où je me trouvais dans l'obscurité. Mes yeux s'étant habitués, je devinais la présence des meubles couverts de housses plus nombreux qu'auparavant ; j'en déduisis que ces pièces avaient été sans doute annexées au garde-meuble. Ces détails me permettaient de calmer mes angoisses sur ce que j'allais dire. Ma seule crainte était de ne pas trouver les mots pour convaincre.

Un petit bruit dans la serrure me fit sursauter. La porte s'ouvrit et se referma. J'eus le temps de reconnaître le visage joufflu de Mme Campan.

— Combien de gardes ? lui demandai-je d'emblée.

— Deux, mais l'un nous est acquis et sait que la Reine reçoit cette nuit. Il a emmené son confrère à la Bouche du roi pour prendre un morceau. Nous avons quelques minutes pour gagner l'appartement. A l'aube, il me préviendra pour que je vous fasse sortir.

— Je ne repartirai pas, c'est trop dangereux, je ne pourrai pas revenir. Il faut que je voie le Roi demain. Je resterai caché.

— Vous n'y songez pas ! En plein jour !

Elle secoua son bonnet, ce qui chez elle traduisait toujours un vif sentiment de contrariété. Cela me fit sourire.

— Allons ! lui dis-je, et je la suivis.

Il fallut traverser le vestibule de la Reine. La Bouche du roi étant contiguë, la conversation des deux gardes n'était que plus proche. Nous poursuivîmes notre chemin. Mme Campan m'introduisit dans un cabinet et me laissa. J'étais le premier ; la pièce minuscule n'était éclairée que par un feu qui venait d'être rechargé et dansait nerveusement dans la cheminée. Deux petits fauteuils, et devant la fenêtre, un bureau plat, voilà tout le meuble dont elle était composée. Mais déjà la porte s'ouvrait à nouveau dans un bruissement de jupe et un parfum d'étoffe que je ne connaissais que trop. Elle se tenait devant moi.

Nous étions à quelques pas, debout, l'un devant l'autre, les flammes jetaient sur nos visages des ombres qui les déformaient. J'avais peine à la reconnaître. Etait-

Elle changée à ce point ? Ou mon souvenir l'avait-il déjà oubliée ?

— Vous êtes venu, me dit-Elle simplement.

Sa voix douce et ferme, alternant des sonorités chantantes avec quelques inflexions plus raides, était bien celle que j'avais aimée. Je lui tendis mes mains tout en lui répondant :

— En avez-vous douté ?

— Oui...

Alors seulement, Elle me tendit les siennes et fit un pas vers moi. Ses grands yeux de satin bleu brillaient d'une tristesse infinie et d'une gravité intense. Je ne la reconnaissais pas tant Elle était changée. Je la pris contre moi, Elle posa sa tête contre mon épaule et s'abandonna un peu. Je fermai les yeux et sentis monter en moi le parfum fleuri de sa chevelure qui n'était pas poudrée. En le retrouvant, je revoyais ma petite reine frivole, gaie et insouciante...

Nous restâmes ainsi un long moment sans rien nous dire. Elle souffrait tant, j'étais si inquiet pour Elle et cela suffisait à combler le silence apparent de la pièce que nos cœurs emplissaient tout à fait. Mais très vite, trop vite, l'urgence de tout ce que nous avions à nous dire nous rattrapa. Nous nous assîmes devant le feu comme l'eussent rêvé n'importe quels amants, comme l'eussent fait tous les amants du monde. Ou presque.

Nous avions tant de choses à nous dire, tant de choses à comprendre. Cette malheureuse fuite nous tint un long moment et je n'ose toujours pas songer à ces terribles heures qui vinrent briser un à un tous nos espoirs. Le Roi avait été imprudent, le courrier qui les précédait bien léger, les fautes trop nombreuses. Rien ne servait de se les remémorer, si ce n'est pour avoir la consolation de porter désormais à deux un fardeau trop lourd pour la Reine seule.

Puis Elle m'expliqua pourquoi Elle était entrée en contact avec les parlementaires Lameth, Duport et

Barnave. Elle crut me rassurer en m'avouant qu'Elle voulait s'en servir, pensant que cela pouvait être utile mais, malgré leurs apparentes bonnes dispositions, Elle me dit ne point se fier à eux. Je ne lui cachai pas que je ne partageais guère ses vues, qu'entrer en négociation avec Barnave et consorts produisait les pires effets à l'extérieur. A vouloir tromper trop de monde à la fois, Elle ne trompait à la fin personne, mais fournissait autant de prétextes aux puissances étrangères pour ne pas intervenir.

A ces mots, je la vis se raidir, mais peu m'importait de ne pas lui plaire à cet instant. Je voulais la sauver, ce qui était déjà assez difficile, sans que des agissements contradictoires ne vinssent troubler la clarté du message quant à l'aide demandée, notamment à son frère. J'allai plus loin :

— Vous n'avez qu'un rôle à jouer, tant que vous êtes enfermée en France, qui est de ne jamais vous confier à un Français, même si vous le croyez bien intentionné. Vous devez faire accroire à tout le monde que vous ne voulez vivre que selon la Constitution dans tous ses points. C'est la seule manière d'endormir les rebelles...

Mais le craquement d'une lame de plancher nous fit sursauter.

— Louis ?

Bien qu'Elle eût chuchoté, il me sembla que cela était encore trop fort. Je me retirai dans l'angle le plus sombre de la pièce. Un bruit de pas s'arrêta devant la porte qui donnait sur le corridor. Un rai de lumière interrompu par l'ombre d'une silhouette filtrait dessous. Je sentis mon cœur battre plus vite, mais les pas s'éloignèrent. A la lueur du feu, je devinai la Reine assise avec son fils dans les bras. Il s'était glissé dans la pièce sans que nous l'ayons entendu.

— Vous n'êtes pas seule, Maman ?

— Non, mon chou.

Puis, après un instant d'hésitation, Elle ajouta :

— Savez-vous garder un secret ?

La réponse fusa et bien que ce fût dit tout doucement, je devinai une nuance de reproche :

— Maman, il en est plus d'un que je sais et que je n'ai pas même confié à mon confesseur. Un roi doit tout savoir mais ne rien dire.

— Ne prenez pas cet air fâché. Regardez qui est là, lui murmura-t-Elle en lui mettant la main devant la bouche pour qu'il ne criât pas de surprise en me découvrant.

Je me glissai devant le Dauphin, mis un genou à terre et me trouvai à sa hauteur. L'éclair de joie qui brilla dans ses yeux me récompensa de tous les dangers courus. Il se dégagea de l'emprise de sa mère et me souffla sur un ton qui n'avait rien perdu de l'espièglerie que je lui connaissais :

— Vous complotez encore, Monsieur le Comte. En l'absence de mon père, je devrais vous faire arrêter. Vous savez que nous avons juré...

En un instant, son sourire mutin se changea en grimace, il pinça les lèvres pour ne pas pleurer et se jeta à mon cou. Je regardai la Reine qui me souffla :

— Comme vous le voyez, vous n'avez pas été oublié.

Pendant de longues minutes, nous restâmes silencieux. Le Dauphin, assis sur mes genoux, avait d'un geste furtif séché les larmes qu'il n'avait pu retenir. Il avait beaucoup grandi mais n'avait pas changé. Je sentis quelque chose de dur à son côté. Devançant ma question, il me brandit fièrement le jouet qui lui servait d'épée et ne le quittait pas. Excalibur ! Comment n'y avais-je pas songé ? Et lui, pieds nus dans sa grande chemise, était le roi Arthur.

— Perceval, avez-vous retrouvé le saint Graal ? me demanda-t-il le plus sérieusement du monde.

— Je m'y emploie, Sire, lui répondis-je sur le même ton.

— Etes-vous venu pour nous chercher ? ajouta-t-il très bas.

— Oui.
— Ce soir ?
— Non.
La déception se lut aussitôt sur son visage. J'ajoutai :
— Pas encore. Je dois voir d'abord le Roi, votre père.
— Ah...
Je ne sus ce que signifiait ce « Ah... » prononcé si doucement que je ne fus pas certain de l'avoir entendu. Il était devant moi et me regardait gravement :
— Vous nous sauverez, Monsieur ?
— Je vous le promets.
— Maman ne pleurera donc plus ?
— Je vous le promets.
— Nous avons donc un ami ?
— Oui.
— Mon chou d'amour... Il vous faut regagner votre lit. Si l'on venait à découvrir votre absence...
— N'ayez crainte. J'ai fait en tout point comme vous.
A la vue de nos visages étonnés, il daigna nous en dire plus :
— Comme je ne suis pas gardé par un enfant de mon âge pour prendre ma place quand j'ai à faire, mon traversin surmonté d'une perruque dont je tairai l'origine me remplace fort avantageusement.
Il n'ignorait donc rien des activités nocturnes de la Reine et de la complicité de Mme de Jarjaye chargée de ne jamais la quitter. Il est exact qu'elle prenait la place dans le lit de Sa Majesté quand celle-ci travaillait ou recevait. Je frémis à l'idée qu'un mot de trop du Dauphin eût pu perdre sa mère. Son air de triomphe me rassura, mais il ne dura pas. Il me fit une phrase curieuse :
— J'ai bien regretté votre absence. Ils n'auraient pas osé. Nous serions passés...
Son regard se fit mélancolique. Je me sentais en cet instant si coupable. Jamais je n'aurais dû les laisser à Bondy. J'aurais dû trouver les mots et savoir convaincre

Sa Majesté d'accepter ma présence pour les conduire jusqu'au bout.

— Alors, nous nous reverrons, conclut-il.

Il avait retrouvé son énergie aussi brusquement qu'il l'avait perdue.

— J'en suis fort aise, ajouta-t-il. Je vous souhaite le bonsoir et vous laisse à vos complots. Prenez garde à vous !

Il ressortit aussi doucement qu'il était entré et nous laissa seuls. Toute la nuit, nous parlâmes. Il me fallait la convaincre du nouveau projet dont j'étais porteur :

— Seuls le Roi, le Dauphin et vous-même sortirez. Pas une personne de plus.

Je m'empressai de la rassurer :

— Malgré la douleur que vous auriez à vous séparer de Madame Elisabeth et de Madame Royale, il ne peut être question ni de les emmener, ni de les mettre dans la confidence, ce serait trop risqué. Trois passeront, cinq c'est impossible. D'ailleurs, elles ne risqueront rien à rester. La rage des rebelles ne se portera jamais contre elles.

— Admettons que nous consentions à nous en séparer, comment voulez-vous que nous sortions ? L'inquiétude et la vigilance extrême qui règnent autour de nous et dans le royaume rendent toute tentative illusoire. Le décret sur les passeports est exécuté partout, même dans les villages. Non, malgré tout l'avantage que je sens à cette tentative, toute fuite est impossible pour le moment.

— Je vois que vous n'avez plus confiance en moi. Vous ne m'avez pas pardonné de ne pas avoir réussi la première fois. Mais je vous donne ma parole d'être cette fois à vos côtés jusqu'à ce que le Roi, le Dauphin et vous-même soyez en sécurité.

— La mauvaise réussite de la première tentative ne m'arrêtera[1] jamais sur une seconde. Comment pouvez-

1. Ne m'empêchera.

vous douter de ma confiance après toutes les marques que je vous ai données ? Ne vous ai-je pas obéi aveuglément ?

— Pardonnez ce mouvement d'humeur alors que je sens combien vous souffrez déjà assez.

Je voyais ses cheveux totalement blanchis par le malheur, et mon cœur se déchirait. Elle croisa mon regard, comprit et sourit :

— Le 21 au matin, le Roi qui avait dormi quelques heures se réveilla et me regarda si curieusement que je lui demandai les raisons de tant d'intérêt : « — Vos cheveux... — Eh bien ? — Ils sont totalement blancs ! » Je devais le constater quelques jours plus tard quand j'eus un miroir pour les voir. Ce devaient être les effets de la nuit que j'avais passée sans dormir, espérant l'arrivée des troupes de M. de Bouillé, redoutant quelque nouvelle atrocité si je m'assoupissais... Ainsi, je n'aurai plus à les poudrer ! ajouta-t-elle de ce ton léger qui me rappela celui que je connaissais si bien, du temps où être légers constituait l'essentiel de nos journées... Vous ne m'avez pas dit comment vous pensez que nous pourrions fuir, continua-t-Elle doucement en prenant ma main.

— Après avoir étudié toutes les routes possibles, il m'est apparu que le meilleur moyen serait de ne pas en emprunter, mais de toujours passer par les forêts de chasse, de nous faire mener ensuite de la même manière par des contrebandiers jusqu'à la frontière ; de se faire rencontrer à dix ou douze lieues de celle-ci par un détachement de cinquante hommes de troupes légères qui assurerait votre sortie, tandis que l'armée des différentes puissances se tiendrait prête à avancer pour vous soutenir. Je me suis assuré de la possibilité d'une fuite de ce genre. C'est celle qui présenterait le moins de confort, mais le plus de sécurité.

Il nous fallut nous séparer, la Reine devait regagner sa chambre et moi disparaître dans un arrière-cabinet jusqu'à ce que le Roi vînt me voir dans l'après-dînée. J'avoue que malgré le danger, la fatigue et l'émotion l'emportèrent et je dormis pendant un long moment.

Le Roi, accompagné de la Reine, parut un peu avant quatre heures de relevée. Sa vue me fit plus d'effet que je ne m'y étais préparé. Lui aussi était très changé. Son grand corps semblait flotter dans l'habit de drap gris aux parements de même couleur. Un décret ayant fait abolir les titres et les décorations et permettant seulement au Roi et à son fils aîné de porter le cordon bleu, Sa Majesté avait décidé de ne plus arborer une distinction qu'il ne pouvait partager avec ceux qui lui étaient attachés. Son visage affichait les marques de l'homme revenu de tout. Je me jetai à ses genoux et l'implorai de me pardonner d'avoir manqué à ma tâche.

— Vous avez fait votre devoir, Monsieur, cessez de vous accuser. Vous avez tout osé pour moi et pour ma famille, et vous avez réussi ce que je croyais impossible, nous faire sortir de Paris.

— Sire, je me reprocherai à jamais le retard que j'ai fait prendre à Vos Majestés alors que toutes ces minutes perdues à de vaines précautions eussent été si précieuses à Varennes. Je me reprocherai toujours de vous avoir quittés à Bondy. J'aurais dû insister pour vous accompagner.

Nous parlions bas, ou plutôt je parlais bas tandis que Leurs Majestés conservaient un ton qui se voulait normal comme si Elles avaient été entre Elles. Le moindre bruit de pas nous faisait jeter des regards inquiets, mais au point où nous en étions, il fallait poursuivre.

— M. de Bouillé se lamente comme vous et s'accuse de n'avoir pas réussi, me dit le Roi d'une voix très calme. Mais Dieu a permis des circonstances qui ont paralysé son courage et ses mesures. Le succès dépendait de moi ; mais la guerre civile me fait horreur, et je n'ai pas voulu verser le sang de mes sujets. Mon sort est lié à la Nation, et je ne veux point régner par la violence. M. de

Bouillé et vous-même avez été courageux et fidèles. Je ne peux à ce jour que vous exprimer mes remerciements. Peut-être sera-t-il prochainement en mon pouvoir de vous donner un gage de ma satisfaction particulière.

— Je n'en veux point d'autre que celui de votre confiance qui m'est précieuse au-delà de tout. J'ose vous supplier d'accepter de regarder avec bonté l'objet de ma démarche.

Je lui montrai plusieurs extraits des dépêches de Gustave III qui avaient rapport avec ma mission et pouvaient servir à la faire réussir. Elles le touchèrent vivement.

Comme je l'avais fait à la Reine quelques heures auparavant, je lui exposai en détail le plan que nous formions, mais plus je lui parlais, moins il m'écoutait. Son attention était ailleurs, ses traits affichaient une lassitude telle qu'à plusieurs reprises je fus tenté de m'interrompre, mais le regard douloureux de la Reine me poussait à poursuivre. Je retrouvai en lui la gravité des yeux du Dauphin quand il était entré nous trouvant tous les deux. « Vous nous sauverez Monsieur ? Je vous le promets ; Maman ne pleurera donc plus ? Je vous le promets. Nous avons donc un ami ? Oui. » Ces phrases dansaient dans mon esprit, éclairées par les grands yeux doux de cet enfant qui m'était si cher.

Vains étaient cependant les efforts que je faisais pour persuader le Roi d'un plan qui, pour lui, n'était que folie parce qu'il était résigné à tout. Il m'écoutait et ne m'interrompait pas. Je lui exposai combien il me paraissait essentiel qu'il quittât Paris dans les meilleurs délais. Je ne lui cachai pas combien je craignais que le roi de Prusse et l'Empereur n'eussent pour seul but d'abuser de la détresse dans laquelle se trouvaient Leurs Majestés et de démembrer la France. En se sauvant, le Roi rendait tous leurs projets inutiles. Notre souverain ne savait combien de temps dureraient les bonnes dispositions de l'Espagne et du Portugal, désespérait de convaincre l'Angleterre mais espérait bien emporter définitivement l'appui de la Russie.

Il ne me posait aucune question et c'était pire. Le supplice était affreux car son silence me faisait redouter plus que tous les discours n'eussent pu le faire. Sa Majesté resta ainsi sans rien dire un temps qui me parut infini.

— Nous sommes entre nous et nous pouvons parler, me dit-il enfin en me regardant avec une bonté que je n'ai pas oubliée. Je sais qu'on me taxe de faiblesse et d'irrésolution, mais personne ne s'est jamais trouvé dans ma position.

Des coups de feu éclatèrent dans le lointain puis ce furent de nouveau les bruits habituels : le piétinement de la foule autour du château, les cris des badauds, les jurons. Rien d'alarmant : des curieux qui levaient les yeux vers les fenêtres les montraient du doigt. Il devait bien y en avoir quelques-uns pour dire des horreurs, mais Dieu merci, nous ne pouvions les entendre. C'était une journée ordinaire pour les habitants des Tuileries. Pour moi, je savais qu'elle était la dernière et je n'avais pas le droit d'échouer. Mon devoir était de les sauver, malgré eux, s'il le fallait. Je compris pourquoi Sa Majesté ne voulait pas partir. Ce n'était pas seulement parce que la surveillance incessante dont ils étaient l'objet rendait toute fuite impossible. Le Roi avait promis à son peuple qu'il resterait, et il était un honnête homme.

— Je sais que j'ai manqué le moment, me confia-t-il. Je l'ai manqué, c'était le 14 juillet[1]. Il fallait alors s'en aller, et je le voulais. Mais comment faire quand Monsieur lui-même me priait de ne pas partir, et que le maréchal de Broglie, qui commandait, me répondait : « Oui, nous pouvons aller à Metz, mais que ferons-nous quand nous y serons ? » J'ai manqué le moment, et depuis je ne l'ai pas retrouvé, j'ai été abandonné de tout le monde.

Je reçus cette remarque de plein fouet. Je la trouvais bien injuste quand je songeais à tous les dévouements

1. 1789.

que j'avais vus autour de lui. Mme de Lamballe était revenue au péril de sa vie, Mme de Tourzel n'avait pas voulu les quitter, Quentin Crawford et Eléonore Sullivan, dont les noms étaient pourtant publiquement associés à Varennes, n'avaient pas hésité à revenir pour préparer cette ultime tentative. Sans penser à tous ceux qui, jour après jour, se dévouaient dans l'ombre. Cependant le Roi devait avoir raison puisque c'est ainsi qu'il ressentait son sort. Et puis, les plus proches ne s'étaient-ils pas envolés les premiers ?

— Il faut qu'on me laisse tout à fait de côté. Si je partais, ceux à qui j'ai promis de rester ne pourraient plus avoir confiance en moi. Faites cependant savoir aux puissances étrangères qu'elles ne doivent point s'étonner de tout ce que je serai obligé de faire et qu'elles y voient seulement l'effet de mon malheur et de la contrainte où je suis.

Il souhaitait que le congrès que j'appelais de mes vœux ne s'occupât que de ses réclamations et insistât sur sa liberté, sa sortie de Paris et sa présence dans un lieu indiqué, pour y signer et ratifier les engagements qu'il prendrait avec les puissances étrangères. Il ne consentirait à se soumettre à tous les dangers et à tenter de fuir que si les négociations échouaient et quand les différentes puissances seraient réunies sur la frontière pour servir de point d'appui et le protéger. Il voyait bien qu'il n'y avait de ressource que dans la force mais il croyait impossible de reprendre toute son autorité. Je tentai de lui prouver le contraire.

51.

« Vous nous sauverez Monsieur ? Je vous le promets ; Maman ne pleurera donc plus ? Je vous le promets. Nous avons donc un ami ? Oui. » Je me réveillai en sursaut, trempé, dans ma mansarde dont le feu s'était éteint. Ces phrases me poursuivaient jusqu'à l'obsession. Je revoyais le Dauphin, ce « chou d'amour », comme l'appelait sa mère, dans sa grande chemise, son visage très pâle encadré par ses belles boucles, ses lèvres, que j'avais toujours connues animées par une espièglerie, pincées douloureusement. Je sentais la douceur de ses bras autour de mon cou et les mains de la Reine caressant ses cheveux. Les larmes de l'enfant mêlées aux nôtres avaient un goût salé dont le souvenir me hantait.

Je me levai malgré le froid, jetai ma pelisse sur mes épaules et voulus rallumer le feu. Mais le papier était trop épais, le bois trop serré, je m'y prenais fort mal ; il fuma beaucoup, s'étouffa et je renonçai. Je n'avais jamais su en allumer un proprement ; il est vrai que j'avais toujours eu quelqu'un sous la main pour s'en charger. Cette nuit-là, j'étais seul pour le faire comme j'étais seul avec moi-même. Renonçant à tirer quelque chose de ce maudit poêle, j'aperçus soudain mes traits dans la petite glace posée sur la table de toilette et ne me reconnus pas.

L'homme qui me regardait fixement avait quelque

chose d'effroyablement dur dans le regard ; je ne pouvais me détourner de ces yeux sombres, immenses au point que je ne voyais qu'eux. Ils me captivaient, m'enchaînaient et me jugeaient : « Qu'as-tu fait de ta promesse ? » Cette voix... Cette voix, c'était la mienne. Je ne la reconnaissais que trop. Je m'effondrai sur le carreau. J'eusse voulu ne plus être. Tout mon corps recroquevillé n'était plus que sanglots inutiles car le mal était fait. J'avais failli.

J'avais quitté Leurs Majestés en leur disant que j'allais en Espagne chercher du secours et repasserais les voir à mon retour. Mais je n'étais pas plus allé en Espagne que je ne les avais revus car, en quittant les Tuileries, je fus arrêté par deux gardes nationaux qui me demandèrent mes papiers. L'un d'eux m'avait reconnu.

— Je te dis que cet homme est le citoyen Fersen, c'est lui qui a fait sortir les Capet, assurait-il à l'autre.

— N'empêche que ses papiers sont en règle et que...

— Si j'étais le citoyen que tu dis, je ne me promènerais pas à cette heure du jour, le visage découvert, au pied du palais.

— Il a raison. Viens, il fait froid, rentrons.

— Je te dis que je le reconnais, insistait le premier. Je l'ai vu plusieurs fois quand je faisais mon service.

Prenant un air fâché, je les provoquai :

— Mettez-vous d'accord et finissons-en. Je trouve cette confusion déplaisante, mais si vous y tenez, faites chercher mon ministre qui vous confirmera ma qualité de courrier suédois pour Sa Majesté la reine de Portugal.

L'homme fut pris d'un doute, il hésita. Le second, qui avait hâte de finir sa journée, lui glissa quelque chose que je n'entendis point.

— C'est bon, citoyen. Tu peux y aller.

Je n'en demandai pas plus, m'éloignai et enfonçai mon chapeau sur les yeux. Mon cœur battait si fort que je craignais qu'il ne me fît remarquer. Tout le monde me dévisageait, du moins je le croyais. Je pressai le pas puis ralentis, redoutant que ma précipitation ne parût suspecte. Je n'ai jamais eu aussi peur dans ma vie que ce jour-là. Je retrouvai mon ordonnance qui m'attendait comme convenu au Pont-Royal, nous hélâmes un fiacre et rejoignîmes au plus vite la rue de Clichy où je descendis seul chez Crawford et Eléonore tandis que mon compagnon retournait à l'hôtel.

Rien n'avait changé, il me semblait avoir quitté ces murs la veille. Seul le personnel avait été renouvelé. Je devais passer à ses yeux pour le fils d'Eléonore dont leur maître devait ignorer la présence. Quand j'arrivai, il était sorti et Eléonore me fit servir un thé dans son appartement. Elle s'assit à mes pieds et posa la tête sur mes genoux. Sa présence me calma, je savais qu'elle attendait que je lui raconte ce qui s'était passé. Mais je pris le temps de boire. Je voulais garder les moments que je venais de vivre pour moi, même si ce n'était que pendant quelques instants.

Je ne lui contai pas tout. Je tus mon tête-à-tête avec la Reine. Pour elle, comme pour tout le monde, j'avais vu le Roi et la Reine ensemble pendant tout le temps où je n'avais pas été caché. Quand je lui avouai m'être engagé à aller en Espagne chercher du secours, elle se récria :

— C'est de la folie ! C'est un vrai miracle que tu aies pu venir jusqu'ici et les voir. Que t'apportera ce voyage qu'un autre peut faire à ta place ? Songe que si tu es pris, personne ne pourra te remplacer et qu'alors ils seront perdus !

Elle avait raison et je le savais. Je n'eus pas le courage de lui dire que j'avais également promis à la Reine de la revoir avant mon départ en la retrouvant au spectacle une semaine plus tard. J'étais monté dans une soupente qu'Eléonore mit à ma disposition et où je me tins caché jusqu'à mon départ.

La Reine, qui n'avait pas paru depuis des années à la Comédie-Italienne, y vint accompagnée du Dauphin et de Madame Royale. On jouait *Les Evénements imprévus*, pièce que nous avions si souvent applaudie ensemble du temps où nous ne soupçonnions pas l'étendue des malheurs que nous allions essuyer.

Je devinais trop ce qu'Elle avait dû faire comme effort pour paraître. Je me représentais la salle remplie par une foule qui ne devait ressembler en rien à celle que nous avions connue. Je voyais la Reine, seule avec ses enfants, me cherchant des yeux dans l'espoir de m'apercevoir. Je sentais trop tout ce que ma promesse avait eu d'irréfléchi. Mais Elle l'avait tenue quand, moi, je m'étais dérobé. J'étais resté terré dans cette méchante soupente, prisonnier de mes peurs, de ma lâcheté. Ah non ! je ne pouvais plus me regarder !

En rentrant du théâtre, Eléonore avait augmenté mes remords en me rapportant les détails d'une soirée qui me mettait au désespoir. Mme Dugazon, qui tenait le rôle de la servante, n'avait pas oublié les bontés qu'elle devait à la Reine. Au moment de chanter « Ah ! comme j'aime ma maîtresse ! », elle se tourna franchement vers Elle en la regardant longuement et prononça ces mots avec de tels accents de sincérité que la réaction fut immédiate et à la mesure de l'audace de l'actrice. Des cris s'étaient élevés :

— Pas de maîtresse ! Pas de maître ! Vive la liberté !

— Vive le Roi ! Vive la Reine ! Vive à jamais le Roi et la Reine ! entendit-on en réponse.

De part et d'autre, les cris furent repris, chaque camp s'anima. Le parterre était déchaîné et hurlait :

— Point de maître ! Point de reine !

On en vint aux mains. Des poignées de cheveux noirs volèrent dans la salle, c'étaient ceux des Jacobins qui avaient quitté l'usage de poudrer leurs cheveux. Il fallut que la garde intervînt pour séparer les combattants et permettre à la Reine, qui pendant tout ce temps était restée très digne, de sortir sous les applaudissements d'une partie de la salle.

Le lendemain, je fuyais Paris et ma lâcheté ; il neigeait comme il neige dans nos pays.

Un peu moins de deux mois plus tard, alors que j'étais à ma table de travail, un valet de chambre de Taube se présenta chez moi alors que je ne l'attendais pas. Il n'était que l'ombre de lui-même. Son teint défait, ses mains crispées sur les bords du chapeau qu'il écrasait plus qu'il ne le tenait, son tremblement effrayant m'annonçaient une terrible nouvelle. Je crus mon pauvre Roi et mon infortunée Reine perdus. Je ne me doutais pas que cela était presque semblable car l'un n'irait pas sans l'autre.

— Sa Majesté Gustave III a été assassinée.

J'entendis ces mots mais mon esprit se refusait à saisir ce dont il me parlait. Quand je compris, je fus anéanti, consterné. Je ne peux vous exprimer tout ce que mon âme éprouva. Ma douleur était sans fond et l'incertitude où j'étais encore plus cruelle. L'attachement que je lui portais et lui porte encore au-delà de la mort était sans limite. Je la lui devais à tant de titres que je priai le Ciel qu'il me fît la grâce de me laisser la possibilité de le lui prouver. Mais il ne devait pas en être ainsi.

Le crime affreux avait été commis alors que Sa Majesté était à un bal masqué de l'Académie de musique, un coup de pistolet avait été tiré dans son dos. Son courage fut sans bornes car la mort ne l'emporta que treize jours plus tard, le 29 mars à onze heures. Cette nouvelle me terrassa. Avec lui, nous avions perdu notre plus précieux soutien. Désormais qu'allions-nous devenir ?

Privée de son plus fidèle appui, ma pauvre famille royale se trouva avec pour seul défenseur votre frère qui, en voulant la sauver, précipita chaque jour un peu plus la fin de ceux qu'il disait tant aimer. Le secours que je finis par obtenir des puissances étrangères prit la forme de ce maudit manifeste que je rédigeai et que le duc de Brunswick envoya en son nom à la France. Mais en menaçant ce pays de maux terribles s'il ne permettait pas à la famille royale de quitter Paris, nous étions à cent lieues de nous douter qu'une nation armée relèverait le défi et, après avoir abandonné Dieu pour la religion de l'Etre suprême, sacrifierait son Roi sur l'autel de la Raison.

Je ne vous redirai pas mon désespoir quand j'appris les Tuileries envahies pas la foule, la famille royale réfugiée à l'Assemblée avant d'être définitivement enfermée à la Conciergerie, puis au Temple. Depuis ces jours horribles, je ne suis plus que l'ombre de moi-même. Dans les premiers moments, nous pûmes nous faire passer quelques mots. Ceux qu'Elle m'adressait étaient si emplis de désespoir, appelaient si fortement les puissances armées de ses vœux que je fis en tout point ce qu'il fallut pour, sans m'en douter, resserrer chaque jour davantage le nœud qui allait définitivement les emporter. Plus les menaces de guerre se précisaient, plus nous rêvions d'être à Paris pour les libérer. Mais les mois passèrent et il nous fallut essuyer des défaites militaires que nous n'attendions pas et qui fortifiaient sans cesse un régime que j'abhorrais.

Chaque jour, des nouvelles plus atroces nous parvinrent jusqu'au moment où il n'y en eut plus du tout. Cela commença par nos amis qui courageusement étaient restés. Je ne peux m'empêcher de pleurer au souvenir de notre chère Lamballe dont le martyre dépassa tout ce que la barbarie peut imaginer. Puis vint le tour de ceux que j'avais aimés avec tant de légèreté et dont je ne cesse de pleurer la mémoire. Le Roi, puis la Reine furent successivement séparés de leurs enfants, humiliés par des accusations qui révoltent tout ce que l'esprit humain peut concevoir, persécutés journellement dans leur honneur et dans leur dignité avant d'être condamnés pour des crimes dont ils étaient innocents, et de mourir en croyant encore à la bonté d'un peuple en les mains duquel ils s'étaient remis entièrement. Madame Elisabeth, qui n'était que douceur, subit le même sort et la mort du Dauphin, le seul enfant qui m'intéressât, fut le dernier crime d'une nation qui m'était désormais odieuse.

Tâcher d'aider tous ceux qui avaient mis leur fortune au service de la malheureuse famille royale et s'étaient ruinés pour elle m'occupa entièrement et me soutint pendant les nombreuses années où je crus pouvoir y réussir. Mais cette mission que je m'étais fixée me valut de découvrir à leur dépens l'ingratitude, la mesquinerie et l'indifférence des Habsbourg, de Monsieur et de Madame Royale, que j'avais revue avec émotion et tristesse après sa libération. Tout cela acheva de me dégoûter de tout. Depuis, et malgré les honneurs dont mon pays m'a couvert, tout m'est étranger, tout m'est indifférent.

Les années ont passé. Mais je sens chaque jour un peu plus tout ce que j'ai perdu : sentiment, intérêt, existence, tout était réuni en Elle et nulle ne pourra la remplacer. Qu'Elle ait été seule dans ses derniers moments, sans consolation, sans personne à qui parler, à qui confier ses dernières volontés, cela ne cesse de me faire horreur. Son image, ses souffrances et sa mort me poursuivent, je ne peux penser à autre chose. Tous les jours, mon chagrin augmente et je sens davantage ce que j'ai perdu.

Mon clavecin et ma flûte ne parviennent plus à me distraire ; mon goût pour la musique s'en est allé avec Elle. Il est des soirs où je tente encore de jouer, mais ce ne sont que notes que vent emporte. L'âme n'est plus là pour les guider. Parfois, le visage cher m'apparaît dans l'embrasure de la porte, Elle me sourit et s'asseoit à sa harpe. Le silence se fait autour de nous et une douce mélodie s'élève dans l'air parfumé d'une après-dînée de printemps. Je l'accompagne à la flûte ; par la fenêtre ouverte, dans les treillis de chèvrefeuille et de jasmin de Trianon, deux martinets se poursuivent, se querellent et s'égaillent. Bien que nombreux dans le salon, nous sommes seuls au monde. Nos yeux sont inutiles ; nos cœurs seuls voient, infiniment libres, infiniment heureux, infiniment unis en des accords que nul ne pourra jamais rompre.

L'aube se lève enfin sur le lac. Ma douleur, à présent, est calme, est douce...

Remerciements

Décidément, je ne saurai jamais rien faire sans mettre à contribution le temps, la patience et les connaissances d'un grand nombre de personnes. Que toutes celles qui m'ont apporté leurs encouragements, leur soutien ou le fruit de leurs recherches en soient vivement remerciés.

Parmi eux, je tiens à manifester ma reconnaissance toute particulière,

En Suède à :

Sverker Aström, ancien ambassadeur de Suède en France, qui fut un merveilleux guide dans les rues de Stockholm ;

Johann Andersson qui m'ouvrit largement les portes de sa propriété de Steninge, où les restes du corps d'Axel de Fersen furent conservés pendant quatre mois avant d'être autorisés par le pouvoir à reposer dans le tombeau de ses ancêtres à Ljung ; Ari Salomon, régisseur du château de Löfstad et Anna Karin Nordenhed-Waha, régisseur du château de Ljung pour leur accueil ; Sven Malmberg, qui fut mon guide dans les archives de Vadstena ;

Petra Lindel qui sut aplanir avec gentillesse et efficacité les difficultés quotidiennes dans mes pérégrinations suédoises.

En France :

A Son Excellence l'ambassadeur de Suède Orjan Berner et à Mme Benedicte Berner pour leur accueil chaleureux, ainsi qu'à Micheline Dupuy, qui me les a fait connaître et ne cessa de m'encourager. Grâce à eux, j'ai pu m'imprégner de ce qu'a dû être à Paris l'esprit suédois au temps d'Axel de Fersen.

Ma gratitude particulière s'adresse à l'Etablissement public du Château de Versailles qui, après avoir fait l'acquisition du pastel de Ducreux, permit grâce à sa diligence la réalisation de la couverture de cet ouvrage. Que Béatrix Saule et Christian Baulez, conservateurs en chef, ainsi que Roland Bossard, responsable de la documentation, trouvent ici une nouvelle fois l'expression de ma reconnaissance pour la patience et l'efficacité avec laquelle ils répondirent à mes demandes. Je remercie également Yves Carlier, conservateur au Château de Fontainebleau, qui a été mon guide en ces lieux, le personnel de la Bibliothèque de Versailles, et plus particulièrement Claire Caucheteux, Jean-Michel Roidot et Robert Cosials pour avoir, une fois de plus, facilité mes recherches.

Philippe Beaussant, Odile Caffin-Carcy et Jean Lagny, mon premier lecteur, dont la présence complice et les conseils précieux rendirent la tâche tellement plus aisée, savent tout ce que je leur dois.

Enfin, je ne saurais oublier François-Xavier de Vivie qui, il y a six ans, me fit confiance et m'accueillit dans la maison Plon-Perrin, et Patrick de Bourgues qui, depuis, ne cesse de m'encourager et de supporter mes doutes.

Quant à ma famille, et plus particulièrement mon mari, elle sait que, sans son soutien quotidien, ce roman ne serait pas.

Cet ouvrage a été composé par
Nord Compo (Villeneuve-d'Ascq)
et imprimé sur presse Cameron
par **Bussière Camedan Imprimeries**
à Saint-Amand-Montrond (Cher)
pour le compte de la Librairie Plon

Achevé d'imprimer le 20 avril 1998.

N° d'édition : 12938. — N° d'impression : 982308/1.
Dépôt légal : mai 1998.
Imprimé en France